Peter Ostermann
DIE VIERZIGER
Meine Kindheit im Krieg

Peter Ostermann, geboren 1937 in Stettin, lebte nach dem Großangriff 1943 in Treptow an der Rega. Sein Vater fiel 1944. 1948 wurde der Rest der Familie zwangsweise nach Oberschlesien ausgesiedelt, 1949 kamen sie frei und konnten nach Hannover ausreisen. Nach dem Abitur studierte er Anglistik und Romanistik in Kiel, Göttingen und Bonn. 1997 wurde er als Oberstudienrat pensioniert. Er schreibt Gedichte, Kurzgeschichten, Erzählungen und Romane. Zuletzt erschienen die Romane ‚Das Lächeln der Bäckerin' (2012), ‚Lieben Sie Stress?' (2012), ‚Eine Odyssee' (2013).

Peter Ostermann

Die Vierziger
Meine Kindheit im Krieg

Die bibliografische Information der Deutschen Bibliothek:
Die Deutsche Bibliothek verzeichnet diese Publikation in der Deutschen
Nationalbibliografie; detaillierte bibliografische Daten sind im Internet über
www.d-nb.de abrufbar.

Originalausgabe
© 2014 Peter Ostermann, alle Rechte beim Autor
info@peter-paul-ostermann.de, www.peter-paul-ostermann.de
Herstellung und Verlag: BoD – Books on Demand GmbH, Norderstedt
Umschlaggestaltung: Susanne Elsen, www.mohnrot.com, unter Verwendung
eines Familienfotos von Peter Ostermann

ISBN 9783735784704

Für Grazyna, meine Frau

Maikäfer flieg,
dein Vater ist im Krieg,
deine Mutter ist in Pommernland,
Pommernland ist abgebrannt,
Maikäfer flieg.

Moiren

Mensch Papa, lass doch den Scheiß, das tut doch weh! Manno-
mann! Guckt euch das an, wie das aussieht!, beklagten sich drei
Frauen und heulten derart, dass eine Riesenwolke sich auf das
Land ergoss, und die Tränentropfen die verdorrte Erde mit lang
ersehntem Regen benetzten.

Hallo und guten Tag! Ich bin Klotho, eine der Schicksalsgöttin-
nen, die Spinnerin des Lebensfadens sozusagen, ich stehe auch
für die Vergangenheit, und das ist meine Schwester Lachesis,
die Zuteilerin des Lebensloses und der Lebenszeit, die den Le-
bensfaden bemisst, aber auch die Gegenwart vertritt, und das ist
schließlich unsere Schwester Atropos, die Unabwendbare, die
Unbeugsame, die den Faden durchschneidet und die Zukunft
repräsentiert.

Wisst ihr, was schon Aischylos von uns sagte? Das ist der
Begründer der Tragödie und lebte im fünften Jahrhundert vor
Christus. Er sagte: Wer aber führt das Steuer der Notwendig-
keit? Der Moiren Dreiheit und die wachen Erinyen. Und also
Zeus selbst ist der mindermächtige? Dem ihm beschiednen
Lose kann er nicht entfliehn.

Ihr seht, dass sogar unser Vater Zeus uns drei Moiren, wie
wir auch heißen, untertan ist. Und die Erinyen, das sind auch
unsere Schwestern, die haben aber ganz andere Aufgaben, zum
Beispiel die der Rache.

Ich möchte dich an dieser Stelle unterbrechen, meine Lachesis, weil ich den Leserinnen und Lesern von den Augen ab-
lese, dass sie gern wissen wollen, wie wir aussehen. Also ganz
allgemein würde ich sagen schöner als Raphaels drei Grazien,
denn die sind noch nicht schlank genug. Oder nehmen wir Bot-
ticellis Bild La Primavera (der Frühling), da habt ihr auf der
linken Seite auch die drei Grazien, da kommen wir der Sache
schon näher: Venus, Juno und Athene.

Nur, warf Atropos ein, wir haben nicht alle rote Haare, die
hat nur Klotho, und Sommersprossen und eine ganz zarte Haut

und blaue Augen und sieht aus wie, mein Gott – es donnerte im Hintergrund – wie Christina Södler oder Greta Garben oder Denise Zabert, die hat aber braune Augen, oder, mein Gott – es donnerte wieder im Hintergrund – oder wie Eva Hahnen oder Cathérine Devise … Lachesis hat ganz schwarzes Haar und Mandelaugen und eine Figur wie die Lola und sieht aus wie Pola Negus … Und ich? Du?, meinte Lachesis, du bist rotblond und hast eine tolle Figur und Beine wie Marlene Dierich. Das stimmt, sagte Klotho und fuhr fort: Wenn wir zum Beispiel als Studentinnen der Soziologie Shopping machen, dann bekommen wir alle zehn Minuten Einladungen von den schönsten und interessantesten Männern, von Studenten, Professoren, zum Beispiel von Professor Lauterbein, von Musikern, zum Beispiel von dem Dirigenten Sir Simon Rubin, ja sogar von Politikern wie Schäfer oder Beckers.

Wir sollten noch sagen, wer unsere Eltern sind, gab Lachesis zu bedenken, also unser Vater ist Zeus, das wurde ja schon gesagt, und unsere Mutter ist Themis. Und was eben los war, kann ich kurz erklären: Also meine Schwestern und ich haben uns gestritten, weil wir in Kompetenzrangeleien verwickelt waren, in Zuständigkeiten also, obwohl eigentlich klar ist, wer bei einem Leben wofür zuständig, das heißt sach- und menschenkundig genug ist. Nun ist es so, dass unser Kind Peter, um das es hier geht, nicht nur mit seinen Taten und Leiden eine Figur im Spielplan der Götter ist, sondern er ist mitbeteiligt an der Vollendung seines Geschicks. Auf der anderen Seite stehen die Götter in einem dienenden Verhältnis zum Schicksal, denn die Moira, das unverrückbare Gesetz im Wandel des Seins, ist allem übergeordnet, und das sind wir … Das ist ein wenig barock ausgedrückt oder schwulstig, ist aber doch wohl klar, oder?

Ja klar ist das klar, bezog Atropos Stellung, genauer gesagt funkt Papa einfach mit seinen Blitzen dazwischen, nur weil er meint, weil er unser Vater ist, kann er drauflosblitzen und -donnern. Demokratisch sollen wir das machen. Er hat wohl vergessen, was Demokratie heißt! Herrschaft des Volkes heißt das. Hat irgendjemand schon mal gehört, dass im Himmel oder in den

Religionen auf der Erde ein demokratisches Prinzip herrschen könnte? Stellt euch das mal vor! Das Gegenteil ist der Fall, zum Beispiel einer, der nennt sich Papst, der sagt ex cathedra, so ist es, und dann ist das so: Es gibt eine Jungfrauengeburt, das müsst ihr glauben. Dass ich nicht lache! Religionen sind zutiefst undemokratisch, schränken die Menschen ein, beschneiden ihre Freiheit und wollen ihnen vormachen, sie allein hätten „die Wahrheit" gepachtet. Dabei gibt es viele Wahrheiten. Papa sollte mal wieder in die Schule gehen. Die Ausrede, er sei zu alt dazu, zieht doch wohl nicht mehr.

Papa kapiert die Zusammenhänge eben mehr oder weniger, ließ sich Klotho vernehmen. Er versteht einfach nicht, dass man nicht allmächtig sein kann, was heißt, auf allen Hochzeiten gleichzeitig tanzen. Da hat er sich selbst eine Falle gestellt. Wie dem auch sei, wir haben uns jetzt jedenfalls so geeinigt: Peter will seine Biographie schreiben, lobenswert. Wir werden ihm nun insoweit dabei helfen, dass wir seine Gedanken in den richtigen, sachlich klaren Zusammenhang stellen, und seine Erinnerungen, deren Subjektivität sogar erwünscht ist, durch historische Fakten oder zum Beispiel psychologische Vertiefungen ergänzen und erweitern.

Sehr richtig, fügte Lachesis hinzu, und die Frage der Kompetenz haben wir so festgelegt: Es geht bei dem Ganzen nicht nur um das Gesetz des Schicksals, sondern darum, dass diejenige von uns, die etwas zu einem bestimmten Thema zu sagen weiß, dies auch tut. Wir wollen uns damit sichtbar und hörbar absetzen von vielen Menschen, die im Grunde nichts zu sagen haben oder wissen, aber trotzdem munter drauflosquatschen … Hier sind nicht nur Hausfrauen gemeint, die über andere tratschen, nein, auch Kirchenleute, Politiker, Gewerkschaftler, Lobbyisten, Banker, Lehrende, Lernende und so weiter.

Lasst mich noch etwas sagen, ergriff Atropos das Wort. Die Leserin oder der Leser muss aber unbedingt noch erfahren, dass wir erst mal Mama wieder anbetteln müssen, dass sie uns einen besonderen Nektar besorgt und eine Spezialcreme, damit unsere Blitzstrafnarben in vier Wochen wieder verschwinden können, denn leider hilft Dr. Heinzes Gesichtscreme Quitte bei derartig starken Verbrennungen auch nicht mehr. Dabei hatten Papas Blitze doch nur hunderttausend Volt!

Lachesis quietschte vergnügt dazwischen: Die Creme lassen wir uns immer von Männern schenken, mit denen wir ein paar Tage zusammen sind. Davon brauchen Mama und Papa aber nichts zu wissen, schon gar nicht vom Sex mit den Männern. Jedenfalls sehen wir mit der Creme noch besser aus, oder?

Ja klar, sagte Klotho, dann kriegen wir immer sofort Filmangebote beim Fernsehen oder auch sonst beim Film ...

Wisst ihr, was wir noch vergessen haben?, fügte Atropos hinzu, im germanischen Kulturkreis gibt's uns auch, da heißen wir die drei Nornen: Verdandi, Urd und Skuld. Da sind wir alle, wie soll ich sagen, ein bisschen stämmiger, auch schön, aber kräftiger, markiger. Und bei den Römern sind wir die Parzen: Nona, Decuma und Morta, gut gewachsene Frauen, nicht ganz so kräftig, aber fit und vollblütig.

Das ist nur der Vollständigkeit halber, ergänzte Klotho, weil wir nichts zu vertuschen brauchen wie andere Systeme oder Religionen, ob ent- oder remythologisiert, will sagen, unser Zuhause ist und bleibt der Mythos, die sagenhafte Geschichte, Erklärungen für das Unerklärliche. Ansonsten sind wir für unseren Schützling zuständig, wir sind die Moderatoren seines Lebens, die Lenkerinnen. Er dringt gern zum Ursprung und zur Wahrheit vor, seiner Wahrheit.

Wie schon gesagt, betonte Lachesis, wir versinnbildlichen auch noch Vergangenheit, Gegenwart und Zukunft, übrigens eine uralte indogermanische Vorstellung. Platon sagte von uns: Ich bedeute das Vergangene, Klotho das Gegenwärtige und Atropos das, was geschehen soll.

Na gut, schloss Klotho, ich glaube, jetzt reicht's erst mal, genug der Einführung, des Vorworts, des Präludiums. Vorhang auf, und jetzt lassen wir ihn zu Wort kommen, das Spiel beginnt.

Wurzeln

Hi, Fans! Geboren bin ich, Peter Paul Rubbert, am 21. Dezember 1937 in Stettin, als letzter Schütze sozusagen. Meine Eltern waren Magdalena, geborene Grütt, Tochter unter drei Kindern, geboren am 11. September 1911 in Treptow a/Rega und Paul, geboren am 1. Dezember 1909 in Stettin als einziger Sohn. Meine Mutter, genannt Mama (mit dem Ton auf der zweiten Silbe bitteschön) hatte die Höhere Töchterschule in Treptow besucht, spielte Klavier und konnte gut Französisch. Als Beruf lernte sie Krankenschwester, obwohl sie sehr stark in der Gärtnerei ihrer Eltern, meiner Großeltern, eingebunden war.

Im heiratsfähigen Alter liebte Mama eigentlich Werner A., den sie jedoch nicht heiraten durfte, weil sie Schnucheln zum Mann nehmen sollte (im Pommerschen hängt man im Dativ oder Akkusativ gern ein *n* an, also *mit Petern, durch Berthan, ruf ma Opan*). Nun fand jedoch mit Schnucheln folgender entscheidender Dialog statt: (M. ist Mama, S. ist Schnuchel) S. Ich liebe Ihnen. M. Nein, Sie. S. Nein, Dir. M. Nein, Dich. Damit war für Mama die Suppe gegessen: Wer noch nicht einmal richtig Deutsch konnte, kam für sie als Ehemann nicht in Frage. Und so konfrontierte sie ihre Eltern mit der unumstößlichen Feststellung: Nee, Schnucheln mag ich nicht!

Atropos: Werner A. war ihren Eltern zu flatterhaft, ein zu unsicherer Kantonist, obwohl er ein gutaussehender Charmeur war. Besonders Theodor Grütt, Mamas Vater, Opi genannt, wollte einen, der zupackte wie er selbst. Das konnte wiederum Schnuchel, und so war es Opi egal, ob Schnuchel richtig Deutsch konnte oder nicht, die Hauptsache war, dass seine Tochter unter eine ihm genehme Haube kam.

Was soll ich sagen? So verging die Zeit, so gingen die Jahre ins Land, und das Dilemma war groß, und als Mama 24 Jahre alt war, bekamen sie und ihre gleichaltrige Freundin Hertha K. Angst, keinen mehr abzukriegen, ja, sie gerieten beinahe in Panik, denn nichts war so schlimm wie eine alte Juffer zu werden. So entschlossen sich beide über die Köpfe ihrer Eltern hinweg, einen möglichen aber doch für ihre Verhältnisse sehr ungewöhnlichen Weg zu gehen: Sie setzten kurzerhand zwei Heiratsanzeigen im *Stettiner General-Anzeiger* auf, in denen sie ihre Vorzüge schilderten, sich in den schönsten Farben malten, aber auch auf die mangelnden Gelegenheiten im Kleinstadtmilieu hinwiesen. Obwohl sie es meinten, kam das Wort *Kleinstadtmuff* nicht vor, um mögliche Freier nicht von vornherein vor den Kopf zu stoßen. Beide Frauen wollten jedenfalls auf diese Weise an einen Ehemann gelangen.

Beide warteten gespannt, und bei jedem ankommenden Brief klopfte ihr Herz schneller, denn es könnten ja Antworten oder Reaktionen sein. Aber es bewegte sich nichts, und sie konnten nur traurige Enttäuschungen austauschen. Sie fürchteten natürlich insbesondere die Häme ihrer Eltern, die sich einbilden würden, mal wieder recht gehabt zu haben: Hört auf eure Eltern, dann geht's euch gut! Trotz allem waren für Mama die Verhältnisse klar: Nein, Schnuchel will ich nicht, wobei sie das *n* mit spitzem Mund wegließ.

Und dann, weil ja alles seine Zeit hat – denn die männlichen Bewerber mussten sich ja zunächst auch geistig und seelisch in Schale werfen – trafen Antworten ein: Liebe, freundliche, ansprechende, sympathisch geschriebene Briefe wurden freudig und mit zitternden Händen gelesen und im Herzen bewegt. Zum Glück konnte man seine Bewegung mit der Freundin teilen, man konnte sich beratschlagen, denn es ging ja schließlich um eine sehr ernste Sache, die wahrscheinlich das Leben gänzlich verändern würde. Ob die Zweifel, die man hegte, gerechtfertigt waren, oder war es nur die Angst vor dem Neuen, Ungewissen, Unsicheren? Dennoch gab es wohl keine Alternative. Hertha war der Meinung, die Männer hätten womöglich die gleichen oder ähnliche Überlegungen angestellt, und jetzt könnte man in der Tat ganz erpicht darauf sein, ihre Gedanken kennenzulernen, das wäre doch das Spannende an der ganzen Sache.

Dann stellte sich jedoch schnell die nächste Zwickmühle ein: Wen sollten sie besonders ins Auge fassen, die, die gut aussahen auf den Fotos, die, die gut und schön schreiben konnten? Sollten sie alle kennenlernen? Wie peinlich, wenn man absagen musste. Die Eltern wollten sie auf keinen Fall einweihen oder fragen, die musste man vor vollendete Tatsachen stellen. Da hatte Mama eine Eingebung, eine Epiphanie gleichsam, und ihre Freundin tat es ihr nach: Man musste das Schicksal herausfordern.

Klotho: Natürlich waren wir gehalten, uns da einzumischen, und so mischte Magdalena alle Briefumschläge mit den darin enthaltenen Briefen und Fotos bei geschlossenen Augen, betete dann, Gott möge sie den entscheidenden Brief auswählen lassen, und sie wählte ... Peters Vater, Paul Ostermann aus Stettin. Ihre Freundin Hertha suchte auf die gleiche Weise einen Karl Wratzlaw aus Naugard aus.

Naturgemäß war Magda sehr erstaunt, als sie Paul schon nach kurzer Zeit zum ersten Mal sah, denn er war ganz anders als die Männer, die sie von Treptow her kannte, anders auch als Werner A. Sie selbst war zu jener Zeit ein wenig mollig, aber hübsch und adrett. Und er? Er kam mit seiner Zündapp JPG mit Beiwagen im Anzug mit Schlips und Schiebermütze. Er sah gut aus, fand sie, war schlank mit feingliedrigen Händen, und er war einen Kopf größer als sie. Er gefiel ihr sofort, weil er höflich und freundlich war, gute Umgangsformen hatte ... und Humor.

Natürlich sorgten wir Moiren dann auch bald dafür, dass von beiden Seiten eine gewisse Zuneigung entstand, denn ihm gefiel ihre Offenheit, ihre Anpassungsfähigkeit und ihre sehr weibliche Befähigung, Kompromisse einzugehen, ohne ihren Mitmenschen nahe zu treten. Ihre Eltern waren allemal überrascht, dann aber schließlich froh, dass ihre Tochter anscheinend eine gute Partie machte. Nicht zu vergessen: Sie hatte uns ja herausgefordert: Das Schicksal.

Papa – auch bitte auf der zweiten Silbe betonen – wollte Förster werden, das durfte er nicht. Stattdessen machte er zunächst einen Tabakladen auf. Er rauchte jedoch zu viel und musste deshalb den Laden wieder schließen. Dann lernte er den Beruf des Technischen Kaufmanns. Eintragungen im Wehrpass zum Beispiel zeigen auch die Bezeichnung *Eisenhändler*, was aber die Berufsbezeichnung nicht ganz trifft. Dass er später – wir kommen noch darauf zu sprechen – bei den *Hydrierwerken* in Pölitz als Buchhalter arbeitete, ist insofern richtig, als er nicht im chemischen Zweig der Firma angestellt war, sondern an der so genannten *Hollerith-Maschine* tätig war. Das Hollerith-Lochkartenverfahren, nach dem amerikanischen Erfinder Hermann Hollerith benannt, diente der Informationsverarbeitung, bei dem gelochte Karten als Informationsträger durch Abtastfedern entsprechend der Lochung sortiert wurden. Das Verfahren diente damals der Buchhaltung, ist heute natürlich schon längst durch die EDV verdrängt.

Mama und Papa heirateten im Mai 1936 in Treptow, und sie wohnten in Zülchow, einem Vorort von Stettin. Dort wurde ich geboren. Im Dezember 1938 zog die Familie zunächst nach Hamburg, wo Papa bei der Firma *Puls und Bauer* als Prokurist arbeitete. Am 16. Oktober 1939 wurde Papa dann bei den *Hydrierwerken* in Pölitz als Buchhalter fest angestellt. Pölitz liegt nördlich von Stettin.

Papas Vater hieß auch Paul, Opa genannt, er war 1882 in Brachhorst geboren, er war Maschinist von Beruf, Maschinenmeister und Binnenschiffer. Sein Vater, Carl Friedrich O., geboren 1851 in Langenberg, war Kolonist und Kahnschiffer. Er war verheiratet mit Adelheid O., geborene Daberkow. Meine Ururgroßeltern waren Daniel O. aus Brachhorst, Kolonist und Fischer, verheiratet mit Friederike O. geborene Rössel aus Ziegenort, ihr Vater war Matrose.

Meine Oma, Bertha O., geboren 1888 in Frauendorf, war eine geborene Mützel. Ihr Vater August war Maschinist, dessen Vater Michael war Statthalter (vgl. Gouverneur). Omas Eltern waren Eigentümer des Hotels *Sankt Petersburg* auf der *Hakenter-rasse* in Stettin. Sie verkauften das Hotel im Jahr 1923, aufgrund der Hyperinflation hatte der Erlös bald nur noch den Wert eines Brots.

Oma und Opa holten in den ersten Jahren ihrer Ehe auf der Oder mit einem Lastkahn Kohle aus Oberschlesien nach Stettin. Sie hatten sich ein Haus auf dem Vorbruch, Brachvo-gelweg 7 gebaut [heute Insel „Wyspa Pucka"], das sie „Puppen-haus" nannten, obwohl es gar nicht so klein war. Der Vorbruch, ein Oderbruch, ist von der Stadt aus gesehen auf der anderen Uferseite.

Sehr stolz war ich auf Opa, der die Fähre von der Stadt aus über die hier schon sehr breite Oder steuerte, die Fähre für Per-sonen, Pferdefuhrwerke und manchmal auch für Autos. Natür-lich fuhr er die Fähre auch wieder zurück zur Stadt, das ging nach Fahrplan. Wenn in sehr kalten Wintern die Oder zugefro-ren war, gingen die Menschen zu Fuß über den Fluss, und die Fuhrwerke fuhren über das Eis, auf dem manchmal die Pferde ausglitten.

Die Oder ist hier schon ein paar hundert Meter breit, zur Mündung ins Stettiner Haff sind es noch etwa zwanzig Kilome-ter. Die Oder entspringt übrigens im Odergebirge der Ostsude-ten und ist 866 Kilometer lang.

Opa, den ich sehr mochte, habe ich viel zu verdanken. Er er-klärte mir vor Ort, wie und warum man die Fähre gegensteuern muss, um die Flussströmung zu überwinden, weil andernfalls die Fähre sonst wo landen würde. Auch komme es darauf an, die Maschine nicht über Gebühr zu strapazieren und dann auch richtig anzulegen. Erst wenn die Taue an den Pollern schön mit Schifferknoten richtig fest sitzen, kann die Brücke herunterge-fahren werden. Opa setzte mir auch auseinander, dass, so flach die Fähre auch war, nur mit Fahrerhäuschen, der Wind dennoch eine erhebliche Rolle spielte: Kam er gegen den Strom, war es gut, man trieb nicht so ab, kam er mit der Fahrt, drückte er die Fähre ans andere Ufer, kam er gegen die Fahrt, musste die Ma-schine mehr ackern. Außerdem musste man auf die Lastkähne achten, die konnten nicht einfach mal eben so bremsen, man musste eben mit viel Übersicht ans andere Flussufer schippern. Bei schlechter Sicht oder im Herbst bei Nebel war die Überfahrt oft besonders schwierig, da fuhr die Fähre manchmal gar nicht, weil es zu gefährlich war. Jedenfalls war hier mein Opa der Kapitän Binnenschiffer, und das ließ meine Brust anschwellen. Opa seinerseits war der Meinung, auch wenn ich gerade mal ein Stepke zwischen drei und vier Jahren war, man könne nie früh genug anfangen etwas zu lernen, und wenn es einen interessierte, behielte man es auch. Man lerne auch nicht nur mit dem Kopf, sondern man müsse für alles ein Gefühl bekommen, ob das das Wasser, der Wind oder eine Maschine sei.

Wenn Oma, die sehr gut kochen konnte (Aal in Aspik, Fischsuppe, saure Nierchen, Lammbraten und so weiter) wieder köstlichen Fisch bei den Stettiner Bollwerksastern (Fischverkäuferinnen am Bollwerk, am Oderufer) gekauft hatte, räucherte Opa Plötze, Barsche, Neunaugen, Aale et cetera. Ich durfte zusehen: Ein halbes glühendes Brikett auf Ziegelsteinen am Boden, darauf Sägespäne, je nach Geschmack Buche oder andere Laubhölzer, darüber ein Holzfass, die Fische mit dem Kopf nach oben an einen Haken an liegende Stangen hängen, Deckel drauf, fertig. An winzigen Öffnungen zwischen Deckel und Fass quillt schwelender, duftender Rauch aus. Mit Geduld und viel Spucke hat sich das lange Warten gelohnt: Räucherfisch, der noch warm ist, ist ein solcher Leckerbissen, dem so leicht nichts gleichkommt.

Klotho: Warum mochte er seinen Opa, ja liebte er ihn? Weil er Zeit für ihn hatte, sich Zeit für ihn nahm, auf ihn einging, seine Neugier weckte und befriedigte. Gute Opas sind die zweiten Väter, und wenn die Väter keine Zeit und/oder keine Geduld haben, zu müde sind oder zu abgespannt oder gar nicht da sind, dann können die Opas mit ihrer Geduld, ihrer Erfahrung, ihrem Wissen und auch ihrer Erinnerung einspringen. Und wisst ihr, welches das beste Wissen ist? Es ist gar nicht so sehr das sachliche und fachliche Wissen, es ist das Wissen darum, wie man Kindern etwas erklärt, wie man es fertigbringt, Kinder für etwas zu begeistern, Kinder so hinzureißen, dass sie hinreißend sind, denn für Opas gibt es nichts Schöneres als begeisterte Kindergesichter.

Bei seinem Opa bekam er auch sozusagen seine erste technische Grundausbildung. Ersterer hatte ihm einen Stabilbaukasten mit Teilen aus Holz gekauft. Als Erstes bauten sie ein Karussell: Ein stabiler Unterbau aus zusammengesteckten Würfeln und Quadern, dann ein Rad mit waagerechter Achse mit einem Griff zum Drehen. Auf diesem Rad lief ein Rad mit senkrechter Achse, und am oberen Teil der Achse befand sich noch ein Rad, an dem Kügelchen aus Stanniolpapier an Zwirnsfäden aufgehängt waren (die Kettenschaukeln sozusagen). Wenn man jetzt am Griff im Uhrzeigersinn drehte (also rechts herum), lief das Karussell links herum. Wenn man im Gegenuhrzeigersinn drehte, flogen die Schaukeln rechts herum. Der Junge konnte das mit seinem noch eingeschränkten Sprachschatz nicht so richtig erklären, er lernte aber auf diese praktische Weise das Drehprinzip kennen: Wenn das transportierte Rad ein Brett wäre, so würde es im gleichen Sinn geradeaus bewegt. Da das „Brett" aber sozusagen rund ist und seine Achse genau in der Mitte festsitzt, dreht es sich, und zwar immer im Gegensinn. Opa zeigte das auch an einem mechanischen Uhrwerk: Wenn man den gleichen Drehsinn erreichen will, braucht man schon zwei Übertragungen ... Das waren nun aber keine „Übertragungen" mehr, sondern Übertreibungen, und der Junge war überfordert.

Na prima, Schwesterlein Klotho, unterbrach Lachesis, das hast du gut gemacht, hast dir aber den Mund fuzzlig geredet, deshalb übernehme ich mal, wenn du gestattest, ja?

Lachesis: Also gut! Kommen wir vom Besonderen oder Praktischen zum Allgemeinen, das ist ein ganz wichtiges Prinzip. Alle Theorie ist nämlich grau oder tot, wenn die Anschauung fehlt, und bitte immer erst die Anschauung und dann die Theorie. Hier ist es die so genannte Fliehkraft: Wenn man die Kügelchen einfach auf eine sich drehende Scheibe oder hier das Rad fallen lässt, dann werden sie nach außen geschleudert, sie fliehen vom Mittelpunkt weg, weil sie eine Bewegungsenergie, eine Kraft, mitbekommen. Wenn man sie festmacht, wollen sie auch fliehen, können es aber nicht. Im Lateinischen heißt *fugio* ich fliehe, ich laufe davon, ich mache mich aus dem Staub. Centrum, das Zentrum, kennen wir ja, das ist der Mittelpunkt. Wenn ich also vom Mittelpunkt abhaue, erfahre ich eine besondere Kraft, diese Kraft nennt man Zentrifugalkraft.

Wenn nun aber ein Körper, hier die Kügelchen, dazu gezwungen werden, auf einer Kreisbahn zu fliegen, zu bleiben, so wirkt eine nach innen gerichtete Kraft. Diese Kraft nennt man Zentripetalkraft, von lat. *peto* ich strebe nach, zum Zentrum. Leider führt diese Kraft häufig zu Unfällen auf einer glatten Straße in einer Kurve, obwohl der Fahrer nach innen lenkt, kann die Kraft nicht wirken, und er/sie fährt geradeaus weiter. Vorsicht also bei der Zentripetalkraft im Straßenverkehr! [Die ZK wächst unter anderem proportional dem Quadrat der Geschwindigkeit, das heißt bei zum Beispiel 75 km/h braucht man schon die neunfache Haftreibung der Reifen! Wer fährt schon in jedem Augenblick mit einer nagelneuen Bereifung?!]

Natürlich begegneten dem Jungen die Begriffe Zentrifugal- und Zentripetalkraft beziehungsweise Drehbewegung erst viel später, aber hier wurden die Grundmauern angelegt.

Atropos: So, jetzt lasst mich mal ein wenig Kinderpsychologie betreiben, damit wir einer Entwicklungsphase des Jungen auf den Grund gehen können. Die Rede ist von einem weiteren Schritt in Richtung Persönlichkeitsentwicklung, den man in der heutigen Entwicklungspsychologie als Autonomiephase bezeichnet, wobei ich die frühere Bezeichnung *Trotz* viel praktischer fand. Aber gut, das Wort sei – so die Wissenschaft – zu negativ besetzt.

Trotz Opas Zuwendung war er also im Trotzalter angelangt, jener Zeit, wo das Kind sein stärkeres Bedürfnis nach Selbstbestimmung zur Geltung kommen lässt, seinen eigenen Willen ausprobiert. Warum soll der Ofen böse sein? Er ist doch nur heiß. Warum soll dies oder das verboten sein? Man muss es doch mal ausprobieren. Eine willenlose Angleichung an die Werthaltungen der Erwachsenen oder gar eine Unterdrückung kam nicht in Frage. Und wenn sie in Betracht gezogen werden sollte, dann nahm er einen Anlauf und schlug mit dem Kopf gegen die Wand, fast mit dem „Kopf durch die Wand" oder gegen einen Schrank, denn „einschränken" lassen wollte er sich nicht. Und wehe die Eltern sind inkonsequent, das fällt auf sie zurück. Da er kein Moschusochse war, fürchteten beide allerdings Verletzungen, die jedoch ausblieben.

Er hatte etwas ausgefressen, und Mama und Oma sperrten ihn in den halbhohen ziemlich dunklen Keller. Er heulte, randalierte und schlug gegen die Kellerklappe, es half nichts. Er schrie: Ihr Weiber, wollt ihr wohl mal aufmachen! Die „Weiber" amüsierte das, und er wurde befreit. Durch besondere Maßnahmen des Protests, unerhörte und freche sprachliche Äußerungen konnte man also Ziele erreichen. Bei Papa hätte er sich das nicht getraut, denn der war viel strenger. Beim Essen zum Beispiel hörte der nur auf zu kauen, und der Junge kuschte. Erschwerend, also trotzfördernd kam hinzu, dass der Junge im August 1940 ein Schwesterchen bekommen hatte. Nun musste er sehen, dass er trotzdem immer noch die erste Geige spielte, was ihm zum Teil dadurch gelang, dass er die Eltern ein wenig entzweite, denn Papa war weiterhin auf seiner Seite und Mama naturgemäß auf Monikas.

Sie wohnten nun schon fast ein Jahr auf dem Vorbruch im „Puppenhaus" im Parterre mit Wohnzimmer, Schlafzimmer, Küche, kleinem Bad und Mansarde, Oma und Opa wohnten oben.

Es darf nicht unerwähnt bleiben, dass der Trotz des Jungen auch noch eine andere Ursache hatte: Dem Kind, das trotz allem durchaus sensibel und feinfühlig war, war nicht entgangen, dass zwischen Mama und Oma mehr noch als eine Unterkühlung in ihrer Beziehung bestand, denn Mama hatte Papas Mutter, Oma also ihren Sohn „weggenommen". Natürlich konnte das Kind das noch nicht artikulieren, es spürte diese Zwietracht jedoch und war beunruhigt. Magda litt unter diesem Umstand, konnte aber wegen der Anstellung ihres Mannes in *Pölitz* nichts machen, und Bertha konnte in der Tat kühl oder sogar kalt sein. Opa bekam davon nichts mit, und Papa wurde nichts mitgeteilt, obwohl es ihm nicht völlig entging.

Den Jungen ins Bett – ins Ehebett – zu bringen war nicht leicht, denn er wollte immer noch „Nachrichten hören", von denen er zwar so gut wie nichts verstand, er wollte einfach nur aufbleiben, weil er neugierig war auf alles, was die Erwachsenen da so abends machten. Ab und an hatte er durch außergewöhnliche Geräusche schon etwas mitbekommen, und er hatte auch schon einmal die Frage gestellt: Was macht ihr euch da beide? Eine genaue Antwort konnte er natürlich noch nicht bekommen, und so galt es, weiterhin wachsam zu sein. Auf der anderen Seite war es nicht so einfach, ihm etwas vorzumachen: Opa wollte den Weihnachtsmann spielen, hatte sich bis zur Unkenntlichkeit verkleidet, die Stimme so gut wie möglich verstellt, aber der Junge hatte ihn nach einigen Sekunden entlarvt: Opa hat ja die Kaffeemütze auf! Es war in der Tat die grüne Kaffeemütze (der Kaffeewärmer) mit dem weißen Porzellanring zum Aufhängen, die den Weihnachtsmann einfach nur als Opa bloßstellte.

Die so genannten Nachrichten waren allerdings nicht nur ein Vorwand, um länger aufzubleiben, denn er hatte schon langsam aufgeschnappt, dass die Meldungen nur Erfolgsmeldungen waren über die deutschen Truppen im Krieg. Was erstaunlich war, war die Tatsache, dass über den Krieg in der Familie so gut wie gar nicht gesprochen wurde. Umso merkwürdiger war, dass Papa eines Tages furchterregend aussah, weil er sich seine Gasmaske aufgesetzt hatte und meinte, vielleicht würde man die irgendwann einmal brauchen, und Mama sagte, für Moni müsste man eventuell ein Gasbettchen kaufen. Natürlich verstand der Junge nichts davon, aber es hatte ihn sehr nachdenklich gemacht. [Als Gasschutz für Kleinkinder und Säuglinge gab es Gasbettchen aus gasdichtem Stoff. Durch eine Lüftung konnte Sauerstoff aus einer Sauerstoff-Vorratsflasche hereingeleitet werden …]

Lachesis: Die Familie war einerseits ziemlich unpolitisch, eher gelangweilt von den angeblichen Erfolgsmeldungen, anderer- seits musste man sich selbstverständlich auch hüten, irgendetwas „Falsches" zu sagen, um nicht angezeigt zu werden. Man hörte oben wie unten brav Sendungen aus dem Volksempfänger, Nachrichten, Musik, Lieder, Reden, Ansprachen, Kriegsberichte.

Man stelle sich nur einmal vor, der Junge hätte eine wie auch immer geartete Äußerung der Eltern oder Großeltern nach außen getragen, die sich als Gerücht fortgepflanzt hätte: Mein Vater hat gesagt: Das sind doch alles falsche Behauptungen; die lügen doch! Schon wäre die Staatspolizeileitstelle Stettin vorstellig geworden ...

Man bedenke auch, dass bis zu dem Zeitpunkt, von dem wir hier sprechen, Ende 1940, der Revisionist Hitler, derjenige also, der sich durch seine aggressive Expansionspolitik über die teilweise aufgezwungenen Bestimmungen des Versailler Vertrags vom 10. Januar 1920 hinwegsetzte, seit 1934 aufrüstete, 1935 das Saargebiet rückgliederte, die allgemeine Wehrpflicht einführte, 1936 in die Rheinlande einmarschieren ließ, in den Spanischen Bürgerkrieg auf Seiten Francos eingriff, 1938 Österreich „heim ins Reich" holte, das Sudetenland angliederte, am 14./16. März in Prag einmarschierte und das Protektorat Böhmen und Mähren errichtete, dass dieser Hitler im Begriff war, ganz Europa mit einem schrecklichen Krieg zu überziehen, der schließlich im Zweiten Weltkrieg mündete.

Am 23. August 1939 jedoch sah es zunächst so aus, als habe Hitler von Napoléon gelernt, dessen Russlandfeldzug 1812 kläglich scheiterte: Vom Erhabenen zum Lächerlichen ist es nur ein Schritt, wird Napoleon zitiert. – Dafür mussten Hunderttausende sterben. Die Geschichte besitzt einen Humor, an dem man erfrieren kann (Andreas Kilb in der FAZ vom 2.4.2012). Napoleon und Konsorten, was sind das für menschenverachtende Großmäuler!

Hitler jedenfalls schloss an dem oben genannten Datum mit der Sowjetunion einen Nichtangriffspakt auf zehn Jahre. Das geheime Zusatzprotokoll enthielt die Möglichkeit der Teilung Polens, der Einbeziehung Finnlands, Lettlands und Bessarabiens in die sowjetische und Litauens in die deutsche Machtsphäre.

Dann aber begann der Zweite Weltkrieg schon mit dem Überfall auf Polen am 1. September 1939, wonach Polen durch die SU und Deutschland aufgeteilt wurde. Am 9./10. April 1940 wurde Dänemark besetzt (trotz Neutralität), am 10. Juni Norwegen, nachdem die deutschen Truppen am 10. Mai schon die Maginotlinie umgangen und die Beneluxländer überfallen hatten. Am 22. Juni war vier Fünftel Frankreichs besetzt. Im Sommer begann auch die „Luftschlacht" um England. Hitler, der an den Fronten mit „Blitzkriegen" siegte, war auf dem Höhepunkt seiner Popularität in Deutschland.

Und dann kam am 22. Juni 1941 der Überfall auf die SU, das so genannte „Unternehmen Barbarossa" (zuerst „Fall Barbarossa"), aus moirischer Sicht eine der infamsten, dümmsten und militärisch schlechtesten und dilettantischsten Entscheidungen, die deutlich Hitlers militärische Unfähigkeit und auch teilweise die der Generalität unter Beweis stellten (sie hatten doch nichts von Napoleon gelernt, oder sie kannten sein Fiasko gar nicht, weder Russland, noch Leipzig, noch Waterloo): Zweifrontenkrieg; falscher Zeitpunkt (Klima, Wetter); ungenügende Winterausrüstung; unangepasste Logistik. Mit anderen Worten: Trotz aller vorläufiger Erfolge im Westen durch Macht, Entschlossenheit und eiskalte Unberechenbarkeit, war im Osten, das ist nicht Russland und Moskau, sondern das riesige sowjetische Reich, das Ende Deutschlands, des Dritten Reichs, vorauszusehen.

Klotho: So einen geschichtlichen Crashkurs als Einführung hätte sich so mancher gewünscht!

Na ja, es steht außer Frage, dass der Junge zu jung war für den Krieg, aber er hörte ja wie schon gesagt gern Nachrichten, aber auch Musik und schöne Lieder, die Papa auf seinem Schifferklavier, der Ziehharmonika [nicht Akkordeon!] nachspielen und singen konnte.

Heimat, deine Sterne leuchten mir auch am fernen Ort,
Was sie sagen, höre ich ja so gerne, von der Liebsten ein
heimliches Losungswort.
Goldne Abendstunden, der Himmel ist wie ein Diamant ...

Zarah Leander sang: Ich weiß, es wird einmal ein Wunder ge-
schehn; oder: Davon geht die Welt nicht unter ...

Mit Papa sangen wir auch das berühmteste Lied des Krieges,
„Lili Marleen", das Lale Andersen 1941 zum ersten Mal sang
und das dann allabendlich über den deutschen Soldatensender
in Belgrad gesendet wurde:

Vor der Kaserne, vor dem großen Tor,
Da steht eine Laterne, und steht sie noch davor;
Alle Leute solln es sehn,
Wenn wir bei der Laterne stehn,
Wie einst, Lilli Marleen,
Wie einst, Lilli Marleen.

Auch „feindliche" Soldaten kannten das Lied, die Waffen
schwiegen für einen Augenblick. Noch 1956 kannten zum Beispiel 16 000 Veteranen des Afrikakriegs die erste Strophe. Das
Lied wurde in 60 Sprachen übersetzt.

Da wolln wir uns wiedersehn
Und dann bei der Laterne stehn ...

Der Minister für Volksaufklärung und Propaganda, Dr. Goebbels, hasste das Lied, wahrscheinlich weil es ihm zu rührselig
war, zu emotional und zu individuell. [Heimweh ist ein typisch
deutsches Wort, aber das Gefühl ist international!] Liebe passt
nicht in das System, höchstens die Zeugung nationalsozialisti-
scher Nachkommen, Männer natürlich, für den Krieg. Es sollte
vielleicht besser heißen:

Vor den Millionen Kasernen
Da stehen Millionen Laternen,
Und darunter stehen schon Jahre
Viele Millionen Paare,
Aber die sieht man nicht,
Weil die millionste Bombe das Licht zerbricht.

Ich jedenfalls hatte hinten im Garten meinen Sandkasten zum
Spielen und eine schöne Schaukel zum Fliegen. Manchmal
steckte sich Papa eine an, nahm Moni nach links und mich nach
rechts und schaukelte mit uns, dass die Funken flogen.

Oft stand ich am Nachbarzaun zu Wolffs und rief meine erste Liebe Hannelore, die vier Silben lang und gedehnt. Sie hatte
so schöne lange blonde Zöpfe und war verständiger als ich, weil
sie zwei Jahre älter war. Oder mochte ich ihren „Selbstfahrer"
lieber, ein rotes Tretauto mit Gummibereifung, richtig aus Blech
und mit Lenkung, einem schwarzen Steuerrad mit Fingerrillen
und einem schwarzen Sitz? Leider konnten wir nicht gemeinsam
darin sitzen, also mussten wir abwechselnd auf ihrem Grundstück fahren, aber das machte mir nicht viel aus. Ich hätte natürlich am liebsten den ganzen Tag über mit dem Auto gespielt,
aber das ließ sie nicht zu, und ich wollte es mir mit ihr nicht
verderben. Wie dem auch sei, mein Motor hatte einen hellen,
durchdringenden Klang und war kräftig, er hätte jeden Berg be-
zwungen.

Nun ja, Opa und Papa bauten mir etwas später auch ein Tretauto aus Holz, alles selbst entwickelt und dann fertiggestellt, und
das war auch größer, aber eben nicht so schön wie Hannelores.

Opa hatte einen schönen Wagen, einen *Adler Triumpf Junior*, der
musste aber in der Garage bleiben, weil Fahren damit verboten war, denn Treibstoff wurde für den Krieg gebraucht. Papa
kaufte sich (besser bestellte) sich am 5.6.1941 ein Auto. Dazu
schreibt die Auto Union A.G.:

Sehr geehrter Herr O.!

Wir danken Ihnen für den uns durch unseren Herrn Kocheim erteilten Auftrag zur Lieferung einer

DKW-Meisterklasse Limousine

nach Beendigung des Krieges. Unsere Auftragsbestätigung finden Sie in der Anlage.

Wir können Ihnen versichern, dass Ihnen dieses Fahrzeug infolge seiner anspruchslosen Wartung und leichten Bedienung jederzeit viel Freude machen wird. Trotz des überaus geringen Brennstoffverbrauchs wird die lebhafte Kraft des kleinen Motors Sie stets überraschen.

Wir hoffen mit Ihnen, dass wir bald in der Lage sein werden, Ihnen den Wagen zur friedensmäßigen Benutzung liefern zu können.

Heil Hitler
Auto Union AG
Filiale Stettin
Höß

Lachesis: Es fuhren zu jener Zeit dennoch Autos, nur keine Privatwagen: Zum Beispiel Staatskarossen, Hitlers Mercedes 770K, Autos für Dienstleistungen, Zulieferungen und Autos, vorab LKW's mit Holzgas, das in einer Art Ofen am Fahrzeug selbst erzeugt wurde (der so genannte Imbert-Generator). Außerdem fuhren Pferdefuhrwerke als Leiterwagen oder mit Pritsche, Kutschbock und bereiften Rädern. Man war gut zu Fuß, fuhr Fahrrad oder benutzte die „Elektrische", die Straßenbahn. Sein Vater fuhr jeden Tag mit dem Zug zu seiner Arbeitsstelle, zu den Hydrierwerken nach Pölitz. Wie wir noch sehen werden, spielten alle deutschen Hydrierwerke, die synthetischen Treibstoff herstellten, für den Verlauf des Krieges eine außerordentliche, wenn nicht entscheidende Rolle.

Klotho: Noch etwas zum „Puppenhaus". Es hatte, wie es häufig bei diesen Häusern der Fall war, von der Straße aus gesehen auf der linken Seite einen Anbau mit großen halbhohen Fenstern, eine Art Wintergarten, der gleichzeitig als Hauseingang diente. Diesen Anbau nannten sie Veranda.

An den Wochenenden saß die ganze Familie oft auf den Korbstühlen bei Kaffee und Kuchen, von Oma oder Mama zubereitet.

Einmal gab es eine ziemlich heftige Diskussion darüber, was aus dem Jungen einmal werden sollte, mit anderen Worten, welchen Beruf er einmal erlernen sollte. Die Frauen fanden das belustigend, denn wie sollte man die Entwicklung eines Vierjährigen voraussagen können, der natürlich hierzu noch keine Meinung haben konnte. Die Männer waren jedoch überzeugt, er solle einmal einen technischen Beruf erlernen, und besonders Opa sah in ihm in dieser Hinsicht Begabungen und sagte mögliche Entwicklungen voraus: Maschinenbautechniker, -ingenieur, Schiffsingenieur, Schiffbauingenieur, Bauingenieur und was noch alles … In gewisser Weise war das schon richtig so, denn obwohl der Junge keinen dieser Berufe gelernt oder studiert hat, hat er jedoch bis heute großes Interesse an allem, was sich dreht, anders gesagt in Bewegung ist: Uhrwerke, Turbinen (Dampf-, Gas- oder Wasserturbinen), Generatoren, Motoren aller Art, nicht zuletzt dem Stirling-Motor, auch Heißgasmotor genannt, eine Wärmekraftmaschine.

Das Paradies

Mindestens zweimal in Jahr fuhren wir zu meiner großen Freude zu meinen Großeltern, Omi und Opi, nach Treptow a/Rega in Hinterpommern. Omi, Caroline (Lina) Grütt war 1879 in Schmannewitz in Sachsen geboren, eine geborene Gutwasser. Opi, Theodor (Tedor) Grütt, geboren 1869, kam aus

Zimmerhausen, einem Ort südöstlich der Kreisstadt Greifenberg. Sein Vater, Karl Friedrich Grütt, geboren 1819, war Gärtner wie er. Letzterer heiratete 1855 Wilhelmine Elisabeth, geboren 1834, Tochter des Inspektors Johann Karl Ewald Janke. Eine andere Tochter, Wilhelmines Schwester also, Emma, ging nach Amerika, heiratete einen Deutschamerikaner Sichling, der in Milwaukee eine Brotfabrik aufmachte. Ihre Kinder hießen John und Irma. Opis Großvater war Bauer und hieß Christoph Grütt, und dessen Vorfahren stammten aus Schweden mit dem Namen Gryt. (Es sei daran erinnert, dass im *Westfälischen Frieden* von 1648 die Großmacht Schweden Vorpommern einschließlich Stettin und die gesamte Odermündung als Reichslehen erhielt ... Nebenbei bemerkt gibt es in Südschweden einen Ort mit dem Namen Gryt.) Opi war wie gesagt Gärtner und hatte in Zimmerhausen ein großes Gut verwaltet.

Atropos: Omi war Krankenschwester und Diakonisse. Die *Geschichte der Gutwassers* können sie weit zurückverfolgen, weil Kurt Alexander Gutwasser im Jahr 1914 die Geschichte der Familie Gutwasser schrieb, in der als ältester Stammvater genannt wird Bartholomäus Gutwasser in Schneeberg im Erzgebirge in der zweiten Hälfte des 16. Jahrhunderts. (Wegen des Namens werden im Folgenden nur die männlichen direkten Abkömmlinge genannt). Michael G. war Fürstlicher Bergvogt (Verwaltungsbeamter im Bergbau) in Saalfeld in Thüringen, Johann Heinrich G. (1677-1727) war Oberstleutnant in Dresden, Daniel Gottlob G. (1710-1767) war Advokat und Notar in Dresden, Dr. jur. Julius Gottlob G. (1747-1801) war Advokat und kaiserlicher Notar in Dresden. Es wird vermutet, dass er 1768 den jungen Goethe getroffen hat. Dr. Julius Christian G. (1776-1839) war Advokat und Sekretär der Königlichen Armenkommission in Dresden, Julius Christian Heinrich Viktor G. (1806-1871) war Maler und Zeichenlehrer in Altenburg (Thüringen), Karl Friedrich Emil G. (1809-1877) war Regierungsrat in Dresden ... Sodann war einer Kaufmann in Amsterdam, einer Diakon, ein anderer Zollsekretär; Postmeister; Postdirektor; Handelsschuloberlehrer; Dr. phil.

Oberlehrer am Staatsgymnasium in Leipzig; ein Hauptmann der Feldartillerie; zwei Rechtsanwälte; es reicht! ... Jedenfalls war der Urgroßvater des Jungen, Omis Vater also, Schuhmachermeister in Schmannewitz und obendrein Uhrensammler ... Omi hatte auch einen Cousin, der lebte ebenfalls in den USA, Max Leichsenring in Chicago.

Zu Beginn des 20. Jahrhunderts kauften Omi und Opi sich ein großes Grundstück mit dem ehemaligen Tanzsaal Treptows, dort, wo Mühlengraben und Rega wieder zusammenfließen. Im Süden trennen sich Rega und Mühlengraben durch eine Schleuse. Der Mühlengraben fließt direkt auf Treptow zu und betrieb zunächst eine Getreidemühle, dann ein E-Werk. Die Rega fließt gemächlich um Treptow herum und trifft sich dann im Nordosten wieder mit dem Mühlengraben am Grüttschen Grundstück. Das Grundstück selbst hat im Westen den Mühlengraben als Begrenzung, im Norden die Rega, im Süden Mensings Bäckerei mit dem hohen Schornstein und im Osten Wittkes Grundstück an der Bollenburg.

Schinkel hat 1809 unter anderem *Treptow mit Brücke zum ehemaligen Kolberger Tor* gezeichnet, später die *Blücher-Brücke*, die wir *Pottbrücke* nannten, von der aus wir auf die Gärtnerei sehen konnten. Schinkel hatte die Brücke vom Grüttschen Grundstück aus gezeichnet. Dieses Grundstück nun, auf dem Omi und Opi die Gärtnerei errichteten mit Wohnhaus (dem ehemaligen Tanzsaal), einem kleinen beheizten und einem größeren unbeheizten Gewächshaus, mit Schuppen und Ställen für die Tiere, mit sämtlichen Mistbeetkästen und Beeten war vier ein Viertel Morgen groß, das sind 0,3 Hektar oder 12750 Quadratmeter. An Tieren hatten sie zwei Pferde, einen Ackergaul zum Pflügen, einen zum Transport für den Einspänner, eine Kuh, zwei Schweine, vier Schafe, Hühner Enten, Gänse und Tauben, Mohrchen, den Hund, und Lazuscha, die mehrfarbige Katze.

Als die Kinder alt genug waren, Wilfried, der älteste, 1909 geboren, dann Magdalene, die mittlere, 1911 geboren, und schließlich Gotthard, 1913 geboren, mussten sie kräftig mit anpacken.

Viel später dann während des Zweiten Weltkriegs hatten sie eine ganze Reihe Kriegsgefangener, ab 1940 die beiden Franzosen Léon und Gaston, dann ab 1941 die beiden Russinnen Manja und Olga (mit Kleinkind Walli) und noch später Jackel, den Italiener.

Die Gärtnerei Theodor Grütt wirtschaftete in Vorkriegs- wie in Kriegszeiten erfolgreich, im Sommer durch den Gemüseanbau, im Winter durch den Verkauf von Samen und eingemietetem Gemüse (Mohrrüben, Steckrüben, Kartoffeln [von einem zusätzlichen Feld], Kohl in „Hanfwerken".

Als Dünger wurde Jauche aus der Jauchegrube verwandt und Mist vom Misthaufen (natürliche Düngung!), gespritzt wurde nicht. Selbstverständlich saßen dann die Kohlweißlingsraupen zum Beispiel am Blumenkohl und wurden entfernt, na und? Sie waren ja schließlich der Beweis für die Abwesenheit von giftigen chemischen Stoffen.

Das Haus auf der Bollenburg 5 war wegen des jährlich im Frühjahr wiederkehrenden Hochwassers – auch eine natürliche Düngung – als Hochparterre gebaut. Der Eingang zur unteren Etage führte über eine Außentreppe zu einem Perron und von dort zur Haustür. Die Kellerräume und der Verkaufsraum waren nur etwa einen halben Meter unterhalb der Erdoberfläche, ein willkommenes Wasserauffanglager nach der Schneeschmelze. In die erste Etage konnte man auch vom Keller aus über eine Treppe gelangen.

Die untere Wohnung hatte eine große Küche, ein geräumiges Wohn- und Schlafzimmer, ein Esszimmer und nach hinten hinaus noch zwei Zimmer. Sie wurde durch eine Zentralheizung mit Schwerkraft beheizt (eine Umwälzpumpe gab es noch nicht). Die obere Wohnung hatte eine kleine Küche mit Dachgaube, dann ein großes Wohn-Schlafzimmer mit Kachelofen und zwei Zimmer in Vorbereitung. Sie waren bereits mit Heraklit ausgekleidet und hatten Holzfußböden. Toiletten oder Bäder gab es im Haus nicht. Opi war der Meinung, dass derjenige ein großer Schmierfink sein müsse, der es nötig habe, sich jeden Tag zu waschen. Zum Waschen gab es Waschschüsseln

29

entweder aus Steingut oder Email, mit Kannen, beides auf der so genannten Frisiertoilette, einer Kommode mit Spiegeln und Marmorplatte. Wasser wurde mit einer Handpumpe im Keller aus einem Pumpensumpf gepumpt und in Eimern nach oben geschleppt. Die Kinder wurden einmal in der Woche in einer Zinkwanne abgeschrubbt.

In Ermanglung einer Toilette im Haus gab es draußen den „Abort", eine Holzbude mit Plumpsklo. Eine solche Einrichtung war nicht dazu angetan, in Träumen zu versinken, sondern sie so schnell wie möglich wieder zu verlassen, im Sommer wegen der fliegenden Mitbewohner und ihren Brutplätzen, im Winter wegen der unglaublichen Kälte, denn bei minus 25° Celsius friert einem buchstäblich der Hintern ab, auch wenn der Ort dann absolut steril ist, weil die Kolibakterien das Zeitliche segnen, und der gefrorene „Turm" beginnt, einem mit seiner eiskalten Spitze in den Allerwertesten zu pieken.

Elektrisches Licht gab es erst am Ende des 19. Jahrhunderts, und der Strom kam aus Belgard. In der unteren Küche gab es noch eine Gaslampe, ansonsten auch Petroleumlampen und Kerzen.

Für mich war hier das Paradies, man konnte „rumströpen", man konnte Verbotenes versuchen, zum Beispiel an der Wassertonne spielen, die Mückenlarven beobachten, wie sie die Acht schwimmen, um sich vorwärts zu bewegen, man konnte „kütern", das heißt matschen, sich richtig dreckig machen, in Schuppen und Ställen rumstöbern. Oder man konnte sich nach oben schleichen, wo in einem der unfertigen Zimmer in einer Ecke eine große Truhe stand, deren schweren Deckel man kaum aufbekam. In ihr waren Soldatenbilder zu sehen, Kürassiere zum Beispiel, schwere Kavallerie mit Kürass (Brustharnisch), Pallasch (Korbdegen und Lanze) oder später Karabiner. Das hatte Omi mir mal heimlich erklärt, das durfte Opi gar nicht wissen, da oben sollte sowieso keiner in seinen Sachen rumkramen und rumschnüffeln.

Lachesis: Opi war kein Kommiskopp, aber er hatte im Ersten Weltkrieg bei *Verdun* gekämpft und hatte das EKI bekommen. Omi hatte ihm 1914 das „Neue Testament" geschenkt: „Zum Trost in schwerer Zeit" mit folgender Widmung in Sütterlinschrift: „Ob tausend fallen zu deiner Rechten oder zehntausend zu deiner Linken, so wird es dich doch nicht treffen."

Sie behielt recht, es traf ihn nicht, er hatte nicht die leiseste Abschürfung, aber es machte ihn betroffen, denn auch und gerade bei Verdun wurden die Soldaten verheizt, mit anderen Worten, man schoss mit Kanonen und Granaten auf Soldaten mit ihren Spaten, den hatten sie schon im Gepäck.

Jeder, der auch nur im Entferntesten daran denkt, einen Krieg vom Zaun zu brechen oder zu entfesseln, sollte dazu verdonnert werden, seinen Blick über die Soldatengräber auf dem ehemaligen Schlachtfeld am *Fort Douaumont* schweifen zu lassen. Dann sollte er/sie viele Blicke werfen auf das so genannte *Ossuaire*, das *Gebeinhaus*, mit all seinen Gebeinen und Totenschädeln mit den Löchern, die die Eintrittsstellen der Granatsplitter markieren (man könnte das Gebeinhaus durchaus als wahrhaften, echten riesigen [also nicht betrügerischen] Reliquienschrein bezeichnen). Andere Überreste des Stellungskriegs (das Spiel, das keins war, hieß „Höhen nehmen") sind aus dem Boden herausragende Bajonette (am Gewehrlauf befestigte Stichwaffe; Bezeichnung bezieht sich auf frz. Stadt Bayonne), die Waffe, die man nicht mehr anonym, sondern sozusagen persönlich von Mensch zu Mensch gegeneinander einsetzte. Die verlustreiche Schlacht um Verdun vom Februar bis Dezember 1916, die man auch „Blutpumpe", „Knochenmühle" oder Hölle nannte, wurde zum Symbol der Widerstandskraft Frankreichs aber auch zum Sinnbild sinnloser Menschenopfer, denn sie kostete auf beiden Seiten 700 000 Menschen das Leben, wobei sich die militärischen Führungen durchaus dessen bewusst waren, was die Soldaten zu leiden hatten, sie gingen jedoch bedenkenlos damit um. Es galt, die Schlacht durchzustehen, denn warum sollten die Hunde ewig leben? Diesen Satz soll Friedrich der Große [was soll groß daran sein?] seinen vor den Österreichern fliehenden Soldaten am 18. Juni 1757 im Siebenjährigen Krieg in der Schlacht von Kolin zugerufen haben.

Wer sich in Verdun übergibt, hat es verstanden. Wer sich dort nicht übergibt, dem erzählen wir noch eine Anekdote, die Landser (Soldat, Kurzform für Landsknecht) gern als wahre Begebenheit aus dem Zweiten Weltkrieg wiedergeben: „Wir saßen im Schützengraben und aßen unsere Wassersuppe, als mein Kamerad neben mir einen mitkriegte, der ihn umblies. Sein Gehirn spritzte in der Gegend rum, auch in unsre Suppe. Wir schlürften unsere Suppe weiter, wir hatten Hunger, und es war kalt …"

Na, immer noch hart gesotten? Unter Krieg verstehen wir Moiren übrigens nicht nur Auseinandersetzungen mit Waffen, vom Messer bis zur Neutronenbombe, sondern auch die Kleinkriege in der Familie, am Arbeitsplatz (Mobbing), im Verkehr, in der Politik (ein manchmal kaum noch zumutbares Gezänk, eine geradezu spitzfindig angelegte Werbestrategie gegen den Urnengang. Dabei sind doch nicht nur die abgestaubten Prozente, sondern die Wahlbeteiligung das demokratischste an der ganzen Sache. Und welches Grundprinzip wird häufig offenbar? Pack schlägt sich, Pack verträgt sich [Pack ist hier im Sinne von „Bande" zu verstehen, die nur darauf aus ist sich zu bereichern, Koalition hin oder her].

Klotho: Wie dem auch sei, wir wollen uns wieder mit unserem kleinen Autobiographen beschäftigen, als er etwas über drei Jahre alt war und in Treptow oben auf dem Flur Radio spielte. Das „Radio" war eine rote Kommode mit zwei Türen mit Knöpfen aus Perlmutt. Er saß auf Omis „Rutsche", einer kleinen Fußbank, und „drehte" an den Knöpfen, wobei er ganz genau wusste, dass der rechte Knopf für die Senderabstimmung und der linke für die Lautstärkeregelung zuständig war. Er sang „Lieder" oder sprach (un-)verständliche Ansagen oder Nachrichten. Er spielte eben Radio. Das Radio — wobei ihm Opis Volksempfänger VE 301 mit der langen Drahtantenne zu Flachs Haus — als Vorbild diente — faszinierte ihn außerordentlich: Da war kein Mensch drin, nur so Glaskolben mit glühenden Drähten darin

(Röhren RGN 1064, AF7, RES 164) und noch andere Drähte, ein Lautsprecher, das hatte er schon durch die Löcher der Rückwand erspäht, und man konnte trotzdem Stimmen hören oder ein ganzes Orchester, unglaublich. In seinem „Radio" befanden sich nur Schuhe, aber das machte ja nichts.

Noch viele Jahre sollten vergehen, bis er begriff, rein technisch, später auch politisch, was Rundfunk eigentlich bedeutet: Das beste Machtmittel überhaupt, aber nur in einer Richtung, vom Sender zum Hörer.

In Treptow fühlte er sich zwar frei, aber ihm wurde wenig oder gar nichts erklärt, erläutert, er musste sich alles selbst erarbeiten. Dass dabei öfter viel „Ungezogenes" herauskam, wofür er gescholten wurde oder Prügel bezog, wurde ihm auch erst später bewusst, es war eine Art Try-and- error-show. Man muss es probieren, im schlimmsten Fall geht's schief. Wer im Glashaus sitzt, sollte nicht mit Steinen werfen, aber er war ja nicht drin, er war ja draußen. Was er im tiefsten Innersten verstand war, dass Opi insgesamt nicht so gut auf ihn zu sprechen war: Du Nickel du!, war Opis Leitsatz. Das hatte nichts mit dem chemischen Element zu tun, sondern hat die Bedeutung Kobold, eigensinniger Mensch, bei Opi war er einer, der immer was ausfraß.

Wogegen protestierte er denn nun schon wieder? Klotho sagte es eben schon: Er bekam keine Antworten, und so langsam gewöhnt sich ein Kind daran, keine Fragen zu stellen. Vielleicht ist das das Hauptmerkmal des Paradieses: Keine Fragen, keine Antworten. Das hat natürlich den Vorteil, dass man selbständiger wird, der Nachteil ist nur die Schieflage. Sind seine eigenen Antworten „richtig", ist seine Selbständigkeit fest verankert, oder steht sie auf tönernen Füßen?

Lachesis: Was für eine Stadt war Treptow eigentlich? Eine kleine, ansehnliche Stadt aus dem 13. Jahrhundert mit ungefähr zehntausend Einwohnern, mit der Marienkirche direkt oberhalb der Gärtnerei auf der gegenüberliegenden Seite des Mühlengrabens, einem majestätischen gotischen Backsteinbau aus dem

14. Jahrhundert. Dann das Rathaus mitten auf dem Marktplatz, das Schloss, der Königshain und noch einige andere interessante Denkmäler.

Die sehr abwechslungsreiche Geschichte der Stadt kann hier nicht in Einzelheiten erzählt werden, deshalb sei verwiesen auf das Buch *Stadt Treptow an der Rega* von Schulz-Vanselow, aus dem später noch zitiert und auf das noch zurückgegriffen werden wird.

In Treptow wurden allerdings allerlei Geschichten erzählt (immer ein Zeichen von Freiheit gegenüber einer einzigen Geschichte [zum Beispiel einer religiösen Einheitswahrheit]), an denen Omi einen nicht unerheblichen Anteil hatte. Sie konnte gut und spannend erzählen, und da das meistens in der so genannten Schummerstunde geschah – die Stunde, in der es so langsam dunkel wird – zogen die Kinder die Beine an, weil sie das Gruseln überkam.

Sie erzählte zum Beispiel, wie sie noch abends spät auf dem Feld arbeitete und der Vollmond so hell leuchtete, dass sie alles gut erkennen konnte. Da fiel ihr plötzlich auf, dass der Schatten, den sie warf, auf der Mondseite zu sehen war und nicht wie üblich auf der anderen Seite. Sie hatte ein seltsames Gefühl und so eine Ahnung, und am nächsten Morgen erfuhr sie, dass just zu jener Stunde eine Freundin gestorben war.

Frau S. kam wieder einmal betteln, und Omi war an jenem Tag nicht geneigt, ihr schon wieder etwas zu geben, sondern sagte ihr, sie solle endlich arbeiten, dann brauche sie nicht zu betteln. Daraufhin wurde Frau S. bleich im Gesicht, zitterte und sagte etwas, das Omi nicht verstand, und schlich sich von dannen. Von Stund an bekam der Schäferhund Rex seltsame Anfälle, das war weder Tollwut noch Epilepsie, sie hatte ihn verhext. Als Wilfried ihn ein paar Tage später mit zum Bahnhof nahm, riss er sich los und biss in die Räder der ankommenden Lokomotive, sodass ihm die Schnauze abgefahren wurde.

Von zwei Treptower Hexen, Ursula Raddemer und Dorothea Schwartz, wissen wir, dass sie 1669 beziehungsweise 1679 nach dem *Hexenhammer*, nach dem von zwei Theologieprofessoren als

Inquisitoren eingesetzten Gesetzbuch *Malleus maleficarum* verurteilt werden sollten und ihnen an der Universität Greifswald der Prozess gemacht wurde (a.a.O. S.70). (Der *Hexenhammer* ist ein Werk zur Legitimation der Hexenverfolgung, das 1486 von dem Dominikaner Heinrich Kramer veröffentlicht wurde; mit Folterpraktiken, Peinigungen und Hexenproben; Ausgeburt eines sadistischen und frauenverachtenden Männergehirns! Vielleicht auch Sadomasos mit Mutterproblemen??)

Als Omi und Opi ihren Gartenbaubetrieb gerade aufgenommen hatten, stellten sie einen Knecht ein, der immer guten Appetit hatte. Also gab Omi ihm eine nicht allzu dicke Scheibe Brot mit dick Leberwurst drauf.

„Nee, Fru Jrütt," sagte er, „geives mi wall lever n' dick Stull!"

Gesagt, getan. Omi gab ihm für die erste wie gewünscht eine dicke Stulle mit weniger Leberwurst drauf.

Am nächsten Tag machte sie ihm wieder die gleiche Stulle wie die letzte. Darauf sagte er: „Nee, Fru Jrütt, geives mi wall lever n' dünn Stull mit dick Wurscht, dei smeke beter, sejt min Frau."

Im Jahr 1630, als die Kaiserlichen die Stadt ausplündern wollten, soll eine tapfere Treptowerin, die in einem Stadtturm wohnte, die sich anschleichenden Feinde mit heißer Grütze übergossen haben. Als die Getroffenen daraufhin laut schrien, konnten die Stadtwachen den Feind abwehren. Der Deutsch-Amerikaner *Lionel Feininger*, von dem noch die Rede sein wird, malte 1928 diesen so genannten *Grützturm*.

Bevor noch eine Omi-Geschichte wiedergegeben werden soll, sei hier *Adelheid von Veith* Platz gemacht, die etwas verkürzt Folgendes berichtet:

Im Jahr 1858 sollte das *Bugenhagensche Gymnasium* eingeweiht werden, nachdem sich eine große Schülerzahl angemeldet hatte, meist Söhne der reichen Gutsbesitzer der nächsten Umgebung. Der Direktor hatte eine glänzende Rede vorbereitet, die folgenden krönenden Abschluss haben sollte: Hinter dem Vorhang auf der Bühne der Aula stand der hölzerne Lehrstuhl *Bugenhagens*, eines berühmten pommerschen Kirchenmannes, der treueste Freund *Luthers*. Diesen Lehrstuhl galt es zu zeigen und auf dem Sitz desselben Bugenhagens ledernen Reisebecher.

Am Morgen des Festtags fragte der Direktor den Pedell, ob alles gut vorbereitet sei, die Räume auch schön warm, der Lehrstuhl und der Becher an ihrem Platz.

„Nö, das ja nu nich, es war ja befohln worden, die Säle warm zu heizen. In dem neuen Ofen wollte kein Holz brenn; da nahm meine Frau den ollen Lehnstuhl, der war so schön trockn, und da brannte es gleich lichterloh, und denn is es nu ja auch schön warm ..."

Der Direktor ist einer Ohnmacht nahe: „Und der Reisebecher?", keucht er fassungslos.

„Der Becher, der Reisebecher?"

„Ja, was ist mit dem? Mit dem Reisebecher vom Bugenhagen."

„Och den, den hat neulich Fähnrich Löper uffjefressen ..."

„Bitte was?", fragt der Direktor außer Atem.

„Ja, uffjefressen. Sie wissen doch, wie dat is, die jungen Offiziere hatten sich jebrüstet, alles vertragen zu können, und Löper hatte dat sogar auf Leder bezogn. Als die andern Beweise haben wollten, holte Löper den Becher, zerschnitt den in kleine Stücke und fraß den auf, und die Freunde johlten natürlich ..."

Hier nun eine Begebenheit, die Omi immer wieder erzählen musste, und bei der die Füße am höchsten hochgezogen wurden, weil die Schummerstunde am weitesten vorgeschritten war, es war dunkel draußen.

Dunkel war es, als der Posten Wache hielt vor dem englischen Fort (Befestigungsanlage) auf Borneo, einer englischen Kronkolonie in Südostasien, wo die Malaien wohnen. Es war still und noch ziemlich warm, denn es war ein heißer Tag gewesen. Der Posten wurde schläfrig und nickte immer wieder ein.

Da fiel plötzlich ein Blatt auf den Boden und dann wieder eins und dann noch eins und wieder eins. Und da waren zwei ganz kleine Lichter, kaum zu erkennen, und die kamen näher, immer näher ...

Als der Posten am nächsten Tag abgelöst werden sollte, war

er verschwunden. Sie suchten die ganze Gegend ab, aber sie fanden nichts, keine Spur, nicht den Posten, nicht das Gewehr, gar nichts. Sie begannen zu vermuten, dass er vielleicht desertiert war, sich also heimlich aus dem Staub gemacht hatte, aber warum? Es gab doch keinen Grund, und außerdem konnte ihn das teuer zu stehen kommen, wenn man ihn erwischte, er konnte unter Umständen sogar dafür erschossen werden.

Der nächste Wachtposten war ein abgebrühter Kerl, außerdem furchtlos, er war gern Soldat und schob auch gern Wache. „Da kann man an vieles denken", sagte er, „und ratz fatz ist die Nacht zu Ende ... Außerdem abhauen, wieso denn? Mir gefällt das hier, und mein Mädchen gefällt mir auch, die ist doch zum anbeißen, solche schönen Frauen gibt es in Europa nicht! Also, morgen früh seht ihr mich in alter Frische wieder ..." Er wollte ganz besonders gut aufpassen.

Als nun die Nacht hereinbrach, spähte er alles aus, wanderte auf und ab, um die aufsteigende Schläfrigkeit zu überwinden. Aber da war nichts, alles ruhig, still sogar, keine besonderen Geräusche, die die Aufmerksamkeit aufrechterhalten konnten.

Und da fielen wieder die Blätter, ganz langsam erst und vorsichtig, fast geräuschlos aber doch hörbar, und dann etwas schneller. Und da waren wieder die beiden Lichter, und die kamen näher ...

Am nächsten Morgen war auch der zweite Posten spurlos verschwunden. Sie begannen unruhig zu werden, weil sie meinten, sie könnten ausschließen, dass er desertiert war. Seine Freundin war traurig und weinte, weil sie glaubte, er wäre wohl nicht mehr am Leben. Der kleine Trost des Kommandanten war wenig hilfreich, auch wenn er sagte, sie hätten ja keine Beweise, und bis dahin könne man ja noch Hoffnung haben.

Und so ging das noch drei weitere Nächte, bis der Kommandant einen gut ausgebildeten Spezialisten als Posten aufstellte. Der hielt sich wach, obwohl er sehr müde wurde: Ich halte mich wach, ich passe auf, und wenn es die ganze Nacht sein muss. Ich habe zwar ein bisschen Angst, aber ich glaube, es ist die Angst, die mich nicht einschlafen lässt. Das hat er gerade gedacht, als er fallende Blätter hört, leise, und es kommt näher, und da sind auch zwei kleine Lichter, sie nähern sich, und er wird hundemüde, und er wird gleich einschlafen. Da sagt eine innere Stimme: Tu's nicht! Auf keinen Fall einschlafen, wach bleiben, wach, wach, wach! Man sieht, wie er gegen den Schlaf ankämpft, und da sind die beiden Lichter ganz nah ... Und da nimmt er sein Gewehr und feuert auf die Lichter ... Und da ist nichts mehr, und er ist auch nicht mehr schläfrig und bleibt auf seinem Posten und wacht die ganze Nacht.

Am nächsten Morgen sind alle erstaunt und froh ihn zu sehen, und er erzählt die Geschichte in allen Einzelheiten, und sie hängen an seinen Lippen, denn es ist ja das erste Mal, dass einer erzählen kann, weil er noch da ist.

Und dann finden sie eine Blutspur, die führt weit in den Urwald und dort weit hinauf zu den Felsen. Und hinter einem großen Felsen liegen die toten Kameraden, oder was noch von ihnen übrig ist, und da verendet auch gerade der große schwarze Panther und hinterlässt drei wohlgenährte Junge.

Treptow war für einige berühmte Leute kein unbekannter Ort: Goethe kannte die Stadt, Herzog Friedrich Eugen von Württemberg wohnte ab 1750 im Treptower Schloss. In Treptow geboren wurde Prinzessin Elisabeth Wilhelmine Louise, die mit Franz I., Kaiser von Österreich, vermählt wurde. Schinkel haben wir schon erwähnt, der zu Anfang des 19. Jahrhunderts Ansichten der Stadt zeichnete, und schließlich der auch schon erwähnte Blücher, der 1807 sein Hauptquartier in Treptow hatte. In der Völkerschlacht bei Leipzig vom 16. bis 18.10.1813 trug Blücher entscheidend zum Sieg der gegen Napoleon I. verbündeten Armeen bei, na ja und dann in der Schlacht bei Waterloo am 18.6.1815 gab er und Wellington Napoleon den Rest.

Es ist wieder Sommer, der Sommer 1941, es ist Mitte Juni, und wir fahren wieder einmal mit dem Zug von Stettin nach Treptow. Wir tuckern durch schöne pommersche Landschaften, durch Wälder und weite Felder, vorbei an großen Äckern und einzelnen Gehöften. Der Zug ist kein D-Zug oder ein Eilzug, sondern ein ganz normaler Personenzug, tack tack, tack tack klopfen die Räder, wenn sie über die Schienenlücken fahren.

Nah am Gleis schweben die vielen Telefondrähte vorbei, der Holzmast mit seinen weißen Isolatoren aus Porzellan kann sie kaum tragen, aber sie sind am Gipfel, dann gleiten sie wieder nach unten und dann wieder nach oben, und so wiederholt sich das.

Einmal mussten wir auf freier Strecke halten, und da konnte man den Singsang der Telefondrähte hören. Papa sagte, das sind die vielen Stimmen der Menschen, die telefonieren, aber auch der Wind, der die Drähte zum Schwingen bringt.

Das Rauchdampfgemisch der Lokomotive wirft Schatten auf die vorbeiziehenden Felder, aber die Schatten lösen sich schnell auf und machen anderen Platz. Es scheint alles irgendwie in Bewegung zu sein, das Gemisch kriecht sogar ins Abteil und stinkt liebevoll.

Opa hat mir die Dampfmaschine erklärt, das war schwierig mit den Ventilen. Ich denke an die ungeheure Kraft, die der gefangene Dampf auf den Kolben ausübt, und wie der Dampf sich freut, wenn er nicht mehr so unter Druck steht, wenn er sich entspannt, wie Opa sagte, weil er seine Kraft abgegeben hat. Opa sagt ja immer, man muss ein Gefühl für eine Maschine haben, dann versteht man das auch alles viel besser: Die ganze Arbeit, die die Maschine hat, und das geht alles so schnell mit den Ventilen auf und zu, dass man sich das kaum vorstellen kann.

Papa kommt am Wochenende nach, denn er muss arbeiten, hat dann aber ein paar Tage Urlaub, an denen er den Gärtnern zur Hand geht. Er macht das gern, weil er sich an frischer Luft bewegen und sich nützlich machen kann. Monis Kinderkarre wackelt auf dem Perron, als wollte sie sich selbständig machen.

Oma sitzt Mama gegenüber in unserem Abteil, sie unterhalten sich über das frische Gemüse, das wir bald genießen können. Die zwei übrigen Fahrgäste, zwei Männer, lesen, der eine den *Völkischen Beobachter*, das kann ich schon gut lesen, und der andere? Moment mal, ich hab's gleich, komisch, ein Buch, wie heißt das denn? G-u-s-t-a-v F-rrr-e-y (kenn ich nicht) –t-a-g; S-o-l-l und H-a-b-e-n (versteh ich nicht; ich traue mich aber auch nicht zu fragen). Der Mann sieht sowieso komisch aus, mit Brille und dann soon großen Bart um den Mund, aber ein feiner Anzug mit Hemd und Schlips und ganz glänzende schwarze Schuhe.

„Mama, warum machst du dir eigentlich die Lippen rot?", frage ich ganz unerwartet, weil ich Lust dazu habe. Mama ist schlagfertig und antwortet: „Dein Vater wünscht das so." Die Fahrgäste blicken auf und schmunzeln. Gollnow-Naugard-Plathe, so weit sind wir schon. Bald sind wir in Greifenberg, der Kreisstadt, und dann ist es nicht mehr weit bis Treptow. Es sieht lustig aus, wenn alle in die gleiche Richtung nicken, Moni besonders, weil sie schläfrig ist. Anstatt rauszugucken, spielt sie immer bloß mit Lilli rum; sie ist aber auch noch so klein.

Vielleicht, um wieder auf mich aufmerksam zu machen, frage ich wieder unvermutet, aber dieses Mal Oma: „Oma, wieso hast du eigentlich eine Krähe auf dem Kopf?" Oma braucht etwas länger als Mama und sagt lachend: „Na, du stellst aber auch Fragen … Das ist keine Krähe, das ist eine schwarze Hutfeder. „Die Mitreisenden unterbrechen ihr Lesen, blicken auf und verziehen den Mund zu einem Lächeln, wobei der Mund mit dem Bart besonders breit und groß wird.

Nach einiger Zeit will ich wieder eine Frage stellen, weil ich mir den Kopf darüber zerbreche, woher Opi eigentlich weiß, dass wir kommen. Immer steht er da mit Pferd und Wagen, jedes Mal wie bestellt. Und wenn sie ihn bestellt haben, wie machen sie das? Aber ich habe noch nie gehört, dass einer im Radio sagt, also Opi, wir kommen dann und dann mit dem Zug, komm bitte zum Bahnhof. Oder hat Mama das geschrieben? Ich komme nicht mehr dazu, die Frage zu stellen, denn der Zug quietscht, wir sind da. Oma und ich laden die Karre aus und die Koffer, Mama schleppt Moni auf dem Arm, Oma schiebt die Karre mit dem großen Koffer, ich trage den kleinen. Wir verlassen den Bahnhof, und da steht er mit Pferd und Wagen. Ich darf neben ihm auf dem Kutschbock sitzen, wenn ich artig bin, sagt er. Ich nehme mich zusammen, ich bin doch nicht blöd. Ich würde gern wissen, woher er weiß, wann wir ankommen, aber ich stelle ihm keine Fragen (mehr), er antwortet ja sowieso nicht, oder ich verstehe ihn nicht. Auf der Bollenburg biegen wir hinter der Pottbrücke links in den Torweg ein. Das Pferd weiß schon, wo's langgeht und bleibt am Haus stehen, genau vor der alten Linde. Omi begrüßt uns herzlich und auch Tante Gretel, die Frau meines Onkels Wilfried aus Langenbielau in Schlesien, wo sie früher bei der Textilfirma Dierig arbeitete.

Tanne Gretel ist die flinkste Frau, die ich kenne. Sie ruft alle mit Namen zum Abendessen, und erst dann fängt sie an, die Stullen zu schmieren, mit selbstgemachter Leberwurst, na klar, pommersche Wurst mit Wurs(ch)kraut (Majoran Origanum) drin, mit selbst geräuchertem Schinken, aber auch mit selbstgemachter Butter, Griebenschmalz, köstlich, mit Thymian und Apfel drin. Wenn alle draußen unter der Linde am Tisch sitzen, ist Gretel fertig. Elf Personen essen Berge von Stullen, weil alles so gut schmeckt. Auch die Kriegsgefangenen sitzen mit am Tisch. Das ist verboten, aber Omi hat entschieden: Sie sind Menschen wie du und ich. Zu trinken gibt es Tee wie den ganzen Tag über, Pfefferminztee oder Kamillentee oder auch Salbeitee, je nachdem welches Kraut oder welche Blumen gerade wachsen: Malven oder Ringelblumen zum Beispiel. Für den Winter trocknet Omi Kräuter, damit es dann auch Tee geben kann. Omi sammelt auch Blumensamen, den sie im Frühjahr aussät: Löwenmaul, Lewkojen, Goldlack, Sommerchrysantemen, Tagetis.

Geredet wird am Tisch wenig, höchstens über das, was es am nächsten Tag zu tun gibt: Vier Frauen werden Wäsche waschen: Kochen im Bottich, waschen in großen ovalen Zinkwannen, spülen, wringen, zum Trocknen hinten auf der Wiese zwischen den Pflaumenbäumen aufhängen, alles von Hand, große Stücke, Bettwäsche, die kleinen Stücke zählen gar nicht: Die weißen Unterhemden oder die großen grünen Liebestöter mit Zwickel. Opi teilt die Männer für die Gartenarbeit ein: In den

Mistbeetkästen muss Unkraut gejätet werden, abends kräftig gießen, besonders die Tomaten im großen Sommergewächshaus, Leon die oberen Scheiben nochmal tünchen, es wird heiß, früh damit anfangen. Keiner in der Gärtnerei hat schöne glatte Hände, alle Hände sind trocken und runzlig, manchmal haben sie sogar Hautrisse, so genannte Rhagaden, da kann man fast das Blut sehen, hat mir Omi gezeigt. Und unter den Fingernägeln ist es immer schwarz. In Stettin hat Mama schönere Hände und Papa auch, aber hier sind sie sofort rau. Warum man denn keine Gummihandschuhe anzieht, möchte ich wissen. Gummihandschuhe?, das ist was für Ärzte, hier hast du kein Gefühl für das, was du tust, außerdem schwitzen die Hände, na ja und schließlich, sowas macht man nicht, das gehört sich nicht. Warum sich das nicht gehört, frage ich nicht, weil ich genau weiß, auf sone Frage kriege ich keine Antwort. Die Erwachsenen hören immer irgendwie an einer Stelle auf: Das ist eben so, basta. Warum das aber so ist, na ja gut, ich höre auf, ich bin eben noch zu klein für sowas. Oder wissen sie es selber nicht? Dann sollten sie es sagen. Warum sagen sie denn nicht, dass sie es nicht wissen?

Atropos: Am 22. Juni hatten die deutschen Armeen die Sowjetunion überfallen, das „Unternehmen Barbarossa" begann. Trotz Nichtangriffspakts rechnete Stalin mit einer Offensive, denn er kannte ja seinen Pappenheim – Hitler, dass er aber zu jenem Zeitpunkt kommen würde, war für ihn deswegen überraschend, weil er, Stalin, vermutete, Hitler würde zunächst den Krieg im Westen beenden. Als einigermaßen vernünftiger und weitblickender Stratege mit Augenmaß wäre das auch angemessen gewesen – hier zeigt sich im Übrigen auch schon Stalins Überlegenheit und die zum Teil erschreckende Unfähigkeit und Hörigkeit der deutschen Generalität, die sich von dem allgemeinen Gerede von dem Glauben an den Endsieg anstecken ließ. Glauben ist gut, Wissen ist besser. Und so konnte der große Stratege Adolf seine blitzkriegbegeisterten Himmelsstürmer schon jetzt auf die russischen „Angsthasen" und „Ratten" loslassen.

Nachdem die Meldung im Radio verbreitet worden war, schlurrte Opi rascher als üblich in seinen Tüffeln (Pantoffeln) oben im Zimmer auf und ab, unruhig wie Napoleon. Er zog an seiner Piep (Pfeife), eine herunterhängende, eierförmige Porzellanpfeife mit Blumenmuster und Silberdeckel und einem braunen Hornmundstück mit Ringen, damit die Zähne sie ohne die Hilfe einer Hand besser halten konnten. Sein selbst angebauter auf Virginia-Geschmack gebeizter Tabak kochte zu Motz und zischte, und der Rauch umnebelte seine finstere Miene.

Thedor, was ist denn los? Du machst mich ganz nervös, sagte Lina (Omi) ziemlich unwirsch.

Mensch, Lina, jetzt haben wir den Krieg verlorn!

Bist du verrückt, sowas darfst du doch nicht sagen! Wenn uns jemand hört. Du weißt ganz genau, dass sie dich damit ins KZ stecken können. Die Spitzel sind überall, und es wimmelt von Denunzianten. Die machen das aus Neid, oder weil sie dich nich leiden können ... Denken kannst du das, aber nich laut sagen ... Hoffentlich informiert keiner die Gestapo.

Wird schon nich ... Aber das geht doch ganz schnell in den Winter rein, und die sind doch gar nich darauf vorbereitet. Hitler, dieser Idiot und Stümper, der kann das doch gar nich, und der hört doch nich auf seine Generäle ... "

Pscht, nich so laut! Aber wir haben doch viele Armeen, hundertsechzig Divisionen sogar, die werden's schon schaffen.

Werden sie nich! Jetzt fang du auch noch an, hundertsechzig Divisionen, na und? Weißt du was? Napoleon zog damals 1812 mit der Grande Armée aus mit 600 000 Mann, und weißt du, was die Russen machten? Sie wichen der Entscheidungsschlacht aus, sie warteten hinter Moskau, bis der Winter kam, und er kam schon im Oktober. Und da war ganz schnell von der Großen Armee nich mehr viel übrig, als er den Rückzug antrat, und da hat er nur noch 100 000 Mann. Und dann kamen die Kosaken, du weißt, was das heißt, und dann waren es nur noch 30 000, und zum Schluss waren es nur noch ein paar versprengte Reste. Die Große Armee war im Eimer. Merkst du was?

Aber das kannst du doch nich mit den heutigen Verhältnissen

vergleichen, unsere Waffen, Blitzkriege …

Ha! Das ging im Westen noch und noch mit Polen, aber nich in dem großen weiten Russland mit seinen Straßen- und Wetterverhältnissen. Und die kämpfen wie die Berserker, die kennen sich mit ihrem Klima aus. Wirst schon sehen, vor Moskau ist erst mal Schluss. Die Sowjetunion greift man nicht an. Der Hitler hat keine Ahnung.

Leise, Thedor, nich so laut, beruhige dich! Ich habe Gotthard dicke Wollsocken, Unterhemden und den Wollpullover mitgegeben, du weißt schon, na ja! Und vielleicht erringen wir ja doch wieder einen schnellen Sieg, wenn es auch kein Blitzsieg ist …

Ach ja, der Junge.

Beide dachten an ihren Jungen, ihren jüngsten Sohn, der mit Begeisterung in den Krieg gezogen war, und Omi betete, dass Gott Gotthard beschützen möge.

Klotho: Soll ich euch mal etwas sagen, meine lieben Schwestern? Mir fällt in diesem Zusammenhang bei diesen dummen, naiven und blödsinnigen Kriegen immer Heinrich Heines Gedicht *Die Grenadiere* ein, das er 1822 schrieb, das dann von Robert Schumann und Richard Wagner vertont wurde. Hört es euch noch einmal genau an und achtet darauf, wie hier unter anderem der Kaiser als Feldherr, aber auch der Dämon des Krieges verherrlicht wird. Die Menschen sollten beherzigen, welche Gefahren im Patriotismus lauern, Gefahren wie Rassismus und Fremdenfeindlichkeit, die Heine in so drastischer Form wie im 20. Jahrhundert noch nicht kennen konnte. Personenkult, Hörigkeit, Verherrlichung jeder Art (das Wort Verfraulichung [das ist nicht Verweiblichung!] gibt's noch nicht.) Idolatrie sollte jeder einigermaßen vernunftbegabte Mensch ablehnen.

Atropos: Danke, dass du uns mal wieder die Augen geöffnet hast. Aber so ist das, auf beiden Seiten wird gebetet, ob Nationalsozialisten oder Kommunisten, die ja eigentlich Atheisten sein wollen, alle sind aber irgendwie ---isten und beten, obwohl doch klar ist, dass man jederzeit Gefahr läuft zu „fallen", wenn man Krieg gegeneinander führt. In Wirklichkeit, wenn man es ganz genau nimmt, wollen die (beiden) ---isten, die da die Waffen gegeneinander erheben, lieber gemeinsam einen saufen (zum Beispiel beim Weihnachtsfrieden 1914), aber wie auch immer haben ein paar Leute – es sind ganz wenige, die sich anmaßen, andere zu bevormunden, Rattenfänger also [ähnlich dem von Hameln] – ihnen die Gehirne verdreht, und sie tun etwas, was sie gar nicht wollen.

In der russischen Gegenoffensive ab dem 5. Dezember „fiel" Gotthard und stürzte die ganze Familie in Trauer. Der Junge weinte, weil die anderen weinten, und er begriff erst ganz allmählich, was es heißt, wenn ein lieber Mensch – er mochte seinen Onkel Gotthard und der ihn auch – ein enger Verwandter, nie wiederkommt. Wo Gotthard denn sei, wollte er wissen, und Léon sagte ganz leise:

„Nicht weinen, Pierre, die Kamerad ihn begram irgendwo auf Feld ... Krieg is schlimm, is immör schlimm. Du weißt, dein ondrer Onkel, der Wilfried, is in mein Lond, in Fronkreisch, aben die Deutschen örobert und viele Fronzos getötet. Warum? Keinör hat Grund, macht nisch Sinn. Isch arbeit ier und möschte liebör mein Vati elfen in mein Lond, at viel Arbeit, macht gut Käs in Normandie ... "

Ist das weit weg?

Is nisch so weit, is vielleicht tausend Kilometer.

Is das noch weiter als Berlin?

Mais oui, plus loin que Paris ... Wart, isch ab Kart, isch zeige dir ... Voilà Paris, et voilà, c'est la ville où j'habite: Etretat.

Ich habe alles verstanden.

Tu as tout compris, formidable. Komm wir lörnen Fronzösisch!

Warum hast du ihn sterben lassen?, will Klotho wissen.

Weil er, antwortet Atropos, zu unvorsichtig war, zu leichtsinnig und dummerweise ein Hurrapatriot, kriegsbegeistert. Jeder wollte ein kleiner Held sein, der sich für unbesiegbar hielt. Die hochgestimmten Soldaten, und gerade die jungen und viele Generäle wollten so schnell und so beweglich sein wie der schnelle Heinz (Guderian) in Frankreich, sie wollten den Krieg, und sie rechneten mit einer Niederlage des Gegners, den sie in zwei bis drei Monaten zu vernichten trachteten. Doch schon bald zeigten sich die beschränkten Fähigkeiten des „Führers" und Teilen seiner Wehrmachtsführung: Es erwischte sie kalt wie Napoleon. Und sie starben und verendeten bei minus vierzig Grad an Kälte, Hunger und Krankheiten. Im Grunde hat sich die Wehrmacht das Desaster selbst zuzuschreiben: Im Dezember 1941 war der Krieg vor Moskau schon so gut wie verloren. Was sollte ich machen? Gotthard war ja nur einer von zigtausend Soldaten auf der einen Seite. Und auf der anderen Seite waren die, die entschlossen waren, Mütterchen Russland zu verteidigen, und auf der einen Seite, das waren die Hunnen, und auf der anderen Seite, das waren für die Hunnen keine Kameraden, sondern Rotarmisten, minderwertige Kreaturen, eine Bevölkerung von Untermenschen, Sklaven der Herrenmenschen, die es so schnell wie möglich zu vernichten galt.

Lachesis: Wir sollten nicht vergessen, dass Omi mit ihrer Bemerkung nicht so ganz unrecht hatte, als sie Opi ermahnte, öffentlich keine Kritik gegen das Regime zu äußern.

Schon im August 1933 war im *Völkischen Beobachter* nachzulesen, dass die Konzentrationslager dadurch gerechtfertigt seien, dass „in ihnen […] Menschen Gelegenheit haben, über ihre Schandtaten nachzusinnen." Ebenfalls in der Presse wurde die Gestapo, die Geheime Staatspolizei, dadurch als berechtigt hingestellt, dass sie besondere Aufgaben zum Schutze des Volkes wahrnehmen sollte.

„Himmlers und Heydrichs Geheimpolizei [war] juristisch und administrativ mit einem Bündel von Sonderrechten – angefangen von der Befugnis zu außerjustiziellen Freiheitsberaubung (‚Schutzhaft') bis hin zur administrativ verordneten Gefangenentötung (‚Sonderbehandlung') – ausgestattet."

Die Gestapo war zwar nicht überall präsent und war auch

nicht allmächtig, aber es gab hinreichend Helfer aus der Bevölkerung, die genügend Bereitschaft zur Denunziation (Anschwärzung, Anzeige, ‚Verpfeifung‘) an den Tag legten.

Gisela Diewald Kerkmann schildert Fälle als Beispiele: Ein Frontsoldat, der im November 1941 Heimaturlaub hat, denunziert einen Möbelfabrikanten und seinen eigenen Freund, ein bei dem Fabrikanten beschäftigter Maschinenarbeiter. Der Soldat besucht seinen Freund nämlich an dessen Arbeitsplatz, um von seinem Russlandeinsatz zu erzählen, wobei er unter anderem sagt, Russland habe den Krieg bereits verloren. Daraufhin erklären sein Freund und der Betriebsleiter, dass das nur verlogene NS-Propaganda sei, und der Krieg für Deutschland verloren sei. Der Soldat fühlt sich „innerlich gekränkt“ und erstattet Anzeige. Die beiden Denunzierten werden verhaftet und wegen „Heimtücke“-Vergehen von einem Sondergericht zu einer Gefängnisstrafe von sechs beziehungsweise vier Monaten verurteilt.

Zweites Beispiel: Ein Ingenieur wird 1943 denunziert, weil er Äußerungen des NS-Regimes als „Schwindel, Lüge und Betrug“ bezeichnet und behauptet, der Krieg sei bereits verloren. Die Anklage lautet jetzt auf „Wehrkraftzersetzung“, der Ingenieur wird von Roland Freisler vor dem Volksgerichtshof zum Tode verurteilt und 1944 hingerichtet.

Wir schließen noch einen Fall an, der ins KZ führt. Die Autorin berichtet von einem Arbeiter, der kurz nach Kriegsausbruch einem Nachbarn zuruft, dass die anderen Staaten Hitler schon in die Knie zwingen würden. Der Nachbar, ein Landwirt, erstattet Anzeige, und der Arbeiter wird am 9.9.1939 in Schutzhaft genommen und später ohne Gerichtsverfahren ins KZ Sachsenhausen gebracht. Im April 1942 bekommt die Ehefrau aus dem KZ Flossenbürg die Nachricht, dass ihr Mann verstorben sei.

Welches waren Delikte (Vergehen), deren man sich schuldig machen konnte? Rassenschande (sexuelle Beziehung zwischen einem Juden und einem Arier, später Zigeuner, Neger und ihre Bastarde), Rundfunkverbrechen (Abhören feindlicher Sender),

Wehrkraftzersetzung, Beihilfe zur Fahnenflucht, Umgang mit Fremdvölkischen; man denke an Omis Verhalten gegenüber Kriegsgefangenen. Des weiteren regimekritische Äußerungen, Verweigerung des Hitlergrußes, Umgang mit Juden, Homosexualität.

Und welche Motive hatten Denunzianten? Die konnten sehr persönlicher Natur sein: Man wollte unliebsame Zeitgenossen loswerden oder missliebige Personen vor Gericht bringen; geschäftliche Konkurrenz, berufliche Rivalitäten, aber auch allgemeiner sozialer Neid, soziale Benachteiligung, Rache, Verbitterung, enttäuschte Erwartungen oder auch politische Denunziation aufgrund sozialer Animositäten, oft Unterschicht gegen die Oberschicht.

Aber – und das ist vielleicht eine typisch deutsche Unsitte – die Gestapo wurde zunehmend eine Beschwerdestelle für niedrige Beweggründe und Gehässigkeiten, was sie nicht sein wollte. Doch die Geister, die sie gerufen hatten, die wurden sie so leicht nicht los. Das Denunziantentum, das einerseits ein „unverzichtbares Instrument polizeilicher Ermittlung bzw. quantitativ wie qualitativ die wichtigste Ressource staatspolizeilichen Wissens" war, nahm jedoch derartige Ausmaße an, dass „Heydrich, der eine gesetzliche Anzeigepflicht forderte, verlangte, dass gegen Denunzianten, die aus persönlichen Gründen ungerechtfertigte oder übertriebene Anzeigen erstatteten, an Ort und Stelle durch eindringliche Verwarnung und in böswilligen Fällen durch Verbringung in ein Konzentrationslager vorgegangen werden müsse." Was für eine Farce!

Wie schon gesagt, blieben Omi und Opi verschont, und man muss sich die Frage stellen, was geschehen wäre, wenn einer der beiden oder beide ausgefallen wären. Der Betrieb wäre zusammengebrochen, ein Betrieb, der fast autark (unabhängig, selbständig) war und vielen Treptowern und anderen Nahrung gab. Man kann sogar davon ausgehen, dass bei „leichten" Vergehen die Gestapo in solchen wirtschaftlich wichtigen Fällen ein oder zwei Augen zudrückte.

Die oben genannte Autarkie sei kurz noch einmal umrissen:

Eigenes Brot wurde bei Mensing gebacken, auch die wohlschmeckenden Salzkuchen. Fische wurden in der Rega geangelt: Plötze, Barsche, Neunaugen, Hechte; Aale wurden in der Reuse gefangen. Die Fischereirechte hatten sie zusammen mit dem Grundstück erworben. Alle damals bekannten Gemüse wurden selbst angebaut. Für Tomaten und Schlangengurken wurde auf der Wittkeschen Seite noch zusätzlich ein großes Gewächshaus aus Mistbeetfenstern errichtet. Große Mengen Mohrrüben, Runkelrüben (weiße Rüben für das Vieh), Wrucken (gelbe Rüben) und Zuckerrüben wurden für die Wintermieten gezüchtet. Aus den Zuckerrüben kochte Omi einen Tag und eine Nacht lang unter stetigem Rühren im Bottich Kreude (Rübensirup). Fleisch gab es nur, wenn geschlachtet wurde, dann wurden allerdings Schinken und Wurst selbst geräuchert. Milch wurde roh getrunken, die Sahne zu Butter verarbeitet, entweder in der Zentrifuge oder in einer Zinkmilchkanne, die Omi hin- und herschwenkte. Nebenprodukte waren Buttermilch, dicke Milch, Quark und Kochkäse. Kürbisse wurden zu dem sehr leckeren süßsauren pommerschen Kürbiskompott verarbeitet. Im Sommer und Herbst wurde viel Beeren- und Obstmarmelade, zum Teil Konfitüre gekocht oder eingemacht ...

Omi und Opi kannte man fast nur in Arbeitskleidung. Sie schufteten von morgens früh bis spät abends. Im Sommer sah man Omi noch kurz vor der Dunkelheit (nach 22 Uhr) mit der Zehnlitergießkanne aus Zink angewärmtes Wasser schleppen und die Pflanzen in den offenen Mistbeetkästen gießen. Natürlich halfen Tante Gretel und die Kriegsgefangenen auch, aber sie mussten ja auch alle ernährt und in angemessenen Quartieren untergebracht werden, und das ohne Ansehen der Person, wie ja bekannt ist.

An Sonnabenden half ich schon als kleiner Junge als Zubringer und Laufbursche, und das musste schnell gehen, wenn ein Gemüse zur Neige ging. Sellerie und Petersilie ausgraben, in der Tonne waschen und anliefern. Salat schneiden, Tomaten abmachen, Treibhaus- und Freilandgurken abschneiden, Blumenkohl schneiden und grob nach Raupen absuchen und alles schnell in der Karre herbeischaffen. Tante Gretel verkaufte im kleinen Laden unten im Keller vorn am Haus, und die Leute standen Schlange und freuten sich, dass sie so frisches schmackhaftes Gemüse kaufen konnten.

Ich bekam so manches Lob, weil ich so fix war, wie Tante Gretel sich ausdrückte.

Deep

Klotho: Als der Junge mit dreieinhalb Jahren das erste Mal am Strand saß, ließ er den feinen Sand immer wieder durch die Fingerchen rinnen wie bei einer Eieruhr und sagte nur „Ei, ei".
Für ihn war Deep das Höchste. Das kleine Seebad an der Regamündung war 13 Kilometer von Treptow entfernt und mit der Greifenberger Kleinbahn zu erreichen, einer Schmalspurbahn (1000 mm), die 1912 erbaut worden war. Deep war nicht so mondän wie das Ostseebad Kolberg, dafür aber sehr natürlich und landschaftlich reizvoll. Wann immer sie an Sonntagen nach Deep fuhren, nur für einen Tag, es war die größte Freude, die man dem Jungen machen konnte.

Opi fuhr Mama, manchmal Papa, Moni und den Jungen und Tante Gretel zum Bahnhof, denn Tante Gretel nahm Gemüse mit, weil sie in Deep einen kleinen Gemüsestand hatten, eine grüne Holzbude, um Touristen, Badegästen, Gemüse zu verkaufen.

Sie fuhren mit der Bimmelbahn, deren Lokomotive unentwegt läutete, um zum Beispiel Kühe von den Gleisen zu vertreiben oder sich anzukündigen. Der Zug tuckerte durch eine sehr schöne Heidelandschaft, und hielt fast an jeder Milchkanne, Bahnschranken gab es nicht. Es war erstaunlich wie viele Sommergäste nach Deep fuhren. Am Bahnhof in Deep wurde ausgeladen, das Gemüse wurde im Handkarren transportiert, und ab ging es in Richtung Düne, Mama fuhr Moni in der

Kinderkarre, und der Junge zottelte hinterher, denn es gab viel zu sehen, die Leute, die feiner gekleidet waren als die in Treptow, und die Umgebung, kleine Ferienhäuser und dann Häuser, in denen man Zimmer mieten konnte. In einiger Entfernung vor der Düne stand der „Laden", und manchmal hatte Gretel das Gemüse schon nach zwei Stunden verkauft. Nebenbei bemerkt war sie eine gute Geschäftsfrau, das heißt sie dachte nicht nur an den eigenen Gewinn, sondern verkaufte zugunsten des Kunden bei einer entsprechenden Abnahme gern unter Preis, ein menschlicher Rabatt. Die Folge davon ist immer die beste Werbung von Mund zu Mund, und man kommt wieder.

Sie wanderten derweil durch den Kiefern- und Tannenwald, und Mama pflückte zur Saison hier und da Blau- und Preiselbeeren. Der Wind rieb sich an den Nadeln, und schon von weitem konnte man das Meer rauschen hören. Und dann erblickte man die hohe Düne, man keuchte hinauf und lief dann hinunter und erreichte den hellen Sandstrand und die Ostsee. Sie war blau oder grünlich, manchmal gelb, das Wasser war klar und sauber, und die Kinder konnten matschen und kütern, eine Burg bauen, Muscheln sammeln. Einmal schrieb Papa aus Muscheln „Treptow" auf die Burgwand. Manchmal hatte der Junge Flunderbabies gefangen, die er in seinem künstlichen See aussetzte, um sie zu beobachten, wenn sie sich einbuddelten. Sie wurden abends wieder in ihre große Heimat entlassen. Sie sollten ja erwachsen werden.

Einmal schleuderte Tante Gretel, die bis zur Brust im Wasser stand, den Jungen hin und her, sodass er die Orientierung verlor und nur noch Wasser sah. Da bekam er Angst, weil er dachte, die Küste sei weg. Dann aber war wieder alles so vertraut, so heimisch: Der leichte warme Sommerwind, die plätschernden Wellen, der feine Sand, die glitzernde See, der Geruch nach Kiefern und Beeren … Der Junge war hier zu Hause, hierher gehörte er, das wusste er ganz genau.

Der schon erwähnte deutsch-amerikanische Maler Lyonel Feininger schreibt in Briefauszügen:

Deep, Montag, d. 18. Juni 1928

Frau Wilke hat mir alles gut zurechtgemacht für die Nacht, aber es war bitterkalt, und ich habe sehr gefroren. Der Seegang war tosend und der Strand überflutet und verwrackt, und wie ich gerade unten ankomme, fängt es an zu regnen. Und dann wurde ich belohnt – der Strand wurde licht und weit, das Wasser bekam Farbe, wurde violett und schwarz, und die Wellenkämme waren ganz leuchtend … Ach ich liebe es doch sehr, hier zu sein! Die Rega ist so übersichtlich, wie später niemals, weil das Rohr noch ganz niedrig ist. Die Regawiesen blühen ganz toll, sind voll von gelben, blauen und weißen Blumen, später ist dann alles abgemäht, aber jetzt ist's am schönsten. Auf meinem Tisch stehen die herrlichsten Fliederbüschel aus dem Garten.

Deep, d. 14. Mai 1932

Es ist sehr schön hier zu sein , so im allerersten Frühling. Die Luft hat Farben, wie durch rosig getöntes Rauchglas gesehen – Bäume haben noch gar keine Blätter – so licht und herrlich. Ich bin jetzt ein großer Frühaufsteher geworden, und ich gehe von 6 bis 7 vor'm Frühstück spazieren, die Luft ist so rein und klar, die Landschaft ist noch so offen, und man kann so übersehen, wie alles hingestellt ist. Eine klare Form habe ich so gerne – Das Grüngold der Blaubeerpflanzen ist unwahrscheinlich! Ein ganzer Teppich davon – und dazu am Försterweg, am Sumpf, die Gruppe von jungen Eichen, die einer Wolke von gesponnenem Grün gleicht.

Deep, Sunday, 28.4.1935

Herr Wilke erzählte von den bevorstehenden Umwälzungen in Deep – Station für Luftabwehr auf den Dünen; neue strategische Chaussee geplant. Flughafen am Kamper See – und eine Kaserne zur Unterbringung einer Garnison … jedenfalls scheint es mit der Abgeschiedenheit von Deep gründlich ex zu sein.

Brief des Jungen an Lyonel Feininger, ein Brief, der nie abge-
schickt wurde.

Deep, den 25. Juli 1942

*Ich genieße Deep und dieses Stückchen Strand noch immer, obwohl es so
fremd laut geworden ist und sie in der Natur herumgewühlt haben. In
Kamp ist ein Fliegerhorst, und unweit steht eine Flak (Flugabwehrkano-
ne). Sie schicken ein Flugzeug auf die Ostsee hinaus, es fliegt von West
nach Ost und zieht ein riesiges weißes Transparent hinter sich her, und die
Flakgranaten müssen genau hinter dem Transparent platzen und knallen.
Sie machen Zielschießen. Manchmal fliegen sie ganz dicht über der Düne,
dass sich die Kiefern und Tannen verbeugen. Wenn man gerade auf der
Düne ist, muss man sich hinwerfen aus Angst, sie könnten einem den Kopf
abreißen. Danach hört man längere Zeit die Brandung nicht mehr.*

*Der Krieg beginnt sich in dein Leben einzuschleichen, ob du es willst oder
nicht. Sie wollen, dass du dich daran gewöhnst, sie wollen die Idyllen kaputtmachen, damit deine Seele keine Zuflucht mehr findet, denn die Natur
ist der Feind des Krieges, weil sie Geborgenheit bietet, jedem die seine.*

*Ich weiß, lieber Lyonel, dass du schon viele Jahre nicht mehr hierher kommst,
denn für dich ist Deep gestorben. Aber ich sage dir zum Trost, du kannst
nach innen flüchten, wo die Farben, die du so liebtest, erhalten sind, und da
können sie sie nicht zerstören.*

Krieg

Lachesis: Wenn es die Zeit ohne Beispiel gäbe, dann würde sich
im Kleinen wie im Großen Geschichte nicht wiederholen, dann
gäbe es keinen Dummen mehr wie Sepp den Depp aus dem
„Förster ohne Wald", keinen Naiven, jenen verschrobenen Rit-
ter Don Quichote und seinen lebensnahen Eselreiter Sancho

Pansa, keinen Narren Touchstone mehr als Arzt der verseuchten Welt, oder Feste, den beruflichen Spaßmacher, der alles Ernste auflöst, oder Hamlet als Narr, der den Narren spielt. Es gäbe keinen Antek und Frantek, Tünnes und Schäl, Graf Bobby und Baron Mucky, keinen Mikosch, Klein Erna, Bonifazius Kiesewetter, Til Eulenspiegel und andere, die das Leben erst lebenswert machen.

Es gäbe keinen Größenwahnsinnigen und Ämteranhäufer wie Göring, der ganz ernsthaft den Gott der Nationalsozialisten spielen möchte, es gäbe keine Machtgierigen, -hungrigen, -besessenen, -haber wie Napoleon und seinesgleichen heute. Und weil es sie heute gibt, wird es sie auch morgen geben, denn *mundus vult decipi*, zu Deutsch: Die Menschen brauchen Führer. Und schließlich: *Wer kann was Dummes, wer was Kluges denken, das nicht die Vorwelt schon gedacht?*, meint Goethe in *Faust II*.

In seinem Buch *Die Zeit ohne Beispiel*, schreibt J. Goebbels im März 1939: Wir lieben diese Zeit, weil ... sie uns gelehrt hat, ein ruhiges, gefahrloses und bequemes Leben zu verachten.

Über die geistige Kriegführung sagt er am 2. März 1941: Es geht heute nicht mehr um die Mehrung der Hausmacht einer Monarchie oder einer Dynastie, auch nicht einmal mehr um die bloße Korrektur von unnatürlich oder geschichtlich widersinnig gezogenen Grenzen, es geht vielmehr um die Durchsetzung der vitalsten Lebensinteressen von jungen Völkern, die bisher bei der Verteilung der Erde, ihrer Reichtümer und Rohstoffe zu kurz gekommen sind ... Der Krieg wird nicht mehr nur von der bewaffneten Macht ausgefochten; er spielt sich auf allen Ebenen unseres öffentlichen und privaten Lebens ab.

Am 1. April 1939 nimmt G. zu der Frage Stellung, wer den Krieg will: Die autoritären Staaten (Deutschland, Italien) hätten durch eine sehr solide Aufrüstung dafür gesorgt, dass sie von der Demokratie (England, Frankreich, USA) nicht überfallen werden können.

In seiner Ansprache zur Eröffnung der *Großen Deutschen Kunstausstellung* 1940 in München vom 27. Juli [völkisch-rassistische Leitstruktur im nationalsozialistischen Realismus

gegenüber moderner Kunst als entartet und kulturzersetzend]
heißt es unter anderem: Der einzelne Mensch ist in seinen privaten Wünschen und Interessen vollkommen zurückgetreten
hinter das Gesamtinteresse.

Der Krieg war jedenfalls weit weg, er tobte in den Weiten der
Sowjetunion, in Westeuropa, auf dem Atlantik, oberhalb und
unter Wasser und in der Luft: „Bomben auf Engelland" sang
der Männerchor das Luftwaffenlied. Unmittelbar betroffen waren wir nur durch Gotthards Tod.

Mitte Februar 1942 fuhr Papa für drei Wochen zur Kur nach
Alexisbad, das liegt nordwestlich von *Harzgerode* im Unterharz.
Der Rest der Familie, also Mama, Moni und ich besuchten ihn
in der letzten Woche Anfang März und verlebten eine schöne
Zeit. Wir drei waren das erste Mal in einem Hotel. Ich fand das
aufregend, man war zu Hause und doch nicht zu Hause. Mama
musste sich natürlich Moni mehr widmen, aber sie hatte viel
mehr Zeit, denn wir gingen in ein Restaurant essen. Das war
auch toll, denn sie brauchte nicht zu kochen, im Haushalt zu arbeiten. Und Papa hatte am Nachmittag frei und spielte mit uns,
mit Moni und ihrer Puppe Lilli und mit mir mit meiner kleinen
Stadt: Es gab kleine Häuser, Kirchen, Hotels, ein Rathaus, alles
aus Holz. Da waren Fenster und Türen draufgemalt, und die
Dächer waren rot.

Nachmittags gingen wir oft raus in die Kälte, wir spazierten
in der kleinen Stadt herum oder wanderten an den Stadtrand,
Moni war dann in der Kinderkarre, die durch den Schneematsch
geschoben wurde.

Eines Tages kam Papa mit einem geliehenen Ein-Kind-
Schlitten mit einem starken Seil vorne dran, einer Wäscheleine
und sagte: „So, ihr beide bleibt hier unten, bewegt euch, dass
euch nicht kalt wird, ich klettere mit Bübi da oben rauf ... "

Bübi war ich, und da oben rauf, das war ein Berg, ganz schön
hoch, und der fiel zur Straße hin steil ab. „Pe, das ist doch zu
gefährlich, der Weg ist ganz steil und glatt ... "

„Wir machen das schon", sagte er, und wir „Männer" marschierten los. Als wir am Aufstieg ankamen, befestigte er Steigeisen unter seinen hohen Schuhen und setzte mich auf den Schlitten. Sein Gesicht war ernst und zeigte etwas Entschlossenes, als er das Seil am Schlitten festmachte und um seine Hüften band. Im Befehlston sagte er dann: „So, ich ziehe dich jetzt rauf, und du hältst dich ganz fest, die Füße bleiben immer auf den Kufen!" Mir war mulmig, aber ich gehorchte.

Der Weg stieg wirklich stark an und war vereist, denn er war in der Sonne angetaut gewesen und dann wieder gefroren. Rechts erhob sich der Wald, und links fiel die Böschung jäh nach unten ab. Ich saß vorn übergebeugt und hielt mich gut an dem Rahmen fest und presste die Schuhe auf die Kufen, ich schaute nur einmal nach links, mehrmals nach rechts, sonst auf meinen Vater, der kräftig zog wie ein Pferd, der aber jeden Schritt mit Bedacht tat, der überprüfte, ob die Eisschicht auch nicht nachgab, ob die Zacken auch guten Halt hatten. Er blieb mehrmals stehen, keuchte, schaute sich aber nur einmal um und lächelte, er sagte nichts und dann ging's weiter.

Je höher wir aufstiegen, umso mehr bekam ich ein Gefühl, als ob wir zusammengehörten, ich hatte überhaupt keine Angst, im Gegenteil, ich fing an mich darüber zu freuen, dass er das machte, dass er für mich da war, mein Vater, das Pferd. Mein Vater und ich, ein unvorstellbares Behagen ergoss sich über mich, das mich leicht hätte losjubeln und unvorsichtig werden lassen können, aber ich hielt mich im Zaum, und mein Mund blieb geschlossen.

Wir waren die ganze Zeit im Schatten aufgestiegen, und mir wurde kalt, aber ich verriet nichts. Er schwieg auch, aber vielleicht dachte er ebenfalls, dass er für mich da ist. Ich befürchtete auch nicht, dass wir abstürzen könnten. Mir fiel ein, wie wir letztes Jahr in den Ehebetten getobt hatten mit einer Kissenschlacht und mit Herumspringen, dass wir vor lauter Schreien und Lachen kaum noch Luft bekamen … bis ich schließlich mit der linken Schläfe auf die Nachttischkante knallte, dass mir kurzzeitig Hören und Sehen verging, und dass ich es schade fand, dass ich wieder bei Sinnen war, weil unsere Tobsucht ein jähes Ende gefunden hatte. Die Wirklichkeit war blutig, und das „Loch" schmerzte, und die besorgten Gesichter versorgten mich mit Verbandszeug und Unguentolan. Die paar Tränen, die die bleichen Wangen herunterrollten, waren eher Entzugstränen, denn es war so schön, mit Papa herumgetobt zu haben, so wild gewesen zu sein, nimmt man vieles in Kauf.

Mama da unten hatte bestimmt Angst und Moni vielleicht auch, aber das ist nun einmal so, bei „männlichen" Unternehmungen, auch wenn sie noch so halsbrecherisch sind, müssen Frauen zurückstecken und dürfen sich nicht einmischen.

Wir kamen schließlich am Gipfel an, höher ging's nicht, da war ein kleines Hochplateau, an dessen Rand ein großes schwarzes, teilweise verrostetes Eisernes Kreuz stand, das die Strahlen der untergehenden Sonne unterbrach. Papa schnaubte noch etwas, steckte sich aber eine Zigarette an, wahrscheinlich als Belohnung für seine Arbeit. Von hier oben aus konnte man einen großen Teil der Stadt übersehen, verschneite Wälder und schneebedeckte Berge am Horizont. Ein kalter Wind blies uns ins Gesicht, und es war sehr glatt. Wir tasteten uns bis an den Rand vor, wobei Papa mit der linken Hand den Schlitten zog und mit der rechten meine linke Hand fest umklammert hielt. Ganz da unten stand die kleine Mama mit Moni in der Karre.

Wir haben es geschafft!, rief er.

Prima, passt auf, geht nicht zu nah an den Rand!

Ist in Ordnung. Wir kommen jetzt auf der anderen Seite runter, da ist der Abstieg flach. Geh' die Straße rauf und dann noch ein paar hundert Meter, da führt links ein Weg rauf, da kannst du uns erwarten.

In Ordnung, ich geh' da hin.

Papa machte die Steigeisen ab, nahm den Schlitten unter den Arm, legte sich das Seil um den Hals, und wir gingen auf einem flach abfallenden Weg langsam am Rand nach unten, bis wir die beiden Frauen trafen. Mama und Moni, die offensichtlich froren, obwohl sie sich hin und her bewegten, waren sichtlich erleichtert, als sie uns unversehrt wiedersahen. Ich sagte ganz spontan: Das war schön, Papa war mein Pferd! Er erklärte Mama ziemlich ausführlich unseren Auf- und Abstieg, während wir nach Hause marschierten.

Lachesis: Der Krieg nahm an Heftigkeit und Grausamkeit zu: Auf dem Boden gegen die Sowjetunion, aus der Luft und zur See gegen England. Hofer sagt dazu: „Zugleich sollte der Seekrieg im Atlantik gegen britische Verbindungslinien verschärft werden. Es war ein Plan, von dem Churchill selbst sagte, er hätte England tödlich treffen können. Hitler jedoch entschied anders, er wollte die Sowjetunion schlagen, um England zum Frieden zu zwingen."

Wie schon gesagt, hatte Deutschland schon 1941 vor Moskau den Krieg verloren. Die Katastrophe kam jedoch erst im Osten, und das war die Schlacht von Stalingrad: Ende November 1942 wurde die 6. Deutsche Armee unter General Paulus mit rund 280 000 Mann durch eine russische Gegenoffensive eingekesselt. Die deutsche Armee kapitulierte am 31.1./2.2.1943 mit rund 110 000 Kriegsgefangenen und etwa 140 000 Gefallenen. Nach 1945 kehrten 6 000 Gefangene zurück. Bei Kriegsausbruch hatte die Stadt ungefähr eine halbe Million Einwohner, nach der Rückeroberung etwa noch 8 000. Diese Schlacht – wieder ein Stellungskrieg – der auch Rattenkrieg genannt wird, kostete etwa 700 000 Menschen das Leben (von den 52 000 Wehrmachtspferden gar nicht zu sprechen). Die Zahlen sollten uns doch irgendwie bekannt vorkommen, oder?

Die Schlacht von Stalingrad wird heute auch als psychologischer Wendepunkt betrachtet, mit dem viele Deutsche das Vertrauen in die Führung verloren hatten. Nicht zuletzt deshalb stand auf zahlreichen Häuserwänden das Jahr 1918, um an die Niederlage Deutschlands zu erinnern.

Im Verlauf der Kriegshandlungen im Westen nahmen die Engländer eine ganze Reihe deutscher Generäle und Stabsoffiziere gefangen und internierten sie in einem Anwesen bei London, im *Trent Park*. Dort hörten sie Gespräche ab und protokollierten diese so genannten Lauschprotokolle. Diese Protokolle legen Zeugnis davon ab, dass nicht nur die SS sondern auch die Wehrmacht mordete. Es stellte sich ebenfalls heraus, dass eine Reihe von Offizieren Schuldgefühle hatte trotz Fahneneid und der Tatsache, dass sie Hitler ihre große Karriere zu verdanken hatten, aber nur wenige zeigten Reue. Stellvertretend soll Generalmajor Johannes Bruns zu Wort kommen: „Wir haben uns ja versündigt … gegen alle sittlichen Gesetze auf der ganzen Welt, da kann man doch nur sagen, ein solches Volk darf zum Segen der Menschheit nicht den Krieg gewinnen."

Dass im Trent Park auch Geheimnisse verraten wurden, liegt auf der Hand, so unter anderem die Raketenstellung in Peenemünde, die für die Royal Air Force von Wichtigkeit war.

Jedenfalls wollten Millionen von Soldaten und teilweise ihre militärischen Führer Hitlers Expansionsdrang in die Tat umsetzen, weil sie sich für die besten Soldaten der Welt hielten.

Spätestens seit Stalingrad allerdings hatten Teile der militärischen Führung abweichende Ansichten. Hofer sagt dazu: „Die Einsicht in das wahre Wesen dieses Krieges bewog deutsche Offiziere zu dem Entschluß, den Mann zu beseitigen, der ihnen mit Recht das Haupthindernis des sinnlosen Blutvergießens schien. Seit 1943 riß die Kette der Attentatsversuche nicht mehr ab."

Klotho: Sag mal Atropos, warum hast du Hitler und viele seiner Schergen so lange am Leben gelassen?

Atropos: Das kann ich dir sagen: Es wäre nicht damit getan gewesen, zumindest so spät nicht, nur die obersten Bonzen umzubringen. Es gab zu viele Anhänger, Überzeugte, denke allein an die vielen Tausend im SD (Sicherheitsdienst), Polizei, Gestapo, SS, Feldpolizei, Wehrmacht, sie alle machten so oder so Karriere im System und hatten einen recht gemütlichen Job bei einem guten Verdienst, Teile der Wehrmacht ausgenommen. Auch Hitler töten zu wollen, versucht am 20. Juli 1944 durch Stauffenberg und seine Verschwörer (leider zu unprofessionell) oder der Widerstand in Uniform, repräsentiert durch Generalmajor Tresckow an der Ostfront, das war zu wenig, denn die

Mehrheit des Militärs blieb Hitler gehorsam. Leider haben solche Leute wie Tresckow, der Kopf der Verschwörung, nicht die ganze Generalität noch vor dem Rückzug dazu überreden können, Millionen von deutschen Soldaten gegen die eigene Regierung marschieren zu lassen. Tresckow meinte: „Der Krieg ist verloren. Hitler ist verrückt und muss beseitigt werden ... Wir dürfen nicht fackeln, nicht straucheln, Deutschland und die Welt von dem größten Verbrecher der Weltgeschichte zu befreien, [das] ist den Tod einiger weniger Unschuldiger wert." Es war zu spät, so mussten Millionen Russen und Westalliierte das Opfer auf sich nehmen, Deutschland von seinen eigenen Würgern zu befreien, die nicht müde wurden, ihre eigenen Landsleute in den Städten und auf den Schlachtfeldern zu opfern. Allein in den letzten vier Kriegsmonaten ließ der „Führer" 1,2 Millionen deutsche Soldaten „fallen" darunter 16 bis 17jährige Jungen.

Ich sage dir eins, Klotho, das ganze System musste zerschlagen werden, und er, der Führer, sollte sehen und erfahren, dass er ein ganzes Volk zugrunde gerichtet und viele Völker verwundet und ausgeblutet hat. Im Übrigen hatten die Attentäter auch deswegen keinen Erfolg, weil Hitler derartig von seiner Unfehlbarkeit besessen war, dass sich dieser Zustand, die Besessenheitsenergie, in Materie umwandelte, konkret in die Wirklichkeit umsetzte. Er hatte bis zum Schluss nicht den geringsten Zweifel, dass er siegen würde, was er ja auch beinah geschafft hätte, wenn er die Atombombe – sicher eine deutsche Erfindung – noch vor den Amerikanern hätte einsetzen können. Und er hätte es getan: Auf Moskau, London und selbstverständlich auf New York.

Der Philosoph Schopenhauer sagt in *Die Welt als Wille und Vorstellung* sinngemäß und vereinfacht: Alles, was für die Erkenntnis da ist, ist einmal Anschauung des Anschauenden, also Vorstellung. Zum anderen aber ist diese Welt noch mehr: Aus der Erfahrung seines Leibes findet das Individuum sein innerstes Wesen, den Willen.

Wenn ich nun meinen Willen gegen alle Widerstände durchsetze, meine Macht demonstriere, als stille oder heimliche Macht oder aber als laute, unheimliche Macht (Aufmärsche, Reden, Fahnen [mit Symbolen und Farben], sichtbare oder unsichtbare Polizei; Ruch- und Gewissenlosigkeit), dann kann mir niemand an den Wagen fahren, beim Reden strecke ich (möglichst) den rechten Arm aus und zeige im Rhythmus der Worte, die ich skandiere oder wie im Stechschritt spreche, meine Faust als Symbol der Macht, die Kampfhand, die geballte Waffe, meine Überlegenheit. Oft werde ich laut und schreie sogar, was bedeutet, dass gegen mich keiner anredet. Macht hat, wer bestimmt, und zwar so, dass niemand auch nur auf die Idee kommt, Widerworte zu geben. Der Führer sagte von sich, dass er schon von Jugend auf immer das letzte Wort hatte.

Goebbels meint: Ein Volk denkt, wie seine Intelligenzschicht es zu denken lehrt, es hat immer die Vorstellungen, die seine geistige Führung besitzt … Wir sind keine Diktatoren, sondern Vollstrecker des Willens unseres Volkes.

Man sieht, dass die Volksmenschen ihren Willen und ihre Vorstellungen an der Garderobe abgegeben und sich selbst innerlich für machtlos erklärt haben, sie haben nur noch ein Massenbewusstsein und lassen sich von anderen führen und verführen, ja nasführen. Die Volksmenschen werden sich nicht bewusst, dass die Führer ihnen die Verantwortung für alle Handlungen übertragen haben, denn die Führer sind ja die Vollstrecker des Volkswillens. (Wir denken etwa an die Sportpalastrede). So schließt sich der Teufelskreis.

Lachesis: Und wie ist das mit Machiavelli, dem italienischen Schriftsteller?

Na selbstverständlich, Mädel, antwortet Atropos, Im *Il principe* (Der Fürst, von 1513) sagt er deutlich: Größe und Macht des Staates sind das Ideal, das durch zweckentsprechende Mittel anzustreben ist, die sogar moralisch verwerflich sein können. Der Staat darf sich über das von ihm zu schützende Recht und die bürgerliche Freiheit hinwegsetzen, wenn es denn die so genannte Staatsraison erfordere.

Klotho: Auweia! Dann ist ja klar, dass das mit einem Rechtsstaat nichts zu tun hat, auch nicht mit einer Demokratie.

Atropos: Demokratie? Ach du liebe Zeit, die haben doch die Nazis gehasst wie die Pest, das passt doch nicht in ihren Staatskram … Ihr wisst doch so gut wie ich, wenn die *Séparation des pouvoirs*, die Gewaltenteilung, unser größtes und wertvollstes Erbe der Französischen Revolution (nach Montesquieu, Locke und der amerikanischen Verfassung von 1788), nicht mehr gegeben ist, wenn also die Legislative (das Parlament; Gesetzgeber und Kontrollorgan der Regierung), die Exekutive (die Regierung) und die Judikative (die Rechtsprechung) in einer Hand sind, dann haben wir es mit einem totalitären System zu tun. So kann Goebbels, der ja meinte, zur Intelligenzschicht zu gehören, am 23. Februar 1941 behaupten: Das kommt schon sinnfällig zum Ausdruck, daß die Völker in den demokratischen Staaten immer auch von den furchtbaren sozialen Krankheiten heimgesucht werden. Da haben die kleinen Bürger am Ende nur die Freiheit und das Recht, gemeinsam arbeitslos zu sein, zu hungern, in verwahrlosten Slums zu vegetieren, den Reichtum der Reichen zu bewundern und die Armut der Armen schweigend zu ertragen.

Diese Führer haben selbstverständlich auch die Macht und das Recht zu sagen, was recht, moralisch gut oder schlecht ist, das Recht sozusagen, eine neue Moral zu schaffen. Ein beredtes Beispiel hierfür ist Heinrich Himmlers Auslassung über SS-Moral. So spricht der Reichsführer SS: Ein Grundsatz muß für den SS-Mann absolut gelten: ehrlich, anständig, treu und kameradschaftlich haben wir zu Angehörigen unseres eigenen Blutes zu sein und zu sonst niemandem. Wie es den Russen geht, wie es den Tschechen geht, ist mir total gleichgültig. Das, was in den Völkern an gutem Blut unserer Art vorhanden ist, werden wir uns holen, indem wir ihnen, wenn notwendig, die Kinder rauben und sie bei uns großziehen. Ob die anderen Völker in Wohlstand leben oder ob sie verrecken vor Hunger, das interessiert mich nur soweit, als wir sie als Sklaven für unsere Kultur brauchen, anders interessiert mich das nicht. Ob bei dem Bau eines Panzergrabens 10 000 russische Weiber an Entkräftung umfallen oder nicht, interessiert mich nur insoweit, als der Panzergraben für Deutschland fertig wird. Wenn mir einer kommt und sagt: Ich kann mit den Kindern oder den Frauen den Panzergraben nicht bauen. Das ist unmenschlich, denn dann sterben die daran. Dann muss ich sagen: Du bist ein Mörder an deinem eigenen Blut, denn wenn der Panzergraben nicht gebaut wird, dann sterben deutsche Soldaten, und das sind Söhne deutscher Mütter. Das ist unser Blut.

Bomben

Lachesis: Und dann kam der Krieg nach Deutschland, zunächst nicht vom Land und von der See her, sondern aus der Luft ex- und importiert, es war der Luftkrieg, wie das so schön heißt, ein Euphemismus, das heißt eine beschönigende Bezeichnung für Bombenterror, wobei das Wort Terror für rücksichtsloses Vorgehen steht, das Betroffene in Angst und Schrecken versetzen soll.

Der Luftkrieg begann am 16. Oktober 1939 mit dem ersten deutschen Luftangriff gegen Stützpunkte der Royal Navy (der königlichen Marine) und der Royal Air Force (der königlichen Luftwaffe). Am 13. August 1940 begann die *Luftschlacht um England* (man beachte bei allen diesen Wörtern die Bedeutung der Metapher *Luft* – eine Metapher ist ein Wort, das außerhalb seiner normalen Bedeutung definiert wird, zum Beispiel *Meer des Wissens*). Ziele dieser Luftschlacht wurden zunehmend Städte und die Zivilbevölkerung. Diese Schlacht endete schon am 31. Oktober mit einer Niederlage der deutschen Luftwaffe. Dennoch: Es gab 15 000 tote Zivilisten, 21 000 Verwundete, es wurden 7 160 Sprengbomben und 4 735 Brandschüttkästen verwendet. 1 733 deutsche Flugzeuge wurden vernichtet, von den

Insassen ganz zu schweigen.

Am 6. April 1940 wurde mit der Operation *Mondscheinsonate* [was Beethoven wohl gesagt hätte!] ein Flächenbombardement ausprobiert, das man seitdem *Coventrieren* nannte. Bei dem Angriff auf *Coventry* in der Nacht vom 14./15. November 1940 wurde das Stadtzentrum (Zentrum der britischen Flugzeugmotorenwerke) fast völlig zerstört. Dann folgten Birmingham, London und so weiter.

Die Rache der Engländer und später auch der Amerikaner ließ im Luftkrieg nicht lange auf sich warten, sie schlugen zurück. Es begannen die so genannten Großangriffe mit kaum noch vorstellbaren Zahlen und Folgen vor allem für die Zivilbevölkerung.

Am 14. Februar 1942 erhielt das britische *Bomber Command* von Churchill und dem *Air Ministry* eine neue Anweisung, in der die Schwächung der Moral der feindlichen Zivilbevölkerung und vor allem der Industriearbeiter als Hauptziel der Bombeneinsätze genannt wurde. Am 22. Februar 1942 wurde das erste US Bomber Command gebildet, und *Air Chief* Marshal Arthur Harris Befehlshaber der britischen Luftwaffe, der Gegenpol zu Reichsmarschall Göring. Es sei möglich, so meinten die Briten, einen Krieg mit strategischen Bombern zu gewinnen, mit anderen Worten Bomber gezielt über wichtigen deutschen Industrieanlagen einzusetzen. Außerdem begann am 28./29. das so genannte Area-bombing (Flächenbombardement [siehe oben]). In jener Nacht starteten 234 Wellington-, Stirling- und erstmals auch Lancaster-Maschinen, die insgesamt 304 Tonnen Brand- und Sprengbomben über Lübeck abwarfen. Zum ersten Mal erprobt wurden die neuartigen Flüssigkeitsbrandbomben. Die Brände wüteten 32 Stunden und vernichteten die historische Altstadt fast völlig.

Brandbomben haben die sechsfache Zerstörungskraft von Sprengbomben. Es gibt Erkenntnisse, nach denen jede Tonne Bomben 100 bis 200 Menschen obdachlos macht. Dadurch seien die Menschen moralisch stärker erschüttert als durch den Tod von Verwandten und Freunden. Und noch ein Bestandteil des Rezepts: Man nehme vorrangig Arbeiterwohnviertel ins Visier, weil sie dichter besiedelt sind.

Und so ging das immer weiter und steigerte sich: 1 000 Bomber über Köln, Nachtangriffe auf Großstädte, Präzisionsangriffe der amerikanischen Luftflotte auf Industrieanlagen mit schweren Bombern wie B-24 *Liberator* (Befreier) oder B-17-E *Flying Fortress* (Fliegende Festung). Man benutzt Luftminen, Phosphorbrandbomben, Stabbrandbomben und Phosphorkanister … Vieles wird ausprobiert, es werden Versuche gemacht, und wo kann das praktisch besser geschehen als am „lebenden" Objekt?

Um noch eine betroffene schwer getroffene Stadt zu nennen, Hamburg, wo der Name *Operation Gomorrha* für biblische Ausmaße steht: In der Nacht vom 24. auf den 25. Juli entfachten die Bomber ein regelrechtes Inferno, einen Feuersturm, der einem Orkan gleich mit bis zu 270 km/h durch die Straßen fegte und bei 1 000 Grad alles auffraß, was sich ihm in den Weg stellte. Die Folgen übersteigen jede Vorstellungskraft.

Weißt du was, Lachesis, sind Atropos und Klotho überzeugt, lass ihn doch mal selbst erzählen, er ist doch jetzt alt genug, oder? Wir können ja dann eingreifen, wenn es hapern sollte, oder wenn es gar nicht mehr geht.

Wir hatten schon viel von Bombennächten gehört, nicht nur im Radio, sowas spricht sich ja rum, da berichten Leute, die es erlebt haben, oder die es anderen erzählen, oder das wird in Briefen erklärt. Wir wussten also so einigermaßen Bescheid.

Allerdings scheinen die Alliierten Stettin vergessen zu haben, vielleicht eine Wunschvorstellung, so als gäbe es die Stadt gar nicht, oder als wäre sie woanders, und die Einwohner könnten in Ruhe und Frieden leben, mutmaßen die Eltern und Großeltern. Es kann ja auch sein, dass die Piloten in ihren Kisten immer weggucken, oder dass da gerade immer Wolken davor sind, dass sie nichts sehen können. Aber der Krieg ist doch überall, er überzieht ein ganzes Land, er stöbert fast jede Ecke auf, er kriecht durch alle Ritzen. Hast du mal gesehn, wie er aussieht? Nein? Na gut, dann sag ich's dir: Er ist natürlich männlich, klar, und er hat ein so grimmiges Gesicht, dass man fast die Augen nicht mehr sehen kann, und er ist gierig nach Zerstörung, er hasst eine heile Welt so sehr, dass ihm der Geifer aus dem Mund läuft, und dieser Geifer brennt heller und heißer als Phosphor und verbrennt sogar die Erde zu Staub. Sagt dir das was?

Normalerweise nimmt ja der Himmel die Sehnsüchte der Menschen auf und grüßt zurück, die Sehnsüchte nach Frieden unter den Menschen, oder er sendet wärmende Sonnenstrahlen, Sternschnuppen für Wünsche, das Lächeln des großen gelben Mondes, oder er lässt Regen fallen, nach dem die Erde dürstet, oder weiße Kristalle, die den Lärm des Lebens zudecken.

Aber jetzt, wo nichts mehr normal ist, weil alles anders geworden ist, da fliegen die Hornissen zu Tausenden, alles Kinder des eisernen und unbarmherzigen Harris. Und sie lassen ihre vernichtende Luftfracht, ihr Gift, einfach fallen, damit sie, leicht geworden, in ihren Staat zurückfliegen können. Sie sind sich bewusst, sie haben eine große Tat vollbracht, sie haben den Himmel verwandelt: Die Menschen blicken wieder nach oben, aber ihre Gesichter sind von Angst gezeichnet.

Einer, der aus einer Irrenanstalt entlaufen zu sein scheint – so jedenfalls sieht seine wirre Miene aus – sagt unentwegt: So wird Bombe mit Bombe vergolten … Die, die es hören, verstehen es nicht, weil sie meinen, sie tauschen Bomben aus, vergelt's dir der Krieg.

In dem vergessenen Stettin heulen die Sirenen auf und ab wie die Schakale, und ihre Stimmen setzen sich als Echo fort. Aus dem Lautsprecher des Volksempfängers verkündet eine leblose Blechstimme: Achtung, Achtung! Starke feindliche Bomberverbände im Anflug auf … im Großraum Berlin. Die Stimme kommt über Drahtfunk, das heißt über das Telefon- oder Stromnetz. Beim VE 301 G (dem Volksempfänger) zum Beispiel gab es einen Umschalter, um die Luftlagemeldungen (Luft!) zu übermitteln. Die Rundfunksendeanlagen wurden abgeschaltet, um den Bomberverbänden die Möglichkeit zu nehmen, sich an ersteren zu orientieren. Anschließend wird ein mögliches Ziel genannt, das die Bodenstationen und Leitstellen weitergegeben haben. Oft stimmt das Ziel gar nicht, weil die Bomberverbände mit den Bodenstationen ihre Spielchen treiben, die heißen Täuschungsspielchen, oder abgeworfene Stanniolstreifen stören das Radar und die Ortung. Na jedenfalls haben die Zielmenschen sehr oft noch so viel Zeit, dass sie ihre Tasse Kaffee austrinken können oder ihr Glas Wein … Manchmal geht es aber auch sehr schnell, und schwupp sind sie da wie aus heiterem Himmel, spätestens dann, wenn's knallt.

Heute am Tag sind die Maschinen wieder nach Süden und dann nach Osten geflogen. Man kann sie sehen, ganz kleine in der Sonne blitzende Spielflugzeuge mit Kondensstreifen dahinter.

So ganz verstehen kann man das alles nicht, vielleicht weil der wirkliche Urgrund dieses ganzen Geschehens aus der Irrenanstalt kommt und noch unterhalb des Sandkastengesichtskreises angesiedelt ist: Nimmst du mir meine Kuchenform, nehme ich dir deine Kuchenform.

Immerhin ist Stettin eine Industrie- und Hafenstadt mit Werften, Maschinen- und KFZ-Industrie, und dann all die Sehenswürdigkeiten: Museen, mehrere Theater, das Schloss der Herzöge von Pommern, die alte gotische Jakobikirche und die Johanniskirche, das Hafentor … Das sind nur einige Denkmäler.

Opa sagt, sehr geschützt ist die Stadt nicht, im Süden sind zwei Flakbatterien, aber die meisten Jäger (Jagdflugzeuge) werden in Berlin oder anderswo gebraucht, sogar an der Ostfront. Auf dem Vorbruch, wo wir wohnen, gibt es keine Luftschutzkeller. Die Häuser haben zwar meistens halbhohe Kellerkammern, aber weder Wände noch Kellerdecken können Luftangriffen standhalten. Deshalb hat die Stadt hinter den letzten Häusern des Brachvogelwegs auf den Wiesen Luftschutzbunker, Reisigbunker, gebaut: Zwei trapezförmige Balkenfachwerke wurden nebeneinander aufgestellt und miteinander verbunden. Die Seiten und Dachgewerke wurden mit dicken Reisigmatten ausgefüllt. Das alles sollte gegen Bomben schützen.

Opa hat mir das alles erklärt: Die halten doch keine großen Bomben ab. Wenn da ne Dreißig-Zentner-Bombe reinfliegt, is der Bunker weg. Außerdem viel schlimmer sind die Brandbomben. Son Bunker brennt doch wie Zunder ... Naja, meint Oma, aber es is doch wenigstens was.

Einmal habe ich ein Gespräch zwischen Opa und Papa heimlich belauscht. Sie sprachen über so viele Möglichkeiten des Todes, was mir Angst machte. Sogar können Flakgranaten, wenn sie nicht treffen oder nicht explodieren (Blindgänger), die eigenen Leute umbringen, wenn sie zu Boden fallen. Das ist komisch, die Flak ist genauso schlimm wie die Bomber.

Wichtig ist auch die Verdunklung. Es ist vorgeschrieben, dass bei Einsetzen der Dunkelheit die Verdunklung heruntergezogen werden muss, damit die Fenster lichtdicht abgeschlossen sind. Das sind schwarz beschichtete Rollos, die links und rechts in Schienen laufen. Das abendliche Licht ist flümig, weil die Glühbirnen nur eine geringe Leistung haben, 15 oder 25 Watt (hat mir Opa alles auseinanderklamüsert). Kühlschränke gab's noch nicht.

Eine zweite Maßnahme ist dringend geboten: Wichtige Papiere sollten immer griffbereit liegen. Wenn möglich sollte man Vorkehrungen treffen, damit man Brände löschen kann (Wasser, Sand). Alles andere bleibt jedem selbst überlassen. Ob man seine Gasmaske noch braucht? Keine Ahnung. Wo bleibt man dann, wohin geht oder läuft man, was macht man? Solche Fragen werden nicht gestellt. Ob die Erwachsenen richtige Entscheidungen treffen können? Bei Fliegeralarm ab in den Luftschutzkeller oder den U-Bahnschacht gilt für uns nicht. Dass man bei „Bombenwetter" den Mond nicht abstellen kann, kommt noch hinzu. Also wünscht man sich schlechtes Wetter, dann haben die Bomberpiloten Schwierigkeiten und finden keine eindeutigen Ziele.

Atropos: Da sitzen sie nun in ihren Bombern in dick gepolsterten Bomberjacken, -hosen, -handschuhen und Sauerstoffmasken und sind von England gestartet, als es dort noch hell war. Die Bombenlast von 8 Tonnen ist so groß, dass ihre Lancaster trotz ihrer vier Motoren bei Vollgas am Ende der Startbahn noch gerade den Arsch hoch kriegt.

John, 28 Jahre aus Glasgow, mit roten Haaren und Backenbart, Heckschütze, und William, 32 Jahre alt, aus Manchester, mit aschblondem Haar und hellblauen Augen, Flugzeugingenieur und Bombenwerfer unterhalten sich als einzige, die anderen sind mit ihren Aufgaben beschäftigt.

Angst? Och, haben sie eigentlich nicht, sagen sie, ist ja ihr Job, and before we're pushing up the daisies we'll give the bloody Germans hell first (und bevor wir uns die Radieschen von unten ansehen, werden wir den verfluchten Deutschen erst ma' die Hölle heiß machen).

William wollte Pfarrer werden, hat aber das Theologiestudium nach fünf Semestern abgebrochen, weil er es nicht mit seinem Gewissen vereinbaren konnte. Er wollte wie John England retten. Die religiöse Hölle, meinte er, hätten wir uns ausgedacht, die wirkliche Hölle ist ein Bombenangriff, und da wird nicht nach Sünden gefragt, nicht nach Alter, nicht nach Geschlecht. Wer das überlebt, wird nie mehr irgendwelchen Unsinn glauben und ist für das Leben gezeichnet.

Wo ist denn das Ziel heute Nacht?, fragt John.

Keine Ahnung, kriegen wir später noch, hast du gepennt? Erstmal dieselbe Tour, damit's nicht langweilig wird, immer auf die Hauptstadt.

Wie viele sind wir heute?

Mann Gottes! Warte ma', rechne ma' mit! 194 Lancaster, also so wie unsere Tante Lan, dann 134 Halifaxes und 11 Stirlings, also?

339 Maschinen.

Sehr gut, aus dir wird nochmal was.

Kannst du mir nochmal die Unterschiede klarmachen?

Ach Mann, John! Muss das sein? Hast wohl doch die Hosen voll oder? Also gut, weil du's bist. Unsere Tante ist ein viermotoriger Bomber, ein strategischer Bomber, Reichweite 4 000

Kilometer, kann Tallboys von 5 443 Kilogramm oder Grand Slams von 9 979 Kilo transportieren. Die großen haben wir heute nicht mit, wir wollen ja einen Großbrand entfachen wie in Lübeck, klar?

Klar.

Also weiter: Die Halifax hat auch vier Motoren, aber nicht sone gute Antriebsleistung, fliegt nur 2 000 Kilometer. Die Stirling ist auch ein viermotoriger Bomber, ihre Gesamtbombenlast ist 6 350 Kilo, sie kann aber keine größeren Bomben schleppen, sie hat ne Reichweite von 3 700 bis 4 800 Kilometern. Ergo sollte immer erst die Halifax zurückfliegen, obwohl die paar Kilometer von England und zurück ist für alle Maschinen ein Klacks …

Haben wir denn Luftminen mit?

Hast du welche an Bord gesehen?

Nein, ich meine überhaupt.

Davon gehe ich aus, das sind die besten ‚Wohnblockknacker' … Du kennst doch die Strategie, oder hast du das auch schon wieder vergessen?

Nein, nein, Einsatz bei deutlichem Abstand zum Sonnenuntergang wegen des Thermoeffekts, dann die Pathfinder (Pfadfinder) oder Beleuchter, Magnesium als Lichtkaskaden, dann die Knacker oder kleinere Sprengbomben und dann die Brandbomben, die Stabbrandbomben, haben wir ja auch ne Menge geladen. Die entwickeln 2 500 Grad mit mehreren Minuten Brenndauer, dann die Phosphorbomben, das heißt mit Phosphorzünder, die entwickeln starken Rauch und giftige Dämpfe. Alles in allem eine wunderbare Hölle mit Flammen über 2 000 Grad. Das gibt nen Sturm, sag ich dir, da ist nichts mehr löschbar …

Wie viele Bomben haben wir eigentlich mit?

Weiß ich nicht genau, weiß der Flugzeugführer, das musste alles so schnell gehen, aber ich schätze so 6 000 Kilo.

Denkst du manchmal auch an die Menschen, Kinder, Tiere?

Ja, denke ich, die vielen Menschen, die durch den Hitzeschock sterben oder ersticken oder sogar austrocknen, und die, die überleben, sind traumatisiert für ihr ganzes Leben.

Und das, mischt sich Lachesis ein, dieser Stress, verursacht die Abspaltung von Methylgruppen in den Genen, und dadurch ist die Krankheitsanfälligkeit höher und kann sogar über Generationen vererbt werden.

Aber weißt du was, John, wir wollen töten für England, wir sind keine Weicheier, auch wir können froh sein, wenn wir den Terror bei uns überleben, klar? Klar.

Damals als ich noch Student war, der übrigens auch sehr – heute immer noch – an Literatur interessiert war und ist, damals las ich Dante, und aus der *Divina Commedia* lernte ich aus dem zweiten Gesang, die Hölle, einen Text, den ich immer noch auswendig kann. Willst hören?

Na hoffentlich versteh' ich den …

Bist doch n' gescheiter Postangestellter geworden und schießt wie der Teufel.

Ja das stimmt … Also gut, schieß los!

Der Tag entwich, die Dämmerung brach ein;
Sie nahm den Wesen, die auf Erden leben,
All ihre Mühsal ab – und ich allein
Hielt mich bereit, das Ringen anzuheben
Mit Wegesmüh und Mitleid hiervon sei
Getreulich ein Erinnerungsbild gegeben!-
Oh Musen, Himmelstöchter, steht mir bei.
Gedächtnis, das du schriebst, was ich gesehen
Jetzt offenbare deinen Adel frei!

Mann, das is aber doch schwer zu verstehn, William … Sag mal, sind die Jäger wieder mit?

Du meinst unsere Langstreckenjäger? Nee, nee, heute sind die P-47 D mit, hat mir Miroslav zugeflüstert, unser Pilot.

Mensch, sogar die, na fabelhaft, die Yankees, wenn wir die nich hätten …

Na ich sag dir, wenn wir die nich hätten, weißt du was? Dann wär ganz Großbritannien so klein mit Hut … Wir wär'n schon im Arsch … Aber jetzt kannst du beruhigt sein, brauchst die Messerschmitts und die Heinkels nicht alle selbst abzuballern.

Pschakrev pirunje!, brüllt der polnische Pilot über die Bordsprechanlage, ihr Dupas, immer nur quatschen, Fred sagt was, chabt ihr nich gechört?

Der Funker Freddy sagt: Mein Gott, immer diese Täuschungsmanöver … Moment, muss ich eben entschlüsseln, nicht Berlin, Stettin, jawohl Stettin …

Also mach ich kleine Wende, sagt der Pilot, und wenn Bruder Louis hat gesetzt Signal, wir los, wir nehmen Vororte.

Soll ich dir mal was sagen, John, Miroslav kennt sich gut aus, war Luftaufklärer, ist sein x-ter Flug, der hat was auf dem Kasten, hat mit der alten Tante schon die verrücktesten Manöver gemacht, einmal ne Schramme von der Flak, das war's.

Mit dem Täuschungsmanöver, das finde ich gut, da sammeln sich viele deutsche Jäger über Berlin und kommen erst nach Stettin, wenn wir die Hosen schon wieder hoch haben, was sagst du jetzt, mein Alter?

Tja, swell, groovy, über Stettin fliegen wir sonst immer drüber, wenn wir der Reichshauptstadt und ihren großmäuligen Giftzwergen den Arsch aufreißen … Und dann bei dem Bombenwetter! Guck dir mal den Mond an!

Mensch, Johnny, ich komm' in Bombenstimmung, Stettin is ja noch jungfräulich, noch quasi unberührt, was sagste denn dazu?

Das wird n' Bombengeschäft, da spielen wir ne Bombenrolle. Das wird ein wunderbares Höllengeschenk für das Führergroßmaul zum Geburtstag.

Da legen wir n' Bombenteppich drüber, der sich gewaschen hat, darauf kannste einen lassen!

Britannia rule the air!

The waves …

Quatsch, Mann, aber doch nich im Himmel!

Der 20. April 1943 war ein warmer sonniger Tag gewesen, und wir Kinder hatten uns draußen müde gespielt. Wir hatten zu

Abend gegessen, und ich wollte unbedingt noch Nachrichten hören, um, wie ja schon bekannt, einfach noch länger aufzubleiben. Da die Eltern jedoch meinen wahren Zustand erkannten, musste ich gleichzeitig mit meiner Schwester ins Bett. Mama sang wie immer:

Breit aus die Flügel beide,
oh Jesu, meine Freude,
und nimm dein Küchlein ein;
will Satan dich verschlingen,
so lass die Englein singen,
dies Kind will unverletzt sein.

Auch euch, ihr meine Lieben,
soll heute nicht betrüben
ein Unfall, noch Gefahr,
Gott lass' euch selig schlafen,
stell euch die güldnen Waffen
ums Bett und seiner Engel Schar.

Wir schliefen in dem großen eisernen, braunen Doppelbett bei Mama und Papa im Schlafzimmer. Es war immer so kuschlig, und sie ließen meistens die Tür zum Wohnzimmer einen Spalt offen, dann war es im Schlafzimmer nicht so dunkel. Außerdem hatte man das Gefühl, dass die Eltern nicht so weit weg waren, denn wir waren ja noch klein (auch wenn Papa mich Großer nannte), Moni war fast drei, und ich war fünf Jahre und drei Monate. Wir schliefen jedenfalls schnell ein.

Kinder, kommt, wacht auf, Fliegeralarm!
Obwohl die Sirenen laut heulten, hatten wir Kinder nichts gehört, weil wir so fest geschlafen hatten. Warum weckt uns denn Papa? Die heulen doch öfter, dann grummelt's, und dann ist es wieder ruhig.
Papa stand da mit ganz ernstem Gesicht, wir Kinder bekamen jedoch erst große Augen, als Oma und Opa aufgeregt die

Treppe herunterkamen, und Opa von der Treppe aus rief:
Wir sind dran!

Draußen dröhnen Motoren laut und dumpf ganz nah, und
während die Eltern und Großeltern noch mit einander sprechen, gehe ich auf die Veranda und sehe durch das Fenster im
Garten meinen Apfelbaum, der taghell erleuchtet wird. Weil das
so schön aussieht, bin ich freudig erregt und rufe: Guckt ma,
draußen ist es ganz hell!
Lass mal sehen, sagt Papa, tatsächlich, das sind Christbäume.
Seine letzten Worte konnte man schon kaum noch verstehen
vor Motorenlärm.

Klotho: Zuerst – das haben wir schon erwähnt – erscheinen die
so genannten Pfadfinder, und die Beleuchter, auch Zeremoni-
enmeister genannt. Sie beginnen etwa fünfzehn Kilometer vor
dem Ziel damit, auf die Einflugschneise für die nachfolgenden
Bomber alle dreißig Sekunden eine Leuchtbombe abzuwerfen.
Die inzwischen bereits über dem Zielgebiet kreisenden Beleuchter lassen ebenfalls Leuchtbomben fallen, die Christbäume.
   Dann kommen die Bomber, die zunächst Sprengbomben
abwerfen, die durch den Luftdruck zuerst die Dächer abdecken
und die Fensterscheiben zum Zerspringen bringen sollen, dann
fallen die Brandbomben. Durch diese Taktik wird das Feuer erst
richtig angefacht.

Wir sind alle auf der verdunklungslosen Veranda, um uns das
Schauspiel der Beleuchtung anzusehen, und staunen über die
Helligkeit, die uns regelrecht blendet. Die Motorengeräusche
sind jetzt ohrenbetäubend, doch über dem Gräuschpegel hört
man von überall her lautes Krachen, das immer näher kommt.

Dann ein kurzes Pfeifen, ein markerschütternder Knall, und ein
großes Stück aus der Zimmerdecke bumst genau vor den Eingang von der Veranda ins Haus. Wir sind alle starr vor Schrecken, unbeweglich, bis Opa anfängt zu brüllen:
Raus, raus, raus aus dem Haus!

Wir machen immer noch keine Anstalten, uns zu rühren, weil wir irgendwie nicht wissen, was wir tun sollen, da schreit Opa sich die Kehle aus dem Hals:

Raus, raus, schnell, los!, und beide, er und Papa schieben die Frauen und uns Kinder nach draußen. Hier draußen pfeift, knallt und rumst es, und es brennt überall. Wir laufen zum Gartentor, Oma hält mich an der Hand, Mama hält Moni. Als wir auf der Straße sind, will Mama zu Wolfs Haus rennen, weil es so dunkel ist, schreit sie, aber Oma reißt sie weg und ruft: Da die Straße rauf!

Da ist bestimmt schon die zweite Sprengbombe auf unser Haus gefallen, denke ich, und ich rufe außer Atem: Wo ist Papa? Ich bekomme aber keine Antwort, denn wir laufen und laufen, bis Moni nicht mehr kann, ihr tut der Bauch so weh, sagt sie, sie hat Seitenstiche.

Das ist zu langsam, ruft Oma, und Mama nimmt Moni auf den Arm und rennt mit ihr, so gut es geht.

Auf der anderen Seite der Oder sehe ich, wie Scheinwerfer einen Bomber entdeckt haben, und die Flak bölkt drauf mit riesigen Stichflammen. Aber auch auf unserer Seite bersten die Bomben ununterbrochen, dazwischen röhren die Motoren, und es brennt überall lichterloh mit ganz hohen Flammen. Der Himmel ist rot, ein Wind kommt auf und dann ein Sturm, der das Feuer nach oben treibt, und die Funken fliegen himmelhoch. Es ist ein wahnsinniger Anblick: Tausend Silvesterabende auf einmal, und die Erde bebt, und die Bäume zittern. Ich denke an die Vögel und an andere Tiere, was machen die jetzt? Das Wasser der Oder spiegelt die Flammen wider.

Wir können nicht mehr weiter, weil die Straße brennt. Da hören wir Schüsse. Oma ruft: Das is Maschinengewehrfeuer, Jäger, die schießen auf uns … Tatsächlich, direkt neben uns sieht man, wie die Kugeln in die Erde flutschen. Wir laufen querfeldein und kommen an einem der Reisigbunker an, den ein paar Kerzen beleuchten. Der Bunker ist voller Menschen, es riecht nach frischem Blut, mehrere Frauen schreien: Wo sind meine Kinder? Wo ist meine Mutter? Ein Mann mit einer klaffenden

Beinwunde ruft immerzu nach Wasser, andere stöhnen und klagen. Frauen versuchen zu helfen, vor allen Dingen das Blut zu stillen.

Wir bleiben am Eingang stehen, unschlüssig was zu tun ist, bis Moni auf einmal anfängt sich zu übergeben. Da kommt ein Mann angerannt und ruft in den Bunker: Da is'n Blindgänger drauf!

Ich weiß nicht, was ein Blindgänger ist, ich denke mir aber, dass es etwas Gefährliches ist, ich zerre Oma raus, und wir laufen weiter, Mama mit Moni auf dem Arm. Hier draußen stinkt es nicht so nach Blut und Schweiß, und wir kriegen wieder etwas Luft, die wir nötig zum Laufen brauchen. Wir laufen ohne Weg und Steg, weg von der Stadt, die noch heller brennt. Wir können nicht mehr so gut hören, weil wir etwas taub geworden sind, deshalb schweigen wir jetzt auch. Dennoch können wir zweimal einen großen Knall spüren, weil es ein Erdbeben gibt, das uns fast umreißt, trotzdem laufen wir weiter.

Atropos: Das waren große Sprengbomben, nicht die 10-Tonnen-Bombe, die Grand Slam, etwas kleinere, dennoch mit verheerender Wirkung, zwischen 1 800 und 3 500 Kilogramm, also zwischen 36 und 70 Zentnern. Diese Bomben wurden im Grunde zur Zerstörung von Industrieanlagen und auch der Wasserversorgung verwandt. Wenn nun ein Bomber kein lohnendes Ziel gefunden hatte, dennoch den Rückflug antreten wollte/ musste und die Bombe nicht wieder mit nach Haus nehmen wollte, wurde sie irgendwo abgeworfen. Das war hier der Fall. Viele dieser „Reste" wurden auch über dem Meer fallen gelassen (Lastabwurf).

Ich möchte eigentlich fragen, wo Opa und Papa sind, aber es geht nicht, weil ich keine Luft mehr kriege, weil wir immer noch laufen, jetzt aber langsamer. Wir lassen die Hölle allmählich hinter uns, das Rollen der Motoren und das Bersten der Bomben ist weiter entfernt. Der Himmel ist zwar rot erleuchtet, aber eine riesige Qualmsäule verdunkelt den Mond, wir können dennoch ganz gut sehen. Wir gelangen an eine umzäunte Pferdekoppel, wir klettern durch den Draht, gehen über eine Wiese und treffen auf einen Weg, der uns zu einem Gehöft führt, das im Dunkeln liegt, ganz allein, ohne Leben. Als wir durch das geöffnete Tor in einen Innenhof eintreten, sehen wir, dass er von Menschen wimmelt. Dort liegen Verletzte und werden von anderen versorgt. Auch ein Arzt ist dabei, es wird nur geflüstert, es gibt kein Licht, einige Frauen und Männer weinen leise vor sich hin. Da es nicht genug Verbandszeug gibt, werden Laken und Hemden zerrissen. Dieser Hof scheint für viele ein Hoffnungsschimmer zu sein, vielleicht auch für uns.

Seid ihr verletzt?, fragt die Bauersfrau freundlich flüsternd.

Nein, sagt Mama.

Na Gott sei Dank. Das ganze Haus ist voll und der Hof, wir sind überfüllt, wir sind zu einem Lazarett geworden ... Woher kommt ihr denn?

Vom Vorbruch, sagt Oma.

Oh, da seid ihr aber weit gelaufen.

Können wir etwas Wasser haben?, fragt Mama, wir sind so erschöpft.

Ja gern, da drüben in der Ecke ist die Pumpe, da könnt ihr so viel trinken, wie ihr wollt.

Och, vielen Dank, sagt Mama.

Nix zu danken ... Wollt ihr denn auch hier übernachten?

Ja gern, wir sind total erledigt.

Ja gut, nur im Haus hab' ich keinen Platz mehr, ihr könnt im Stall schlafen, da ist genug Heu und Stroh ... Habt ihr denn irgendwas an Sachen mitgebracht, ich sehe, die Kinder sind in Schlafanzügen, sind doch Schlafanzüge?

Ja, die sind in Schlafanzügen und auch barfuß, das ging alles so schnell, wir konnten nichts mitnehmen.

Naja, denn deckt euch ma alle gut zu, in Heu und Stroh friert man nicht ... Gute Nacht ...

Die Bauersfrau geht, kommt aber nach ein paar Minuten zurück und gibt uns zwei Kanten Brot:

Mehr hab' ich nicht, wir haben zu viele hungrige Mäuler.

Mama und Oma bedanken sich für alles. Wir trinken so viel wir können und kauen an ein paar Stückchen Brot, wir haben nicht so recht Appetit. Wir schleichen uns leise in den Stall, suchen uns ein freies Plätzchen und schlafen vor Erschöpfung sofort ein.

Lachesis: Da sitzen sie immer noch in ihrer Maschine, der rote John und der aschblonde William und alle anderen und sind zufrieden, dass sich ihr Flieger entleert hat.

Na, wie war das?, fragt John.

Wir haben ihnen ganz schön die Hölle heiß gemacht, oder?

Das kann man wohl laut sagen, oh boy, das war ja n' richtiger Fackelzug.

Fackelzug nennst du das? Das war ein … wie soll ich sagen, das war ein Hochofen war das.

Sah toll aus, bemerkt John selbstzufrieden, ,Oder in Flammen', und unsere Tanten machten die Musik dazu: Britannia, rule the flames!

Ja, das stimmt! Unsere Tante Lan, unser Maschinchen, kriegt n' paar Sonderstreicheleinheiten … Und, nicht zu vergessen, was wären wir ohne unseren Dobra, den Teufelspiloten, unseren Miroslaw! Du weißt doch, was Major Cooper vor kurzem sagte, der Studierte aus Oxford, weißte noch?

Nee, Willy, frag mich was Leichteres, weiß ich nich mehr genau, irgendwas von Zivilisation oder so, weißt du's denn?

Na klar, der sagte: Leute, denkt dran, es geht darum, Mitteleuropa von den Wilden zu befreien. Das habe ich mir gemerkt, verstehste? Aber wie das mit Wilden so is: Die sitzen in ihren Höhlen, und es erwischt die Falschen.

Du meinst die Kinder und die alten Leute.

Ja eben, da darf ich gar nich dran denken. Aber die Wilden, die kriegen wir auch eines Tages, und dann Gnade ihnen die Zivilisation und die Kultur …

Scheiße! Was war das?

Wir haben wohl hinten einen reingekriegt, verdammter Mist. Ich glaub die Jäger sind da.

Is nich so schlimm, sagt Marvin, ihr wisst ja, unsere Tante ist robust ... War ne Focke-Wulf ... Da is sie wieder, greift einen von unseren Jungs an. Ich mach sie fertig!, ruft Michael, ha, sauber, schmiert ab. Da unten is noch ne Me 109, hat gerade einen von uns in Brand geschossen, ai, ai, ai, schöne Scheiße!, meint John aufgeregt. Curva niema!, flucht der Pilot und fährt sogar auf Russisch fort: Jopt tweuer match! Chaben wir sie Arsch verbrannt ... Gut festhalten! Er geht im Sturzflug nach unten, sodass man ein paar Sekunden das Gewicht verliert. Er fängt die zitternde Maschine wieder ab, steigt wieder hoch, fliegt eine Kurve nach Westen und ruft: Andere schon weg, cheil nach Hause is gut, Deitschland stinkt nach Hölle.

Weißt du was, sagt William zu John, wir sagen es dem Chef, der soll es Harris verklickern: Was soll das mit der Zivilbevölkerung? Die Industrieanlagen sind wichtig, Verkehrswege, die müssen wir kurz und klein hauen. Wenn die keine Flugzeuge, die V-Waffen, Schiffe, U-Boote, Panzer und Kanonen mehr bauen können, sind die fertig.

Richtig, und weißt du was, mein Lieber, ich hab noch was Besseres, wenn die keinen Sprit mehr haben, dann können sie nix mehr bewegen, dann is es aus, Mr. Hitler, dann kommen wir und hängen euch auf. We'll hang our stockings nicht mehr on the Siegfried Line, sondern on the Oder oder Elbe, was weiß ich.

So ist's richtig, mein Kleiner, auf die Hydrierwerke! Hast dir vom Alten ne Zigarre verdient ... Kennst du eigentlich den neusten Witz vom Alten?

Näh, kenn ich nich, erzähl ma!

Ein Reporter fragt den Alten: Mr. Churchill, Sie sind nun schon so alt geworden, wie haben Sie das gemacht? Und er antwortet: No sports (keinen Sport)!

Groovy, da kannste mal sehn. So jetzt geht's aber ab, die Pilotbulldogge is ja schnell wie ne Schildkröte auf Schlittschuhn!

Jetzt biste aber echt durchgeknallt! Denkst sowieso bloß die ganze Zeit an deine schottische Schönheit, die Grace.

Na klar, biste neidisch?

Die Sonne scheint durch ein Stallfenster und weckt uns auf. Wir wundern uns, wo wir sind und wo wir geschlafen haben. Mama in Rock und Pullover schüttelt das Stroh ab und sucht ihre Sandalen, Oma in Rock und einer Jacke befreit sich auch von Strohhalmen. Wir Kinder sind in unseren blauen Schlafanzügen mit roter Borte und barfuß. Die Füße sind schmutzig aber heil. Es war warm im Stroh und weich, hätten wir Kinder gar nicht gedacht. Da regen sich noch andere Körper, Gesichter schlagen die Augen auf, schläfrige, verweinte Gesichter mit dunklen Augenhöhlen.

Wir gehen in den Innenhof, und die Bauersfrau gibt uns eine Tasse warme Milch. Sie bedauert, dass sie uns nicht mehr geben kann. Sie sagt, das ganze Lazarett muss versorgt werden, vor allem die Verwundeten. Viele müssten eigentlich ins Krankenhaus, aber das ist zu weit weg, auf der anderen Oderseite, und sie weiß nicht, ob die Fähre überhaupt fährt.

Die Fähre fährt mein Mann, sagt Oma, wir gehen jetzt zum Vorbruch und gucken nach, und wenn die Fähre fährt, kommt heute Nachmittag einer von uns und sagt Bescheid.

Das ist lieb von Ihnen.

Wir bedanken uns nochmals für alles, und Mama fragt nach der Uhrzeit.

Es ist dreiviertel 11, sagt die Bauersfrau.

Och, schon so spät, meint Mama, und wir verabschieden uns und gehen in Richtung Vorbruch.

Über der Stadt liegen dichte, hohe Rauchwolken, Flammen züngeln noch überall und haben sich in Holzbalken festgebissen. Rauchschwaden wehen herüber und beißen in Nase und Augen. Wir müssen öfter husten. Zur Oder hin ist alles verwüstet, überall sind größere und kleinere Bombentrichter, Bäume sind regelrecht abgebrochen, Büsche und Sträucher verbrannt, Wiesen und Weiden angesengt, Zaunpfähle verkohlt oder verbrannt. Manchmal geht irgendwo ein Blindgänger hoch. Mama sagt, das sind Bomben, die nicht sofort beim Aufprall explodiert sind. Es gibt auch solche mit Zeitzünder. Oma stellt fest, die Gefahr besteht, dass die Flieger jetzt auch bei Tag wiederkommen, um die Löscharbeiten zu stören. Mama meint, die Tommys kommen bei Nacht und die Amis bei Tag.

Klotho: Es war tatsächlich so, dass nach der Konferenz von Casablanca im Januar 1943 die „Combined Bomber Offensive" vereinbart worden war: Die Royal Air Force fliegt Nachtangriffe gegen Wohngebiete, die American Air Force Tagesangriffe in der Hauptsache gegen Industrieanlagen.
Was den Bombenangriff vom 20./21. April angeht, so trägt der wachhabende Offizier Mullhall des Bomber Command ins Campaign Diary ein: Pathfinder marking was carried out perfectly. Raid very successful. 21 aircraft lost, 6.2 per cent. [M. schreibt ins Kampftagebuch: Die Markierungen der Pfadfinder wurden sehr gut durchgeführt. Angriff sehr erfolgreich. Verlust 21 Maschinen, 6,2 Prozent.] Von der Besatzung ist nicht die Rede, es sind ja nur sieben pro Flugzeug. Johns und Williams Crew ist wieder heil herunter gekommen, nicht zuletzt weil der Pilot Miroslaw überzeugt ist: jedno jest pewne istnieje wiele idiotów [eins ist sicher, es gibt viele Idioten].

Je näher wir dem Vorbruch kommen, umso größer sind die Zerstörungen. Zwei Reisigbunker stehen noch, fast alle Häuser auf dem Vorbruch sind in Mitleidenschaft gezogen, viele nicht mehr da, einfach weg, es liegt eine unglaubliche Menge an Trümmern herum: Backsteine, angebranntes Holz, Glasstücke und Splitter, Eisenteile, Blech, Kacheln, Rohre, Kabelstücke … Wo Wolfs Haus, das Nachbarhaus links gestanden hatte, ist nur noch ein großer Krater, es hatte einen Volltreffer bekommen. Vom Nachbarhaus rechts, Kramers Haus, steht nur noch der Schornstein, der jedoch zusammenfällt, gerade als wir ankommen.
Auch vom Puppenhaus ist nichts mehr da, doch, das Eisenbett steht noch, schwarzgebrannt, es ist schräg in den Keller gerutscht. Bäume und Sträucher sind verkohlt, mein Apfelbaum

ist noch an seinem Platz, sieht aber ramponiert aus.

Als Opa uns kommen sieht, fängt er bitterlich an zu weinen, und ich muss auch weinen, und Papa kämpft mit den Tränen. Sie sehen mitgenommen aus, ihre Kleidung voller Asche, die Hände und das Gesicht voller Ruß.

Aber wenigstens sind wir alle noch am Leben, meint Oma, und wir umarmen uns alle, und dann sagt Opa, nachdem er sich mit seinem rußverschmierten Handrücken die Tränen abgetrocknet hat: Dein Apfelbaum sieht zwar ein wenig gerupft aus, aber er trägt bestimmt wieder Früchte.

Papa hat was schwarzes Rundes in der Hand und sagt: Guckt mal, was ich gefunden habe, das war mal meine goldne Taschenuhr.

Und sonst?, fragt Mama.

Nichts mehr da, alles weg!, antwortet Papa.

Moni weint, weil ihre Püppi nicht mehr da ist, und Mama sagt, sie kriegt wieder eine. Ich habe auch keine Spielsachen mehr, auch mein Selbstfahrer ist verbrannt. Dann ist Hannelores schönes Auto bestimmt auch hinüber.

Aber zuerst müssen wir erzählen, wo wir waren und wie es uns ergangen ist. Opa kennt das Gehöft, das ist ein großes Gut, sagt er, sehr nette Leute, die fahren auch mit der Fähre rüber, mit nem Zweispänner, tolle Pferde.

Dann berichten Opa und Papa abwechselnd: Sie wollten noch was retten, aber es ging nicht. Sie haben da hinter dem Graben in Stellung gelegen. Wolfs Haus hat mit einer größeren Bombe einen Volltreffer bekommen und ist in tausend Stücke geflogen. Zum Glück ist die ganze Familie ja nicht da. Es stehen nur weiter oben noch einige Häuser, die meisten sind schwer beschädigt. Es hat eine ganze Reihe Tote gegeben. Auf unser Haus sind vierzehn Spreng- und vierzehn Brandbomben gefallen, die kleinen da, und Papa zeigt eine Hülse aus Aluminium, ungefähr dreißig Zentimeter lang. Weil wir ja drei Tage vorher Briketts bekommen haben, hat sich eine solche Hitze im Keller entwickelt, dass sich die vollen Weckgläser verdreht haben. Opa zeigt ins Kellerloch, und da liegen sie wie Korkenzieher. Da sind wohl mehrere hundert Grad drin gewesen, ist Opa überzeugt. Dem Keller entsteigt immer noch eine große Hitze und beißender Rauch. Auch die Autos sind völlig verbrannt, das sind nur noch Gerippe. Es gibt kein Wasser, keinen Strom, nichts zu essen. Oma will sehen, ob sie für uns Kinder ein Paar Schuhe oder Sandalen auftreiben kann, sie kommt jedoch unverrichteter Dinge zurück. Opa ist schon unten an der Fähre gewesen, sie scheint zu funktionieren. Er wird uns gleich rüberfahren; andere haben auch schon gefragt. Es heißt, wir werden evakuiert, das heißt Frauen und Kinder sollen die Stadt verlassen.

Lachesis: Sie sollten also evakuiert werden, so sagte man und wandte das Wort falsch an, denn evakuieren heißt entleeren, also müsste es heißen: Die Stadt sollte evakuiert werden. Das ist aber nicht der Grund, warum ich hier das Wort ergreife, sondern weil ich finde, dass es nicht zu fassen ist, dass sich die Männer in Lebensgefahr gebracht haben, weil sie retten wollten, was nicht zu retten war, sie waren „in Stellung gegangen". Sind wir noch in der Zeit der Jäger und Sammler oder in der Steinzeit? Die Frauen hüten die Kinder – in diesem Fall ja nicht das Heim – und die Männer sorgen „draußen" für Nahrung – in diesem Fall ja auch nicht. Das Bild bleibt auf jeden Fall schief, auch im zwanzigsten Jahrhundert!

Atropos: Ja, das Ganze ist zum Totlachen, wenn es für beide Seiten, die im heftigsten Streit mit einander liegen, nicht so bierernst wäre. Während die Streithähne auf der einen Seite danach trachten – um dem ganzen Aufwand, der riesige Summen und Menschenleben verschlingt, einen Sinn zu geben – eine möglichst große Zahl von Toten zu erreichen, vor allem aber – was psychologisch noch wichtiger ist, wir sagten es schon – eine möglichst große Zahl an Obdachlosen zu bewirken, die kein Zuhause mehr haben und oft nichts anderes als ihr leicht bekleidetes Leben, sinnen die anderen Streithähne auf Vergeltung mit Raketen, der V1 und später der heimtückischen V2. Nun wollen Streithähne ja immer auch aus Experimenten lernen (oder auch nicht):

Die Moral von der Geschicht,
Mit Bomben zwingst uns nicht.
Und auch nicht mit Raketen,
Die werden sie nicht töten.

Interpretation: Man kann Menschen nicht dazu bomben, ihre abgetakelten Führer umzubringen, denn Obdachlose denken an Obdach und nicht vorab an Rache an ihren Streithähnen, mit denen sie so gut wie nichts (mehr) zu tun haben. Rache nehmen andere, denn die Geschichte lehrt, es gibt Gerechtigkeit, die über Rache hinausgeht. Im Übrigen war es seit Casablanca, Teheran und Jalta beschlossene Sache, dass Deutschland bedingungslos kapituliert (unconditional surrender), auch tote Führer hätten die Siegermächte nicht umgestimmt, was richtig war. Es galt – leider mit vielen Opfern und sehr spät – uns Deutsche von ruchlosen Barbaren zu befreien.

Wir jedenfalls waren nicht nur obdachlos, wir waren total ausgebombt und mit uns viele Stettiner. So war es in allen heimgesuchten Städten in Deutschland und anderswo. Wie dem auch sei, wir hatten überlebt, und dieses Leben galt es zu erhalten. Unsere Seelen waren erschüttert und unser Geist verwirrt, es waren traumatische Ereignisse, aber wir konnten von Glück sagen, wir hatten nur ein paar leichte äußere Kratzer abbekommen.

Stettin, den 17.6.43 NSDAP
Ortsgruppe
Stettin-Altstadt

Wir bescheinigen hiermit, dass die Wohnung des Herrn Paul Ostermann in Stettin Brachvogelweg 7 bei dem letzten Luftangriff restlos zerstört worden ist.

Klotho: Stellt euch mal vor, all ihr Kinder, die ihr jetzt, ja gerade jetzt, zwischen drei und sechs Jahre alt seid, ihr habt doch eine gute Phantasie, also stellt euch mal vor, alles wäre ganz plötzlich weg, euer Zuhause, euer Kinderzimmer, euer Spielzeug, Lego, Steiftiere, Kinderbücher … Zählt es doch einmal selber auf, alles das, was ihr habt und mögt oder liebt, was wäre dann? Was würdet ihr sagen? Wie wäre euch zumute? … Genauso ist es, so ging es den beiden Kindern und mit ihnen vielen tausend anderen Kindern auch. Ich will gar nicht davon sprechen, wie es wäre, wenn ein Verwandter nicht mehr da ist oder euer lebendes Lieblingstier, sondern einfach nur von leblosen Dingen, die ihr gern habt. Das sind zwar nur materielle Dinge, wie das so schön heißt, Dinge des Habens, nicht Dinge des Seins, aber immerhin, es steckt doch viel Liebe drin, oder? Ihr Kinder erlebt doch die Welt durch diese Dinge, und wenn sie nicht mehr da sind, gerade diese, die man nicht so leicht ersetzen kann, dann ist doch ein Stück Welt zerstört, oder?

Vielleicht erinnert ihr euch an das „Hühnerhaus" oben in Omis und Opis Zimmer, am Kachelofen, da hing über der Chaiselongue (französisch: langer Stuhl; ein Liegesofa ohne Rückenlehne), auf der der Junge schlief, ein grünes Schild mit bunten Blumen drauf und einem Text in weißer Schrift:

Genieße, was Dir Gott gegeben;
Entbehre gern, was Du nicht hast.

Das muss man erst mal hinkriegen, nicht wahr?

Und jetzt komme ich zu Ihnen, den erwachsenen Leserinnen und Lesern, denn auch Sie haben eine gute Phantasie. Machen Sie sich bitte klar, Ihr Haus, Ihre Wohnung sind weg, fast spurlos verschwunden: Die Einrichtung, der Fernseher, das Geschirr, die Daunenbetten, die Heizung, die Lampen, der PC, der Laptop, die Fotos, das Mobiltelefon, die Kunstsammlung, der echte Kokoschka, der originale Vogler, Ihre Aachen-Lütticher oder Jugendstilmöbel, Ihre Bücher oder Bibliothek, alle Nahrungsmittel, Ihr Auto … Das heißt, alles, was Sie erarbeitet oder geerbt haben, ist zerbröselt, verbrannt, unbrauchbar geworden, es ist nicht mehr da. Materie ist zu ersetzen, wollen Ihnen ganz

Schlaue weismachen. Das, womit ich mich in der Welt eingerichtet habe, ist nicht zu ersetzen, auch wenn es die Welt des Habens ist, ich bin nämlich ein Teil von dieser Welt. Dass ich, wenn es mir möglich ist, und wenn ich es will, mich auch von den Dingen lossagen kann, um ganz frei zu sein, steht außer Frage. Nach Meister Eckart ist diese Ungebundenheit die Voraussetzung für Liebe und produktives Sein. Unser Ziel als Menschen [ist], so sagt er, uns aus den Fesseln der Ichbindung und der Egozentrik, das heißt von der Existenzweise des Habens zu befreien, um zum vollen Sein zu gelangen. Schön und gut, wenn ich nichts habe, kann ich auch nichts verlieren, aber die meisten von uns leben nicht im Kloster, unser Haben ist auch unser Sein, auch, nicht ausschließlich, denn ich bin vor allen Dingen durch das, was ich bin, nicht durch das, was ich habe.

Wenn Sie, liebe Leserin, lieber Leser, sich einbilden und ausmalen können, wie es ist, wenn man alles verloren hat (was Sie ja vielleicht schon einmal, sagen wir durch ein Feuer erlebt haben), dann wissen Sie jetzt ungefähr, was damals mit der Familie geschah und mit ihr mit vielen Millionen Deutschen und Menschen anderer Nationalität. Hierbei zeigt sich auch deutlich: Im Krieg leiden wir alle gleich, ohne Unterschied der Person oder der Volkszugehörigkeit. Oder denken Sie an die Bauersfrau: Sie hilft allen ohne Ansehen der Person. Leider gibt es auch heute noch Verführer, die Menschen glauben machen wollen, wenn ich anders denke, fühle, lebe, das heißt nicht so wie sie es für richtig halten, dann müssten sie mich mit ihrer Intoleranz bekämpfen. Wie vorhin schon gesagt, werden die Intoleranten von der Gerechtigkeit eingeholt und zur Bedeutungslosigkeit verdammt werden.

Die Trennung von Oma und Opa war schmerzlich, denn keiner wusste, in welche Zukunft wir einander entließen, was „die Zeit ohne Beispiel" – und das war sie ja – uns noch bringen würde. Worum Oma Tränen vergoss war, dass sie uns Kindern nichts zu essen oder wenigstens Wolldecken mitgeben konnte, die uns schützen würden. Ich war froh, dass Papa mitfuhr, er wollte in ein paar Tagen wieder zu seinen Eltern zurückfahren, weil er ja in Pölitz arbeiten musste.

Vorgestern hatten wir die Stadt noch heil gesehen, und jetzt, das war niederschmetternd, eine solche Zerstörung überall, selbst die Jakobikirche hat etwas abbekommen. Was gestern noch Häuser waren, sind heute Ruinen, häufig nur noch die Außenmauern mit den hohlen Fensterlöchern und ihren schwarzen Stürzen. Die Brände schwelen noch, der Rauch und der Qualm greifen Augen und Nase an. Wo Wasser ist, wird gelöscht, sogar mit Eimern. Viele Menschen suchen nach Essbarem, nach Angehörigen, manche schreiben die Namen der Vermissten auf die Wände ihrer ausgebrannten Häuser oder ihre eigenen Namen auf, und wo sie sich aufhalten. Viele Leichen werden geborgen, unkenntlich verbrannt, aus Schutt und Asche gezogen. Die Tiere sind vielleicht ausgewandert, die Vögel finden keinen Platz mehr auf heißen Ästen.

Auch der Bahnhof ist teilweise zerstört, oben in der Halle fehlen viele Fenster, ein Fahrtanzeiger befindet sich auf den Schienen, und eine Bahnhofsuhr liegt auf einem Gleis mit zerschmettertem Zifferblatt. Viele Arbeiter, vor allem ausländische, räumen den Schutt beiseite, andere reparieren kaputte Bahngleise bis weit hinaus ins Bahnhofsgelände, wo Masten umgestürzt auf den Gleisen liegen. Da die Lautsprecheranlage nicht mehr funktioniert, werden Reisende durch Zuruf durch Bahnangestellte informiert. Papa hat die ganze Zeit fieberhaft nach ein Paar Schuhen für uns Kinder Ausschau gehalten, hat aber nichts entdeckt, auch keine Kinderkarre.

Lachesis: Die Flucht aus der Hölle der Rache gelingt nur ganz allmählich und verbraucht viel zu viel Zeit, denn es ist zu befürchten, dass bei Anbruch der Dunkelheit der Höllendrache wieder Feuer speit, weil er weiß, dass jetzt die Zeit gekommen ist, jeglichen Neuanfang im Keim zu ersticken. Warum versengt er nicht die Urheber dieser Katastrophe, die vollgefressen und -gesoffen in ihren Höhlen sitzen? Ausgeburten der Menschenverachtung, das Maul voller leerer Versprechungen, das Gehirn vergiftet?

Atropos: Reg dich ab, Schwesterlein, das bekommt deinem Teint nicht … Außerdem wird ihre Seele ganz langsam gekocht werden, damit ihr Andenken über viele Jahre ausradiert wird.

Als wir unseren Zug nach Treptow auf Gleis 5 gefunden haben, sagt ein Bahnhofsvorsteher, die genaue Abfahrt weiß er auch nicht, das kommt darauf an, wie lange die Reparaturen noch in Anspruch nehmen, das kann noch Stunden dauern, weil einige Gleisanlagen komplett im Eimer sind.

Am frühen Nachmittag rollt der Zug schließlich aus dem Bahnhofsgebäude heraus, bleibt aber gleich wieder stehen. Da springt Papa ungeduldig auf und sagt:

Ich werde versuchen, n' bisschen was zu essen aufzutreiben …"

Pe, tu's nicht, der Zug kann jederzeit losfahren.

Ich bin ja gleich wieder da, sagt er und ist verschwunden.

Nach einer Viertelstunde kommt er tatsächlich zurück, hat aber nur ein paar Äpfel aufstöbern können, wenigstens etwas, meint er.

Hast du denn überhaupt noch ein bisschen Geld?, fragt Mama.

Na ja, für die Äpfel hat es noch gerade so gereicht, grinst er.

Och, Pe, im Ernst, hast du dir noch Geld einstecken können?

Nach der ersten Bombe bin ich noch schnell rein und konnte grade noch das Geld einstecken, das wir zu Hause hatten und natürlich die Papiere.

Gott sei Dank, und Vater?

Der kam schon damit runter.

Wir haben Hunger und bekommen einen Apfel, Mama und Papa teilen sich einen. Der Zug ruckt wieder an, fährt in das Bahnhofsgelände hinaus und bleibt wieder stehen. Man kann sehen, dass einige Geleise kaputt sind, verbogen oder aus den Schwellen gerissen, manche Weichen lassen sich nicht mehr stellen, weil die Drähte vom Stellwerk unterbrochen sind, erklärt Papa. Weiter hinten steht ein Güterzug, dessen Wagen verbrannt und verbeult sind.

Unsere Lok pfeift kurz, und wir fahren wieder ein Stück hinaus. Erst jetzt begreift man, wie groß ein solches Bahnhofsgelände überhaupt ist, was man bei normalem Betrieb gar nicht so mitbekommt.

Plötzlich haben wir Kinder, die am Fenster sitzen, eine Fata Morgana.

Da ist Omi!, rufe ich.

Omi klettert mit einer Tasche bewaffnet über Trümmer im Bahnhofsgelände in Richtung Bahnhof. Papa reißt das Fenster runter, und Mama und Papa rufen sich die Kehle aus dem Hals und winken, aber Omi ist zu weit weg, sie sieht und hört uns nicht.

So ein Mist!, sagt Papa und überlegt, ob er sie nicht holen soll.

Auf keinen Fall!, wehrt Mama ab, nachher fährt der Zug ab, und ihr kommt beide nich' mit. Außerdem wer weiß, ob die heute Nacht nich' wieder angreifen, und dann sitzt ihr in der Stadt in der Falle. Und vielleicht liegen da Blindgänger.

Was machen wir denn jetzt?

Gar nichts, sagt Mama mit einer ganz ungewohnten Seelenruhe, die Papa ansteckt:

Hast auch wieder Recht.

Was macht Omi denn da?, will ich wissen.

Na ja, meint Papa, die sucht uns … Die Gleise sind in Gegenrichtung bestimmt auch kaputt, da ist sie ausgestiegen und ist zu Fuß zum Bahnhof gelaufen … Und zu Mama gewandt fährt er fort: Du kennst doch deine Mutter, das is ne ganz praktische Frau, auch wenn sie da ganz allein rumstapft, die hat keine Angst, und dann noch mit Tasche, da hat sie bestimmt hundert Butterstullen drin …

Hundert?, frage ich.

Na, Papa übertreibt ganz schön, aber bestimmt was zu essen.

Omi ham, sagt Moni.

Und wo geht Omi denn jetzt hin?, frage ich aufgeregt.

Also, antwortet Papa, die fragt erst ma am Bahnhof nach, wo

ein Zug nach Treptow ist und wann der fährt, und dann geht sie wahrscheinlich zum Fähranleger, fährt vielleicht sogar rüber zu Oma und Opa, um sich berichten zu lassen, oder sie fährt gar nich' rüber, weil Opa ihr alles erzählen kann.

Du meinst, weil der grad mit der Fähre auf dieser Seite is?

So ist es.

Der Schaffner kommt und teilt uns mit, dass es noch bis heute Abend dauern kann, bis der Zug nach Treptow abfährt, weil auf der Strecke noch so viel repariert werden muss. Wir sollen uns in Geduld üben. Dafür brauchten Frauen und Kinder auch nix zu bezahlen, und Männer sieht er ja hier sowieso nicht, es werden ja nur Frauen und Kinder evakuiert, und das ist ein Sonderzug. Er kneift Papa ein Auge.

Wir essen jeder einen halben Apfel, und Mama gibt auch zwei anderen hungrigen Kindern, die sich an der Abteilscheibe die Nasen plattdrücken, je einen Apfel. Sie sind dankbar und weinen fast.

Es wird langsam dunkel, und der Bahnhof ist nur notdürftig beleuchtet, einzig die Gleisarbeiter haben etwas mehr Licht. Wir können von Glück sagen, dass keine Flieger kommen, obwohl man das wie gesagt jederzeit erwarten kann, vor allem weil Vollmond ist, sind die Eltern überzeugt. Im Waggon brennt nur eine Funzel auf dem Flur. Selbst die Lokomotiven haben nur Schlitze, und die roten Rückleuchten ebenfalls, erklärt Papa. Es fährt kein Zug, weder rein noch raus.

Später am Abend schlafen wir Kinder ein, dann spürt man den Hunger und den Durst nicht so und auch nicht die Kälte, denn nur in den Schlafanzügen ist es unangenehm. In den anderen Abteilen und auch auf den Fluren ist es ziemlich still, weil die Menschen flüstern, nur manchmal schreit ein Kleinkind, vielleicht hat es auch nur Hunger und Durst.

Ich schlafe sehr unruhig, und wenn ich wach werde, sehe ich, dass der Mond aufgegangen ist. Er ist so schön rund wie gestern Abend.

Die vordere Wagentür wird aufgerissen, und eine durchdringende Frauenstimme fragt:

Ist hier eine Familie Ostermann?

Mama springt auf, schiebt die Abteiltür auf und ruft:

Mama, wir sind hier, warte, ich komme dir entgegen.

Omi schiebt sich in das Abteil, setzt sich und holt Atem:

Mein Gott, was bin ich froh, ich habe euch schon Stunden gesucht … Ich war so erleichtert, als ich erfuhr, dass ihr alle noch am Leben seid … Ich war drüben auf dem Vorbruch … Furchtbar das alles, ganz furchtbar. Auch in der Stadt, eine schreckliche Geschichte … Ich schleppe schon den ganzen Tag Stullen mit mir herum, die ganze Tasche voll und zwei Bierflaschen voll Wasser habe ich auch mitgebracht …

Papa erzählt, dass wir sie heute gesehen haben, und wir haben gerufen, aber sie hat nicht reagiert. Sie sagt, sie hat uns nicht gesehen.

Stullen mit hausgemachter pommerscher Leberwurst, Butterstullen mit geschmolzener Butter, Schmalzstullen mit geschmolzenem Schmalz, alles schön in Pergamentpapier verpackt, wunderbar. Omi ist ein Engel und bringt Nektar für hungrige Ausgebombte. Im Mondschein kann man sehen, wie erschöpft Omi ist, aber sie ist auch zäh und hat einen starken Willen. Sie wird dieses Jahr im Mai schon 64, sie sagt immer, sie freut sich auf ihren Geburtstag, weil dann ihre Lieblingsblumen blühen, die Maiglöckchen.

Wann fahren wir denn endlich?, frage ich ängstlich, hoffentlich kommen die Flieger nicht wieder.

I wo, meint Omi, heute Nacht nicht … Geht vorsichtig mit dem Wasser um, wir müssen noch die ganze Nacht warten … Ihr armen Kinder, ihr habt nur eure Schlafanzüge und nichts an den Füßen.

Mama und Papa erklären warum, und dass alles so schnell ging, da hatte man keine Zeit mehr.

Augenblick mal, sagt Omi, nimmt sich zwei Klappstullen aus der Tasche und verschwindet. Man hört ihre Stimme erst nebenan, dann weiter entfernt. Nach ein paar Minuten kommt sie siegessicher zurück: Sie hat zwei Paar Wollsocken ergattert, zwar für Erwachsene, aber was macht das, wir Kinder haben wenigstens etwas an den Füßen, und bei warmen Füßen friert man nicht so leicht. Moni reichen die Socken bis fast an den Hintern. Das ist nicht zu fassen, glaubt Papa, du bist und bleibst eine Geschäftsfrau.

Ach weißt du, ob ich dabei ein Geschäft gemacht habe, weiß ich nicht. Ich wollte nur für die Kinder ein paar Wollsocken haben, weiter nichts ... Kennt ihr den Witz mit den Heringen?

Als alle verneinen, erzählt sie leise: Also, in einem Zugabteil wie dieses hier sitzen sich zwei Brüder gegenüber. Als sie Hunger bekommen, holt der eine zwei Heringe heraus, einen großen und einen kleineren, und sagt zu seinem Gegenüber: - Bitte Ephraim, nimm du dir zuerst. – Auf keinen Fall, Jossele, nimm du dir zuerst. – Ich bitte dich Ephraim, du bist der Jüngere, du hast sicher mehr Hunger als ich. – Nein, Jossele, da du der Ältere bist, gebührt dir der Vortritt. – In diesem Fall, lieber Ephraim, würde ich gern eine Ausnahme machen, also nimm du dir zuerst, bevor wir noch einen Streit vom Zaun brechen. – Nun, das wollen wir doch auf keinen Fall!, sagt Ephraim und schnappt sich den größeren Hering. – Och, sagt Jossele, nun hast du dir doch den größeren genommen. – Na, sagt Ephraim, hättest du dir den kleineren genommen? – Ja! – Na, du hast ihn doch.

Alle grinsen, und Papa bemerkt: Schön, die Geschichte.

Und ich stelle fest: Omi, die erzählst du mir zu Hause noch dreimal, dann kann ich sie auswendig.

Mama ist der Meinung, dass die Reparaturen wirklich lange dauern, Omi sagt dazu: Die Strecke nach Treptow ist hier ziemlich kaputt. Mein Zug nach Stettin konnte ja auch nicht weiter, weil die Gleise kaputt sind. Da bin ich ausgestiegen ... Gestern Abend schon kam's im Radio, Großangriff auf Stettin ... Opi war eigentlich dagegen, dass ich fuhr, aber ich habe mich durchgesetzt.

Das war aber doch gefährlich, ich meine, am Bahndamm entlang, da hätten doch Blindgänger liegen können. Waren denn da noch andere Leute?

Vereinzelt. Hör mal Paul, wir sind alle in Gottes Hand, er hat mich beschützt und euch alle auch.

Uns Kindern wird kalt im Abteil, wir kuscheln uns an Mama und Papa mit angezogenen Beinen in Wollsocken und schlafen wieder ein, während Omi, Mama und Papa sich noch leise flüsternd unterhalten.

Erst mitten in der Nacht rollt der Zug an, fährt erst ganz langsam, und später dann erreicht er sein normales Tacktack, Tacktack, Tacktack. Ich träume davon, dass ich fragen will, ob die Flieger auch Treptow bombardieren werden, aber ich komme nicht dazu, weil ich immerzu abgehalten werde, weil ich keine Luft mehr kriege, weil wir um unser Leben laufen.

Wir wachen auf, wenn der Zug hält, und wenn es unruhig wird, weil Leute aus- und einsteigen, und weil Fragen gestellt werden nach der Bombennacht und Antworten versucht werden. Wer kann schon gute Antworten geben? Die beste ist immer noch: Wir sind am Leben.

Am Morgen des 22. April erreicht der Zug Treptow. Opi ist nicht da. Omi erklärt, er weiß ja nicht, wann wir kommen, und Papa bemerkt, wir hätten ja nichts zu tragen.

Doch, sagt Omi verschmitzt.

Und was?, fragt Moni.

Zwei Stullen Hasenbrot!

Wir lachen und machen uns auf den Weg, bis wir unser neues, altes Obdach, unser schon bekanntes geliebtes Zuhause wiederfinden. Wir sind äußerlich unversehrt, aber hohläugig, verfroren, innerlich betroffen und verstört, aber auch voller Hoffnung ... denn Omi hat uns heiße Milch versprochen.

Götterdämmerung

Am 22. April nachts im Raum Stettin

Papa, was machst du denn hier?, fragt Klotho. Ach ich wollte mal gucken, wo sich meine Töchter denn so rumtreiben und was sie so machen. Was meinst du denn so zu dem Angriff auf Stettin, und dass ich hier die sechs alle verschont habe? Na ja! Die Verschonung ist deine Sache, hast ja wohl deine Gründe, hast bestimmt noch was mit ihnen vor, wie ich dich kenne, im Sinne von Vorbild vielleicht, und/oder im Sinne von einer Erziehungsaufgabe oder so … Du bist schon nahe dran … und der Angriff selbst? Der Angriff? Ein Mordsfeuerwerk. Sowas zum heiße Füße kriegen, Flammensäulen bis 4 000 Meter, 782 Tonnen Bomben, 25 000 Obdachlose, 1 008 Wohngebäude zerstört, 586 Tote, davon 89 Kinder, 300 Vermisste … Aber die sind ja trotzdem alle nicht ganz dicht … Wie heißt doch der Typ? Mensch ich glaube, ich brauche Urlaub.

Wen meinst du denn?, fragt Lachesis, und Zeus fährt fort: Na der Typ, wie soll ich sagen, nicht der Darwin, Dawkins − lautes Donnergrollen − auch nicht der mit den Gänsen, der, der Konrad Lorenz, sondern der das gesagt hat mit der Evolution …

Du, da gibt es viele, wirft Klotho ein, der Vollmer mit der evolutionären Erkenntnistheorie oder der Wuketits oder der Riedl, Campbell, Popper, Maturana, von Dithfurt …

Ist schon gut, unterbricht Zeus, wir kennen deine Bildung, aber die meine ich alle nicht, ich meine den mit dem Irrläufer.

Ah!, strahlt Lachesis, ich hab's, du meinst Arthur Köstler: Der Mensch ist der Irrläufer der Evolution!

Genau der! Und was meint ihr dazu?

So isses!, sagen alle drei auf einmal und lachen, bis Zeus fragt, wie das denn genau war, er wisse den Zusammenhang natürlich grob, aber nicht mehr in Einzelheiten, worauf Klotho herausplatzt: Das ist doch ganz einfach, lassen wir ihn doch selbst zu Wort kommen.

Da bin ich schon, ihr habt mich aufgeweckt. Oho, sogar die erlauchte Runde mit Daddy an der Spitze, das ist mir mein Lebtag noch nicht begegnet, ich grüße euch … Gut dann mache ich es euch noch einmal klar, ist doch kein Problem. Also, nach meiner Überzeugung offenbart die Geschichte bis jetzt ganz eindeutig, dass der Mensch paranoid ist, will sagen schwachsinnig in der ursprünglichen Bedeutung eurer griechischen Sprache. Er ist zwar zu einzigartigen technologischen Leistungen fähig, andererseits aber ebenso unfähig, soziale Probleme zu meistern. Der *homo sapiens*, ein Euphemismus der besonderen Art, aber dieser Typ ist kein vernünftiges Wesen – obwohl vernunftbegabt – denn wenn er es wäre, hätte er aus seiner Geschichte keinen solchen Schlachthof gemacht. Ihr seid ja gerade Zeuge von solchen Abschlachtungen, und nicht zu vergessen, auf beiden Seiten. Solange die Geschichte zurückreicht, entwickelten oder wählten die meisten Menschen das System von vorgefassten Meinungen und Glaubenssätzen, für die sie zu leben und zu sterben bereit waren und sind. Bei der Entscheidung für einen Glauben, einen Sittenkodex, eine Weltanschauung, für ein Leben als eifernder christlicher Kreuzritter, als fanatischer in den Heiligen Krieg ziehender Mohammedaner, als überzeugter Puritaner oder Royalist, als Nationalsozialist oder Kommunist, meistens spielte die kritische Vernunft bestenfalls eine untergeordnete Rolle. Die zahlreichen Katastrophen in der Geschichte des Menschen gehen vor allem auf seine exzessive Fähigkeit und sein brennendes Verlangen zurück, sich mit einer Gruppe oder einer Nation, mit einer Kirche, Religion, Partei oder einer Sache zu identifizieren und deren Credo selbst dann unkritisch und begeistert zu übernehmen, wenn die betreffenden Dogmen aller Vernunft widersprechen, den eigenen Interessen schaden und dem Selbsterhaltungstrieb Hohn sprechen. Und, mein lieber Göttervater, das müsste dich besonders aufrütteln: Die

Tragödie liegt nicht so sehr an einem Übermaß an Aggression, sondern an einem Übermaß an Hingabebereitschaft. Wenn die Bereitschaft da ist, wild und primitiv zu bleiben oder es wieder zu werden, dann werden diese Menschen zu noch schlimmeren Vertretern, als die Barbaren es je waren. Die waren zwar ungebildet und grausam, aber moralisch nicht so verkommen.

Donnerwetter!, beteuert Zeus, und die Erde bebt, das hast du fein erkannt, mein lieber Arthur, wir danken dir, und zu seinen Töchtern gewandt fügt er hinzu: Darauf hätte ich auch selber kommen können. Ich will gerne, meine lieben Töchterlein, an Arthurs Gedankenentwurf anknüpfen: Lieber Mensch, wenn in dir das moralische Gesetz ist zu denken, das kann man doch nicht machen, oder das geht zu weit, zum Beispiel andere Menschen zu steinigen, zu verbrennen, psychisch und physisch zu foltern, zu Tode zu quälen, verhungern zu lassen, zu erschießen, aufzuhängen, zu vergasen, zu beobachten, zu überwachen, und das auch noch als Arbeit aufzufassen, die man sich bezahlen lässt, wenn du alle diese Taten sein lässt, wenn du diese und andere Grausamkeiten nicht zulässt, wenn du dich dagegen wehrst, vielleicht den eigenen Tod dafür auf dich nimmst, dann bist du kein Kind der Hingabebereitschaft mehr, dann bist du ein Kind der Liebe.

Hör dir unseren Vater an, unser Zeuschen, sagt Klotho, der Arthur Köstler hat es ihm angetan!

Aber sicher hat er das, und wisst ihr auch warum? Zum Beispiel sagt der, was er denkt oder umgekehrt. Der denkt nicht wie zum Beispiel viele Politiker zuerst daran, welche Wirkung er/sie erzielt mit dem, was er/sie sagt, egal, was er/sie denkt. Ich habe zum Beispiel den Junkie Göring vor Augen oder die lebende Apotheke Hitler nach dem Motto Kicks durch Koks für die Führung, Kraft durch Freude für das Volk, ein total durchtriebenes System. Man könnte mit diesen armen Würstchen manchmal richtig Mitleid haben. Ich hab noch ein Beispiel aus der älteren Geschichte: Ich meine einem kann Angst und Bange werden, wenn man daran denkt, wes Geistes Kind ein Mensch sein muss, der nach Palästina ziehen lässt, um Jerusalem von den

‚Ungläubigen' zu befreien, ein Schimpfwort übrigens. Und er zieht vor allen Dingen, weil ein Papst, Urban II., ihm sagt: Gott will es. Und jetzt kommt das Entscheidende: Dieser Mensch fragt nicht, woher der Papst denn wissen will, dass Gott es will. Dieser Mensch will Spaß haben. Hier ist meines Wissens der Ursprung der Spaßgesellschaft. Wie dem auch sei, ihr seht, was Arthur vorhin gemeint hat, kommt der Wahrheit schon sehr nahe. Pathologisch so etwas, genau wie Menschenopfer oder Kriege ... Ihr solltet es wissen, wenn ich an die Menschen denke, wird mir oft schlecht. Und es wird nicht besser, ihr werdet es sehen. Globalisierung zum Beispiel: Sie wollen weltweite Märkte, Produkt- und Dienstleistungen, multinationale Unternehmen, weltweite Datennetze, Abhörnetze. Was sie dabei verschweigen ist, dass *sie* den Handel und die Investitionen bestimmen wollen, dass sie nicht merken, dass sie an den Daten ersticken, und sie schreiben vor, wo Kriege geführt werden und welche Art von Kriegen das sein werden: Golfkrieg, Goldkrieg, Gaskrieg, Wasserkrieg, Geldkrieg, Hackerkrieg, Cyberkrieg, Krieg, Krieg, die Hauptsache Krieg ...

Papa, reg' dich nicht so auf! Das bekommt dir nicht, beschwört Lachesis ihren Vater, das ist doch Zukunftsmusik... Sag uns lieber, wie es jetzt weitergeht. Ist der Krieg bald zu Ende?

Nee, nee, so schnell geht das nicht, die schönen deutschen Städte müssen doch erst noch viel gründlicher zerstört werden, damit die alliierte Rüstungsindustrie ihre Hochkonjunktur aufrecht erhalten kann. Die Operation *Gomorrha* in Hamburg steht noch aus, 16 000 Häuser stehen in Flammen, 87 Kilometer Häuserfront, der Feuersturm hat eine Stärke von 120 Kilometer pro Stunde, die Temperatur steigt auf 1 200 Grad, 30 000 Menschen sterben, 70 % davon ersticken. Die Krönung ist dann gegen Ende des Krieges die Zerstörung Dresdens durch die Alliierten. Sie haben noch so viele Bomben, was sollen sie damit machen?

Papa, gibt es für dieses Verbrechen am *Elbflorenz* nicht auch noch andere Gründe?, fragt Klotho.

Natürlich, mein Kind, es gibt meistens nicht nur einen Grund. Ich will nicht noch einmal so weit ausholen, aber

Dresden steht angeblich auch für die Solidarität mit den Sowjets, was deswegen fraglich ist, weil die großen Kasernen oder die Materiallager nicht zerstört wurden. Dresden gehört sicher auch zu den Vorboten des Kalten Kriegs.

Sag mal Papa, ganz was anderes, wo möchtest du eigentlich Urlaub machen? Bleibst du auf der Welt, oder haust du ab?, möchte Lachesis wissen.

Kinder, wisst ihr was? Die Erde ist viel zu schön.

Du meinst ohne Menschen, wirft Atropos ein.

Ach was, Sodom und Gomorrah hat es bald genug gegeben, und die paar Maulhelden und Friedensstörer, Assozialen und Intoleranten, Paranoiker und Pathogenen, die kriegen wir auch noch klein …

Papa, wo soll's denn nun hingehen?

Ja, das wollte ich euch fragen.

He, he, Papa, du wirst ja so langsam ein demokratischer Gott, wo gibt's denn so was?, fragt Klotho.

Na ja! Man kann sich doch ändern, oder? Außerdem pantha rei, das wisst ihr doch.

Mensch super! Gehen wir nach Griechenland?, will Atropos wissen.

Auf eine unbewohnte Insel vielleicht mit FKK?, fragt Lachesis neugierig.

Na klar, Mädels, machen wir das … auf Keros, Dia, Falkonera, Saria, Alimia …

He Papa, nicht so schnell, da kommt ja keiner mit … unterbricht ihn Atropos.

Tja, da könnt ihr mal sehen, wie fix euer Vater sein kann.

Ist Mama auch da?, erkundigt sich Klotho.

Ich bitte euch, kein Urlaub ohne Vergnügen, grinst Zeus, und eine Wärmewelle zieht über das Land.

Lachesis möchte noch ergänzen: Dann gehe ich mal davon aus, dass wir unsere Menschenmännerviertelgötter mitbringen können.

Aber meine Lieben, wir sind doch eine unendliche Familie. Bringt sie alle mit! Öh, wie viele sind es denn?

Wir hatten gedacht, öh, so jede v ... drei?, stottert Klotho.
Ach du meine Güte!, haucht Zeus, und ein Wind kommt auf,
das ist ja fast, wie soll ich sagen Polygamie ...
Lachesis unterbricht ihn: Entschuldige, Papa, aber das ist
nicht das richtige Wort, das heißt ja Vielweiberei.
Na gut, dann nenne ich es Polygynie.
Papa, das ist auch nicht richtig.
Verdammt nochmal, wie muss es denn heißen?, fragt Zeus
unwirsch, und die Erde bebt.
Polyandrie, Papa, P-o-l-y-a-n-d-r-i-e, das ist die Vielmännerei.
Ach, ihr habt mich ganz aus dem Konzept gebracht, ihr
wollt mich mit eurer Poloandrie nur ablenken ... Aber ich merke schon, ich muss mein Altgriechisch wieder aufpolieren, so
nach 2000 Jahren sollte man doch ab und zu Vokabeln wiederholen ... Also gut, bringt sie alle mit, wir werden bestimmt Spaß
haben ... Aber nur unter einer Bedingung.
Und die wäre?, fragt Atropos.
Jeder Mann aus eurer Pontogenese bringt uns ein griechi-
sches Maß Nektar mit, randvoll und bitte original, bio, jungfräulich kalt gepresst und unbedingt aus ... wie heißt das denn da,
haben wir doch das letzte Mal vor 450 Jahren alle geprasst ...
öh ... na da im Süden.
Ah ich weiß, sagt Klotho, du meinst Südfrankreich, aus der
Provincia, Provincia narbonensis, heute nennen sie das Pro-
vence.
Ja, mein Goldmädchen, woher denn sonst, da wächst der
beste Nektar der Welt. Also, eure Jungs sollen sich anstrengen.

Das wiedergewonnene Paradies

Opi will alles wissen, aber auch Léon interessiert sich für die
ganze Bombengeschichte und bedauert, dass wir noch nicht
einmal ein paar Sachen zum Anziehen mitnehmen konnten. Die

gilt es nun zunächst einmal zu besorgen, damit, wie Opi sich ausdrückt, wir wieder unter die Leute gehen können.

Opi hört wie immer Nachrichten nach der Arbeit, und ich darf mithören, denn ich bin nun schon zu alt, um selbst Radio zu spielen. Er schimpft häufig, das sei sowieso alles gelogen, oder was im *Völkischen Beobachter* steht. Einmal flüstert er mir zu, er wäre gern Schwarzhörer, das heißt er würde gern mal andere, auch feindliche Sender hören, aber das könne er schlecht, obwohl seine Antenne bis Flachs Haus reicht. Feindliche Sender würden zwar auch Propaganda machen, aber dann würde man mal was anderes hören. Die Volksempfänger sind nur einfache Rückkopplungsempfänger und absichtlich so gebaut, dass sie möglichst nur den Großdeutschen Rundfunk mit seinen Kriegs- und Erfolgsmeldungen gut empfangen konnten.

Lachesis: Richtig, denn spätestens nach dem Ende der Schlacht um Stalingrad am 31.1.1943 war der Krieg für Deutschland so gut wie verloren – wir sagten es bereits. Der Sieg der Alliierten und der SU war nur noch eine Frage der Zeit. Diese Tatsache wurde aber natürlich nicht im Rundfunk erwähnt.

Insgesamt spielte der Rundfunk jedoch ganz offenkundig eine außerordentliche Rolle, nämlich die, das Volk zu gängeln, zu manipulieren, zu beruhigen, zu täuschen, es an die nationalsozialistischen Ideen, an Hetze zu gewöhnen, ihm Parolen einzuhämmern, die Hörergehirne gleichzuschalten. Jeder (staatlich) gelenkte Rundfunk vermittelt im weitesten Sinne die „Zirkusspiele", heute bevorzugt die optischen Medien, dazu muss nur noch das „Brot" kommen, daran hat sich seit den Römern nichts geändert (der Satirendichter *Juvenal*, von dem diese beiden Begriffe stammen, lebte im 1. und 2. Jahrhundert): Etwas zu Essen und Ablenkung (besonders Spaß). So kann man das Volk willfährig machen.

In seiner Ansprache zum 50. Wunschkonzert für die Wehrmacht am 1. Dezember 1940 sagt Goebbels: Was ist uns Deutschen der Rundfunk – vor einigen Jahren noch ein verlachtes Experimentierfeld für Ästheten und Literaten – im Kriege geworden. Das, was uns ehedem, bevor der Führer die Macht übernahm, bereits als Ideal vorschwebte, das ist jetzt Wirklichkeit: Der Rundfunk als modernes technisches Instrument der Volksführung ist in der Tat der kraftvollste Mittler zwischen Führung und Volk geworden.

Bei dem Wort *Volksführung* braucht man nur die Silbe -vereinzusetzen und käme der Wahrheit ein Stück näher. Im Übrigen darf nicht vergessen werden, dass bei Medien dieser Art der Weg einer Information nur einseitig ist: Vom Sender zum Hörer.

An anderer Stelle sagt Goebbels: Vor ein paar Tagen gingen Notizen durch die Presse, dass einige landesverräterische Subjekte unter uns, die ihren Wissensdurst durch Abhören feindlicher Rundfunksender glaubten stillen zu müssen, mit schweren Zuchthausstrafen belegt worden sind. Es ist außerordentlich bezeichnend, dass im Londoner Rundfunk für sie ein Plädoyer gehalten wird ... Wer der Führung in den Arm fällt, ist ein Schuft, und er verdient eigentlich, dass ihm sein Kopf vor die Füße gelegt wird.

Bezeichnend ist hier nicht so sehr die Tatsache des Abhörens und das Strafmaß, sondern der Umstand, dass das Propagandaministerium offenbar selbst feindliche Sender abhört, wie anders sollte ihnen das oben genannte Plädoyer bekannt sein.

Schwarzhörer – die Metapher sollte man sich auf der Zunge zergehen lassen – waren sich im Klaren darüber, dass sie Kopf und Kragen riskierten, dass die Gestapo und andere Dienststellen sie abführen konnten, wenn sie denunziert wurden, und das geschah häufiger, denn in Deutschland gab es viele Denunzianten. Manche Rundfunkverbrecher wurden nicht einmal mehr eingesperrt, sondern erhielten die Todesstrafe, die auch vollstreckt wurde.

Klotho: Wenn es nicht so ernst wäre, könnte man Geschwüre des so genannten Propagandakriegs als lächerlich oder belustigend bezeichnen. Die englischen Medien machten ja bald keinen Hehl mehr daraus, dass die Westalliierten (hier Engländer und Amerikaner) eine Invasion planten (wo genau, blieb aber bis zuletzt den Deutschen verborgen: Operation Overlord am 6. Juni 1944 in der Normandie), um dem ganzen Spuk ein Ende zu machen. So kreierte die britische Propaganda ein Lied, dessen erste Zeile in schmissiger Melodie von Männern gesungen folgendermaßen hieß:

We're Gonna Hang Out Our Washing on the Siegfried Line …
(Westgrenze, quasi der Rhein).
Was macht die deutsche Propaganda daraus? Sie spielen die erste Strophe im Original ab, doch dann löst eine zackige deutsche Marschmusik den Song ab, Stukas greifen an (Sturzkampfbomber mit heulenden Sirenen, die Ju 87, Hersteller Junkers), und der englische Chor bricht bei dem Wort Siegfried Line zusammen, weil die Sänger nun hübsch tot sind. Moral: Kommt nur rüber, wir machen euch fertig, dann könnt ihr eure Wäsche mit ins Grab nehmen.

Es gibt noch eine deutsche Parodie auf den englischen Song:

Ja, mein Junge, das hast du dir gar zu leicht gedacht
Mit dem großen Wäschetag am deutschen Rhein.
Hast du dir auch deine Hosen richtig voll gemacht,
Brauchst du gar nicht traurig sein.
Bald seifen wir dich gründlich ein
Von oben und von unten her.
Wenn der deutsche Waschtag wird gewesen sein,
Mensch, da brauchste keine Wäsche mehr.

Nicht nur der Junge und seine Schwester, die Eltern, Großeltern, viele deutsche Männer, Frauen und Kinder hörten die vielleicht schönste weibliche Gesangsstimme des Dritten Reiches, die Stimme der Schwedin Zarah Leander, einer Altstimme, die auch einer der schönsten Frauen gehörte. Zarah war, wie sie selbst sagte, eigentlich Sängerin, aber sie spielte bei der UFA (Filmstudio Babelsberg) auch in Filmen mit wie *Zu neuen Ufern* oder *Die große Liebe* oder *Heimat.* Über den Rundfunk sang sie Lieder wie *So bin ich und so bleibe ich, Yes Sir* oder *Der Wind hat mir ein Lied erzählt, von einem Glück, unsagbar schön(e).* Sie sang das *e* kurz hintendran, um dem Ganzen einen noch unverwechselbareren Ausdruck zu verleihen.

Und dann als Propaganda-Durchhaltefee sang sie das von der „entarteten Kunst" gereinigte deutsche Kulturgutlied, das sich jede oder jeder Deutsche, die/der die Bombenangriffe oder Fronteinsätze überlebt hatte, besonders reinziehen sollte:

Davon geht die Welt nicht unter,
Ist sie manchmal auch grau.
Geht's mal drüber und mal drunter,
Sie wird auch wieder himmelblau …
Davon geht die Welt nicht unter …
Sie wird ja noch gebraucht …

Atropos verändert manchmal die Worte, um den Euphemismen einen anderen Klang zu geben: In der zweiten Zeile statt „grau" „rot", und die vierte Zeile anders: Wenn du tot bist, bist du tot.

Atropos fragt auch, wofür denn die Welt noch gebraucht wird. Na, wofür denn wohl? Damit all die vielen kleinen Nazilein, von denen es nur so wimmelt, in ihren schwarzen Breecheshosen und schwarzen Uniformjacken und schwarzen Herzen und unversehrten, hochglanzpolierten, breitbeinig aufgestellten Stiefeln von der Maas bis an die Memel (zunächst) und von der Etsch bis an den Belt (später weiter) mit Nichtstun eine Sprosse nach der anderen erklimmen und saubere Hände behalten. Und die vielen Völker-Helötchen liegen im Staub, weil sie von der Schwarzen Rasse unterjocht werden, für die sie schuften müssen. Dafür wird die Welt noch gebraucht, das ist doch der ganze Sinn des Krieges …

Zeus besänftigt Klotho: Reg' dich nicht auf, mein Kind, du kennst doch deine Schwester, sie hat nun mal manchmal solche, wie soll ich sagen, Einfälle, und da steckt ja auch viel Wahrheit drin.

Ist schon in Ordnung, Papa, du hast ja recht.

Jedenfalls waren wir wieder im „Paradies" gelandet, wo noch keine Bomben gefallen waren und wo wohl auch keine fallen würden. Unfreiwillig waren wir hier, aber wir hatten eins der schönsten Dächer über dem Kopf. Etwas hatte sich allerdings verändert, das war ich selbst, das heißt mein Blick war anders geworden, die Augen größer, ich sah vieles mit gewandelten Einstellungen. Das Paradies war noch schöner, es war so ruhig, die schnurrende Wasserpumpe so anheimelnd wie Omis Spinnrad, der plätschernde Mühlengraben so vertraut, die Stimmen der Insassen so wohltuend, der Duft nach frischem Gemüse und Opis Pfeifentabak so angenehm in der Nase, die Taubheit verschwand allmählich, war weniger angsteinflößend, machte nicht so nervös. Es war zwar manches einfacher, zum Beispiel das Waschen, das Klo, aber was machte das gegenüber der andauernden Ungewissheit, wann die Flieger wiederkommen. Und sie flogen wieder nach Stettin, ganz kleine Hornissen, direkt über uns, und abends sahen wir den Feuerschein am Himmel wie ein weit entferntes Wetterleuchten.

Unser Kinderzimmer war das Esszimmer mit der Lampe mit Perlenketten und dem Porzellanei, in dem sich kleine Bleikugeln befanden, was ich bald herausgefunden hatte. Das Ei war das Gegengewicht zur Lampe, die man über Rollen hinauf- und herunterziehen konnte, je nachdem welchen Lichtkegel man über dem Esstisch haben wollte. Das Bild über meinem Bett „Die Erschießung der 11 Schillschen Offiziere" störte mich nicht, es war ja lange her. Opi hatte mir erklärt, dass die elf Offiziere zum Husarenregiment des preußischen Offiziers Ferdinand von Schill gehörten. Sie wollten 1809 eine allgemeine Erhebung gegen Napoleon auslösen, allerdings vergeblich. Sie wurden gefangen genommen und erschossen. (Die Husaren waren leichte Reiter in ungarischer Nationaltracht).

Obwohl Papa eigentlich streng war, war er öfter auch lustig und machte Quatsch mit uns. Oder er gab ein paar Hühnern Bier in einer Spielkuchenform, so dass sie besoffen durch die Gegend torkelten. In Stettin hatte er mir manchmal eine Schiebermütze aufgesetzt, einmal trug ich seine Schiebermütze und hatte seine Pfeife im Mund, und das mit drei Jahren. Er hatte den Adler von der Motorhaube von Opas zerbombten Auto, dem *Adler Trumpf Junior*, aus Stettin mitgebracht. Er reinigte ihn, indem er den Rost abkratzte, und strich ihn mit Silberbronze an, die Leon ihm gab, der sich im kleinen Gewächshaus eine ganz kleine Werkstatt eingerichtet hatte. Dann befestigte er den Adler auf einem Sperrholzbrett und klebte darunter eine Tintenzeichnung. Sie stellte einen Mann dar mit Helm, Rüstung und einer eisernen Hand. Sein Pferd ließ gerade einige Pferdeäpfel fallen. Daneben stand in feiner geschwungener Druckschrift: Lass' dich nicht aus der Fassung bringen, denk an Götz von Berlichingen. Auf meine Frage, wer das denn sei, sagte Papa, das wär aus dem *Götz* von Goethe, wo es so schön heißt, sowieso kann mich am Arsch lecken.

Lachesis: In der Tat sagt Gottfried im 3. Akt in Jagsthausen, als er sich ergeben soll: Mich ergeben? Auf Gnad und Ungnad? Bin ich ein Räuber? Sag deinem Hauptmann, vor Ihro Kaiserlichen Majestät hab' ich wie immer schuldigen Respekt. Er aber, sag's ihm, er kann mich im Arsch lecken!, und schmeißt das Fenster zu.

Da mein Onkel Wilfried für die Gärtnerei nicht mehr zur Verfügung stand, weil er an der Westfront Soldat war, und Gotthart gefallen war, war Papa an seinen freien Wochenenden neben Léon, Gaston und Jackel eine große Hilfe. Sie bauten Anfang Mai wie jedes Jahr auf dem gegenüberliegenden Grundstück das große Gewächshaus aus Mistbeetfenstern auf, in dem Tomaten und Schlangengurken gezogen wurden, denn ins Freiland konnten Tomaten erst ab Mitte Mai nach den Eisheiligen gesetzt werden. Dieses Gewächshaus wurde im Spätsommer immer wieder abgebaut, weil man befürchtete, dass die Schneelast es im Winter zerstören würde.

Ich möchte einmal beispielhaft an Tomaten erklären, wie Pflanzen in einer Gärtnerei gezogen werden. Schon im Februar wird Samen (aus eigener Ernte, da wurde nichts manipuliert, deshalb schmeckten die Tomaten auch!) im kleinen geheizten Gewächshaus in Holzkästen mit Erde (Torferde) ausgesät. Wenn die Stecklinge zwei bis drei Zentimeter groß sind – erste Blättchen über den Keimblättern – werden sie pikiert, das heißt im Abstand von vier bis fünf Zentimetern in tiefere Kästen gesetzt. Hier können sie sich entwickeln, bis sie zwanzig bis dreißig Zentimeter groß sind. Dann werden sie in das soeben beschriebene Gewächshaus oder etwas später ins Freiland gepflanzt. Das meiste übrige Gemüse wurde in Mistbeetkästen vorgezogen. Mist gab es von Kühen, Pferden und Schafen, die Tomaten wurden vorsichtig mit Jauche gedüngt.

Wer von Ihnen/Euch, liebe Leserin, lieber Leser, noch nie in einer Gärtnerei war – Gemüsegärtnerei wohlgemerkt, in der das Gemüse nicht gespritzt wird und durch die natürliche Sonne reift – die/der möge das eiligst nachholen. Der Geruch nach Erde, der Duft der Pflanzen, alles steigt in die Nase, deren Riechzellen nicht durch anorganischen Dünger betäubt und benebelt werden sollten. Das Ursprüngliche, das Werdende beflügelt Geist und Seele. Man bekommt Appetit auf eine eben noch von der Sonne beschienene warme Tomate oder Gurke. Wenn man Tomaten frisch pflückt – das war, wie ich schon sagte, zunehmend meine Aufgabe an Wochenenden – dann hat man auch gerade diesen besonderen Geruch der grünen Pflanze in der Nase. Und diese Geruchsmoleküle setzen Endorphine frei, Serotonin zum Beispiel, Glückshormone.

Um die Pflanzen hochzubinden, sodass sie durch das Gewicht der Früchte nicht abknicken, bedarf es besonders vieler Hände und persönlicher Zuwendung, weil auch Pflanzen genau „wissen", ob man sich ihnen widmet oder sie gleichgültig behandelt. Für diese Tätigkeit mussten alle ran, auch die Frauen. Das abendliche Gießen von Hand mit Zinkkannen aus der Wassertonne nahm ebenfalls sehr viel Zeit und Kraft in Anspruch. (Man sprengt nicht einfach mit dem Schlauch, das Wasser wäre zu kalt, das können Pflanzen schlecht vertragen).

Klotho: Léon war der erste Kriegsgefangene in der Gärtnerei. Er war seit 1941 da. Einige Tage nach seiner Zuweisung hatte Mama zu ihm gesagt: Léon, du musst aber früh aufstehen. Er hatte geantwortet: Isch bin do' nisch Bekker. Und Mama hatte gefragt, was er damit meinte, und er hatte geantwortet: Der das Brot maht. Ah, hatte Mama gesagt, du meinst Bäcker, boulanger. Oui, c'est ca! (Ja, so ist es.) Seitdem ließ sich Léon gern Boulanger (sogar Boulonger) nennen, und im Laufe der Zeit vergaß man seinen richtigen Namen.

Eines Tages sagte er zu mir: Pierre, du muss' Fronzösisch lern'! Und seitdem lernte ich, ich fand die Sprache toll, so klangvoll. Ich lernte Wörter wie boulanger, boulangerie, jardinerie, des tomates, la maison und so weiter. Léon achtete genau auf die Aussprache: Serr gut, schön mit Nasal. Und dann Sätze: Je n' sais pas (ich weiß nicht; mit der entsprechenden Mimik: hochgezogene Schultern, heruntergezogene Mundwinkel und nach oben geöffnete Hände. Mir wurde klar, dass zu einer Sprache auch die Schauspielerei gehört). Je n' peux pas (ich kann nicht) ... Bonjour, Monsieur, Madame ... Au revoir. Omi fand das gut, denn Mama hatte ja auch auf der Höheren Töchterschule Französisch gelernt. Opi meinte: Hoffentlich kriegt das keiner mit, sonst ziehen die noch falsche Schlüsse. Was denn für falsche Schlüsse?

Atropos: Zum Beispiel den Schluss, der Junge würde Französisch lernen, um den feindlichen französischen Rundfunk abzuhören oder eine zu enge Beziehung zu einem Kriegsgefangenen einzugehen.

Pölitz

Ende Juni packten wir unsere Sachen, verabschiedeten uns und fuhren nach Stettin. Niemand sagte etwas. Warum nicht? Wir quetschten die Eltern aus, aber sie verrieten nichts. Als wir fast in Stettin waren, gestand Papa: Wir haben in Pölitz eine Wohnung gemietet, da wohnen wir jetzt.

Is die schön?, fragte Moni.

Eine prima Wohnung, sagte Papa.

Wir stiegen in Stettin um und gelangten in absoluter Dunkelheit nach Pölitz. Man sah nur die Sterne, und Papa führte uns in einer Viertelstunde zu einem langgezogenen Häuserblock. Wir mussten über einen Holzsteg zur Eingangstür gehen, denn der Graben für die Abflussrohre war noch nicht zugeschüttet worden.

Es riecht so komisch, sagte ich.

Das stimmt, bestätigte Papa, es riecht nach Buttersäure, nach ranziger Butter, das ist aber die Spachtelmasse, mit der die Rohrverbindungen abgedichtet werden.

Papa schloss die linke Wohnungstür auf, schaltete das Flurlicht an, und wir betraten unsere neue Wohnung in der Heidelberger Straße 16. Sie war fix und fertig, möbliert und richtig mit Gardinen und Übergardinen (Schals) ausgestattet, im Kinderzimmer mit Blümchen drauf, das Bad mit Toilette und Badewanne. Mama hatte sich ein hochglanzpoliertes Schlafzimmer aus Esche gewünscht und es auch bekommen. Im Wohnzimmer war ein Esstisch mit vier Stühlen, ein Kinderstuhl für Moni und ein Sofa. Na, das war eine Freude für alle, auch die kleine Küche, deren Tür zur Mansarde führte.

Lachesis: Das Wort „Mansarde" steht zwar im Mietvertrag, ist aber nicht richtig, denn eine Mansarde ist eigentlich ein Zimmer oder eine Wohnung im Dachgeschoss. Hier ist es ein nach innen gebauter überdachter Balkon mit Treppe zu einem kleinen Garten. Die Wohnung lag also im Erdgeschoss, hatte vier Zimmer, Küche, Bad, Kellerraum und besagte Mansarde. Vermieter war das gemeinnützige Wohnungsunternehmen *Hydrierwerke Pölitz*. Die Miete betrug 46,30 RM (Reichsmark), das entspricht ungefähr 153,– Euro.

Jetzt hatte sein Vater die Arbeitsstelle in der Nähe, und der

Junge sollte dort zur Schule gehen. Die neue Behausung war nicht weit vom Wald entfernt, wohin die Familie gern am Wochenende picknicken ging.

Mir gefiel unser neues Zuhause, denn es war wirklich alles neu und frisch, und wir Kinder konnten auf dem Balkon spielen oder im Sandkasten im Garten buddeln.

Papa hatte sich zudem „ein dolles Ding" gekauft, wie er es nannte, ein „richtiges Radio", einen Super von Saba.

Klotho: Ein Super ist ein so genannter Superheterodyn-Empfänger, das heißt *Superhet*, ein Überlagerungsempfänger, bei dem der empfangenen modulierten Hochfrequenz eine im Empfänger erzeugte Frequenz (in der Mischstufe) zugemischt wird. Dadurch hat der Empfänger eine hohe Empfindlichkeit und Trennschärfe, durch mehrere Abstimmkreise bedingt. Er war wirklich ein „dolles Ding" mit großer beleuchteter Skala mit Senderanzeige und mit grünem *Magischen Auge*, das die beste Sendereinstellung zeigte. Als Wellenbereiche waren Lang-, Mittel- und Kurzwelle vorhanden, die an einem großen seitlichen Knopf eingestellt wurden. Das Gehäuse war aus honigbraunem, gebeiztem, polierten Buchenholz – ein ansehnliches Möbelstück also. Der volle Klang aus einem Lautsprecher war für damalige Verhältnisse unübertrefflich, eine Folge vor allem des großen Holzgehäuses.

Aber was ist schon ein Super ohne gute Antenne!, behauptete Papa, der sich schlau gemacht hatte, denn es gab schon eine Reihe Radiobücher, sogar Bastelbücher. Und so besorgte er sich in Stettin noch ein „dolles Ding", das er aufbaute, während ich jeden Schritt erklärt haben wollte.

Er stemmte in der Mansarde in die parallelen Wände in gleicher Höhe je ein Loch, rührte etwas Gips an, nahm in der Küche einen kräftigen Schluck Wasser, stieg die Trittleiter hinauf und spuckte das Wasser in die Löcher. Dann schmierte er Gips hinein und steckte in jedes Loch einen Halter und verschmierte alles gut. Als nach einer Zigarettenlänge alles gut angetrocknet war, nahm er eine Antenne, die auf jeder Seite einen Isolator aus Porzellan hatte, durch den viele Drähte gezogen waren, die einander nicht berühren durften. Diese Drähte waren ein Stück Aluminiumdraht, wobei der Draht einmal hin- und wieder zurücklief, immer durch andere Löcher. Die Antenne war so nur 2,50 m lang, insgesamt aber ungefähr 20 m. Papa machte die Isolatoren so an den Haltern fest, dass die Antenne straff hing, so konnten sich die Drähte wirklich nicht berühren. Dann wurde ein isolierter Draht vom Super aus durch die Küche zur Antenne geführt und dort an einem Ende befestigt. Aus ästhetischen Gründen wurde dieser Draht so unauffällig wie möglich verlegt. Ein zweiter isolierter Draht kam von einer Schelle am Wasserrohr im Keller (Metall!), wurde durch das Kellerfenster und dann von der Mansarde aus auf dem gleichen Weg zum Super verlegt, das war die „Erde". Papa sagte, die Funkwellen gehen nicht nur durch die Luft, sondern auch durch die Erde. Am Ende bekamen beide Drähte einen Bananenstecker, der dann in die entsprechende Buchse gesteckt wurde.

Warum die Bananenstecker heißen, weiß ich auch nicht so genau, meinte er, aber wahrscheinlich, weil der untere Teil, der Kontakt, so aussieht wie ne Banane.

Was mir besonders auffiel war, Papa ließ sich Zeit, ließ sich auch durch mich nicht stören, es machte ihm offensichtlich Spaß, die Arbeit zu erklären, und, fand ich, er arbeitete genau und irgendwie schön: Die Drähte wurden ordentlich abgebogen, sauber geführt, und er machte anschließend alles so sauber, wie es vorher war.

Na ja! Und das Ergebnis dieses ganzen Aufwands war umwerfend: Wir kriegten weit entfernte Sender rein, besonders abends auf Mittelwelle, sogar Afrika oder Moskau oder Bordeaux oder Barcelona. Oder auf Kurzwelle musste man sich Sender rauspicken.

Fremde Sprachen müsste man können, sagte Papa, aber manche Länder senden ja auch auf Deutsch. Er fuhr ganz leise fort: Darüber kein Wort, zu niemand! Ist das klar?

Klar! Ich machte große Augen und war gespannt auf das, was folgen würde: Jetzt sind wir die größten Schwarzhörer aller

Zeiten, flüsterte er, hör mal: BBC, Londoner Rundfunk, Soldatensender Belgrad (mit *Lili Marleen* von Narvik bis Nordafrika jeden Abend hörbar) oder der britische Propagandasender Radio Calais, und natürlich unser Großdeutscher Rundfunk, den man dann auch wieder ein bisschen lauter stellen konnte:

Heimat, deine Sterne leuchten mir auch am fernen Ort;
Was sie sagen höre ich ja so gerne,
Von der Liebsten ein heimliches Kosungswort.
Goldne Abendstunden, der Himmel ist wie ein Diamant.

Da liegen sie nun an der Front, hören auf beiden Seiten das Lied, und im nächsten Augenblick legen sie sich wieder um!, bemerkte Papa, und seine Bemerkung erschreckte mich irgendwie, weil in seiner Stimme so etwas Trauriges aber auch Wütendes lag.

Nun jedenfalls hielt der Bann an, den der Super nicht zuletzt auch auf Mama und Moni ausübte. Papa zeigte mir die Orte, die wir hören konnten, auf unserem Globus, wenn sie vorhanden waren, aber das war ein wenig schwierig, denn ich konnte mir so recht keine Vorstellung davon machen. Ja gut, wir konnten den britischen Geheimsender Calais hören, und ich wusste so ungefähr, wo die Stadt war, und dass es nicht so weit nach England war.

Atropos: Was damals viele nicht wussten war die Tatsache, dass der Sender auf einem Gutshof in England stationiert und mit 600 Kilowatt der stärkste Mittelwellensender seiner Zeit war und auf Deutsch Wahrheit und freie Erfindung in genialer Weise zu vermischen verstand, was Goebbels fast in den Wahnsinn trieb.

Papa konnte uns die Wohnung, die Möblierung und den Super leisten, weil er unter anderem von der Gefolgschaftsabteilung der Hydrierwerke eine einmalige Beihilfe von 160,– Reichsmark bekommen hatte (528,– Euro).

Papa war arbeiten, Mama hatte in der Küche zu tun, Moni spielte mit ihrer neuen Puppe Lilli in der Mansarde, und ich baute eine Burg im Sandkasten, als mein Blick auf die Erbsen in Nachbars Garten fiel. Krauses Garten war von unserem nur durch eine neu angepflanzte noch ganz junge flache Ligusterhecke getrennt, nicht durch Draht, geschweige denn durch einen Maschendrahtzaun. Im Nachbarhaus regte sich nichts, auch sonst waren nirgendwo beobachtende Augen zu sehen … Also ging ich hinüber, so als wäre es unser Garten, pflückte möglichst die ganz jungen Schoten und versteckte sie in der Burg. Dann pulte ich die saftigen Erbsen heraus, aß sie mit Genuss und versteckte die Schalen (Schoten) wieder in der Burg. Mein Gewissen beruhigte ich mit dem Gedanken, dass sie ja wieder nachwachsen, denn da waren noch so viele weiße Blüten, und außerdem, wem sollte das auffallen, ich hatte ja nicht alle abgepflückt.

Zwei Tage später kommt Papa nach der Arbeit ganz blass und mit ernstem Gesicht zu mir nach draußen zum Sandkasten und fragt, ob ich wüsste, was mit den abgepflückten Erbsen geschehen sei. Ich zucke mit den Schultern, stelle mich dumm und will mich abwenden.

Du lügst!, brüllt er, na warte!

Er schnappt sich meinen kleinen Spaten aus Eichenholz, legt mich übers Knie und schlägt zu.

Gib es zu!

Ich gebe nichts zu, schreie jetzt aber vor Schmerz. Da aber die Misshandlung zu groß wird (das Wort *Folter* lernte ich erst viel später kennen), und der Stiel der Eichenschaufel zerbricht, gebe ich es zu. Ich bin so ohnmächtig und so wütend und so enttäuscht, ich fühle mich aber auch schuldig. Unrecht Gut gedeihet nicht, sagt Omi immer, und sie hat wohl recht.

Herr Krause kommt in seinen Garten gestürzt und unterbricht meinen rasenden Vater, der außer Atem ist:

Lassen Sie es gut sein, er hat es ja zugegeben.

Dass Mama bei jedem Schlag Schmerzen empfand, wusste ich.

Der Junge soll nicht stehlen und nicht lügen!

Mir ging auf, was stehlen war, nämlich dem Nachbarn Erbsen klauen, die einem nicht gehören, und lügen bedeutete, es nicht zuzugeben.

Ich heulte noch lange, denn ich konnte nicht sitzen, aber ich biss die Zähne zusammen und dachte: Ich räche mich, und ich will es nicht mehr zeigen, dass es mir so weh tut: Schacht vergeht, Arsch besteht (*Schacht* ist eine Tracht Prügel). Etwas anderes tat mir aber auch weh, ja schmerzte noch mehr, und deshalb schluchzte ich, und das war die Tatsache, dass mich niemand tröstete. Sie dachten bestimmt, das fehlte noch, was ausfressen und dann auch noch getröstet werden. Ich hatte jedenfalls meinen Vater nicht wiedererkannt. Er hatte damit begonnen, etwas zu zerstören, was zwischen uns war, wenn wir tobten oder die Sache mit Alexisbad. Ich musste aber auch einsehen, dass es Regeln gibt, die man beachten muss, Grenzen, die man nicht überschreiten darf. Ich hätte ja den Nachbarn fragen können, und der hätte mir bestimmt Erbsen gegeben, aber nur ein paar, oder auch nicht.

Also gut, die erste große Herausforderung, die mit den Erbsen, war schiefgegangen, und ich hatte gelernt, dachte ich. Aber ich mochte meinen Vater trotzdem. Ich verstand das nicht, wenn ein Vater einem so den Arsch versohlt, kann man ihn doch nicht mehr lieben, aber ich tat es trotzdem, komisch. Seltsam war aber, dass niemand etwas erklärte oder fragte oder zu dem Umstand irgendwie Stellung nahm. Galt diese Regel jetzt für alle? Es war wohl einfach so, Regeln durften wohl nicht, wie soll ich sagen, bezweifelt werden.

Regeln gab es auch bei Tisch: Wir Kinder alberten beim Essen rum, und Papa ermahnte uns. Als wir wieder anfingen, hörte er auf zu kauen und guckte streng, dann wussten wir, es setzt was. Mama konnte das nicht, sie war zu weich.

Lachesis: Regeln durften nicht bezweifelt werden? Heute würden wir sagen relativiert werden. Im Übrigen war der Junge trotz aller Einsicht und trotz versuchtem Verständnis für die Tat und die Strafe durch das Verhalten des Vaters dadurch besonders

113

verunsichert, als hier zum Beispiel nicht nach Gründen gefragt wurde. Warum stahl er? Galten Regeln und Grenzen unumstößlich? Hätten vielleicht ein paar Ohrfeigen gereicht? Es gab keine Fragen, und damit gab es auch keine Antworten.

Eines Tages standen sie hoch am Himmel, irgendwie unheimlich, bedrohlich, unnatürlich aber auch spannend. Sie sahen aus wie kleine Zeppeline, aber ohne Gondeln. Ich kannte Zeppeline und auch das Unglück von Lakehurst, bei dem die *Hindenburg* 1937 ausbrannte; Papa hatte Bilder davon, die ich mir immer wieder ansah. Ich wusste auch, wie Zeppeline funktionieren.

Das sind keine Zeppeline, erklärte Papa, das sind Fesselballons oder Sperrballons, die sind an Seilen festgemacht, und damit sie sich stabilisieren, das heißt ruhig stehen, haben sie am Heck, also hinten Flügel ... Man nennt sie auch Drachenballons.

Und was solln die?

Die solln Flugzeuge abhalten, man nennt das auch Luftsperre. Wenn die Flieger rankommen, dann besteht die Gefahr, dass sie gegen die Seile fliegen, und dann stürzen sie ab.

Dann können die ja auch auf uns stürzen.

Leider ja.

Meinst du denn, dass hier auch Bomber hinkommen?

Davon ist auszugehen, weil die die Hydrierwerke angreifen wollen.

Warum denn das?

Wenn sie die Hydrierwerke kaputtmachen, dann haben die deutschen Flugzeuge, Panzer und so weiter, zu wenig Sprit, also Treibstoff, und dann können sie sich nicht mehr bewegen und die Feinde angreifen ...

Wer sind eigentlich die Feinde?

Das sind die Alliierten, das heißt die, die sich zusammengetan haben, man nennt sie auch die Verbündeten. Die bekämpfen uns, also die Engländer, die Franzosen, die Amerikaner und die Sowjets ...

Können die Flugzeuge die Ballons denn nicht kaputtschießen?

Doch, das können sie auch. Aber die werden ja für die Nacht

hochgelassen, und da können die Flieger die Drähte nicht so gut sehen.

Wenn die Flieger nun aber ganz ganz hoch fliegen.

Dann fliegen sie über die Ballons, das ist richtig, aber dann sind ihre Bomben auch sehr ungenau.

Dann können ja die Flieger auch Bomben auf die Ballons werfen …

Auch das.

Dann ist das ja auch für uns gefährlich.

So ist es.

Wir schwiegen beide, Papa wahrscheinlich, weil ich ihm mit meiner Fragerei auf die Nerven ging, und ich, weil ich auf das Äußerste beunruhigt war. Dann waren wir ja im Paradies doch sicherer, dann war es ja hier so bedrohlich wie in Stettin, das ja gar nicht weit weg war (etwa 15 Kilometer). Aber Papa hatte hier seine Arbeitsstelle, und die Wohnung war schön, und ich sollte hier zur Schule gehen. Was sollte man machen.

Kurz nach diesem Gespräch gab es Fliegeralarm, aber er galt glücklicherweise nicht uns.

Ein paar Tage später – es war Anfang Juli – an einem schönen, klaren, warmen Sommersonntag wanderten wir in den nahe gelegenen Wald um zu picknicken. Mama trug ein Kleid, und Papa war in Hose und Hemd mit hoch gekrempelten Ärmeln. Papa schleppte einen Rucksack mit Essenssachen drin und Zitronentee, und ich schleppte eine Decke. Mama hatte Moni an der Hand. Es roch nach Tannen und Kiefern, wir waren in der Heide.

Die Kienäppel und die Tannenzapfen könnt ihr später sammeln, wenn wir lagern, meinte Papa. Ich wollte barfuß gehen, und Moni durfte es dann auch. Ich war ganz verrückt auf barfuß gehen, man berührte die Erde oder hier den Sand, im Schatten war er schön kühl. Im Frühjahr konnte ich Strümpfe und Schuhe nicht früh genug ausbekommen, aber Mama sagte, erst wenn der Kuckuck gerufen hat, und sie es selbst gehört hat. In Treptow sagte sie, erst wenn das Wasser (die Rega) blüht. Daran musste man sich schon halten, sonst schimpfte Mama, und vormachen konnte man ihr sowieso nicht viel, denn die Füße waren doch noch am Hacken irgendwo dreckig, auch wenn man sie sich mit viel Mühe gewaschen hatte, oder die Zehennägel. Na ja! Man machte sowas eben nur einmal und wartete den Kuckuck ab.

Ein schmaler Pfad mit Sand und Nadellaub mit ein paar Eichenblättern gemischt führte durch den Wald, am Rand standen Blau- und Preiselbeersträucher und vereinzelt Heidekraut. Es war still, und wir wanderten und wanderten immer tiefer in den Wald hinein, niemand begegnete uns. An einer Lichtung machten wir Halt, da wollten wir Rast machen. Als Papa sich wie üblich eine Zigarette anstecken wollte, bat Mama: Pe, bitte nicht, es ist zu gefährlich. Er ließ es sein, weil er es einsah, obwohl er schluckte, denn er qualmte ganz schön. Wir breiteten die Decke aus, setzten uns drauf, und sie teilten Essen aus: Kartoffelsalat mit kleinen Würstchen, dazu gab es Tee in unseren Bechern. Jeder hatte seinen Löffel, ich meinen aus Silber mit einem geschnörkelten *P* drauf. Wir hatten auch Serviettenringe aus Silber, ich mit dem Schützen, aber die hatten wir nicht mitgebracht, weil wir Papierservietten benutzten.

Als wir mit Essen fertig waren, packten die Eltern alles zusammen, und wir durften Kienäppel suchen, kleine und große, aber nicht alle mit nach Hause nehmen. Opi machte im Kachelofen immer Feuer mit Kienspänen an aus getrocknetem Kiefernholz. Er sagte einmal, dass das Wort *Kien* mit Kiefernholz zusammenhängt, wo viel Baumharz drin ist. Er sagte auch, dass ganz früher die Leute mit Kienspänen Räume beleuchtet haben, aber das hat ziemlich gerußt.

Wir spielten mit den Kienäppeln auf einer Sandfläche und buddelten sie so ein, als wären es Bäume. Das war unser Wald. Da gab es auch einen Waldweg und eine Lichtung, und dann bauten wir noch ein Waldhäuschen mit einem Dach aus Nadeln, das sah niedlich aus. Das hätten wir beide gern mit nach Hause genommen für unseren Sandkasten, aber das ging ja nicht. Mama und Papa unterhielten sich unterdessen über dies und das, bis Papa unvermittelt aufstand, auf eine Fläche zuging, die mit Gras bewachsen war, sich dort niederließ und eine *Juno* paffte. Danach kam er sichtlich zufrieden zurück, er war ja auch vorsichtig gewesen.

Auf einmal wurde es dunkel, und wir dachten zuerst, da wäre eine Regenwolke vor der Sonne. Dann wurde es noch dunkler, richtig diesig, neblig, bis man den nächsten Baum kaum noch erkennen konnte. Und es wurde schnell viel kühler, das war komisch ...

So ein Mist, sagte Papa, die nebeln uns ein, die ganze Gegend ... Das ist künstlicher Nebel, damit die Flugzeuge die Hydrierwerke nicht finden, die sind ja gar nicht weit.

Aber es ist doch gar kein Fliegeralarm, meinte Mama.

Dann probieren sie's einfach aus.

Hast du schon mal davon gehört?

Ich hab sowas läuten hörn.

Mama wurde nervös: Und wie finden wir jetzt zurück?

Tja, das weiß ich auch nicht.

Sollen wir denn nicht hier bleiben, bis sich der Nebel verzogen hat?

Auf keinen Fall, das kann so lange dauern, bis es dunkel wird, und dann finden wir gar nicht mehr raus.

Beide überlegten angestrengt, und dann dachten sie laut nach. Papa hätte gern eine gepafft, um sich zu beruhigen. Ich merkte es daran, wie er seine Lippen bewegte und schluckte, aber er ließ es aus schon geschildertem Grund sein.

Also gut, sagte er, wir haben leider keinen Kompass, dann müssen wir es anders versuchen. Der Wald ist sehr groß, und wenn wir uns verlaufen, müssen wir im Wald übernachten. Das ist aber zu kalt und zu feucht, und ich weiß nicht, ob uns der Nebel bekommt. Er riecht ja so komisch. Wir gehen zurück, so gut es geht. Ihr helft alle, den Weg zu finden. Jeder versucht sich zu erinnern, wir erkennen bestimmt einen Baum wieder oder einen Strauch ...

Und ganz wichtig sind Fußabdrücke, sagte Mama

Unsere Füße, äußerte sich Moni.

Unsere Zehen, bemerkte ich, und Papa fügte hinzu: Jetzt spielen wir richtig Indianer, die auf Spurensuche gehen … Dann spricht er vor sich hin: Erst auf dem Weg, und dann sind wir rechts abgebogen.

Wie sich herausstellte, war das aber alles viel schwieriger, als wir es uns vorgestellt hatten, denn bei dem Nebel sah alles ziemlich gleich aus. Wir gingen dennoch weiter irgendwie, stehenbleiben oder rasten wollte keiner. Ab und zu fanden wir tatsächlich so etwas wie einen menschlichen Fußabdruck, es waren leider zu viele Nadeln auf dem Weg.

Schade, dass wir Monis Karre nicht mit haben, gab ich zu bedenken, dann hätten wir richtige Schienen.

Spuren meinst du, verbesserte Mama.

Ja ja, Spuren.

Ja, das ist richtig, sagte Papa, das hast du aber gut überlegt.

Ich war stolz. Der Nebel blieb dicht, aber es gab keinen Angriff. Einmal hörte man ganz weit entfernt das Grollen der Flak oder das Platzen von Bomben, das galt aber nicht den Hydrierwerken, die waren ja ganz nah und vielleicht durch den Nebel gut versteckt.

Wir brauchten bis zum späten Nachmittag, bis wir das erste Haus sahen, und … wir waren überhaupt nicht am Ausgangspunkt. Aber Papa kannte sich aus und steckte sich als erstes eine Juno an. Der Nebel war außerhalb des Waldes nicht ganz so dicht, und Moni war so froh, sie hatte schon eine Zeitlang mit den Tränen gekämpft, weil sie nicht mehr konnte. Wir waren alle ganz schön müde, als wir zu Hause ankamen.

Papa wollte Mama zurückhalten, aber er konnte es nicht verhindern, denn Mama platzte mit der Bemerkung heraus: Ich will euch ja keine Angst machen, aber es ist bestimmt nur eine Frage der Zeit, bis die Bomben auch hier fallen.

Mama und Papa hatten geplant, dass ich in Pölitz zur Schule gehen sollte, und zwar noch im August 1943, gerade noch mit fünf Jahren. Die Schule war nicht weit und deshalb schnell zu erreichen. Mama meinte, sie könnte sich dann mehr um die Kleine kümmern, weil die Kleine etwas zu kurz käme. Na ja! Was diesen Sinneswandel eigentlich hervorrief war die Tatsache, dass die Kleine, wahrscheinlich aus Protest gegen irgendwelche Begünstigungen des Großen in einer unbeachteten Stunde die Gardinen im Kinderzimmer mit einer Schere derartig kaputtschnitt, genauer gesagt die Kullern aus den Gardinen herausschnitt, dass sie zumindest im unteren Bereich nicht mehr zu gebrauchen waren. Mama schnitt die unteren Teile ganz ab und nähte sie in Ermangelung einer Nähmaschine von Hand um. Dass die Kleine keine Schacht bekam, fand der Große ungerecht, denn er meinte, die Tat komme seiner Erbsentour gleich. Mama sah das ganz anders, erstens könne man die beiden Unternehmungen nicht mit einander vergleichen, und zweitens habe die Kleine noch nicht so viel Verstand. Ich war sehr erstaunt, dass Papa Mamas Beurteilung ohne Einwand teilte.

Lachesis: In etwas abgewandelter Form sei aus den *Lukasburger Stilblüten* zitiert: Lehrer zu den Schülern: Die Menschen denken, die Götter lenken. Bilde das Imperfekt! Ein Schüler: Die Menschen dachten, die Götter lachten.

Was vorauszusehen war, war der Umstand, dass der Vater zum Militärdienst eingezogen werden würde. Er war schon am 2.12.1937 durch das Wehrbezirkskommando Stettin I als Dienstpflichtiger gemustert worden, dann nochmals am 2.11.1943. Die Einstellung erfolgte dann am 20.12.1943 bei Stm./Werf. Ers. U. Ausb. Abt. 3, als Werfer also, Flammenwerfer in Ausbildung in Bremen. Vereidigt wurde er am 31.12.1943:

Ich schwöre bei Gott diesen heiligen Eid,
dass ich dem Führer des Deutschen Reichs
und Volks, Adolf Hitler, dem Oberbefehlshaber
der Wehrmacht, unbedingten Gehorsam leisten
und als tapferer Soldat bereit sein will, jederzeit
für diesen Eid mein Leben einzusetzen.

Die Ausbildung in Bremen dauerte bis zum 24.8.1944, dann wurde er an der Front eingesetzt.

Noch zur Erklärung: Werfer, beziehungsweise Flammenwerfer ist ein militärisches Einsatzmittel zum Versprühen von dünnflüssigem Flammöl bis auf 70 Meter (später mit Napalm bis 200 Meter). Das Ziel ist: Bunker knacken, Häuser anstecken beziehungsweise ausräuchern, MG-Nester unschädlich machen und so weiter.

Paul konnte also nicht mehr bei den Hydrierwerken in Pölitz arbeiten und wollte Frau und Kinder nicht allein dort wohnen lassen. Also wechselte man Ende Juli 1943 wieder nach Treptow über. Die Wohnung in Pölitz wurde nicht aufgelöst, weil man sie am Ende des Krieges wieder nutzen wollte.

Das unliebsame Paradies

Im August 1943 kam der Junge mit fünf Jahren und acht Monaten in die Schule. Er empfand diesen Einschnitt als die größte Freiheitsberaubung aller Zeiten und heulte wie ein Schlosshund. Die große Zuckertüte, halb so groß wie er, konnte nur ein wenig über den Ernst der Lage hinwegtäuschen.

Klotho: Na ja! Er hatte Angst vor dem Neuen, Unvertrauten. Da war einmal das alte Schulgebäude aus Backstein in der Adolf-Hitler-Straße, ein großer Klassenraum mit Tischen und Bänken als Einheit, immer für zwei Schüler. Die Tische hatten eingelassene Tintenfässer, um die alles verkleckst war, auf die Schultafel wurde mit weißer Kreide geschrieben und mit bunter Kreide gemalt. Der Klassenraum hatte Gasbeleuchtung und einen Kanonenofen mit langem Abgasrohr.

Alles war so fremd für ihn, auch die vielen Mitschüler, der Lederranzen mit Schiefertafel, Griffel und Schwamm. Die Wörter waren so fürchterlich neu: Tafel, Schiefer, Lehrer, Schule,

Schulweg, Schüler, Noten, oder lesen, schreiben, rechnen, auswendig lernen, sich melden … Vieles war so undeutlich. Sollte man fragen, was Schiefer ist oder Unterricht oder Noten? Das waren doch Musikzeichen. Er wollte lieber nicht fragen, um sich nicht zu blamieren. Der Klassenlehrer, Herr Hanitz, hatte einen noch strengeren Blick als sein Vater, und er hatte einen Rohrstock auf dem Lehrerpult liegen. Ob er damit prügelte, wenn man nicht wusste, was Schiefer ist, oder welche Noten wie gesungen werden mussten? Ohne die natürliche Umgebung fühlte er sich allein.

Dass der Junge im Spätherbst wegen Blinddarmentzündung für über drei Wochen ins Kreiskrankenhaus nach Greifenberg gebracht werden musste (30 Kilometer entfernt), war einerseits eine willkommene Entfernung von Schule, andererseits aber eine neue Belastung – er bekam starkes Heimweh. Ein kleiner Trost waren die Wochenendbesuche seiner Mutter, und einmal kam sein Vater mit und machte ihm eine große Freude, weil er ihm die Ju 87, den Sturzkampfbomber (Stuka), originalgetreu nachgebaut hatte. Auch brachten sie ihm drei Äpfel mit von seinem Apfelbaum auf dem Vorbruch, der sechzehn Äpfel getragen hatte.

Am vorgesehenen Operationstag drückte der Arzt in grünem Kittel und Haube noch einmal auf die entsprechende Stelle, und es tat ziemlich weh, aber der Junge sagte, es tut nicht weh. Er hatte Angst vor der Operation, weil er dachte, der Bauch würde mit einem Küchenmesser aufgeschnitten. Schließlich meinte der Arzt, es sei nur eine Reizung, ein „Herd", wie er sich ausdrückte, und die Operation unterblieb.

Am Ende war ich der Meinung, Schule sei doch besser als ein (so weit) entferntes Krankenhaus. Ich strengte mich an, weil Mama immer sagte, pass schön auf über die Straße und in der Schule, und lerne was, so weißt du was. Wozu es wichtig war, etwas zu wissen, verstand ich noch nicht so ganz, auch nicht, warum gerade das und nichts anderes. Jedenfalls passte ich auf wie ein Schießhund, auch wieder so ein Ausdruck, der etwas ungewöhnlich war, von denen Mama aber nicht wenige kannte oder einfach erfand. (Das Wort Schießhund wird heute nur noch in dem oben genannten Ausdruck verwandt und bedeutet eigentlich Spürhund).

Zu Weihnachten 1943 bastelten wir Kettenschmuck aus grünem Papier, die Ringe klebten wir mit Mehlkleister zusammen. Die ellenlange Kette war ein unübersehbarer Schmuck unseres Weihnachtsbaums.

Auch der große Weihnachtsbaum in unserer evangelischen Kirche war reich geschmückt mit silbernen Kugeln, Lametta und vielen brennenden Kerzen. Und dann war ich sehr erstaunt, als ich meinen Großvater sah, der eben noch in unserer Reihe neben Omi gesessen hatte, wie er erst die linke große Kerze am Altar mit einer kleinen Lunte anzündete, um den Altar herumging und die rechte Kerze anzündete. Dann löschte er die Lunte, stellte sie ab und setzte sich wieder zu uns.

Warum macht Opi denn das?, fragte ich Omi flüsternd.

Er ist doch Kirchendiener, gab sie ebenso leise zurück.

Dann begann auch schon die Orgel zu spielen, und wir schmetterten Weihnachtslieder in das Schiff. Ich liebte die Kirchengesänge, sie gaben einem irgendwie ein Gefühl von Erhabenheit. Pastor Sroka predigte über den Frieden. Jesus sei in die Welt gekommen, damit Frieden auf Erden sei. Ich dachte, es ist doch gar kein Frieden, aber warum sollte man nicht darum beten, zu Weihnachten machen es ja alle.

Wir waren also alle evangelisch und gingen in die evangelische Kirche, und die Katholiken gingen in die katholische Kirche. Vor einiger Zeit hatte ich ein Streitgespräch zwischen Mama und ihren Eltern mitbekommen, in dem ich unter anderem über die Reformation Luthers informiert wurde, wogegen er protestiert hatte, dass er die Bibel übersetzt hatte, dass er verfolgt worden war, und dass sich die beiden Seiten wegen ihres unterschiedlichen Glaubens dreißig Jahre lang die Köpfe eingeschlagen hatten. Wegen sowas, dachte ich, nicht zu fassen. Und der Streit? Mama behauptete, wir seien eigentlich altlutherisch, freikirchlich also, weil die reformierten und lutherischen

Kirchen zusammengehen wollten, und dagegen die Altlutheraner protestierten. Opi meinte, wir sind doch alle Protestanten, und damit basta, und Omi gab ihren Senf dazu, wir seien evangelisch, und das Evangelium heißt die gute Botschaft … Ich verstand nur noch Bahnhof, aber mir wurde klar, dass die Menschen wohl kaum in Frieden leben können, und dass Vieles dummes Geschwätz ist, wie Opi sich ausdrückte.

In den Weihnachtsferien 1943 hatte Papa Urlaub. Er sah seltsam aus in seiner Uniform, so blass und so bleich. Es war sehr ungewohnt, und ich fand, es passte gar nicht so richtig zu ihm.

Wir fuhren für einen Tag nach Stettin, denn Papa wollte uns etwas zeigen: Und wir waren nicht wenig überrascht: Opa und Oma hatten sich auf dem Grundstück etwas weiter zu Wolfs hin wieder ein kleines Haus aus Stein gebaut. Innen war alles fertig, außen fehlte noch der Putz. Und dann kam der Clou: Sie hatten sich einen Bunker gebaut in die Erde mit Licht aus einem Akku, mit Alkovenbetten, mit Lebensmitteln und Eingemachtem auf Regalen. Der Bunker hatte einen Vorder- und Hinterausgang, ein ausgeklügeltes Belüftungssystem, denn es kam immer Frischluft herein, und verbrauchte Luft wurde abgesaugt, es war alles ganz trocken. Über dem Bunker war ein riesiger Erdberg. Opa meinte, da drin könnte man schon überleben, wenn es nicht gerade einen Volltreffer mit einer Dreißig-Zentner-Bombe gäbe.

Sie hatten viel Arbeit gehabt, sie waren jedoch richtig froh, wieder ein Zuhause und auch einen Luftschutzkeller zu haben, die sie beide ganz allein in so kurzer Zeit errichtet hatten. Eine Sache machte ihnen jedoch Kopfzerbrechen, und das war die Flakstellung nicht weit hinter dem Grundstück. Opa sagte, wenn die schießt, würde man taub, und man würde aus dem Bett gerüttelt. Außerdem müsse man immer Angst haben, dass die Flak angegriffen würde, und dann wäre ihr „Häuschen" auch in Mitleidenschaft gezogen, man könne ja nie wissen.

Mir war seltsam zumute in Stettin auf dem Vorbruch, denn einerseits waren wir vor ein paar Monaten dem Tod entkommen, andererseits versuchten die lieben Großeltern sich unter ständiger Gefahr in bewundernswürdiger Aufopferung einen neuen Halt zu bauen. Der Abschied von Opa fiel mir besonders schwer, denn ich wusste, dass ich ihm viel zu verdanken hatte, zum Beispiel auch das Gefühl und das Bewusstsein niemals aufzugeben. Dennoch, die Abreise durch die durch wiederholte Angriffe fast völlig zerstörte Stadt machte mich traurig, da konnte auch Opas aufmerksamer Kapitänsblick und seine trotzig zuversichtliche Miene nichts daran ändern.

Am Silvesterabend wurde ich eine halbe Stunde vor Mitternacht geweckt, und ich durfte zum ersten Mal ein paar Schlucke Rotwein trinken, was mich schnell richtig „düsch" machte. Da Moni nicht geweckt wurde, dachte ich, ich würde jetzt so langsam in den Kreis der „Erwachsenen" aufgenommen. Sie hatten alle Blei gegossen und waren dabei, die Bedeutung ihrer „Figur" zu enträtseln, was nur in den seltensten Fällen überzeugend gelang, was aber durch den Genuss des Weins bedingt zu allerlei lustigen Ergüssen der Vorsehung führte. So sollte Opi zum Beispiel mit zwei Pfeifen herumlaufen, was wohl bedeutete, dass er noch mehr paffen würde, oder Omi schlief mit Kohlköpfen im Bett, oder Papa goss ein Kreuz mit einem Stahlhelm drauf, was man auf den Krieg schob. Um Mitternacht wünschte man sich vor allem Frieden. Niemand sagte allerdings, was für ein Frieden damit gemeint war. Für mich war klar: Frieden war eben kein Krieg.

Als Papa am 2. Januar 1944 wieder nach Bremen in die Lettow-Vorbeck-Kaserne fuhr, sah ich dem Zug lange nach, sah, wie die großen roten Rückleuchten immer kleiner wurden und dann schließlich in der Dunkelheit verschwanden. Ich hatte ein beklommenes Gefühl, aber außer Moni redete auf dem Rückweg vom Bahnhof niemand.

Mein erstes Halbjahreszeugnis, das ich am 28. Januar 1944 stolz vorzeigen konnte, lautete: Haltung und Leistung gut. Andere Beurteilungen gab es noch nicht.

Im zweiten Halbjahr hatte ich mich allmählich an die Schule gewöhnt. Unsere Klassenlehrerin war jetzt Fräulein Hahn, und wir konnten ein bisschen mehr Mist machen. In den Fünf-Minuten-Pausen zogen wir richtig den Otto ab, es ging über Tische und Bänke. Ich passte auf: Ich tobte immer in der Nähe meines Sitzplatzes, mit einem Auge auf die Tür des Klassenzimmers gerichtet. Sobald die Tür aufging, vorsichtig, denn die Lehrerin konnte ja nicht wissen, welcher Gegenstand gerade auf sie geschleudert wurde, um sie zu töten, saß ich auf meinem Platz. Mir konnte keine Entgleisung nachgewiesen werden, während andere, auf frischer Tat ertappt, zum Teil deftige Strafarbeiten aufbekamen.

Zu Hitlers Geburtstag am 20. April brachte ich auf Wunsch der Lehrerin einen Strauß roter Tulpen mit, die Fräulein Hahn in eine Vase stellte, welche extra unter dem Bild des Führers auf einer Etagere stand.

Die ganze Klasse musste sich in Reih und Glied auf dem Schulhof aufstellen, den rechten Arm ausgestreckt zum Führergruß heben und *Der gute Kamerad* von Ludwig Uhland singen:

Ich hat' einen Kameraden,
einen bessern findst du nit.
Die Trommel schlug zum Streite,
er ging an meiner Seite
in gleichem Schritt und Tritt.

Eine Kugel kam geflogen,
gilt's mir oder gilt es dir?
Ihn hat es weggerissen,
er liegt mir vor den Füßen,
als wär's ein Stück von mir.

Will mir die Hand noch reichen,
derweil ich eben lad'.
Kann dir die Hand nicht geben,
bleib du im ewgen Leben(,)
mein guter Kamerad.

Das dauert mir zu lange, diese ganze Singerei, und dann ein solches Lied, denke ich. Außerdem wird mein Arm lahm, ich unterstütze ihn mit dem linken, was verboten ist. Schließlich ist es mir egal, ich nehme überhaupt den linken, was noch mehr verboten ist. Wozu das Ganze? Der Führer ist doch gar nicht da! Ich finde unser allererstes Gedicht viel schöner, das wir noch im Winter lernten, das Gedicht über die Schneeglöckchen:

Wir sind die ersten im Garten,
wolln auf die andern warten,
noch kahl ist Baum und Strauch.
Ach, liebe Sonne, scheine
herunter auf uns Kleine!
Es frieren uns die Füßchen
und Kopf und Händchen auch.

Statt Unterricht mache ich zur Entspannung auch sehr gern die Fliegerübung draußen vor der Schule auf dem Platz, wo die Eichen stehen. Also: Ein Tiefflieger kommt, sofort alle Mann mit Ranzen hinschmeißen auf den Bauch, Gesicht zur Erde. Wenn es geht, hinter einen Baum springen und auf die Anflugrichtung achten beziehungsweise auf den Einschlag der MG-Geschosse. Gut aufpassen, solche „UVD'S" (Unteroffiziere vom Dienst), hier die Tiefflieger, ein *Mustang* zum Beispiel, der als Begleitjäger der Bomber noch ein paar LKW's, Menschen abknallen möchte, wendet und kommt von der anderen Seite mit 300 km/h angeschossen und macht Jagd auf dich, wenn sie dich entdeckt haben. Auf freiem Feld hast du kaum eine Chance, im Straßengraben eher, wenn du dich hinschmeißt. Man soll es aber auf jeden Fall tun, sagt Fräulein Hahn, und ich weiß auch warum. Dann hat der Schütze keine so gute Angriffsfläche, ha! Wenn einer kommt, geht es noch, wenn mehrere kommen, hat man meist verloren. Man muss eben immer auf der Hut sein.

Auf der Litfaßsäule auf der Bollenburg klebt ein Plakat, auf ihm sieht man einen Mann in Schwarz mit Hut, darunter steht: Psst, Feind hört mit. Wir haben das mit Fräulein Hahn besprochen: Das soll heißen, wir sollen nichts verraten, denn überall sind Feinde, die das hören und dann für sich ausnützen können. Was wir verraten könnten, wurde nicht gesagt. Das Zeugnis vom 13.7.1944 ist wieder in Haltung und Leistung gut, und ich werde in die Klasse IIg versetzt. Zur Belohnung darf ich wieder mal mit nach Deep. Aber da ballern sie wieder den ganzen Tag und stören den „Frieden" der Natur. Da ist es in Treptow ruhiger.

Mama erlaubt mir jetzt ganz offiziell, an der Wassertonne zu spielen, ich soll aber gut aufpassen. Was ich auf keinen Fall darf, ist unten in Mensings Schornstein kriechen. Natürlich krieche ich hinein und steige innen eine ganze Reihe von Haken hoch, bis mir schlecht wird. Ich schaffe es aber trotz zitternder Beine, heil nach unten zu gelangen. Auch das Spielen am Ententeich am Ufer des Mühlengrabens ist strikt verboten. Er ist aber doch durch ein paar Bohlen und Bretter von der Strömung getrennt, was soll da schon passieren? Ich falle hinein, habe keinen Boden unter den Füßen, kann nicht schwimmen und schlucke kräftig Wasser. Die Angst zu ertrinken verleiht mir jedoch Geistesgegenwart und Kraft, sodass ich durch Hundepaddeln und die richtige Richtung das Ufer erreiche. Es ist niemand aufgefallen, denn es war niemand da. Ich bin trotzdem geständig und sage nicht einfach, ich bin reingefallen, weil ich es vor Mama und Omi doch nicht hätte verbergen können wegen meines Aussehens, denn der Rand des Ententeichs (die Bretter) hatte meine Kleidung – in diesem Fall ein kurzärmliges rosa Hemd und eine kurze graue Hose – farblich völlig verändert. Ich komme also mit dem Schrecken davon, der mir ins Gesicht geschrieben zu sein scheint, und er ist es auch, der die beiden Frauen davon abhält, mir noch zusätzlich eine Tracht Prügel zu verabreichen, was durchaus schon mal vorkam: Wer den Schaden hat, braucht für die Prügel nicht zu sorgen, die gibt's gratis dazu. Ich kann von Glück sagen, dass Papa nicht da ist, der hätte mich ganz schön vertrimmt.

Opi ist jetzt zunehmend der Meinung, dass ich ein Nickel

bin, denn ich habe mir unter anderem eine *Zwille* (Schleuder) gebaut aus einer schönen großen Weidengabel, Gummi von einem alten Autoschlauch und einer kräftigen Lederlasche. In einer Gärtnerei findet man eben nicht nur Gemüse, sondern zum Beispiel auch alles, was man zur Herstellung einer Zwille braucht. Mit dieser Waffe schieße ich dicke Schrauben gen Himmel, so hoch hinauf, dass man sie fast nicht mehr sehen kann. Wenn nun mal eine eine Gewächshausscheibe durchschlägt, dafür kann ich ja nun wirklich nichts.

Mit Schandtaten dieser Art mache ich mich natürlich unbeliebt, und so ist es nur verständlich, wenn Omis Ruf immer häufiger zu vernehmen ist: Komm mal her! Denn in den meisten Fällen habe ich tatsächlich etwas ausgefressen, was allerdings nach meiner Überzeugung damit zu tun hat, dass ich etwas ausprobiere, beziehungsweise neue Erfahrungen sammeln möchte.

Meine Schwester Moni stört mich mit ihrem ewigen Gemähre: Ich soll mit ihr spielen, sie will alles das machen, was ich mache, aber das passt doch gar nicht zusammen, sie und mit der Zwille schießen zum Beispiel. Außerdem spiele ich viel lieber mit meinem Cousin Wolfgang, Wölfi genannt. Er ist zwar noch klein, aber ein ganz aufgewecktes Bürschchen. Dem erklärt man einmal etwas, schon hat er es kapiert. Er kriegt gerade mal das Wort *Zwille* raus, kann aber sofort alle Bestandteile aufzählen. Oder er begreift auf Anhieb, wie die Kraftübertragung von dem kleinen auf das große Zahnrad beim Schneidwerk der Runkelmaschine funktioniert: Mehr dlehen, aber leichter!, knallt er dir an den Kopf, und du bist von den Socken und denkst, der ist genial, dass es schon fast unheimlich ist. Aber es macht Spaß mit ihm, und man kann als Älterer son bisschen den Lehrer rauskehren.

Ich komme noch einmal auf meine Schwester zurück, weil sie mich schon zweimal so geärgert hat, dass ich ihr am liebsten eine oder mehrere runtergehauen hätte, wenn sie nicht noch so „klein" wäre, wie es allenthalben in Gärtnermund heißt. Das erste Mal war es so: Moni ist verschwunden, wahrscheinlich schon mehrere Stunden, bevor es uns überhaupt aufgefallen ist. Alle Mann, Männer und Frauen, selbstverständlich auch die Kriegsgefangenen suchen und rufen die Rega und den Mühlengraben rauf und runter, im Keller, im Stall, auf dem Oberboden, in Mensings Schornstein, hinter und auf allen Bäumen, hinter Sträuchern und Büschen: Moooooooniiiiiii!, erschallt es aus vielen Kehlen von überall her – nichts. Mama ist total aufgebracht und weint fast, weil sie glaubt, Moni ist ertrunken. Eine ihrer Freundinnen, eine sehr gute Schwimmerin, ist vor drei Wochen in der Rega ertrunken, weil sie sich in Schlingpflanzen verhaspelt hatte. Moni ist also weg, unauffindbar, und es gibt keinen Winkel, den man nicht schon abgesucht hätte. Sogar der geniale Wölfi kräht Moooniii und hampelt unruhig in seinem Laufstall herum, der unter der Linde steht. Aber als ich ihn frage, wo sie denn sein könnte, weiß er auch keinen Rat. Also bezieht sich seine Genialität wohl nicht auf die Suche nach Familienmitgliedern.

Alle stehen ratlos auf dem Sammelplatz unter der Linde und zucken mit den Schultern, als es Omi plötzlich durchzuckt, sie sich umdreht und wie von der Tarantel gestochen mit dem Schlachtruf: Ha, ich weiß, wo das Luder sein könnte! die Treppe zum Perron hinauffällt, die Haustür aufreißt und die Treppe nach oben stürzt. Ich haste hinter ihr her. Sie stolpert in ihr Zimmer, lässt sich auf den Boden fallen und kriecht unter dem Tisch zum Sofa. Da liegt mein Schwesterlein unter dem Sofa. Omi zieht sie unter dem Sofa hervor, und was hält das Biest mit ihrem linken Arm umklammert? Meine Schiefertafel, blank, nichts drauf. Das Aas hat meine Schulaufgaben ausgewischt, auf beiden Seiten. Ich hätte sie erwürgen können, wegen des Zeitverlustes natürlich, denn ich musste die Hausaufgaben ohne Widerrede noch einmal und genauso schön anfertigen. Und was muss ich hören? Omi und Mama schimpfen sie aus, weil sie sich nicht gemeldet hat, doch nicht wegen des Vergehens an meiner Schiefertafel. Wo bleibt da die Gerechtigkeit!

Das zweite Mal hatte sie meinen Griffelkasten geklaut und versteckt, und Mama behauptete, ich hätte wohl damit rumgeschmissen und ihn verbaselt. Als Mama mir Senge androhte, rückte der kleine Satan mit dem Kasten heraus und bekam wieder keine Strafe.

Moni wollte, wie schon gesagt, immer alles mitmachen. Besonders scharf war sie darauf, von mir in dem Handkarren mit luftbereiften Speichenrädern gezogen oder geschoben zu werden. Ich Kuli sollte rasen, je schneller und doller umso besser, bis mir die Luft ausging. Madame saß da und quietschte vor Vergnügen, natürlich auch darüber, dass ich mich so erniedrigte und ihr sozusagen den Hintern nachrollte. Und da geschah es: Sie wollte, dass ich anhalte, aber ich rannte weiter, also wollte sie bremsen und steckte die rechte Hand in die Speichen. Ich hätte eine tausendstel Sekunde eher bremsen können. Sie schrie herzzerreißend, und das Blut lief, und die Leute liefen herbei. Ich hatte, besser der Wagen hatte ihr drei Finger fast abgequetscht. Sie tat mir leid, denn es waren bestimmt furchtbare Schmerzen. Ich dachte, ich hätte keine Schuld. Von da an nahm meine Schwester Abstand von dem Wunsch, immer alles mitmachen zu wollen.

Lachesis: Wie man sieht, ein gutes Verhältnis zwischen Brüderlein und Schwesterlein ist das nicht, besonders wenn man bedenkt, dass sie Löwe und er Schütze ist, sie egoistisch und herrschsüchtig, er mit dem Kopf durch die Wand: Kindheit als Konkurrenz. Man soll nicht meinen, dass sie die allgemeine Bevorzugung des Jungen nicht spürte, sicher, er war älter, aber dass er abends geweckt wurde, und die Eltern mit ihm auf den Jahrmarkt gingen, er durfte Karussell fahren, während sie „schlief", das bekam sie schon mit, auch wenn sie noch so „klein" war.

Kinder sind viel sensibler als die Erwachsenen glauben, und bei solchen „Erniedrigungen" weint die Seele oder anders gesagt, das Kind macht ins Bett. Die *Enuresis nocturna*, das Bettnässen also oder das Einnässen im Schlaf, gilt auch als Symptom seelischer Störungen besonders bei Kindern. Welche Störungen können es sein? Trotz, Protest gegen Liebesentzug, Angstträume und dergleichen. Vorzeitige und insbesondere strenge Reinlichkeitserziehung (-gewöhnung) kann zu Störungen des

Geborgenheitsbedürfnisses des Kindes führen. Wenn sogar, wie in diesem Fall geschehen, der Vater auch noch ein Schild an die Tür hängt mit der Aufschrift *Hier wohnt eine Bettnässerin*, so ist das für den Zustand des Kindes besonders tragisch und zeigt zudem die Hilflosigkeit des Vaters (der Eltern). Wir werden später noch einmal in einem anderen Zusammenhang auf dieses Thema zu sprechen kommen.

Sie reden und reden und reden ...

Klotho: Nicht nur in totalitären Staaten, sondern auch in demokratischen oder anderen Staatsformen spielen (politische) Reden eine große Rolle. Worte können überzeugen, überreden, ablenken, hinlenken, Macht ausüben, mundtot machen, verführen, aufwiegeln, verdrehen. Schon im Altertum gab es große Redner wie Perikles (500 v. Chr.) oder Cicero (106-43 v. Chr.). Eines seiner Hauptwerke nennt er auch *De oratore* (über den Redner, 55 v. Chr.) und gibt Anleitungen, wie man seine Rede aufbaut und so weiter.

Ich möchte nun besonders jungen Leuten drei Reden ein wenig näherbringen und erläutern, damit sie heutigen Rednern genauer zuhören und „aufs Maul schauen" (Luther) können. Gerade durch die visuellen Medien bedingt kann man natürlich tatsächlich genauer hinsehen, denn auch Mimik, Körpersprache, Ton, Stil spielen eine nicht unerhebliche Rolle. Audiovisuelle Medien laden ebenfalls geradezu dazu ein, durch Wiederholungen sein Augen- und Ohrenmerk jeweils auf eine oder zwei Formen einer Rede zu lenken, bis man ein Gesamtbild bekommt, bei dem selbstverständlich die inhaltliche Aussage zunächst das Wesentliche ist.

Eine der berühmtesten und berüchtigsten Reden des Dritten Reichs ist diejenige, die der Propagandaminister, Dr. Joseph Goebbels, im Berliner Sportpalast am 18. Februar 1943 gehalten hat. Denken Sie dabei daran, dass Ende Januar 1942 und Anfang Februar 1943 die Kesselschlacht um *Stalingrad* mit der Kapitulation von General Paulus endete.

Stellen Sie sich vor, der Saal ist gefüllt mit Nazis und Gefolgsleuten, mit ungefähr 14 000 Zuhörern, Hakenkreuzfahnen hängen von den Wänden, die Stimmung ist am Siedepunkt. Der kleine Goebbels steht am Rednerpult vor den (Rundfunk-) Mikrofonen und hält seine Rede in einem etwas singenden Ton des Rheinländers (er kommt aus Mönchengladbach-Rheydt). Die Tonlage ist unterschiedlich, von ruhig bis schreiend. An bestimmten Stellen streckt er zum besonderen Nachdruck die linke oder rechte Faust oder beide Fäuste aus.

Es geht hier nicht um die Methode, mit der man den Bolschewismus zu Boden schlägt, sondern um das Ziel, nämlich um die Besiegung der Gefahr. Die Frage ist also nicht die, ob die Methoden, die wir anwenden, gut oder schlecht sind, sondern ob sie zu Erfolg führen. Jedenfalls sind wir als nationalsozialistische Volksführung jetzt zu allem entschlossen. Wir packen zu, ohne Rücksicht auf die Einsprüche des einen oder des anderen …

Der Redner gibt zunächst das Ziel an, die Methode(n) soll(en) keine Rolle spielen. Es ist also gleichgültig, ob die Art und Weise gut oder schlecht ist, das heißt moralische Gesetze sind ausgehebelt (unter anderem auch das Völkerrecht). Das Wort *allem* bleibt absichtlich abstrakt. *Einsprüche* ist seichter als *Widerspruch* oder gar *Widerstand*. Diese Wörter werden hier nicht gebraucht, das wäre zu krass und würde ja an die Realität heranreichen, die hier vertuscht werden soll. Auch seien es ja nicht viele, nur *der eine oder andere*. Aber deren Meinungen werden ja ohnehin nicht berücksichtigt. Man achte auf die Worte *zu Boden schlagen* (Boxen) und *zupacken* (Jagd, Hund). Das Ziel ist die Gefahr zu besiegen. Zur Erinnerung: Die Endlösung der Judenfrage ist längst beschlossen, im Osten eskaliert der Terror durch Folter und Massenerschießungen von Partisanen, Kommissaren, Juden und „Verdächtigen" durch so genannte Einsatzgruppen, an denen nicht nur die SS und andere Polizeieinheiten sondern offensichtlich auch die Wehrmacht beteiligt ist. Man zeigt Härte gegen Zersetzungserscheinungen, Deserteure, Gehorsamsverweigerer und Oppositionelle. Die Ostfront weicht unaufhaltsam nach Westen zurück, und die Bombardements durch die Alliierten nehmen zu.

Ich möchte aber zur Steuer der Wahrheit an euch, meine deutschen Volksgenossen und Volksgenossinnen, eine Reihe von Fragen richten, die ihr mir nach bestem Wissen und Gewissen beantworten müsst …

Er hat Fragen, das klingt natürlich gut auf den ersten Blick, denn wer fragt, möchte etwas wissen, was er unter Umständen nicht weiß; er macht damit sich selbst klein und die Zuhörer groß, die ja „besser" sind als er. Wenn aber diese Fragen so genannte rhetorische Fragen sind, auf die keine Antwort erwartet wird, weil sie ohnehin vorher klar ist, sieht die Sache anders aus. Wir werden sehen. Der Redestil ist bis jetzt einigermaßen ruhig und eindeutig. Der Inhalt ist klar: Es geht um die Beseitigung des Bolschewismus. Dieser ist deswegen der östliche Buhmann, weil er den nationalsozialistischen Auffassungen diametral entgegengesetzt ist. Nur diese Qualität bleibt abstrakt, weil davon auszugehen ist, dass kaum ein Zuhörer den Marxismus-Leninismus kennt oder weiß, dass ein Bolschewik ein Angehöriger der kommunistischen Partei der Sowjetunion ist. Das Wort kommt von russisch bolschistwo=Mehrheit. Aber der Bolschewismus ist ja ein Feind, den man besiegen will. Dass man die Sowjetunion noch aus ganz anderen Gründen überfallen hat, die Wahrheit also, darf hier keine Erwähnung finden (neuer Lebensraum, wirtschaftliche Ausbeutung, Germanisierung der eroberten Gebiete, Vernichtungskrieg, Hungerplan [zum Beispiel Leningrad], Kampf von Rasse zu Rasse, Weltanschauungskrieg …).

Ihr also, meine Zuhörer, repräsentiert in diesem Augenblick die Nation. Und an euch möchte ich zehn Fragen richten, die ihr mir mit dem deutschen Volke vor der ganzen Welt, insbesondere vor unseren Feinden, die uns auch an unserem Rundfunk hören, beantworten sollt.

Das Axiom, die Grundlage, der Ausgangspunkt ist unscharf, denn der gefüllte Sportpalast repräsentiert nur in beschränktem Maße die Nation. Übrigens nicht das Volk, sondern die Nation, das heißt eine nach Abstammung, Sprache, Sitte, Kultur und politischer Entwicklung lebende Gemeinschaft. Dass eine Umfrage hier nicht in Frage käme, steht außer Frage, denn dabei wäre der Einzelne gefragt. Hier ist die Masse gefordert, und wie man die Masse auch und besonders mit dem Massenmedium Rundfunk zurechtkneten kann, dafür sollen ja diese und andere Reden beredte Beispiele sein: Hitler und seine Schergen sind besessen von der dumpfen Idee des Größenwahns, deshalb fehlt ihnen der Geist, andernfalls wären sie begeistert.

Die Engländer behaupten, das deutsche Volk habe den Glauben an den Sieg verloren.

Tumultartiger Protest, die Stimme des Redners ist laut geworden, der Ton ist aufstachelnd, demagogisch. Der Hexenkessel ist angeheizt, sodass die Fragen kommen können:

Ich frage euch: Glaubt ihr mit dem Führer und mit uns an den endgültigen totalen Sieg der deutschen Waffen?

Nicht mehr der deutschen Soldaten?- Gebrüll: Ja!, und lange anhaltender Beifall (Klatschen). Einige rufen: Sieg Heil!

Ich frage euch: Seid ihr entschlossen, dem Führer in der Erkämpfung des Sieges durch dick und dünn und unter Aufnahme auch der schwersten persönlichen Belastungen zu folgen?

Gebrüll: Ja! und Beifall. (Der Führer tut praktisch am wenigsten am Sieg!) Abgesehen einmal davon, dass das schon zwei Fragen sind, eine des Glaubens und eine zweite der Entschlossenheit, wissen sicherlich nur sehr wenige, ob die Engländer das behauptet haben. Die Engländer sind jedenfalls der zweite, der westliche Buhmann. Nehmen wir einmal an, sie hätten es behauptet, was sehr wahrscheinlich ist, dürften die Zuhörer es ja gar nicht wissen, weil sie dann Schwarzhörer wären, was ja verboten ist. Nur die Führung darf es wissen, stellvertretend für das Volk. Die Zuhörer brüllen auf jeden Fall ja!, und da ist keiner, der fragen könnte oder würde, was er denn mit dem Begriff *schwersten persönlichen Belastungen* meint. Das hier konkret zu erwähnen, würde sicherlich den Stimmungspegel nach unten ziehen. Der Redner redet (ganz egal was, die Hauptsache ist, es ist so allgemein, dass es zur Masse passt!), und die Masse hat *Ja* zu johlen.

Zweitens: Die Engländer behaupten, das deutsche Volk sei des Kampfes müde … Ich frage euch: Seid ihr bereit, mit dem Führer als Phalanx der Heimat hinter der kämpfenden Wehrmacht stehend diesen Kampf mit wilder Entschlossenheit und unbeirrt durch alle Schicksalsfügungen fortzusetzen, bis der Sieg in unseren Händen ist?

Zu dem Gejohle kommt hier noch starkes Getrampel dazu. An der Behauptung der Engländer ist schon etwas dran, nur sicher nicht so extrem. Schicksalsfügungen gibt es schon en masse: Tote Soldaten, gefangene Soldaten, Bombentote, Obdachlose … Das Wort *Phalanx* verstehen wahrscheinlich wiederum nur die wenigsten (antikes Wort: lange geschlossene Schlachtreihe in mehreren Gliedern), aber die meisten ahnen, was gemeint ist.

Drittens: Die Engländer behaupten, das deutsche Volk hat keine Lust mehr, sich der überhandnehmenden Kriegsarbeit, die die Regierung von ihm fordert, zu unterziehen. Ich frage euch, Soldaten, Arbeiter und Arbeiterinnen, seid ihr und ist das deutsche Volk entschlossen, wenn der Führer es einmal in der Notzeit befehlen sollte, zehn, zwölf und wenn nötig vierzehn und sechzehn Stunden täglich zu arbeiten und das Letzte für den Sieg herzugeben?

Starker Beifall und Getrampel. Was ist die Kriegsarbeit? Vor allen Dingen Arbeit in der Rüstungsindustrie, Aufräumarbeiten, Schutzarbeit. Was ist das Letzte? Wertsachen, Geld, aber unterschwellig auch das Leben. Man stelle sich das einmal vor: Der

Führer befiehlt, länger zu arbeiten. Geht das freiwillig nicht? Nebenbei bemerkt, sechzehn Stunden täglich, das sind fast einhundert Stunden wöchentlich. Das ließe sich mit Gewerkschaften nicht machen, oder? Ein Grund mehr, warum es keine Gewerkschaften gab.

Viertens: Die Engländer behaupten, das deutsche Volk wehrt sich gegen die totalen Kriegsmaßnahmen der Regierung. Es will nicht den totalen Krieg, sagen die Engländer, sondern die Kapitulation.

Lautstarke Proteste, Zurufe: Niemals! Niemals! Niemals!

Ich frage euch: Wollt ihr den totalen Krieg?

Lautstarke Akklamation, lautes Getrampel.

Wollt ihr ihn, wenn nötig, totaler und radikaler, als wir ihn uns heute überhaupt erst vorstellen können?

Geschrei, Getrampel. Dass der krasse Gegensatz von totalem Krieg und Kapitulation an dieser Stelle eine gewollte Reaktion hervorruft, ist klar: Kapitulation auf keinen Fall, totaler Krieg selbstverständlich.

Durch ihr Geschrei vernehmen die Zuhörer den letzten Teil der Frage kaum noch. Darauf kommt es hier auf einem der Höhepunkte der Rede aber auch gar nicht an, denn wer will sich schon die Totalität und Radikalität des Krieges, vor allen Dingen seine Brutalisierung und Entzivilisierung, seine Grausamkeit und Unmenschlichkeit ausmalen? Wir denken hier in der Hauptsache an die Vernichtung der Juden. Was die Rede anbelangt, so wird unmissverständlich eindeutig: Der aufgepeitschte Saal will den totalen Krieg.

Auch für den Gegner (hier besonders die Engländer) muss an dieser Stelle deutlich werden: Wir müssen Deutschland zur Kapitulation zwingen, anders bekommt man dieses primitive Untier nicht in den Griff (grenzenlose Aggressivität).

Fünftens: Die Engländer behaupten, das deutsche Volk hat sein Vertrauen zum Führer verloren.

Langanhaltender Protest, Heilrufe und dann der ganze Saal als ein Sprechchor: Führer befiehl, wir folgen.

Ich frage euch: Vertraut ihr dem Führer? Ist eure Bereitschaft, ihm auf allen seinen Wegen zu folgen und alles zu tun, was nötig ist, um den Krieg zum siegreichen Ende zu führen eine absolute und uneingeschränkte?

Ja sicher ist sie das. Dem Führer auf allen seinen Wegen folgen? Wie ist es denn mit den Irrwegen des Führers, mit seinem militärischen Dilettantismus, mit seinen irrsinnigen und menschenverachtenden Entscheidungen zum Beispiel an der Front? Die gibt es wohl gar nicht, wie? Was ist denn nötig? Völkermord, Massenmord? Das wird doch kein Sieg! Und was kommt nach dem Sieg? Kritik (Selbstkritik) ist nicht gefragt.

Ich frage euch als sechstes: Seid ihr von nun ab bereit, eure ganze Kraft einzusetzen und der Ostfront, unseren kämpfenden Vätern und Brüdern, die Menschen und Waffen zur Verfügung zu stellen, die sie brauchen, um den Bolschewismus zu besiegen? Seid ihr dazu bereit?

Das versteht sich von selbst. In der Frage sechs braucht es die Engländer nicht mehr, denn der Krieg im Osten ist ein rein deutsch-russisches Problem: Sehr viele Soldaten müssen an der Ostfront sterben, geopfert werden oder werden gefangen genommen. Es ist eine Menschen- und Materialschlacht. Der Sportpalast jedenfalls stimmt dem gröhlend zu.Was mag in den Köpfen der vielen Millionen deutschen Rundfunkhörern vorgegangen sein? Hat es sie betroffen gemacht? Waren sie nicht entrüstet ob solcher Unverschämtheiten, die die Wirklichkeit verdrehen?

Ich frage euch siebentens: Gelobt ihr mit heiligem Eid der Front, dass die Heimat mit starker Moral hinter ihr steht und ihr alles geben wird, was sie nötig hat, um den Sieg zu erkämpfen?

Es wird langsam langweilig, weil der Redner sich wiederholt. Trotzdem ist der Beifall groß.

Ich frage euch achtens: Wollt ihr, insbesondere ihr Frauen selbst, dass die Regierung dafür sorgt, dass auch die deutsche Frau ihre ganze Kraft der Kriegführung zur Verfügung stellt, und überall da, wo es nur möglich ist, einspringt, um Männer für die Front freizumachen? Wollt ihr das?

Auch das, sie wollen alles, was der Redner ihnen vorgibt und zollen ihm starken Beifall. Der Krieg, von Männern erdacht und von Männern gemacht, ein Männerkrieg also, braucht so viele Männer, dass das Land männerarm wird. Woher soll dann der Nachwuchs kommen, die Männer für den Krieg? Allein in Stalingrad starben 140 000 Soldaten, Russen mitgezählt, und 90 000 deutsche Soldaten gingen in Gefangenschaft, nur in Stalingrad! Und wie man hört, Gotthardt ist tot, Wilfried ist an der Westfront, der Vater des Jungen an der Ostfront. Also müssen die Frauen ran und nicht zu vergessen die vielen Kriegsgefangenen in Deutschland, die der Redner klugerweise nicht erwähnt. Eine der vielen Dummheiten bestand ja auch darin, dass man die Männer dem Wirtschaftskreislauf entzog.

Ich frage euch neuntens: Billigt ihr, wenn nötig, die radikalsten Maßnahmen gegen einen kleinen Kreis von Drückebergern und Schiebern …?

Der Redner wird durch Beifall und Getrampel unterbrochen.

… die mitten im Kriege Frieden spielen wollen und die Not des Volkes zu eigensüchtigen Zwecken ausnutzen wollen? Seid ihr damit einverstanden, dass, wer sich am Kriege vergeht, den Kopf verliert?

Tosender Beifall. So klein war der Kreis zu jener Zeit nicht mehr, und es waren weniger Drückeberger und Schieber als vielmehr Widerstandsgruppen, die sich zum Ziel gesetzt hatten, mit dem „Gegner" Frieden zu schließen, um noch mehr Unheil zu vermeiden. Da das Nazi-Reich kein Rechtsstaat war, weil die, die an der Macht waren, sich das Recht herausnahmen, anderen das Recht auf Recht abzusprechen, wollten die Gegner des Reichs das Recht wieder einsetzen. Beispielhaft soll hier erinnert und gedacht werden an „Die weiße Rose" und deren hervorragende Vertreter, die Geschwister Scholl. Ihre Flugblätter riefen zur Freiheit auf: „Hitler kann den Krieg nicht gewinnen, nur noch verlängern." Oder: „Die Toten von Stalingrad beschwören uns." Ist es nicht wunderbar, dass es solche Menschen gab und gibt, die außerordentlich mutig, opferbereit, ja kaltblütig sind? Sie gaben ihr Leben für die Menschlichkeit. Sie wurden am 22. Februar 1943 hingerichtet, vier Tage nach der Rede, mit der wir uns gerade beschäftigen. Ein faszinierendes Dokument ist der Film „Sophie Scholl – Die letzten Tage" mit Julia Jentsch von 2005.

Sich am Krieg vergehen, verstehen Sie das? Eine gewagte, für die Zuhörer aber mitreißende Formulierung! So als wäre der Krieg eine Person, an der man sich vergeht, zum Beispiel eine Frau, ein Kind, das man sexuell missbraucht. Für Goebbels ist der Krieg (eine Personifizierung) offenbar eine Metapher für Vergewaltigung oder Missbrauch.

Ich frage euch zehntens und zuletzt: Wollt ihr, dass, wie das Nationalsozialistische Parteiprogramm das vorschreibt, gerade im Kriege gleiche Rechte und gleiche Pflichten vorherrschen, dass die Heimat die schweren Belastungen des Krieges solidarisch auf ihre Schultern nimmt, und dass sie für hoch und niedrig und arm und reich in gleicher Weise verteilt werden? Wollt ihr das?

Auch das wollen sie, brüllen sie. Nur gleiche Rechte herrschen doch gar nicht vor! Die Mächtigen sind doch nicht solidarisch. In einer Klassengesellschaft trifft es immer die Armen am schwersten, und die Machthaber machen sich höchstens den Geist und die Seele schmutzig, nicht aber die Hände. Wenigstens gibt der Redner die schweren Belastungen zu.

Ich habe euch gefragt; ihr habt mir eure Antwort gegeben. Ihr seid ein Stück Volk, durch euren Mund hat sich damit die Stellungnahme des deutschen Volkes manifestiert ...

Pars pro toto, ein Teil für alles, ein Stück Volk ist das Volk, so einfach kann man es sich machen, ob das Ganze eine Farce ist, ist gleichgültig, die Hauptsache ist Zustimmung. Das Faszinierende an dieser Rede ist ihre Einfachheit: Zehn rhetorische Fragen, die nur mit „ja" beantwortet werden können, dann engagierte Proteste hervorrufen, Stichwort Kapitulation oder Schieber und Drückeberger, auf die man ja unbewusst nur neidisch ist. Der Redner hat jedenfalls sein Ziel erreicht, denn er kann gerade auch vor dem Ausland behaupten, das deutsche Volk habe den Führern, der Regierung, den Auftrag gegeben, einen totalen Krieg zu führen, was immer das genau bedeutet. (Er kommt dem Begriff *Vernichtungskrieg* nahe. Außerdem werden alle Produktionsmittel und die gesamte Arbeitskraft der Bevölkerung und der Zwangsarbeiter eingesetzt.) Interessant ist sicherlich auch noch die formale Frage, wieso gerade zehn Fragen? Nun zehn ist eine runde Sache und erinnert unterschwellig an die zehn Gebote.

„Now let it work," könnte man mit Antonius sagen, nun lass es arbeiten, geschehen (siehe weiter unten). In der Tat heißt es auch an anderer Stelle: *Nun Volk steh auf, nun Sturm brich los!* Es fehlt nur noch der kleinste Impuls als Hinweis auf etwas Konkretes, und die Zuhörer nehmen einen Hammer, ein Beil, eine Schusswaffe und schlagen los. Schlagt ... die Köpfe ein! Sie tun es. Zündet ... Häuser an! Sie tun es.

An noch anderer Stelle heißt es: *Wir gehen in diesen Krieg wie in einen Gottesdienst ...* Das ist ein Vergleich, was? Wie der Name schon sagt, ist ein Gottesdienst dazu da, Gott zu dienen, zu beten, Gottes Hilfe zu erbitten, sein Wort zu vernehmen, die Gemeinschaft der Gläubigen zu erleben und so weiter. Der Vergleich ist nun eine für den Zuhörer suggerierte, unbewusste Beeinflussung im Sinne einer Identifizierung von Gott und Führer. Der Führer ist ein Gott, dem die Volksgemeinschaft dient, bedingungslos, entschlossen und überzeugt. Die Worte und Taten des Führers entsprechen der Wahrheit, deshalb kann die Gemeinschaft dem Führer, gleichgültig, wohin er sie führt, folgen, er braucht nur zu befehlen. Und er tut es, zum Beispiel mit seinem „Führerbefehl" (85 an der Zahl), obwohl erwiesen ist, dass er es nicht kann, weil ihm die nötige Übersicht fehlt, vor allem aber, weil er es so oder so will. Der Krieg ist ein Dienst am Führer, denken wir an den Soldateneid.

Ein beredtes Beispiel für den Starrsinn, die Unfähigkeit und Unmenschlichkeit, ja Menschenfeindlichkeit und den Fanatismus des Führers erweist sich bei einem Treffen mit Panzergeneral Guderian (Hitlers Marschall Vorwärts oder auch der schnelle Heinz genannt) am 20. Dezember 1941 im Führerhauptquartier. Guderian trug dem Führer die Lage der deutschen Divisionen an der Ostfront vor: Frost, Schnee und Schlamm, Mangel an Winterquartieren und Winterkleidung, schwere Erfrierungen hatten die Truppe bewegungsunfähig gemacht. Der General versuchte den Führer zu überzeugen, dass es absolut notwendig sei, sich in Winterstellungen zurückzuziehen.

„Nein, das verbiete ich!", donnerte der Führer.

Hitler lehnte alle weiteren Bitten Guderians ab mit der schroffen Feststellung: „Dann müssen Sie sich in den Boden einkrallen und jeden Quadratmeter Boden verteidigen." Der Boden war aber schon ein bis anderthalb Meter tief gefroren (minus 30-50° C), und es starben doppelt so viele Soldaten durch Erfrierungen wie durch feindliches Feuer. Dieser verbrecherische Krieg war auch ein Krieg gegen das eigene Volk.

Den schlechten Mann muss man verachten,
Der nie bedacht, was er vollbringt ...
... Jedoch der schrecklichste der Schrecken,
Das ist der Mensch in seinem Wahn.

Schiller, Das Lied von der Glocke, 1799

Atropos: Ich denke, ich übernehme jetzt einmal, meine liebe Klotho, weil ich sehe, wie dich die letzten Ausführungen angestrengt haben. Ruhe dich erst einmal aus! Also: Ein wenig anders gelagert, aber dennoch auch aufschlussreich in Bezug auf ihre demagogischen (volksverführerischen) Absichten sind noch zwei andere Reden, die aufgrund ihres Umfangs jedoch hier nur kurz zusammengefasst und kurz kommentiert werden sollen. Es sind die Reden des *Brutus* und des *Antonius* aus Shakespeares *Julius Cäsar* (3. Akt, 1. Auftritt ff.).

Cäsar wurde bekanntlich unter anderem auch von *Brutus* ermordet, dem römischen Politiker, Republikaner und Freund Cäsars. Brutus macht nun in seiner Rede das Volk zum Richter: Es möge beurteilen, welche seine Motive zu dieser Tat waren. Seine Liebe zu Cäsar war groß, aber er liebt Rom mehr. Statt Sklaven zu sein, sind jetzt alle Mitbürger frei. Cäsar war zwar tapfer, aber er war herrschsüchtig. Brutus ehrt seine Tapferkeit, er tötet ihn aber für seine Herrschsucht.

Brutus appelliert hier an das Ehrgefühl seiner Mitbürger, jedes einzelnen Bürgers Roms (nicht des Volkes!). Kein Römer möchte Knecht sein und sein Vaterland nicht lieben. Brutus stellt Fragen und wartet auf Antworten. Mehrere Bürger antworten, dass keiner so schlecht wäre, sein Vaterland nicht zu lieben. Brutus erschlug seinen besten Freund zum Wohle Roms und nähme denselben Dolch für sich, wenn es dem Vaterland gefiele. Die Bürger rufen daraufhin, Brutus solle leben, sie wollen ihn im Triumpf nach Hause begleiten und schließlich, er soll Cäsar werden. Er will jedoch allein nach Hause gehen, und die Bürger sollen *Marc Anton* hören, der mit Cäsars Leichnam gekommen ist. Brutus ist also ganz eindeutig ein Republikaner, der den Mord aus hehren politischen Gründen mitbegangen hat.

Antonius beginnt seine Rede so: *Mitbürger! Freunde! Römer! Hört mich an: Begraben will ich Cäsarn, nicht ihn preisen. Was Menschen Übles tun, das überlebt sie; das Gute wird mit ihnen oft begraben …*

Und genau dieser Gedanke ist der Ausgangspunkt seiner Rede, denn er wird Cäsars gute Seiten aufzählen, die mit Herrschsucht nichts zu tun haben. Aber Brutus und die anderen sind ja alle ehrenwerte Leute. Cäsar hat zum Beispiel die Krone nicht genommen. Antonius möchte Cassius und Brutus nicht Unrecht tun, deshalb strebe er auch nicht an, die Zuhörer in Wut und Empörung zu bringen. Das tut er aber gerade mit dieser Bemerkung, er wiegelt das Volk (!) auf und reizt es. Als er schließlich Cäsars Testament erwähnt und sagt, er würde es nicht lesen, weil es sie rasend machen würde, und den ehrenwerten Männern Unrecht tun würde, rufen schon die ersten, die Verschwörer seien Verräter. Antonius zeigt ihnen die Leiche und ordnet den Tätern die Stichwunden zu. Schrecken und Abscheu lösen bei den Zuhörern Empörung aus. Sie wollen Rache und Brutus' Haus anzünden. Vorher aber hören sie noch Cäsars Vermächtnis, seine Geschenke an jeden Bürger.

Das war ein Cäsar, wann kommt seinesgleichen?

Die aufgebrachte Menge stürmt davon, um Cäsars Tod an den „Verrätern" zu rächen.

In diesen beiden Reden wird deutlich, dass Brutus die Republik befreien will. In seiner Naivität begeht er jedoch den großen Fehler, allein nach Hause zu gehen und Antonius die Leiche zu überlassen und ihn reden zu lassen. Der Wankelmut des Volkes ist groß (hier ist es das Volk, denn sie sind alle gleichgeschaltet!), und Antonius' geschickte Argumentation (Vermächtnis!), die bis zur Unwahrheit reicht – denn er kann gar nicht wissen, wer dem Cäsar welche Wunde zugefügt hat – führt schnell dazu, dass sich die Stimmung ins genaue Gegenteil verwandelt. Die größte Lüge ist sogar, dass er behauptet, dass er kein Redner sei wie Brutus, oder, wenn er Brutus wäre und Brutus Antonius, dann würde Antonius sie aufwiegeln, mit anderen Worten, Brutus sei ein Demagoge. Als sie alle davonrasen, sagt Antonius, der Anhänger Cäsars die berüchtigten Worte am Schluss der zweiten Szene des dritten Akts (wir erinnern uns): *Now let it work. Mischief, thou art afoot, Take thou what course thou wilt!* (Nun lass es arbeiten [wirken]. Unheil, du bist unterwegs, nimm, welchen Lauf du willst!)

Wozu erzähle ich, Atropos, Ihnen/euch das alles? Damit ihr,

wie schon gesagt, wo und wann auch immer Rednern aufs Maul schaut, auf den Ton, den Stil, die Augen, auf das Gesicht, auf die Mimik, die Körperform (schlank, dick), die Körperhaltung, auf die Bewegungen (auch wenn manches einstudiert sein sollte), auch auf die Kleidung, das sind die äußeren Merkmale. Und die inneren Merkmale, das sind die Gedanken, die Absichten, die dahinterstehen, die Wörter und die Worte, Inhalt und Gehalt, den Aufbau, kurz auf das, was ihr hört. Keine Angst, ihr nehmt auch Vieles unbewusst auf.

All dies verrät viel, und ihr könnt nicht so leicht getäuscht werden, denn ihr wollt ja die „Wahrheit" erfahren. Und dann merkt ihr, ob die, die etwas sagen und meinen, dass sie etwas zu sagen haben, wirklich etwas zu sagen haben oder nicht.

Kriegsspiele

Neben der *Ju 87* (dem Stuka [Sturzkampfbomber], mit seinen Trompeten von Jericho, das heißt Sirenen an den Fahrwerksbeinen), die Papa mir gebaut und geschenkt hatte, bekam ich auch noch anderes Kriegsspielzeug: Eine schöne große PAK (Panzerabwehrkanone), dreißig Zentimeter lang, die konnte Murmeln bis zwei Meter weit schießen. Das tollste Geschenk war ein Zerstörer (Kriegsschiff), sechzig Zentimeter lang, der aus vielen Teilen mit Federn zusammengebaut war, und ein kleines U-Boot mit Torpedos. Wenn nun ein Torpedo an einer vorgezeichneten Stelle, ein kleiner Kreis, einschlug, wurde die erste Feder ausgelöst, und die löste wiederum andere Federn aus, so dass das Schiff in die Luft flog. Je intensiver und zielsicherer der Aufprall des Torpedos war, umso stärker war die „Explosion". Nach dem Angriff konnte man den Zerstörer wieder zusammensetzen und eine neue Attacke beginnen. Das U-Boot war unangreifbar, das heißt der Zerstörer warf keine Wasserbomben ab, oder es war keinem Lufttorpedo oder Bomben ausgesetzt, die im wirklichen Krieg von Flugzeugen aus abgeworfen wurden. Panzer hatte ich mehrere zum Aufziehen, sie konnten jedoch nicht schießen.

Lachesis: Wie man sieht, waren diese „Spiele" geistlos, hatten also im eigentlichen Sinn wenig mit dem Spielvorgang zu tun: Einer zweckfreien Tätigkeit, aus Freude an ihr selbst, mit Phantasie gewürzt. Dieses „Spielzeug" hatte keinen anderen Sinn, als die Kinder auf den Krieg vorzubereiten. Nur, dies war eine unrealistische, verlogene Vorbereitung: Hier wurden keine Löcher in einen Schiffsrumpf gesprengt, durch die Wasser eintrat und Menschen mit in den Tod riss. Hier wurden keine Menschen verletzt oder getötet. Hier konnte man sich Verluste höchstens vorstellen, die sich meistens auch nur eher auf das Material bezogen als auf Menschen. So und so viele Maschinen wurden abgeschossen (zum Beispiel durch die Ju 87, ein bewundernswürdiges, gefährliches und gefürchtetes fast heiliges Gerät, und ihre Piloten als Nationalhelden vergöttert: Einer von vielen war Ulrich Rudel.), so und so viele Schiffe (Bruttoregistertonnen) wurden versenkt, so und so viele Häuser vernichtet, ganze Industriezweige zerstört. Und die Menschenzahlen? Das musste vertuscht werden, möglichst gar nicht erwähnt werden. Auf der „Gustloff" waren etwa 10 000 Menschen, als die russischen Torpedos das Schiff aufrissen, und nur 1 200 überlebten die eiskalte Winternacht im Wasser von null Grad. Hier versagt jedes Spiel, weil die Wahrheit sich nicht verschweigen lässt: Das sind keine Verluste, sondern Menschen wie Sie und ich, wie Du und er, wie sie und wir, wie ihr und sie, und darunter sind sehr viele Kinder, die in ihrem kurzen Leben nur den Krieg kennengelernt haben.

Wir wollen niemals wieder von gewissenlosen Psychopathen bevormundet, schon gar nicht regiert werden.

Klotho: Im Gesetz über die Hitlerjugend vom 1. Dezember 1936 heißt es in § 1: *Die gesamte deutsche Jugend innerhalb des Reichsgebiets ist in der Hitlerjugend zusammengefasst.*

145

§ 2: Die gesamte deutsche Jugend ist außer in Elternhaus und Schule in der Hitlerjugend körperlich, geistig und sittlich im Geiste des Nationalsozialismus zum Dienst am Volk und zur Volksgemeinschaft zu erziehen. Hitler sagt über Jugenderziehung: *Meine Pädagogik ist hart. Das Schwache muss weggehämmert werden. In meinen Ordensburgen wird eine Jugend heranwachsen, vor der sich die Welt erschrecken wird. Eine gewalttätige, herrische, unerschrockene, grausame Jugend will ich. Das freie herrliche Raubtier muss erst wieder aus ihren Augen blitzen ... Ich will keine intellektuelle Erziehung. Mit Wissen verderbe ich die Jugend. Am liebsten ließe ich sie nur das lernen, was sie ihrem Spieltriebe folgend sich freiwillig aneignen ... Sie sollen mir in den schwierigsten Proben die Todesfurcht besiegen lernen. Das ist die Stufe der heroischen Jugend. In meinen Ordensburgen wird der schöne sich selbst gebietende Gottmensch als kultisches Bild stehen und die Jugend auf die kommende Stufe der männlichen Reife vorbereiten.*

Das Grundprinzip der nationalsozialistischen Erziehung war also, dass die Partei, die Bewegung, die Jugend (vorab die Jungen) in der Hitlerjugend zusammenfasste und kontrollierte und zu furchtlosen, grausamen und skrupellosen Soldaten heranzog (Erziehung als Aufzucht von Kriegern).

Was hätte nun geschehen können, wenn der Junge etwa fünfzehn Jahre früher geboren wäre, also 1922? Mit 18 (1940) wird der Hitlerjunge SS-Bewerber und Anwärter, er bekommt einen SS-Ausweis und wird auf den Führer vereidigt. Sodann macht er im ersten Dienstjahr in der Schutzstaffel (SS) sein Wehrsportabzeichen und das bronzene Reichssportabzeichen, und dann kommt er zum Arbeitsdienst und dann zur Wehrmacht. Später wird er noch einmal weltanschaulich geschult über die Grundgesetze der SS, über Heiratsbefehl und Ehrengesetze. Wenn er endgültig in die Schutzstaffel aufgenommen wird, erhält er das Recht zum Tragen des SS-Dolchs. Als SS-Mann bleibt er dann bis zum 35. Lebensjahr in der Aktiven Allgemeinen SS.

Der Krieg ist nun schon einige Jahre beendet, gewonnen sogar, weil – was besonders die Amerikaner befürchtet hatten – die Deutschen vor ihnen Atomwaffen einsetzten. Die wurden abgefeuert als strategische Waffen (zum Beispiel als Raketen von U-Booten oder von Atomkanonen auf Schiffen) oder als taktische Waffen auf Gefechtsfeldern in Europa. Amerikanische, englische, russische und eurasische Städte sind zerstört und verseucht, und die gegnerischen Kriegsparteien haben kapituliert. Da an dem deutschen Wesen die Welt genesen soll, haben die Sieger nichts anderes zu tun als ganze Völker zu unterjochen und in ihrem Sinne zu erziehen, soweit sie eine radioaktive Kontamination überstanden haben, mit anderen Worten die Besiegten, die Helotenstaaten, arbeiten für die Sieger, die Herrenrasse. Da die Herrenrasse (am Adel orientiert) nur blonde Haare und blaue Augen hat und sich nicht mischt, kommt es bald zu Zersetzungserscheinungen, was die Heloten hoffen lässt, weil sie sehen, wer die eigentlichen Idioten sind. Auf der anderen Seite hat sich eine gewaltige deutsche unübersehbare Bürokratie, Verwaltung, Verordnungs- und Vorschriftenflut entwickelt, die höchstens noch von den besten Hochschulprofessoren einigermaßen übersehen werden kann, was dazu führt, dass die Universitäten weltweit kaum noch Forschung betreiben können, und die Medien zum Beispiel nur noch damit beschäftigt sind herauszufinden, wie viele Heloten pro Tag zunehmend durch das Systemnetz flutschen (Systemflüchtlinge).

In der Zwischenzeit ist unser Protagonist schon 45 Jahre alt (1967) und in die SS-Stammabteilung aufgenommen worden. Da er nicht zu den unmoralischen Menschenschindern gehören möchte, sondern, soweit das möglich ist, Menschen achtet, welcher Rasse sie auch sind, weil er sich viele Jahre lang heimlich gebildet hat (Fremdsprachen, Geschichte, klassische Bildung), ist er schon mehrfach im Gefängnis und einmal sogar in dem größten KZ in Deutschland gewesen, das etwa so groß ist wie Hessen. Wie *Granger* und mit ihm die Professoren weitab von der Welt der Geisteskranken in *Fahrenheit 451* lernt er ganze Bücher auswendig, damit die Menschheit eine Zukunft hat. Denn die Welt, aus der *Montag* flüchten konnte, hat nur eine Gegenwart, auch keine Vergangenheit.

In Ecclesiastes 3 (Prediger Salomo) heißt es:

To every thing there is a season, and a time to every purpose under the heaven:
² A time to be born and a time to die …
(Jedes Ding hat seine Zeit, und eine Zeit für jedes Vorhaben unter dem Himmel: Eine Zeit geboren zu werden und eine Zeit zu sterben …)

⁸ A time to love, and a time to hate; a time of war, and a time of peace;
(eine Zeit zu lieben und eine Zeit zu hassen; eine Zeit des Krieges und eine Zeit des Friedens)

¹² I know that there is no good in them, but for a man to rejoice, and to do good in his life;
(Ich weiß, dass es nichts Gutes im Menschen gibt als sich zu freuen und Gutes zu tun in seinem Leben)

²² Wherefore I perceive that there is nothing better, than that a man should rejoice in his own works; for that is his portion: for who shall bring him to see what shall be after him?
(Deshalb begreife ich, dass es nichts Besseres gibt, als dass ein Mensch sich an seiner eigenen Arbeit erfreue; denn das ist sein Anteil: Denn wer soll ihn dazu bringen zu sehen, was nach ihm sein wird? [Übersetzung des Autors; das Glück ist hier und nicht im Jenseits!]

Wie gut, dass unser Kind nur ein Kriegskind war und kein Hitlerjunge, weil er später geboren war, denn was ist alles in den Menschen, wovor sie selbst Angst haben müssten, wenn sie seelisch verrohen und geistig verwildern? Furcht gebiert Götter, das wissen wir Moiren nur allzu gut, aber es gibt wohl keine schlimmere Angst als die vor sich selbst.

Dietrich Bonhoeffer sagt: Es ist ein Stück berechtigten Misstrauens gegen das eigene Herz, aus dem die Bereitwilligkeit entsteht, lieber dem Befehl von ‚oben‘ als dem eigenen Gutdünken zu folgen.

Bonhoeffer war evangelischer Theologe, war tätig in der *Bekennenden Kirche* und in der Widerstandsbewegung. Er wurde 1945 im KZ Flossenbürg hingerichtet.

Ich war jedenfalls artig, so gut es ging, nicht so unnütz (im Sinne von ungezogen. Ich machte in der Schule gut mit, lernte gern und begierig, und das nicht nur in der Schule. Ich half in der Gärtnerei nach besten Kräften und spielte natürlich auch, meistens Krieg.

Papa war ab Juli 1944 irgendwo an der Ostfront. Ab und zu schrieb er an Mama, aber auch an seine Eltern, Oma und Opa. Manche Feldpostbriefe, entweder auf A6 oder auf A8 gefaltet, trugen eine Banderole mit der Aufschrift „geöffnet", Stempel der Feldpostprüfstelle mit Adler und Hakenkreuz.

Lachesis: Briefe wurden geöffnet, Soldaten bespitzelt, zum Beispiel durch die GFP, die Geheime Feldpolizei. Beamte der Feldpolizei trugen die Uniform der Wehrmachtsbeamten mit hellblauer Farbe und einem *GFP* aus gelbem Leichtmetall auf den Schulterstücken. Zur Ausübung geheimpolizeilicher Aufträge konnten sie jedoch auch Zivilkleidung oder jede Wehrmachtsuniform tragen. Sie besaßen Sonderausweise in hellgrüner Farbe und *GFP*-Dienstmarken.

Bei Spionage, Landesverrat, Sabotage und, wie schon berichtet, bei Wehrkraftzersetzung besonders infolge der Rückzüge an der Ostfront wurde die *GFP* aktiv. Allein im Juli 1944 gab es 16 000 Überprüfungen, in der Heeresgruppe Mitte wurde nach über 3 000 Wehrmachtsangehörigen gefahndet, jedoch nur mit geringem Erfolg. Für die Soldaten musste die Devise lauten: Nicht auffallen, Schnauze halten, niemandem trauen, nichts „Verdächtiges" schreiben. Der Soldat musste „gläsern" sein, zumindest die Häscher glauben machen, dass er durchsichtig ist. Dennoch war die Feldpost kein Dokument seiner Erlebnisse, er schrieb meist nur, um seine Familie zu beruhigen, mit anderen Worten Belastungen, Ängste, Stress, traumatische Ereignisse wurden in einer Art Selbstzensur ausgeklammert, das heißt die zum Teil grausame Realität wich oft erheblich von den Inhalten in den Briefen ab. Auf der anderen Seite ist die Behauptung sicherlich richtig, dass die Mehrheit der Wehrmacht bis fast zum Ende hinter Hitler stand.

In einem Brief noch aus der Bremer Kaserne vom 23.12.43 teilt Paul den Eltern mit, dass er die Prüfung als Funker abgelegt hat und Funker und auch Kraftfahrer bei der Werferabteilung wird. Am 16.8.44 schreibt er aus Petrowitz bei Oderberg. Der Brief ist abgestempelt am 4.10.44 mit einer 12-Pfennig-Marke. Nach Frankreich würde er auch gehen, nur müsste dort der Krieg aus sein. Sie seien durch Rumänien und Ungarn gefahren und hätten viel gesehen, sogar die Hauptstädte. Deutschland sei aber doch schöner. Er bedauert die armen Jungens, die schon von Anfang an dabei sind. Er hat jetzt schon die Nase gestrichen voll. Sie kämen jetzt wohl in eine Ecke, wo es rund gehe. Das sei aber immer noch besser als in Frankreich. *Es muss doch mal bald auf allen Ecken zur Entscheidung knallen.*

Am nächsten Tag (17.8.44) schreibt er wieder einen Brief aus demselben Ort. Sie machen eine Reise auf Staatskosten quer durch Europa. An dem verlassenen Ort blieben sie noch einige Zeit liegen, und je länger je lieber. Das ginge alles vom Krieg ab. Die Gegend sei früher polnisch gewesen, demnach sei auch die Gesinnung der Bevölkerung. Verschiedene Kameraden ließen ihre Frauen dorthin kommen, ihm sei das aber zu gefährlich, denn beim Kommis sei doch alles zu unbestimmt. Man werde automatisch gezwungen alles zu essen, sonst ginge man noch ein. Er wünscht sich, dass bloß bald alles zu Ende sei, damit man bald wieder ein geregeltes Leben führen könne. *Es ist traurig, dass ausgerechnet jetzt diese verdammten Hunde ihr Vaterland verraten wollten. Es muss, und es wird geschafft, man darf nur nicht die Ruhe verlieren.*

Osten, den 2.9.44 Er hat zum ersten Mal zerschossene Städte und Dörfer gesehen und Kolonnen von Flüchtlingen mit ihrem gesamten Hab und Gut. Er hat ein Geschwür am Hals, das von selbst geplatzt ist. Nachts ist es kalt, und er hofft, dass bis zum Winter alles vorbei ist. Sie lägen wieder im Wald. Er organisiert

sich Obst, für 1A Birnen zahlt er 15 Zloty = 7,50 RM. Ein Weißbrot kostet 50 Zloty = 25 RM.

Slowakei, Karpathen, den 25.9.44

Liebe Eltern,

Der Russe knallt und bumst in einer Tour. Die Feuertaufe habe ich hinter
mir durch Granatwerfer, der Russe kommt auf hundert Meter ran, wir
können der russischen Gefangenschaft gerade noch mit dem Auto entfliehen.
Sie sitzen im Loch, liegen unter Granatwerferbeschuss. Flieger
kommen mit Bomben und Bordkanonen. *Er hat uns ein Ding 2
mtr. vom Loch hingesetzt, der Dreck ist mir um die Ohren geflogen, dass
ich gedacht habe, es ist aus. Es ist alles so furchtbar und anstrengend,
dauernd hast du die Ohren gespitzt, wenn es pfeift, dann kracht es auch
gleich. Wenn bloß erst alles zu Ende wäre. Wollen hoffen, dass wir uns bald
gesund und munter wiedersehen. Wenn mal längere Zeit keine Post kommt,
keine Bange, ich bin oft tagelang unterwegs und selten beim Tross.*

An seine Frau schreibt er am selben Tag:

Mein teures Lieb!

*Bekommst Du nicht immer niedliche kleine Briefchen? Aber ich habe so-
eben festgestellt, dass mein Papier zu Ende geht. Ich habe nun eine Bitte,
schicke mir doch etwas, sonst kann ich Dir nicht mehr schreiben. Es regnet
in Strömen, das richtige Wetter für den Iwan, darum knallt er auch wie
toll. Wir sitzen hier im Wagen auf der Munition, da haben wir noch
Stroh drüber und qualmen wie die Schlote, bis es wieder alle ist. Leider
hat uns der Russe die Zeltbahn über dem Wagen durchlöchert, und so ist
unser Raum ziemlich klein … Ich würde ja jetzt auch lieber an meinem
Schreibtisch sitzen, oder zu Hause und an der Puppenstube bauen. Ach
man darf an nichts denken, nur an ein baldiges Ende. Jetzt möchte ich hier
eine schöne Tasse Kaffee und vor allem Kuchen haben. Ich würde mir ja Kuchen kaufen, aber erstens sind die Dörfer hier leer, und zweitens kostet ein
Stück bestimmt RM 5,-. Für ein kleines Weißbrot bezahlen wir RM 15,-.*

Leider kann ich Dir nichts schicken, das können nur solche, die nicht im
Kampf liegen, und wegnehmen will ich keinem etwas. Es sei denn Hühner
oder Gänse, die wir gleich verdrücken. Für heute ist es aus. So mein Süßes
tausend innige Grüße und Küsse sendet Dir Dein Pee.

Grüße mir den Großen und die Kleine.

Der Rest ist Schweigen

Es war Mitte Oktober, ein schöner warmer Herbsttag. Ich war
aus der Schule gekommen und hatte zu Mittag gegessen und
war nach draußen gegangen um zu spielen. Ich hatte mir einen
Helm aus Zeitungspapier gefaltet, einen Ritterhelm natürlich,
und trug auf der rechten Seite mein Schwert. Ich hatte es aus
Holz gemacht, hatte oben quer ein Kreuzstück genagelt und
eine dicke Schraubenmutter als Schmuck angebracht. Der Feind
konnte kommen, ich war gerüstet.

Es kam jedoch nicht der Feind, sondern wie so oft nur der
Postbote. Als er wieder weg war, war aus dem Haus die schrei-
ende Stimme meiner Mutter zu hören, laut, dann wieder wim-
mernd, unaufhörlich: „Nein, nein, nein, nein …", nur dieses
Wort. Ich wusste sofort, was geschehen war, und ich weinte zunächst nur um Mama, dann still über das Geschehene.

Papas Vorgesetzter, Oberleutnant Dr. Hellmut Ammabones, hatte ihr am 5.10.44 folgenden geöffneten Feldpostbrief
geschrieben, der am 10.10.44 abgestempelt war:

Sehr geehrte Frau Ostermann!

Ich habe die traurige Pflicht, Sie vom Heldentod Ihres Mannes, unseres
Kameraden, des Kann. Ostermann zu benachrichtigen. Eine Flieger-
bombe riss ihn aus dem Leben, das dem Vaterlande geweiht war. Ohne
Schmerzen wurde er in die ewige Armee einberufen. Er fiel am 30.9.44 bei

Medzilolorce, wo er unweit auf einem Friedhof von Kameraden bestattet wurde.

Wir verlieren einen lieben Kameraden und braven Soldaten. Lassen Sie mich Ihnen in meinem und der Batterie Namen den tiefempfundenen Schmerz aussprechen. Möge es Ihnen ein wahrhafter Trost sein, dass er sein Leben für die höchsten Güter hingab: Für das Leben unserer Söhne und Enkel.

Heil Hitler!

Ihr ergebener Gez. Unterschrift

Mama ließ sich tagelang nicht sehen, sie trauerte; mit ihr neben uns Betroffenen sogar die Kriegsgefangenen, am meisten Léon, der sogar Tränen vergoss.

Atropos: Natürlich ist die Form des Briefes Standard, gerade auch mit den schwülstigen Ausdrücken wie *Heldentod; Leben dem Vaterland geweiht; Trost, dass er sein Leben für unsere Söhne und Enkel hingab.* Nur die männlichen Nachkommen zählten! Das meiste ist gelogen: Obwohl Pflichtauffassung und Kameradschaft für die fast 17 Millionen deutschen Soldaten die stärksten Triebkräfte waren, und – wir sagten es schon – eine Mehrheit hinter Hitler stand, so wollten doch nur wenige sterben, sie wollten auch nicht in einem sinnlosen Krieg halb Europa erobern, deren Söhne und Enkel auch wieder nur Soldaten sein sollten. Sehr viele wussten, dass alles umsonst war, vergeblich, nutzlos, absurd, und sie wussten auch, dass Europa mit diesem Krieg verändert werden würde. Viele ahnten, dass nur das Opfer der alliierten und russischen Soldaten und ihrer Waffen diesen unheiligen Krieg beenden konnten, in welchem die Vorstellungen kranker Hirne und Seelen mitsamt ihren Wurzeln ausgerottet werden mussten.

Wir erinnern uns: Sein Vater schrieb in seinen letzten Briefen: *Wenn bloß erst alles zu Ende wäre* und *man darf an nichts denken, nur an ein baldiges Ende.* Welches Ende mag er wohl gemeint haben? Das Ende des Krieges wäre wohl zu einfach. Dass die Sieger sich materiell (Demontage) und ideell (Dokumente, Patente und so weiter) bereichern würden, kann man ihnen nicht verdenken. *Der Dreck flog mir um die Ohren, dass ich gedacht habe, es ist aus.* Und es war aus, denn der Rest war Schweigen.

Mama war erschüttert, zutiefst entwurzelt ob des Verlustes, aber auch, weil sie jetzt allein gelassen war als Kriegerwitwe mit zwei Kindern und einer ungewissen Zukunft. Natürlich half es ihr zu wissen, dass es tausenden von Frauen so ging wie ihr, aber letztlich hat jeder sein eigenes Schicksal zu tragen, und sie glaubte, dass ihr das zu schaffen machen würde. Sie war acht Jahre verheiratet, Paul war 35 geworden, und sie selbst war 33.

Wir Kinder konnten die Folgen natürlich noch nicht übersehen. Ich selbst begann in meiner Trauer den Krieg zu hassen und sagte zu Mama etwas ganz Furchtbares: „Was schreist du so, du kriegst doch wieder einen!" Danach weinte Mama nur umso mehr. Ich spielte nicht mehr mit Kriegsspielzeug, ich begann auch Hitler zu hassen und wollte ihm keinen Blumenstrauß mehr mitbringen, wofür Fräulein Hahn Verständnis äußerte. Papa war so jung und war nur so kurz im Einsatz, und wir hatten jetzt schon zwei Mal alles verloren. Mir war mulmig, wenn ich an die Zukunft dachte, weil ich meinte, Männer hätten doch irgendwie die bessere Übersicht, wussten vielleicht doch eher, wo es langgeht. Auf der anderen Seite wollte ich aber auch Mama vertrauen. Es war alles schwierig, der Krieg zerstört so viel. Ich war froh, dass wir wenigstens in Treptow wohnen konnten, das früher einmal das Paradies war. Oma und Opa waren leider weit weg, sodass wir nicht zusammen trauern konnten. Sie schrieben aber, wir sollten nicht kommen, es würde immer gefährlicher.

Mit dem zweiten Feldpostbrief von Dr. Ammabones vom 19.11.44 kam auch Papas Ehering und noch ein paar Kleinigkeiten. Er schrieb, dass Papa beim Munitionsnachschub und in der Küchenstellung eingesetzt war. Sie wollten die Küchenstellung in einen Wald verlegen, und dabei ist es passiert. Mit Papa sind noch vier Kameraden gefallen und drei verwundet worden.

Papas letzte Worte waren: *Es ist aus.* Er war auf der Stelle tot. Mama erfuhr später, dass die fünf gefallen sind, weil ihnen durch den Luftdruck die Lungen platzten.

Genau genommen war es so, fährt Atropos fort, sie starben auf der Stelle durch eine Luftembolie, das heißt es entstand ein Überdruck im Bronchialsystem mit einem Kreislaufversagen, verursacht durch das Pumpversagen des Herzens. Man bedenke, dass die Druckwelle immerhin bis zu 300 m/s betragen konnte.

Am 18. Dezember 44 kam ein Schreiben mit folgendem Inhalt: *Als Anlage überreicht Ihnen das Wehrmeldeamt Stettin den Wehrpaß Ihres Ehemannes … der sein Leben für Deutschlands Größe und Freiheit gab. Der Wehrpaß dient als Ausweis für etwa zu stellende Versorgungsansprüche und soll Ihnen gleichzeitig eine bleibende Erinnerung an den höchsten Einsatz des Gefallenen sein.*

Der Leiter des W.M.A Stettin …

Atropos, sagen Lachesis und Klotho und wollen sich bei ihr einschmeicheln, normalerweise machen wir das ja nicht, und wir haben uns das ja auch versprochen, dass wir uns in das Aufgabengebiet der anderen nicht einmischen, aber in diesem Fall wüssten wir doch gern, warum du das zugelassen hast. Er war doch erst so kurze Zeit Frontsoldat, und außerdem war doch der Krieg schon bald zu Ende …

Also, ich muss doch sehr bitten, was hat das eine denn mit dem anderen zu tun? Soll ich euch mit der Nase drauf stupsen, wie viele Menschen dieser so genannte Führer noch kurz vor Toresschluss rücksichtslos verheizt hat, und sie haben sich das gefallen lassen? Bei einem solchen Menschenverächter hat doch weder Alter noch Zeit eine Rolle gespielt! Das müsstet ihr doch wissen. Aber gut, der Hintersinn von Geschehnissen und Geschichte ist meist ganz woanders zu suchen, als es vordergründig erscheint. Also, meine lieben Schwestern, weil ihr es seid, werde ich euch meinen Schicksalsknoten mal etwas auseinanderpulen.

Auch allem unsäglichen Leid, den Strömen von Tränen und

den Seen von Blut und den Gebirgen gebrochener Herzen kann man etwas Positives, Bejahendes, Hoffnungsvolles abgewinnen. Mit diesem Krieg haben die Menschen zunächst einmal den Höhepunkt der zerstörerischen männlichen Energie erreicht. Damit nun die Frauen, die Weiblichkeit, endlich ihre weibliche Kraft ausleben können, damit anders gesagt die emanzipatorische Bewegung eingeleitet werden kann, mussten unzählige Männer sterben. Natürlich hat das zunächst den Nachteil mit sich gebracht, dass die Gesellschaft männer- und/oder vaterlos war. Damit aber konnte der Ablösungsprozess vom Heimchen am Herd zur Frau im Berufsleben eingeleitet werden. Dieser Prozess ist noch längst nicht abgeschlossen, weil die Männer gegen die Frauen Krieg führen, weil erstere um ihre erkämpften Positionen fürchten. Wenn man sich diese so genannten Männer einmal genau ansieht, kann man verstehen, dass sie nicht in der Lage sind, zum Beispiel die Vernichtung von Geld zu verhindern oder nicht schon an den dritten Weltkrieg zu denken. Wir brauchen deshalb mehr Töchter als Söhne, eine ganz andere Erziehung, wir brauchen Frauen, die regieren, nicht zerstören, wir brauchen einen langen Atem. Denkt bitte daran, dass dem Evolutionsprozess immer ein übergeordneter Sinn zugrunde liegt. Um das verständlich zu machen hier ein negatives Beispiel: Die große Kampfkraft der Wehrmacht am Anfang des Krieges konnte sich nicht nur entwickeln, weil die Gegner unterlegen waren, sondern weil Hitler und seine Gefolgsleute eine maßlos negative Energie an ihre Soldaten heften konnten, die vergessen ließ, dass „Feinde" auch Menschen sind. Es gibt keinen plausiblen Grund, „Feinde" zu vernichten, wenn man sie als Individuen und nicht als Volkslumpen betrachtet. Man drückt ihnen einen Stempel auf mit „-isten" oder welcher Bezeichnung auch immer und meint mit ihnen machen zu können, was man will. Wenn man sie fragt, sollten sie aber sagen, ich bin ein Mensch und habe die und die Überzeugung, aber ich bin tolerant, ich gliedere niemanden aus, nur weil er von etwas anderem überzeugt ist.

Und – was wir unlängst gehört haben – der Mensch, Männer

und Frauen, müssen erst noch den Beweis antreten, dass sie keine Irrläufer der Evolution sind. Ich sehe durchaus einen Entwicklungszweig, von dem man sagen kann: Es sind *hommes de bonne volonté*, Menschen guten Willens, die diesen Gedanken auch leben. Es sind aufgeklärte Menschen, die den Mut haben, sich ihres eigenen Verstandes zu bedienen, ohne sich in irgendeiner Weise irgendwelchen Glaubenssätzen zu unterwerfen, oder, wie Kant es meinte, sich von der selbstverschuldeten Unmündigkeit zu befreien. Das moralische Gesetz ist in uns und nicht irgendwo außerhalb, es sei denn, es ist ein von allen für alle (oder besser von vielen für viele) beschlossener Grundsatz, etwa: Die Würde des Menschen ist unantastbar.

Wenn Hitler sagte: „Das ganze Leben lässt sich in drei Thesen zusammenfassen: Der Kampf ist der Vater aller Dinge, die Tugend ist eine Angelegenheit des Blutes, Führertum ist primär und entscheidend ... " so muss man sagen, dass das alles falsch ist: Wenn wir wollen, kommen wir ohne Kampf aus, sogar ohne Verteilungskampf, wenn wir gemeinsam an einem Strang ziehen. Die Tugend, sittlich hervorragende Eigenschaften, ist keine Angelegenheit des Blutes, der Herkunft also, sondern der (Herzens-) Bildung und Erziehung. Wohin Führertum ohne menschliche und geistige Qualitäten führt, haben wir gesehen und sehen es noch. Von wirklichem Führertum ist die Menschheit wegen primitiver Egoismen einzelner Psychopathen (auch in so genannten Chefetagen) und Zombies noch weit entfernt. Ebenso dunkle Mächte, deren Angeberei wir zu erkennen beginnen, möchten weiter im Verborgenen pfuschen, obgleich sie Leichen im Keller haben. Sicher hat es in der Geschichte der Menschheit hier und da Führerpersönlichkeiten (also nicht nur Führer) gegeben, die man als Vorbilder bezeichnen kann, wie zum Beispiel Jesus als Sucher der Wahrheit, Gandhi und seine Gewaltlosigkeit, Martin Luther King und sein American Dream, sein amerikanischer Traum von der Gleichheit von Schwarz und Weiß vor dem Gesetz. Solche Leute lassen hoffen.

Da ich sehe, meine lieben Schwesterlein, dass ihr noch nicht müde seid, obgleich ihr meine Ausführungen mit äußerster

Aufmerksamkeit verfolgt habt, möchte ich euch beispielhaft unter einem anderen Gesichtspunkt noch eine Führerpersönlichkeit aus der Geschichte vorstellen: Heinrich IV. von Frankreich. Im Jahre 1598 besiegelte er den Religionsfrieden im so genannten Edikt von Nantes: Das katholische Bekenntnis wurde als Staatsreligion bestätigt, aber den Hugenotten, den französischen Protestanten, wurde Gewissensfreiheit, örtlich begrenzte Kultfreiheit und volle Bürgerrechte zugesichert. Das Edikt war ein Akt der Toleranz, indem man abweichende (religiöse) Überzeugungen duldete. Dieses ewige Missionieren auch heute noch ist doch überholt, denn auch heute noch taucht die Frage auf, wie man sich wegen religiöser Überzeugungen, ja Beschränktheiten, im wahrsten Sinne des Wortes die Köpfe einschlagen kann, wie es zum Beispiel 1572 in der Bartholomäusnacht geschah, als Katholiken die in Paris versammelten Hugenottenführer und Glaubensgenossen erschlugen.

Papst Gregor XIII. ließ zum Dank ein *Te Deum* singen und eine Gedenkmünze prägen. Auf der Rückseite der Münze steht übersetzt: Gemetzel an den Hugenotten 1572. Ein Engel steht neben niedergemachten Protestanten und trägt ein Kreuz und ein Schwert. Ich gehe mal davon aus, dass Gott und sein Sohn sich geschämt haben. Haben sie für solche und viele ähnliche Taten dieser Art eine Kirche (gr. Kyriakón = das zum Herrn gehörende Haus) in die Welt gesetzt?

Der Krieg der Männer ist veraltet und verkrustet, er ist unnötig geworden, weil er unsinnig ist. Ich hoffe, ihr habt verstanden, unser toter Soldat war einer von vielen Millionen Verführten, die nur ihre „Pflicht" taten.

Und was für Männer braucht die Republik?, fragt Klotho.

Was für Männer wir heute brauchen?, fragt Lachesis zurück, ich hab' da was: Stefan Bonner und Anne Weiss behaupten, dass beim Intelligenz-Tüv Männer und Jungen besonders schlecht wegkämen. Viele Lehrkräfte bemängelten, dass es den Jungen oft an positiven Rollenvorbildern mangelt, von denen sie lernen könnten. Die Motivation zum Lernen und der Wunsch, jemandem nachzueifern, fehlten ihnen. Susanne Weichert, Lehrerin an einer Hamburger Realschule, glaubt deshalb, das die Machos auf die Liste der bedrohten Arten gehören und meint: Die Jungen lernen nicht mehr, wie man sich durchsetzt. Typisch männliche Tugenden verkommen. Jungs sind heute oft totale Softies. Und das ist nicht immer gut. Wer weiß, sind Bonner und Weiss überzeugt, vielleicht schreibt bald ein Nachrichtensprecher ein Buch mit dem Titel *Das Adam-Prinzip – Männer zurück an die Werkbank!*, um dem männlichen Werteverfall Einhalt zu gebieten und Männer wieder zu echten Männern zu machen.

Moment mal, meint Atropos, da sehe ich aber schon wieder Verführer am Rande des Irrgartens stehen, die der festen Überzeugung sind, dass diesen Schlabberhosen mit militärischen Übungen an Beinen und im Hirn erst mal der Marsch geblasen werden muss, damit sie im richtigen Augenblick die Knarre in die Hand nehmen, Tor schreien und Andersdenkende umpusten. Ein kleines Häuflein verzagter Vorbilder gibt es durchaus noch, aber die sind zu weit entfernt, um gehört zu werden. Machos, die ihre operativen Gewinne in die eigene Tasche umleiten und sich totverdienen und gleichzeitig tausende von arbeitenden Menschen aus dem Berufsleben verdrängen, sind keine Vor-, noch nicht einmal Nachbilder.

Was wir brauchen, mischt sich Lachesis ein, sind gefühlvolle Männer, Männer, die ein Gewissen haben, die wohlwollend sind, die ihre weiblichen Anteile leben, die authentisch sind, die niemals zulassen, dass die körperliche Unversehrtheit von Frauen beschädigt wird, dass Frauen unter Genitalverstümmelung leiden und dass ihre weibliche Sexualität unterdrückt wird ...

Jawohl!, pflicht Klotho ihr bei, das ist Entwicklung und Evolution, alles andere kann man doch vergessen, das ist doch Zombiemanier!

Du meinst diese Stehenbleiber?, fragt Atropos.

Genau die, bei denen findet doch keine Entwicklung statt, eine, die schließlich zur Freiheit führt ... Darf ich euch daran erinnern, welche Männer wir, oder ich sage jetzt mal allgemeiner, wir Frauen häufig am meisten lieben? Na?

Ja klar, sagt Lachesis, das sind Schwule und Lesben.

So, meine Lieben, donnert Zeus dazwischen, das ist aber jetzt Zukunftsmusik!

Klotho flüstert: Er bringt wieder die Zeiten durcheinander!

Ich konnte noch nicht übersehen, was es heißt, ohne Vater aufzuwachsen, ich spürte nur, dass ohne Vater so etwas wie ohne Beschützer bedeutet, zwar auch ohne den, der einen verprügelt, wenn man zu weit gegangen war, aber doch ohne Lehrer, Erklärer, Beantworter von Fragen, Haupt der Familie. Mütter sind anders, sie umschließen, nehmen in den Arm, trösten. Frauen streicheln, wollen vermitteln, sind kompromissbereit, wollen nicht gleich töten. Die neue „Freiheit" kam zu früh, mit ihr konnte ich nicht so recht etwas anfangen. Mama tat mir sehr leid, und ich trauerte, weil sie traurig war, weil sie den Verlust kaum verschmerzen konnte. Mir war bewusst – vielleicht aus Mitgefühl – dass ich die Gutmütigkeit der Frauen nicht zu sehr ausnutzen durfte. Der einzige männliche „Vorgesetzte", der mir noch blieb, war Opi, aber der war fast immer zu weit weg, zu viel mit sich selbst und mit dem Betrieb beschäftigt, und er hatte keine gute Meinung von mir, was in den meisten Fällen durchaus begründet war. Die weibliche Respektsperson Nummer 1 blieb Omi

Mein Halbjahreszeugnis des 2. Schuljahrs konnte sich sehen lassen, Führung und Haltung war „gut", ebenso Deutsch mündlich und schriftlich, Heimatkunde, Musik, Zeichnen und Werken, Schrift; Rechnen und Raumlehre war befriedigend. Mama unterschrieb nicht mehr i. V. (in Vertretung), sondern sie selbst war ja jetzt die Erziehungsberechtigte. Das Zeugnis fand allenthalben Anerkennung, andererseits ließ man durchblicken, dass man auch nichts anderes erwartet hatte. Auf Führung und Haltung (was ich zu verstehen meinte) legte man großen Wert, und ich versuchte, mich so durchzulavieren: Zwar in der Schule auch den Otto abziehen aus Protest gegen zu viel Zwang, gleichzeitig aber auf der Hut sein, dass man nicht erwischt wurde. Lernen war ganz etwas anderes, ich war neugierig, und es fiel mir nicht schwer, es machte mir Spaß, ich wollte vor allem wissen, wie etwas geht. So waren Uhrwerke vor mir nicht sicher: Ich wollte sehen und erfahren, welche Kräfte an welchen Zahnrädern wirkten, und in welchem Verhältnis diese Kräfte zur Umlaufgeschwindigkeit standen. Die Funktion der Unruhe wurde mir klar als Zeit- und Taktgeber. Oder: Man legt eine Drahtschlaufe um die Achse der Runkelmaschine, spannt diesen Draht durch das Kellerfenster über einen Nagel in der Linde bis zum großen Gewächshaus, führt ihn durch ein Loch, das man mittig in den Deckel einer Schuhcremedose von *Erdal* gestochen hat, und macht ihn an einem Träger des Gewächshauses so fest, dass er gut gespannt ist. Wenn man jetzt die Runkelmaschine im Keller dreht und dann zum Gewächshaus saust, kann man an dem Deckel die Quietschtöne hören, also Tonübertragung, eigentlich Schallübertragung. Solche Experimente machte ich nicht etwa nach Vorlage, sondern ließ sie mir selber einfallen, insofern hatte das doch etwas Paradiesisches. Wen hätte ich denn auch danach fragen sollen? Opa war weit weg, und Papa war tot. Seltsam, ich war irgendwie freier, denn Papa hätte mir so was bestimmt nicht erlaubt, stimmt ja auch (fast), denn die Maschine ist gefährlich. Wenn ich an Papa dachte, musste ich noch oft heimlich schluchzen. Komisch war auch, dass ich Papa nicht mehr in mein Nachtgebet einschließen konnte.

Opi regte sich über die trügerischen und lügnerischen Nachrichten im Radio auf, wie er sie nannte, während er in seinen Tüffeln (Pantoffeln) hin- und herlatschte. Uns waren andere Nachrichten und Gerüchte zu Ohren gekommen, wobei uns die Ostfront wichtiger erschien als die Westfront, weil wir ersterer so viel näher waren. Der *Völkische Beobachter*, das Kampfblatt der nationalsozialistischen Bewegung Großdeutschlands fragt noch vollmundig: „Wie fällt die Entscheidung im Osten?" Der Untertitel lautet: Nerven, festes Vertrauen und gezielte Schüsse, aber viele wissen es, die Ostfront bricht Ende Januar 1945 so langsam zusammen.

Wir hatten von den Flüchtlingstrecks aus Ostpreußen gehört,

von den Schiffskatastrophen der *Gustloff*, der *Steuben*. Der Volkssturm aus Greisen und Kindern wurde aufgestellt, um den Tod des sterbenden Drachen zu verlängern. Dann wurde uns zugetragen, dass das Ostseebad Kolberg, das etwa 30 Kilometer von uns entfernt ist, zur Festung erklärt worden war und die Leichen meterhoch gelegen hätten.

Da macht sich auch bei uns Angst breit, denn von der *Roten Armee* wird nichts Gutes erzählt. Sie vergewaltigen Frauen, sie saufen, sie sind brutal.

„Hitler wollte doch den totalen Krieg!", schimpft Opi, „da muss er sich jetzt nicht wundern. Wer weiß, was unsere Soldaten mit den Russen gemacht haben, das rächt sich jetzt."

Obwohl wir wissen, dass auch Treptower ihre Häuser verlassen haben und nach Westen aufgebrochen sind, um vor der herannahenden Front zu flüchten, regt sich bei uns kein Gedanke, es ihnen gleichzutun. Es wird noch nicht einmal halblaut erwähnt. Wo sollen Omi und Opi denn hin? Der kalte Winter ist noch längst nicht zu Ende. Sie fühlen sich für so etwas zu alt. Und wenn ja, was sollen sie denn im Westen machen?

„Treptow ist unser Lebenswerk", sagte Omi vor kurzer Zeit einmal stolz. Und das ist wahr, Treptow war in der Tat ihr Lebenswerk, etwas anderes als diese Art von Arbeit, die sozusagen nie aufhört, konnte man sich für die beiden auch nicht mehr vorstellen. Für die viel jüngere Tante Gretel oder auch für Mama konnte man sich schon andere Beschäftigungen ausmalen, aber sie wollten beide die Eltern beziehungsweise Schwiegereltern nicht im Stich lassen. So etwas war gar nicht der Erwähnung wert. Und so warteten wir denn der Dinge, die da kommen würden, Opi mit Grimm, Omi mit Gottvertrauen, Mama und Tante Gretel mit gemischten Gefühlen und wir Kinder mit Unruhe und auch mit Angst. Auch meine Mitschüler und unsere Lehrer wollten und konnten ihre Beklemmung nicht verhehlen. Unser Verhalten hatte sich schlagartig verändert, wir hielten uns mehr im Zaum, wir tobten unsere Aggressionen nicht mehr so wild aus.

Die Russen kommen

Onkel Wilfried taucht plötzlich auf, er ist von der West- an die Ostfront verlegt worden und soll mit seinen Leuten zur Verteidigung Treptows eingesetzt werden. Ende Februar besorgt er sich Benzin und eine Autobatterie, füllt Sprit in seinen vollgepackten Opel P4, denn er will sich nach Westen durchschlagen. Das ist natürlich außerordentlich gefährlich, denn wenn zum Beispiel die SS ihn schnappt, wird mit ihm als Deserteur kurzer Prozess gemacht. Er lässt sich nicht von Omi davon abbringen, die nicht noch einen Sohn verlieren will, wie sie sagt. Er holt den Braunen aus dem Stall, setzt Tante Gretel ans Steuer, und der Braune zieht, was er kann, den Torweg rauf und runter, aber es klappt nicht, der Wagen springt nicht an. Während sich das Pferd erholt, überprüft er noch einmal das Notwendige, was man so ohne Werkstatt überprüfen kann, Zündkontakte, Kerzen, na ja, und der Anlasser schafft es auch nicht, der hat schon genug georgelt, sonst macht man sich den Akku leer. Obwohl ein zu langes Verharren bei einer ungewöhnlichen Tätigkeit leicht die Aufmerksamkeit von möglichen Denunzianten weckt, lässt er es den Braunen noch einmal versuchen. Der rutscht jedoch im Schnee aus, und da bricht Wilfried unter Fluchen den Versuch ab, packt den Wagen wieder aus, und sie schieben ihn wieder in den Schuppen, wo er weiterschlafen kann.

„Penn weiter, du Esel!", ruft Wilfried ihm nach und führt den Braunen wieder in den Stall und streichelt ihn, „hast du prima gemacht!", und gibt ihm zwei Stücke Zucker.

Lachesis: Wieso das nicht geklappt hat? Er wäre totsicher geschnappt worden, denn gerade die südwestliche Ausfallstraße über *Zirckwitz, Zitzmar* wurde genauso wie die südliche nach Greifenberg von der SS kontrolliert. Er trug zwar seine Unteroffiziersuniform, aber mit einem vollgepackten Wagen ohne Befehlspapiere wäre er sofort aufgefallen. Außerdem wäre er wegen der Flüchtlingstrecks nicht so schnell vorangekommen. Wilfried hatte von seinem Vater ein gewisses Maß an

Bauernschläue geerbt, beging aber in diesem Fall (glücklicher-weise) einen Denkfehler, indem er zuerst das Auto zupackte und dann den Wagen in Betrieb nehmen wollte. Sicher, einmal in Betrieb wollte er den Motor nicht wieder ausgehen lassen.

Ende Februar machen die Kriegsgefangenen, die sich, wenn sie alle zusammenkommen, gebrochen Deutsch unterhalten, „Tischrücken" in dem linken hinteren Zimmer. Sie legen die Hände auf die Tischkante, stellen eine Frage und im positiven Fall, das heißt, wenn der Tisch mit „Ja!" antwortet, bewegt er sich oder klopft. Sie stellen zum Beispiel die Frage, ob die Deut-schen den Krieg verlieren, und der Tisch reagiert. Der Tisch wäre übrigens sofort in das KZ eingeliefert worden. Jedenfalls hört man das ununterbrochene Gejohle der Gefangenen weit-hin. Für alle im Haus wird es spätestens jetzt auch klar: Der Krieg ist verloren.

Wie der Junge vorhin schon ganz richtig argumentierte, se-hen seine Großeltern keine Perspektive für einen Neuanfang, dazu fühlen sie sich zu alt, Opi ist 76, Omi 66 Jahre alt. Ein Rentnerleben mit Nichtstun kommt überhaupt nicht in Frage, das übersteigt ihr Vorstellungsvermögen. Für sie bedeutet leben arbeiten, bis man nicht mehr kann, bis man umfällt, wie sie sich ausdrücken. Und das ist hier. So sehen sie ihre Sesshaftigkeit nicht als Hemmschuh, sondern als Ausdruck ihres Lebenssinns, und besonders Omi meint, die Russen sind auch Menschen, vielleicht sind sie gar nicht so schlecht, vielleicht doch keine „Ratten" und Untermenschen, wie die deutsche Propaganda es ihnen weismachen will, damit der deutsche Soldat sie leichter abmurksen kann.

„Möglicherweise können wir sogar bleiben", ist Omi über-zeugt, „und wir könnten doch für sie arbeiten, anbauen, ihnen zu essen geben, Magda und ich können ihnen als Kranken-schwestern helfen …"

Zwei Tage später sind bis auf Léon alle Kriegsgefangenen weg, was Omi und Opi mit einiger Erleichterung aufnehmen, weil nun einige Esser weniger die sicherlich knapp werdenden Lebensmittel nicht noch schmälern. Ihrer Meinung nach fällt das mehr ins Gewicht als der Schwund der Arbeitskräfte, denn auch Kriegsgefangene arbeiten mit unterschiedlichem Arbeitseinsatz, der oft nicht von den deutschen Vorbildern zehren kann. Außerdem ist es Winter, und da muss man sowieso auf Reserven zurückgreifen (vor allem eingemietetes Gemüse).

Anfang März hören wir den Kanonendonner der näher rückenden Front, und auf einmal stehen drei ältere Männer und einige besonders junge Frauen vor der Tür und fragen Omi, ob sie nicht im Haus bleiben könnten, sie hätten Angst vor den Russen, sie hätten auch was zu essen mitgebracht, die Gärtnerei liege doch ein wenig weiter abseits. Für Omi ist das keine Frage, dann rückt man eben enger zusammen.

Am Morgen des 4. März schneit es ganz leicht, man hört kein Grollen, keinen Geschützdonner, nur das Quietschen und das Gebrumm der anrollenden russischen Panzer. Sie kommen ganz langsam die Bollenburg hoch und wollen offensichtlich in die Innenstadt fahren.

„Komisch“, flüstert Opi, der am rechten Fenster Position bezogen hat, von wo aus man den Torweg, die Gärtnerei, die Brücke und das Steilufer des Mühlengrabens gut beobachten kann, „wollen die Treptow kampflos übergeben? Das glaube ich nicht.“

„Weißt du was, Thedor, das wäre gut so … Und vergiss nicht, unser Sohn ist da irgendwo. Sollen wir den auch noch verlieren? So kurz vor dem Ende?“

„Du hast recht.“

Ich sitze am Ofen und bin beunruhigt. Omi, Moni, Mama sitzen um den Tisch, Tante Gretel und die anderen Leute halten sich unten im Esszimmer auf, es ist still im Haus. Opi steht immer noch am Fenster und bewegt seinen Kopf kaum, weil er auf den Torweg und die Brücke späht.

„Ich seh' nichts“, sagt er, „das wäre ja wirklich gut, endlich mal ne gescheite Entscheidung … “

Da plötzlich, die Panzer schießen wild um sich, Maschinengewehrfeuer, Handgranaten, Gewehrschüsse.

„Thedor, komm da weg!", fordert Omi ihn auf, „die schießen bestimmt gleich aufs Haus, wenn die das sehen."

Er rührt sich nicht und sagt: „Die Marienkirche ist getroffen,
und da weiter unten, da brennt Totzens Haus … Da fährt jetzt
ein T 34 nach dem andern über die Brücke, die schießen nich
hierher die wolln' in die Stadt."
„Mein Gott, also doch! Treptow wird also doch verteidigt.
Die sind ja nicht ganz dicht!"
Die Panzer rollen weiter, und es wird überall gekämpft, bis
sich nach ungefähr zwei Stunden der Kampfeslärm legt und
man nur noch hier und da Schüsse hört, Gewehrschüsse und
langsame Maschinengewehrschüsse. Auf meine Frage, was das
ist, sagt Opi: „Das ist die Puschka, die russische Maschinenpis-
tole PPSH mit Trommel."
„Übrigens", meint Omi, „seit gestern Nacht ist Léon auch
verschwunden."

Am Spätnachmittag taucht Wilfried unvermutet auf. Auf ein
Klopfzeichen (eins-zwei-Pause-eins-zwei-Pause-eins) öffnet
Omi die Tür. Er sieht mitgenommen aus und berichtet aufgeregt: „Sie haben die Stadt eingenommen, überall sind Panzer
und Infanterie, sie schießen auf alles, was sich bewegt, also Vorsicht. Sie werden bald hierher kommen. Waffen alle weg, Vater,
das Eiserne Kreuz weg, die jungen Frauen, macht euch alt irgendwie, ihr auch, Gretel und Magda, bindet euch Tücher um
oder sowas …"
„Was ist denn passiert, vorhin?", will Omi wissen.
„Och, der Idiot, mein Vorgesetzter, der Oberleutnant Lemke … Da kommt der erste russische Panzer die Bollenburg rauf,
nichts war, die haben nicht geschossen, gar nichts. Und was
macht er? Als der Panzer grade bei Mensing is', nimmt der ne
Panzerfaust, zielt auf den Turm und knallt den ab, erledigt. Na
ja! Und da schieben die andern den Panzer beiseite, und da geht
die Ballerei los. Ich bin auf der andern Seite der Brücke, wir sind
doch nur drei Mann in Deckung. Ich sage zu den andern nicht

schießen, und da sehen wir auch schon, wie Lemke zusammen-
geballert wird und nachm' Sani schreit. Ich renne los, um n'
Sani zu holen, da is aber nirgends einer. Als ich zurückkomme
sind die Panzer schon aufm' Markt, und Lemke is' weg. Da hab
ich mich auf Schleichwegen abgesetzt. Wo die andern geblieben
sind, weiß ich nich'."

„Und was willst du jetzt tun?", fragt Omi.

„Erst mal suche ich mir ein paar Sachen, und dann, na ja und
dann … Unternehmen Neunaugen."

Opi nickt, und die anderen zucken mit den Achseln oder
fragen, bekommen aber keine Antwort. Wilfried verschwindet.
Ich habe so meine Vermutungen und will deshalb alles genau
beobachten, soweit das möglich ist.

Als es langsam dunkel wird, ist alles ruhig, das heißt es fallen
keine Schüsse mehr. Als wir Licht einschalten wollen, merken
wir, dass der Strom ausgefallen ist. Omi sagt Mama, wo Kerzen
sind, damit wir wenigstens ein bisschen sehen können.

„Was machst du denn hier draußen?", schnauzt Omi mich an,
„bist du verrückt? Ist die Haustür offen?"

„Nein, es ist alles zu, auch der Riegel, ich bin durch's Kellerfenster … Ich musste mal … "

„Ihr sollt doch im Haus machen … "

„Ich musste aber groß … "

„Na ja gut, und nun verschwinde wie die Wurst im Spinde!"

„Ich mach' ja schon."

Sie will nur nicht, dass ich was mitkriege, denke ich und verschwinde nicht im Haus, sondern schleiche mich an den Stall.
Da sehe ich Wilfrieds Umrisse. Er steckt in Opis langem Win-
termantel, hat einen dicken Schal umgebunden, Handschuhe an
und eine Baskenmütze auf und Lederstiefel an. Um die Schulter
hängt eine Proviantasche und sein Gewehr. Er umarmt seine
Mutter, geht auf der Wiese zur Rega, macht den Kahn los, legt
vorsichtig die beiden Ruder hinein, stößt den Kahn ab und legt
sich hinein. Der Kahn treibt wie herrenlos die Rega runter.

Um ungesehen zu entkommen, schlüpfe ich schnell wieder

durch das Kellerfenster und lasse es einen Spalt offen, wie ich es vorgefunden habe, denn die beiden haben sicher auch diesen Weg genommen. Das war also das „Unternehmen Neunaugen", von dem ich selbstverständlich niemandem etwas erzählte. Mir fällt aber unwillkürlich ein Huhn ein, das im Winter in den Mühlengraben gefallen war und das Wilfried rettete, indem er mit dem Kahn hinterher ruderte und es sich schnappte. Omi trocknete es und setzte es in ihr Bett und päppelte es auf. Es wollte das Bett gar nicht mehr verlassen. Ich wundere mich, wie man soon Aufhebens um ein Huhn machen konnte, sie hatte doch so viele.

Vor vier Tagen war unser Schulleiter, Herr Rektor Krüger, in die Klasse gekommen – es war in der zweiten Stunde – und hatte uns folgendes mitgeteilt: „So Kinder, jetzt hört mal gut zu: Die Front rückt immer näher, und der Russe ist in ein paar Tagen hier. Ich schließe jetzt die Schule, und ihr geht alle nach Hause. Sagt bitte euren Eltern, ich habe zwar keinen Auftrag, aber ich tue das in eigener Verantwortung. Vielleicht sehen wir uns ja wieder, also macht's gut." Fräulein Hahn hatte Tränen in den Augen, als sie sich persönlich von jedem einzelnen verabschiedete.

Au prima war mein erster Gedanke, keine Schule mehr, klasse! Aber der zweite folgte sogleich, wo und wie sollte ich denn jetzt etwas lernen? Und der dritte stellte sich direkt hinterher ein: Es war doch irgendwie gut mit den anderen, man hatte sich an sie gewöhnt, Freud und Leid (zum Beispiel schlechte Noten) mit ihnen geteilt, man hatte sich seit der Zuckertüte ja auch geändert, eine so große Freiheitsberaubung war Schule ja nun auch wieder nicht. Schade eigentlich, und über die Lehrer konnte man auch nicht klagen … Und was kam jetzt?

Am späten Abend klopft es an die Haustür. Omi fragt mit fester Stimme: „Wer ist da?"

„Frau Grütt, lassen Sie mich bitte rein, Engelmann hier."

„Herr Engelmann, was machen Sie denn hier? Kommen Sie

bitte rein."

„Frau Grütt, ich komme ohne Umschweife zum Thema: Ich möchte Sie um Hilfe bitten … Ah, ich sehe, Sie haben auch kein Licht … Also, wir haben bei Heinzes im Tanzsaal ein Lazarett eingerichtet. Und Sie sind doch Krankenschwester, könnten Sie nicht ein bisschen mithelfen? Wir schaffen das nicht allein … Ich weiß, Sie haben schon genug zu tun, aber es ist furchtbar."

Omi zögert keinen Augenblick: „Es ist schon gut, Herr Engelmann, ich komme mit … Für euch gilt: Verlasst das Haus nicht! Wenn ihr müsst, nehmt die Eimer im Keller. Vorsicht, nicht fallen, eine Kerze mitnehmen! Im Notfall verstecken sich die Frauen oben, ihr wisst schon. Unsere Parole heißt ab jetzt: Heini, hol Wasser!"

„Keine Sorge, wir machen das schon," sagt Opi und verschließt und verriegelt die Tür, nachdem die beiden gegangen sind. Wir verbringen eine ungestörte, aber sehr unruhige Nacht.

Am nächsten Morgen erzählt Omi von den Verwundeten. Es sei schrecklich, es mangele an allem, Verbandszeug, an Medikamenten, an Desinfektionsmittel. Wundbrand und Wundfieber könnten nicht behandelt werden, ebenso wenig Wundstarrkrampf, Tetanus also, weil kein Serum vorhanden ist. Sie hätten nur essigsaure Tonerde und Jod. Zwei russische Ärztinnen machten nur das Nötigste, sie könnten nicht operieren. Kein deutscher Arzt sei mehr da, und das Krankenhaus sei leer. Russische und deutsche Verwundete lägen nebeneinander. Manchen sei nicht mehr zu helfen. Als sie einigen Russen die Verbände abgenommen hätten, seien da Wanzen drin gewesen, das sei besonders eklig. Obwohl Omi todmüde ist, will sie jeden Tag ein wenig im Lazarett aushelfen. Ich würde gern wissen, was Wanzen für Viecher sind, aber ich traue mich nicht zu fragen.

Klotho: Was Wilfried betrifft, so wollte er sich in der Tat mit seiner „Kahnfahrt" absetzen, an der Regamündung bei Deep an Land gehen und sich nach Westen durchschlagen, wobei er nachts wandern und tagsüber schlafen wollte. Seine ungefähre Route hatte er im Kopf: Swinemünde, Anklam, durch

Mecklenburg, nach Lübeck und so weiter. Da überall noch gekämpft wurde, lief er immer noch Gefahr, als Deserteur von der Feldgendarmerie aufgespürt und standrechtlich erschossen zu werden, wenn er sich nicht der Truppe anschloss. Für seine Eltern und ihn selbst war alles zu einer großen Belastung geworden, aber dieser Weg war für ihn die Chance, der russischen Gefangenschaft zu entgehen, die nach seiner Überzeugung viel schlimmer sein würde als der lange Marsch, soweit die Füße trugen. Im Grunde waren seine Eltern jedoch froh, dass er bei der allgemeinen Auflösung nicht noch weiter kämpfte. Seine Frau Gretel, die er natürlich mit seinem kleinen Sohn Wolfgang (Wölfi) zurücklassen musste, war völlig aufgelöst. Einerseits hatte sie Vertrauen, dass er es schafft, ob er jedoch das reiche Quantum Glück haben würde, das man zu einem solchen Unternehmen mit all seinen Fährnissen braucht, wagte sie kaum zu hoffen.

Er hatte sich mit einem Mitstreiter, der auch in seiner Kompanie Dienst tat, in Hannover verabredet, wo letzterer eine Blumengärtnerei betrieb. Man bedenke, es gab keine Möglichkeit der Kommunikation. Man musste Geduld haben und warten, ob oder bis man eine Nachricht bekam, die auch noch falsch sein konnte.

Am Vormittag des nächsten Tages, dem 5. März, ruft der Späher Opi von oben herunter: „Heini, hol Wasser! Da kommt ein Kosak auf dem Pferd."

Die jungen Frauen verstecken sich in Windeseile, wir anderen sind alle im Esszimmer, ungefähr fünfzehn Leute. Der Kosak bindet sein Pferd an die Linde, kommt die Treppe hoch und hämmert auf den Drücker der geschlossenen Tür. Omi schließt die Tür auf und donnert ihn an: „Was ist hier los?!"

Er schiebt sie beiseite und geht schnurstracks auf das Esszimmer zu, so als hätte er gewusst, wo wir uns befinden. Unter seiner Pelzmütze lugt ein grimmiges Gesicht hervor. Er trägt einen langen Mantel, Filzstiefel, ein Gewehr und eine Pistole. Er legt die Pistole auf den Tisch und schnarrt: „Dawai, tschuchai, uri, uri!", und zeigt auf einen Ring am Ringfinger. Wir sitzen alle verängstigt da, Mama, die sich einen Schal um den Kopf gelegt hat, uns Kinder im Arm, und die anderen Frauen. Die Männer stehen an der Wand. Herr Tetzlaf, der etwas Russisch versteht, sagt ganz ruhig, aber mit heiserer Stimme: „Bleibt ruhig, ganz ruhig, tut, was er sagt, gebt ihm Armbanduhren und Ringe!"

Sie legen Armbanduhren auf den Tisch auf einen Haufen und Ringe auf einen anderen. Mama verdeckt ihre beiden goldenen Eheringe, die sie auf dem rechten Ringfinger trägt, so dass niemand sie sieht, denn sie will sie nicht hergeben.

Der Kosak verzieht keine Miene, er steckt alles in seine Manteltaschen, nimmt seine Pistole und geht. Er macht sogar die Haustür einigermaßen leise zu. Wir atmen alle auf, und die Anspannung und Regungslosigkeit legt sich langsam.

„Das habt ihr gut gemacht", sagt Opi, „denn die Kosaken fackeln nicht lange …"

„Auch wenn wir schöne Teile hergegeben haben, materielle Dinge sind irgendwann wieder ersetzbar, aber das Leben nicht", ergänzt Omi.

„Er hat uns gar nichts getan", meint Herr Flach, unser unmittelbarer Nachbar, der mit seiner Frau auch herübergekommen ist, „hoffentlich kommt nicht noch einer."

Nach der Entwarnung kommen die jungen Frauen von oben herunter und lassen sich erzählen, wie es war. Herr Mensing sagt: „Es war gar nicht so schlimm, er wollte nur Uhren und Ringe." Danach ging Opi wieder auf seinen Posten und stopfte sich eine Pfeife, während Omi und ein paar Frauen versuchten, etwas zu essen hinzuzaubern.

Am nächsten Tag kommt ein finster dreinblickender Mongole, sucht sich Opi aus und sagt zu ihm: „Dawai, tschujai Kreuz!" Er will Opis Eisernes Kreuz haben. Soweit hatte ich schon Russisch gelernt: *Dawai* heißt so viel wie „los", und *tschujai* bedeutet „such" oder „hole". Alle ziehen die Stirn in Falten und zucken mit den Achseln. Was meint er denn mit Kreuz? Da muss uns aber jemand verpfiffen haben, denke ich, wer weiß denn schon etwas von Opis Kreuz?

Der Mongole wird nervös, läuft im Zimmer hin und her, zieht seine Pistole und fuchtelt damit herum, dann zeigt er mit dem Lauf auf Opi, Herrn Mensing, Herrn Heinze, Herrn Flach und Herrn Schulz, Männer zwischen 65 und 80 und scheucht sie nach oben. Ich witsche noch durch und verstecke mich hinter dem Kachelofen. Die Männer sitzen auf dem Sofa und auf den Stühlen. Der Mongole wird wütend: „Dawai, Kreuz, pietch minut!", und zeigt auf die fünf Finger der linken Hand und dann auf seine Uhr. Die Männer sitzen da, unbeweglich, den Blick nach unten mit blassem Gesicht. Sie wissen, dass sie sich in einer brenzligen Lage befinden. Mich wundert, dass niemand Anstalten macht sich zu wehren, aber das hätte wohl übel ausgehen können. Fünf Minuten sind eine lange Zeit, wie eine Stunde.

Der Mongole guckt auf seine Armbanduhr, hält die Pistole hoch, zielt auf Herrn Mensings Kopf und drückt ab. Ein ohrenbetäubender Lärm lässt uns alle aufschrecken. Doch Herrn Mensings Kopf ist noch dran, er ist auch nicht verletzt, sein Gesicht ist nur bläulich weiß. Was ist los? Der Mongole hat im letzten Moment die Pistole nach oben gerissen und in die Decke geschossen, von wo Kalk herunterrieselt, direkt auf Herrn Flachs großen Kopf, der jetzt wie ein Bäcker aussieht. Ich finde das komisch und kann mir ein Grinsen nicht verkneifen. Zum Glück ist auf dieser Seite auf dem Oberboden nicht das Frauenversteck, sonst hätte er bestimmt eine verletzt, und sie hätte sie alle verraten.

Der Mongole geht zur Tür und sagt auf Deutsch: „Komm, komm!" Er nimmt die Männer mit hinunter und nach draußen. Wir beobachten von oben und unten, was er mit ihnen macht.

Zwischendurch fragt mich Omi, was los war, und ich erkläre es ihr. Der Mongole stellt die Männer neben dem kleinen Gewächshaus mit dem Rücken ganz nah am Ufer des Mühlengrabens auf. Dann geht er mit der Pistole in der Hand einige Schritte zurück, dreht sich um und sagt etwas, was wir nicht verstehen können. Die Männer zucken mit den Achseln und bedeuten ihm wohl, dass sie nicht verstehen. Da sagt Opi etwas, was ihn nachdenklich macht. Er winkt mit der Pistole in Richtung Haus und ruft: „Damoi, damoi!" Die Männer kommen zum Haus und warten. Er steckt seine Pistole ins Halfter, steigt auf sein Pferd und reitet davon. Die Männer kommen ins Haus und atmen auf, sie sind noch einmal mit dem Schrecken davongekommen. „Was hast du ihm denn gesagt?", fragt Omi.

„Ich hab' ihm gesagt, nix Kreuz, nix Soldat kaputtschießen."

„Da habt ihr ja nochmal Glück gehabt."

„Das kann man wohl sagen … Hoffentlich geht das nicht so weiter, das kann man ja auf die Dauer kaum aushalten … Jetzt muss ich auch aufs Klo."

Am nächsten Tag kommen zwei einfach gekleidete russische Soldaten mit Tschapka (das ist eine Fellmütze mit nach oben geklappten Ohrenschützern; das Wort lernten wir später) und mit Schuhen (ihre Füße waren also in Fußlappen) zu Fuß den Torweg rauf. So hat Opi wieder etwas zu tun, dem es langweilig geworden ist. Im Gegensatz zu Omi, die ja abends immer noch im Lazarett hilft, hat er nichts zu tun und kann ja noch nicht einmal Radio hören, weil wir keinen Strom haben. Die Russen singen und taumeln etwas, das heißt sie haben getrunken, was besonders gefährlich ist, meint Herr Schulz, weil sie dann keine Hemmungen haben, in der Gegend rumzuballern.

Die Heini-hol-Wasser-Maßnahme wird getroffen, und Omi will die beiden abfangen. Sie kommen aber gar nicht ins Haus. Was wollen sie dann? Omi geht mutig nach draußen auf den Perron und zetert: „Was macht ihr da?" In dem Moment kommt der eine aus dem Hühnerstall mit zwei Hühnern unter dem Arm. „Oh, nix gut!", ruft sie, „nix zapzarap, ist essen für uns!", und sie zeigt mit dem Finger auf sich. „Du nix Mutter (matka) zu Hause in Russland? Auch essen … ", fährt sie fort, und sie macht die entsprechende Handbewegung. Da fängt der, der Schmiere gestanden hat zu weinen an, und der Hühnerdieb ist ganz verdattert und lässt die Hühner los, die schreiend davonfliegen, wobei die beiden Russen sich wieder verdrücken.

Noch am selben Tag entdecke ich unten im Keller im Pumpensumpf im Wasser einen Beutel aus Leinen. Als ich ihn heraushole merke ich, dass er richtig schwer ist. Ich öffne ihn, und es glänzt mir entgegen. Ich habe wohl Goldmünzen gefunden. Ich bin sehr stolz und schleppe den Beutel nach oben zu Omi, um ihr zu zeigen, was ich entdeckt habe, und andere sehen neugierig zu. Statt sich über meinen Fund zu freuen und mich eventuell zu loben, ranzt sie mich unwirsch an: „Gib her, du bist ein Spion!" Ich kenne das Wort nicht, und ich denke, es ist wohl ein Schimpfwort, das sie gegen mich verwendet, wie Idiot oder Dummkopf. Wenn das so ist, habe ich bestimmt einen Fehler gemacht, überlege ich mir, nur welcher Fehler das sein soll, weiß ich nicht. Vielleicht hat sie die Goldmünzen da versteckt. Aber das kann doch nicht sein, dass sie so blöd ist, da Goldmünzen zu verstecken, wo jeder sie findet. Na gut, ist egal, ich habe wieder etwas dazu gelernt, ich weiß jetzt, was ein Spion ist: Ein Spion ist einer, der (versteckte?) Goldmünzen im Brunnensumpf findet und sie Omi bringt.

„Heini, hol Wasser!" Zu spät, sie sind nicht schnell genug, ein Soldat ist plötzlich da, keiner hat ihn kommen sehn, und er trifft drei junge Frauen an, die weglaufen wollen. Aber er ist blitzschnell, greift sich Gabriele und schleift sie mit: Frau, komm, komm, Kommandantura raboti!"

Lachesis: In diesem Fall stimmte es wirklich – was Gabriele später auch bestätigte – denn die russische Kommandantur im Rathaus brauchte deutsche Frauen zum Reinemachen, zum Wäschewaschen und zum Kochen, zum Arbeiten eben. Auch suchten sie Frauen für die Büroarbeit im Kontakt mit der deutschen Bevölkerung. Gabriele wurde jedenfalls mit Essen und Nahrungsmitteln belohnt, die sie mitbrachte und verteilte. Andere hatten ihr allerdings erzählt, dass Russen schon Frauen mit dem Argument mitgelockt hätten, um sie dann zu vergewaltigen. Man musste sich eben schnell in Sicherheit bringen, sie durften gar nicht wissen, dass es diese jungen Frauen überhaupt gab. Auf der anderen Seite lernte Gabriele etwas Russisch, was ihr zugutekam, denn sie konnte schon etwas dolmetschen. Sie brachte es nach ihrem Dienst allen, die interessiert waren, bei, so unter anderem dem Jungen und seiner Mutter. In Treptow war der Krieg Mitte März zu Ende, es gab keine Kampfhandlungen mehr. Man bedenke, dass zu dieser Zeit in Deutschland noch an vielen Orten gekämpft wurde, sogar noch in Ostpreußen. Oder das Oderbruch, das zum größten Schlachtfeld auf deutschem Boden wurde, bei Seelow, 50 Kilometer östlich von Berlin, wo noch 12000 deutsche Soldaten sterben mussten. Erwähnt sei auch noch der 2. April 1945, als die Schlacht um Berlin begann, die bis zum 2. Mai dauerte und auf beiden Seiten 250000 Menschen das Leben kostete.

Ich spielte viel mit Wölfi im Haus, wofür Tante Gretel dankbar war, denn sie wurde entlastet. Ich hatte mir aus Holz eine Puschka gebastelt, und Wölfi sagte: „Glaub ich, glaub ich, is' aber meine Puschka." Oder: „Glaub ich, glaub ich, is' aber meine Kochmaschine." Das war ein kleiner Puppenherd, auf dem man mit Strom und kleinen Töpfen richtig kochen konnte. Da wir aber keinen Strom hatten, spielten wir nur kochen. Ich ließ ihn glauben, dass das Spielzeug seins war, in Wirklichkeit war es ja anders.

Langsam gingen die Kerzen zur Neige, und Omi sagte: „Dann müssen wir eben früher ins Bett gehen. Aber es bleibt ja auch schon länger hell."

„Heini, hol Wasser!" wurde jetzt immer häufiger gerufen, denn Koller kam fast jeden Tag oder sogar mehrmals am Tag. Eigentlich sei er ein ganz freundlicher Russe, meinte Mama, nur er war häufig besoffen, was man daran erkennen konnte, dass er seine Mütze schräg auf hatte oder schon auf dem Torweg mit seiner Pistole durch die Gegend ballerte. „Er schießt sich den Dampf ab", war Mama überzeugt. Er hatte schon zweimal unten eine Fensterscheibe durchlöchert und die Stores (Übergardinen) durchschossen. Omi hatte mit ihm geschimpft. Sie hatte ihm aber auch einmal Spiritus zu trinken gegeben, seitdem wurde sie ihn nur mit Mühe los: „Nix Wodka, nix Schnaps, nix Alkohol!"

„Jopt tweuer match!", fluchte er.

Wilhelm Wittke, der fast gleichaltrige Nachbarsjunge, und ich hatten uns angefreundet, und wir machten zunehmend Ausflüge außer Haus, weil wir dachten, es sei nicht mehr so gefährlich. Als erstes nahmen wir uns die menschenleeren Häuser auf der Bollenburg vor. Es roch so seltsam muffig, weil nicht mehr geheizt worden war. Zuerst trauten wir uns gar nicht so richtig, in die Häuser einzudringen, weil wir dachten, vielleicht ist da der Geist der Geflüchteten oder Toten drin, oder da liegt ne Leiche irgendwo rum, die schon vermodert. Aber es roch nicht nach Verwesung. Außerdem kann man doch nicht so einfach in fremder Leuts Sachen rumwühlen. Wenn die nun wiederkommen würden.

„Ach Quatsch!", meinte Wilhelm, „die komm' doch nich' wieder, sonst wärnse doch nich' abgehaun …"

„Das stimmt, und wenn wir's nicht machen, machen es die Russen. Oder die Polen kommen bald, sagt mein Opi, du wirst sehen."

Also die Würfel waren gefallen: Es gab dieses oder jenes Brauchbare zu entdecken und mitzunehmen: Alte Postkarten, Messer, Kerzen, Schreibzeug und Streichhölzer. Fotos sahen wir uns an, ließen sie jedoch liegen. Waffen fanden wir leider keine, das hätte uns am besten gefallen. Überrascht waren wir, als wir auf Hinterhöfen fast verhungerte Kaninchen in ihren völlig verdreckten Ställen fanden. Wir ließen sie einfach raus, und sie wackelten irgendwohin, wo sie was zu fressen finden konnten, und wenn es Gras war. Mitnehmen und sie füttern wollten wir nicht. Wir wollten mal wieder gucken und ihnen dann was mitbringen. Hunde fanden wir keine, aber auf einem Grundstück liefen abgemagerte Katzen rum. Die setzten wir auf die Straße. Wir wunderten uns, dass die meisten Häuser verlassen waren. Allerdings waren Heinzes, Mensings und Flachs in ihre Häuser zurückgekehrt, wo sie bleiben wollten, bis sie rausgeschmissen würden, sagten sie.

Wir suchten auch nach Essbarem, denn wir hatten unsere

Hemmungen überwunden: Da fanden wir große verschlossene Eimer mit Bienenhonig, Wurst in Dosen, altes Brot, zum Teil verschimmelt, manches noch verwertbar, eingewecktes Gemüse und Obst. Wir kamen überein, alles nach und nach abzutransportieren, nicht etwa alles auf einmal in dem Handkarren, das würde zu sehr auffallen. Bei Begegnungen mit Russen hatten wir schon festgestellt, dass sie uns Kindern nichts antaten, dass sie uns sogar mit einem gewissen Eiverständnis gewähren ließen. Wir taten ihnen ja auch nichts.

Einmal sahen uns drei Russen einen Eimer Honig schleppen.

Der eine fragte: „Sto ta koy (was ist das? Für sto eto takoye?)

Ich sagte: „Ja nie znaio (Ich weiß nicht)."

Darauf fragte er erstaunt: „Ruski?"

Ich bin doch kein Russe und antwortete: „Nie, po ruski nie ponimayo (nein, Russisch verstehe ich nicht, po nimietzki (auf Deutsch)." Sie lachten und sagten etwas, was wir nicht verstanden, ich sagte trotzdem: „Da, da, karascho (ja, ja gut)."

Wir vermuteten, dass wir bei den Russen einen Stein im Brett hatten. Vielleicht erinnerten wir sie ja an ihre eigenen Kinder.

Seit der „Goldmünzenaffäre" war ich Omi gegenüber vorsichtiger geworden, gerade wenn ich stolz darauf war, etwas getan zu haben, was man nicht alle Tage tut.

„Guck ma', Omi!

„Was ist das?"

„Das isn' Eimer Honich."

„Wo hast du den her?"

„Aus einem Haus auf der Bollenburg."

„Bring' den sofort zurück!"

„Warum denn, da is' doch keiner mehr."

„Warum? Weil das Diebstahl ist."

„Aber Omi, dann nehmen den die Russen oder die Polen …

„Du bringst den sofort zurück, das ist Diebstahl. Ist das klar?"

„Ja gut", sagte ich gedehnt und schleppte den Eimer weg in Richtung Torweg, denn ich wusste, sie guckt mir nach. Als sie dann nach einiger Zeit wieder verschwunden war, beförderte ich den Eimer wieder zu unserem Lager.

Ich erzählte Wilhelm den Vorfall, und der brauste sofort auf: „Bist du verrückt, du darfst uns doch nich' verraten. Deine Großmutter spinnt doch, das is' doch kein Diebstahl, das is' Quatsch!" Ein bisschen wurmte es mich schon, dass er sagte, meine Großmutter spinnt, aber er hatte ja recht: Der Honig kann von Russen oder Polen abtransportiert werden, der kann schlecht werden, verfaulen, das ist egal, das ist Diebstahl. Ich hatte also gelernt, Diebstahl ist, wenn man aus einem unbewohnten Haus Honig ... ja entwendet, klaut. Na gut, sagten wir und bastelten uns unsere eigene Moral, weil wir fanden, Omis Ansicht war irgendwie zu einfach. Es kommt doch immer darauf an. Auf jeden Fall aber lernte(n) ich (wir) daraus, dass Reden Silber, Schweigen aber Gold ist.

Eines Tages mussten wir erkennen, dass wir unsere hauptsächlichen Aufenthaltsorte, nämlich die Gewächshäuser, den Mühlengraben zwischen Mensings Schornstein und den Gewächshäusern aufgeben mussten. Opi, Mama und noch ein paar andere Leute hatten begonnen, im kleinen Gewächshaus zu säen und Pflanzen vorzuziehen, die dann im Sommer angebaut werden sollten. Etwas Koks und noch genügend Holz waren vorhanden. Es war natürlich ein Wettlauf mit der Zeit, aber sie wollten es versuchen.

Das war so gekommen: In einem abendlichen Gespräch wurde die grundsätzliche Frage erörtert, ob man überhaupt etwas anbauen sollte. Da Gabriele und Mama schon einige Brocken Russisch konnten, sollten sie den Stadtkommandanten aufsuchen und fragen, was wir machen sollten. Wenn wir bleiben konnten, würden wir arbeiten, und dann könnten die Russen auch Gemüse haben. Das gefiel dem Kommandanten, und er war einverstanden und sagte, wir bekämen demnächst sowieso eine Einquartierung, einen Offizier, wahrscheinlich einen Major mit seinem Burschen, dann könnten wir geschützter arbeiten. Wie das denn mit dem Strom wäre, wollten sie wissen, denn ohne die Pumpe könnten sie nicht gießen. Der Kommandant hätte Witze gemacht: Der Fluss hätte doch genug Wasser. Das Umgraben mit dem Spaten war mühselig, obwohl viele halfen, bis Opi sagte, er würde wenigstens zwei Felder mit dem Braunen umpflügen. Diese Arbeit musste jedoch verschoben werden, weil Rega und Mühlengraben wegen der Schneeschmelze über die Ufer traten. Man konnte nur noch mit Gummistiefeln zu den Gewächshäusern, und auch die Mistbeetkästen konnten nicht vorbereitet werden.

Scharf waren Wilhelm und ich natürlich auf richtige Waffen und Munition, so etwas wollten wir doch auch kennen lernen, und da kam uns eine Entdeckung zu Hilfe: Um leichter zu unserem Haus zu gelangen – also nicht erst über die Pottbrücke und auf dem Torweg – sondern geradewegs von dem anderen Flussufer zu unserer Seite, hatten die Russen über den Mühlengraben vor einigen Tagen von uns unbemerkt eine Pontonbrücke für Fußgänger gebaut, die genau hinter dem großen Gewächshaus auskam. Da war es natürlich schwierig, die Russen zu entdecken, und so konnte, wenn überhaupt, gerade noch „Heini, hol Wasser!" gerufen werden, da waren sie schon da. Einige junge Frauen, die nicht mehr entkommen konnten, schmierten sich schnell Erde ins Gesicht und Dreck auf die Arme, damit ihr Alter nicht so leicht erkannt werden konnte. Omi hatte auch gesagt, nicht reden, sonst erkennen sie eure hohen Stimmen, einfach nur andeuten, ihr versteht nix, fertig. Trotzdem hatte einer Helga mitgenommen, eine hübsche ganz junge Frau, und die kam ganz verheult zurück. Sich wehren hatte keinen Zweck, dann konnten sie einem Gewalt antun. Wir hofften alle, dass der Major bald käme, weil wir glaubten, der würde doch keine Frau vergewaltigen.

Was nun die Pontonbrücke betrifft, hatten Wilhelm und ich schon überlegt, sie auf unserer Seite loszukappen. Damit hätten wir die Russen zwar aufs Kreuz gelegt, aber wir hatten Angst, es uns mit ihnen zu verderben, und wir fürchteten auch, dass sie sich dann an irgendjemandem rächen würden. Da sich keiner der Erwachsenen weiter um die Brücke kümmerte, auch nicht, nachdem das Hochwasser zurückgegangen war, nahmen wir sie sozusagen in Besitz, es wurde „unsere" Brücke. Wir gingen auf die andere Seite, um nach Waffen und Munition zu suchen. Außerdem konnten wir oben vom Steilufer aus trotz Bäumen fast die ganze Gärtnerei überblicken.

Es ist Sonntag, keiner da, wir ströpen rum, gehen zu unserer Brücke. „Mensch, guck ma', n' Soldat!", ruft Wilhelm mit aufgeregter Stimme, die sich nur leicht über die gurgelnde Strömung erhebt. Tatsächlich, da ist ein toter deutscher Soldat angeschwemmt worden, der an zwei Tonnen festhängt. Er hat ganz glasige, aufgequollene Augen, sein Mund ist offen, und seine Hände sind weiße Krallen. Das stört uns jedoch alles nicht weiter. Er ist in Uniform und Mantel und hat Schuhe an. Wir versuchen mit aller Kraft, ihn herauszuziehen, das gelingt uns jedoch nicht, weil die Strömung zu stark ist. Da untersuchen wir ihn im Wasser, indem wir ihn drehen, so gut es geht: Mantel und die Uniformtaschen. Wir finden seine Erkennungsmarke, die wir an uns nehmen, leider keine Waffe, doch, da ist eine Pistole, die ich auf der Brücke liegend entdecken konnte. Leider ist keine Munition dabei, das Magazin ist leer. Schließlich finden wir doch Munition, die ist aber für einen Karabiner bestimmt. Na gut, Karabinermunition und Pistole gehören uns und werden ins Lager gebracht und dort versteckt. Und der Soldat? Wir suchen uns eine Holzstange und drücken die Leiche so lange unter die Pontons, bis ein Stück vom Mantel abreißt, die Strömung den Körper mitreißt und in die Rega treibt und dann vielleicht in ihr Grab, in die Ostsee, wo der Soldat sich zu den vielen anderen Kriegstoten gesellen kann. Auch über dieses Erlebnis und diese Erfahrung wird ein Mantel des Schweigens gelegt, absolutes Redeverbot, sogar bei Prügelfolter.

Auf der anderen Seite des Mühlengrabens lagen schon gebrauchte Patronenhülsen herum von MG's, Gewehren, die kleineren von der Puschka, aber nichts Passendes für unsere Pistole. Das war schade, denn wir hätten gern einmal ein paar Schüsse abgefeuert. Das wäre übrigens kaum aufgefallen, denn die Russen machten jetzt hinter dem E-Werk Schießübungen.

Manchmal guckten wir keck über den Bretterzaun, ein Russe schoss, wir gingen in Deckung, die Kugel durchschlug ein dickes Brett des Zauns und plumpste jenseits des Grabens zu Boden. Also, es wurde noch geschossen, aber offenbar nicht auf Menschen.

Was sollen wir mit der Gewehrmunition anfangen? Wir gehen wieder zum Lager und nehmen uns zwei noch taugliche Geschosse, betreten das große Gewächshaus und beratschlagen.

„Weißt du was?", sagt Wilhelm und fährt sich mit seinen verdreckten Händen durch seinen Blondschopf, „ich hab' ne Idee. Wir legen die beiden in Stroh und zünden es an, ma' sehn, was passiert."

„Vielleicht explodieren die ja", sage ich, „aber eigentlich funktioniert das ja anders."

„Weißt du denn, wie son Schuss geht?"

„Ja klar, weiß ich das. Der Schlagbolzen haut auf das Zündhütchen, das zündet das Pulver, das dehnt sich aus und treibt die Kugel aus der Hülse ..."

„Donnerwetter, woher weißt du n' das?"

„Das hat mir Opi erklärt, der kennt sich da prima aus ..."

„Na ja! Vielleicht zündet ja Feuer von außen auch das Pulver."

„Das kann schon sein, das müssen wir einfach probieren."

Wir legen immer wieder Stroh nach, es qualmt und brennt, und so haben wir ein schönes kleines Feuer, um das wir hocken und das uns wärmt. Der Qualm zieht durch ein Dachfenster ab, das ist unser Schornstein. Seltsam, dass uns keiner entdeckt bei dem Qualm. Es passiert gar nichts, die beiden Geschosse liegen da einträchtig neben einander, in der Strohasche vergraben. Es wird langweilig, und wir wollen aufhören. Na, ich nehme doch noch einmal einen kräftigen Haufen Stroh und lege ihn oben drauf, die Flammen lodern hoch, nichts, und ich sage zu Wilhelm: „Pass auf! Nicht zu viel Stroh, die sehen das Feuer ... "

Trotzdem legt er nochmal kräftig nach. Von den Patronen ist nichts mehr zu sehen, die liegen in der Glut, die müssten eigentlich selber schon glühen. Wilhelm sucht einen Stock, und wir hocken uns wieder hin, und er fummelt mit dem Stock in der glühenden Asche, damit wir die Patronen in Augenschein nehmen können.

Da gibt es einen ohrenbetäubenden Knall, Wilhelm schreit auf, ich verspüre einen Schlag am Hals und sehe und höre nichts mehr. Als ich wieder etwas hören kann, weil das Klingeln in den Ohren nicht mehr so stark ist, nehme ich Wilhelms weinerliche Stimme wahr: „Es tut so weh, es tut so weh!" Nachdem auch der ganze Staub und die Asche sich überall auf dem Boden und auf uns abgelegt haben, sehe ich das Ergebnis: Wilhelm ist ganz grau geworden, Tränen haben Bäche über seine Wangen gezogen, und mit der linken Hand hält er die rechte, aus deren Mittelfinger Blut quillt. Eine Patrone ist explodiert, die zweite liegt ein paar Meter weit entfernt.

In den Ohren dröhnt es immer noch, und ich höre meine Stimme doppelt, als ich bemerke: „Zeig mal her!...Du hast einen oder zwei Splitter im Finger ... Die hol' ich dir da raus."

„Nein, nein!", schreit er und will die Hand wegziehen, „aua, aua! Bist du verrückt?!" Er wird bleich und lamentiert, und ich ziehe schließlich mit einem Ruck einen gezackten, scharfen Splitter aus der Wunde, die daraufhin noch mehr blutet.

„Arm hoch!", befehle ich, „ganz hoch, so ist es gut." Woher ich diese Maßnahme kenne, weiß ich selber nicht.

„Du blutest auch, am Hals, is' aber nich' so schlimm."

„Is' schon in Ordnung."

Wir klopfen und pusten uns gegenseitig ab, schieben die Asche und den Schmutz im Gewächshaus beiseite, wir beseitigen sozusagen die Spuren. Die zweite Patrone lassen wir zum Abkühlen liegen, wir nähern uns ihr erst gar nicht, denn eine zweite Explosion hätte uns gerade noch gefehlt.

„So", bestimme ich, „komm, wir gehen jetzt zu meiner Großmutter."

„Bist du verrückt!", unterbricht er mich, „von der kriegen wir bestimmt noch eine runtergehauen, wenn wir sagen, was wir gemacht haben."

„Lass mich nur machen, die is' Krankenschwester, die kann dir helfen."

Omis Gesicht habe ich selten so überrascht gesehen: „Wie seht ihr denn aus! Seid ihr durch einen Schornstein gekrochen? Wilhelm blutet ja, mein Gott, was habt ihr bloß wieder angestellt!? Und du, du blutest ja auch."

Wilhelm, immer noch mit erhobenem Arm, der aussieht, als sei er total vergipst, fängt wieder an zu flennen und will zu einer Erklärung ausholen. Ich falle ihm jedoch ins Wort, spreche schnell, überzeugend und glaubwürdig: „Wir waren in einem Haus … da auf dem Innenhof … Da kommt ein Russe rein, gerade als wir bei den Kaninchen waren, und da hat mich eins vor Schreck am Hals gekratzt, und da sind wir abgehaun, und dabei is' Wilhelm gefalln mit der Hand genau in ein Stück Eisen, und das war ganz scharf … "

Während sie vorsichtig seine Wunde untersucht, sagt sie: „Was macht ihr auch bloß immer. Na, da habt ihr ja nochmal Glück gehabt. Wartet mal … "

Sie geht nach oben, um etwas zu holen.

„Meinst du, die glaubt das?"

„Klar, glaubt die das … Klappe jetzt!"

„So, Wilhelm, wir reinigen den Finger jetzt erst mal ein bisschen mit Alkohol. So, und jetzt Zähne zusammenbeißen! Du bekommst jetzt Jod drauf, und dann verbinden wir den Finger noch."

Wilhelm wird wieder bleich und jammert so stark, dass ich befürchte, er fällt gleich in Ohnmacht und plaudert alles aus. Ich denke, ich kriege eine geklebt, aber sie kommt nur mit einem Tupfer voll Jod und betupft meinen Hals, es brennt.

„So, du kriegst keinen Verband. Ihr müsst euch heute aber mal so richtig waschen, so könnt ihr doch nicht ins Bett. Passt gefälligst in Zukunft besser auf, ihr Schlingel! Bleibt, wo ihr seid!" Sie dreht sich um und verschwindet in der Küche. Wir stehen da wie arme Sünder, nicken zustimmend und nehmen uns wirklich in Gedanken vor, uns wieder einmal so richtig zu waschen, mit warmem Wasser natürlich und mit Seife. Wir bleiben auf dem Flur stehen und sind nicht sicher, ob es zum Schluss nicht doch noch ein Donnerwetter gibt oder einen Auftrag zur Strafe wie

Holz hacken oder Wasser schleppen. Bei Omi ist man sich nie sicher. Wir sind jedoch ziemlich überrascht, als sie mit zwei Stullen mit Kreude zurückkommt:

„Da, esst das zum Trost", gibt sie ungewohnt freundlich von sich. Wir bedanken uns, gehen nach draußen, setzen uns auf den Perron, schlingen die Stullen runter und wundern uns.

Wir gehen nochmal ins Gewächshaus, ich nehme vorsichtig die zweite Patrone an mich, die sich in der Zwischenzeit abgekühlt hat, und wir bringen sie zum Lager. Die Kugel der explodierten Patrone können wir nirgends finden. Wilhelm kann mit der rechten Hand nichts ausrichten und betont, er sei jetzt auch ein Verwundeter. Seinen Eltern will er meine Geschichte erzählen, er weiß nur noch nicht, ob er das so gut hinkriegt.

Das Hochwasser geht jetzt auch langsam vom Haus zurück, aber der ganze Keller ist noch voll Wasser, und die großen Zinkwannen schwimmen im Keller umher. Vorgestern hatte ich mir mit Moni eine rausgefischt, und wir waren am Haus mit dem größten Vergnügen Kahn gefahren.

Heute kriegen Wilhelm und ich auch eine zu fassen, bugsieren sie durch das Kellerfenster, schleppen sie hinten auf die Wiese, und mit zwei Stangen geht's los, wir fahren Kahn.

Plötzlich steht Mama am Stall und schimpft sich die Kehle aus dem Hals: „Kommt sofort hierher! Ihr seid wohl total verrückt, sowas Leichtsinniges! Ihr seid gleich in der Strömung, und die reißt euch mit ... Sofort hierher!"

Tatsächlich, das hatten wir gar nicht bemerkt, die Strömung hätte uns im nächsten Augenblick erwischt, und dann heidewitzka auf die Rega und ab in einer Zinkwaschwanne, unserem Boot, auf den Fluss. Meine Güte, das ist gar nicht so einfach, wieder an den Stall zu staken.

„Nicht hinstellen! Ihr kippt um, das Wasser ist da zu tief. Hierher, in die gleiche Richtung, noch ein paar Meter, gut so, her mit dem Ding!", und sie zieht uns mit Wilhelms Stange ans „Ufer".

„Das macht ihr mir nicht nochmal, sonst kriegt ihr beide was mit dem Kurbatsch!" So ein Mist, aber es war wohl doch besser so. Schade, das hatte soon Spaß gemacht.

Wie der Kommandant es angekündigt hatte, wird bei uns ein russischer Offizier, Major Georg (Schorsch), und sein Bursche Fjorda(n) einquartiert. Sie belegen die beiden hinteren Zimmer und schränken uns damit erheblich ein. Omi, Mama und Tante Gretel schaffen es jedoch, alle Bewohner durch Zusammenlegung einigermaßen unterzubringen. Unser Paradieshaus gleicht jetzt eher einem Feldlager.

Fjordan ist ein großer, breitschultriger, einfacher Soldat mit einem großen Kopf. Seine Füße stecken in Fußlappen und Schuhen. Er kommt aus Odessa am Schwarzen Meer und ist Ukrainer. Omi meint, dass Odessa wohl von dem griechischen Helden Odysseus abgeleitet ist. Schorsch ist Major mit viel „Lametta" und trägt Lederstiefel. Er ist klein und schmal mit einem feinen Gesicht und kommt aus Moskau.

Es ist Mai, und ich bedaure sehr, dass Léon nicht mehr da ist, ich wollte doch noch viel mehr Französisch lernen. Aber jetzt lerne ich Russisch von Fjordan: Ja nie znajo (ich weiß nicht), ja hatschu damoi (ich will nach Hause), paruski nie ponimayo (ich verstehe kein Russisch) und so weiter. Mir gefällt, dass ich nicht einzelne Wörter lerne, sondern ganze Sätze. Schorsch freut sich, dass Piotr oder dann Petja – so heiße ich bei ihnen – schnell viel lernt, nicht so gut wie Mama, aber gut genug: Petja karascho!

Nach ein paar Tagen ist Wilhelm und seine Familie weg. Ich verstehe das nicht, der geht einfach, ohne sich zu verabschieden. Aber ich lerne Fritz kennen, er ist etwas älter als ich, er ist mit Anna verwandt, die bei uns wohnt. Fritz meint aber, sie würden auch bald fortgehen.

Heinzes und Mensings sind wieder in ihre Häuser zurückgekehrt. Mensings backen wieder, es kommt aber nur spärlich Mehl nach.

Immer mehr Polen tauchen auf, sie ziehen in die leeren

Häuser und besetzen die leerstehenden Geschäfte und führen die polnische Währung ein, den Zloty. Die Verwaltung der Stadt hat weiterhin der russische Kommandant, und die russischen Soldaten sind in der Kaserne untergebracht. Ich lerne auch etwas Polnisch, muss aber darauf achten, dass ich die Sprachen nicht durcheinanderbringe.

Dann kommt Fritz, bringt einen Karton mit und sagt: „So, es ist so weit, es geht los, ich hab' dir was mitgebracht." Im Karton befindet sich eine Eisenbahn, eine Lok zum Aufziehen und Wagen, Personen- und Güterwagen und natürlich Schienen. Er will sie mir schenken: „Die is' doch bei dir gut aufgehoben, und außerdem kannst du auch mit Wölfi damit spielen." Ich will sie nicht annehmen, aber er drängt sie mir auf. Ich bedanke mich, und wir verabschieden uns.

Ein paar Tage später kommt ein Polenjunge, Woyzek, der gebrochen Deutsch spricht, und sagt, er habe gehört, dass ich eine Eisenbahn besitze, ob ich sie ihm nicht verkaufen wolle, er habe genügend Geld mitgebracht, dafür könnte ich mir viel kaufen. Na gut, ich stimme zu und verkaufe sie ihm für viel Geld. Für das Geld bekomme ich eine Tüte voll Orangen- und Zitronenbonbons. So etwas habe ich noch nie gesehen, geschweige denn gelutscht und gegessen – wunderbar.

Als dann zwei Tage später Fritz aus heiterem Himmel auftaucht, ich starr vor Schrecken; ihre Abreise verzögert sich noch etwas.

„Komm, lass uns mit meiner Eisenbahn spielen, das macht doch Spaß, nicht wahr?"

„Och", antworte ich und beginne mich so zu schämen, dass ich zu schwitzen anfange, und ich werde so rot, dass mir fast der Kopf platzt, „die Eisenbahn, weißt du, die habe ich drin aufgebaut, und da können wir jetzt nich' rein, da sind Russen drin ..."

Er wird blass und wütend und entgegnet laut: „Du lügst, du hast sie an Woyzek verkauft! Er hat sie mir gezeigt, und er hat mir auch gesagt, du hast dir für die paar Zlotys Bonbons gekauft ... Weißt du, was du bist, du bist ein Schwein!" Mit Tränen in den Augen zieht er ab. Normalerweise hätte ich jedem nach einer solchen Beleidigung eine reingehauen, aber diesmal fand ich, dass er recht hatte. Seitdem wusste ich so richtig, was sich schämen ist, und wie das ist, wenn man einen Fehler begangen hat, der nicht wieder gutzumachen ist. Und ich wusste auch, wie es war, wenn einem etwas leid tat … Das war zu viel, und ich weinte auch, aber heimlich.

Einige Polen angelten bei uns hinten auf der Wiese, und ich hatte auch angefangen mit einer Weidenrute, Zwirnsfaden, einem Korken als Flott und einem Haken. Ein Spatenstich genügte, und die kleineren und größeren Piratzen (Regenwürmer) kringelten sich. Sie wurden auf den Angelhaken gespießt, und in kurzer Zeit bissen Plötze oder Barsche an. Letztere verschluckten den Haken so weit, dass man sie sofort töten musste, um ihn herauszubekommen.

Einmal wunderten wir uns, dass der Wasserstand des Mühlengrabens so niedrig war, und wir vermuteten, dass an der Schleuse gearbeitet wurde.

Als Schorsch und Fjordan uns angeln sahen, verscheuchten sie die Polen und mich von der Wiese und holten zwei Handgranaten. Fjordan zog die eine ab und warf sie in den Mühlengraben. Sie explodierte mit einer hohen Fontäne, das gleiche geschah mit der zweiten. Anschließend ging er mehrmals in Uniform mit zwei Eimern in den Mühlengraben und sammelte viele Fische, die an der Oberfläche schwammen, die Schorsch in einen Korb schüttete. Den Fischen war durch die Druckwelle die Schwimmblase geplatzt. Eine ganz einfache Methode, Fische zu fangen, dachte ich und sagte: „Karascho." Sie freuten sich darüber und sagten: „Da da, karascho." Wir konnten nach langer Zeit alle endlich mal wieder reichlich Fisch essen.

Schorsch hatte gern Leute um sich. Er brachte köstliche Esswaren mit: Schinken, Wurst, Brot und ein paar Flaschen Wodka. Dann wurde unten im großen Zimmer gefeiert. Alle außer Omi und Opi saßen um den Tisch, es wurde gegessen und gebechert. Und dann flüsterte Mama Schorsch etwas ins Ohr, aber der zierte sich, und sie sagte: „Schorsch, po scharlsta (bitte)!" Und dann sang er mit schöner Stimme das *Wolgalied* auf Russisch, er sang es so ergreifend, dass viele Tränen flossen. Anschließend spielte Mama Volkslieder und sang dazu und steckte die meisten Frauen an: *Warum weinst du, holde Gärtnersfrau?* Oder: *Horch, was kommt von draußen rein* ... Oder: *Ach du lieber Augustin* ... Oder: *Im schönsten Wiesengrunde* ... Oder: *Am Brunnen vor dem Tore* ... Das ließen sich die Russen nicht zweimal sagen. Sie sangen *Katjuscha* und *Kalinka*. Bei letzterem ging es hoch her mit Klatschen und Stampfen. Fjordan war sehr gerührt und weinte, er dachte sicher an seine Familie in Odessa.

Auf der Flucht

Ende April verließen bis auf Omi und Opi alle Deutschen das Haus und die meisten auch die Stadt. Das Gerücht war aufgekommen, die Russen wollten uns nach Sibirien bringen.

Moni saß in der Kinderkarre, ich fasste den Griff mit der linken Hand, Mama schob mit rechts, in der linken hatte sie einen Koffer. Wir zogen aus der Stadt in Richtung *Greifenberg.* Es gab noch Scharmützel, Kanonenkugeln zischten über uns hinweg, rechts am Weg lagen verwundete Zivilisten und riefen um Hilfe, eine alte Frau mit blutenden Beinen und schmerzverzerrtem Gesicht guckte uns mit flehenden Augen an, auf der Straße marschierten Kolonnen gefangener deutscher Soldaten. Wenn sie nicht weiter konnten, schlugen ihnen die berittenen Kosaken mit dem Gewehrkolben ins Kreuz. Einer hatte einen Baumstumpf aus Birke als Prothese und konnte damit recht und schlecht marschieren, andere hatten den Kopf oder die Arme verbunden.

Plötzlich riss ein Russe Mama den Koffer aus der Hand, der fiel hin, öffnete sich, und ihr schönes fliederfarbenes Kleid fiel auf die Straße, und sie trampelten darüber, bis Mama es wegziehen und wieder in den Koffer stopfen konnte. Wir zogen weiter, kamen aber nicht so schnell voran wie die Soldaten. Als einmal ein Kosak nicht in der Nähe war, raunten uns ein paar Soldaten zu: „Geht zurück! Geht zurück! Sonst verschleppen sie euch noch."

„Jopt tweuer match!", schrie eine Kosakenstimme, und sie bekamen Prügel mit dem Gewehrkolben.

Als wir nach *Gummin* kamen, sahen wir, dass viele Häuser leer waren, die Haustüren standen offen. Möbel, Kleidungsstücke, Kochtöpfe, Gerümpel lag auf der Straße. In *Klötko* oder *Görke* war es nicht anders. Wir wunderten uns darüber, und Mama sagte, sie verstehe das auch nicht, in Treptow war das nicht so, und der Krieg sei doch wohl zu Ende. Mir machten manchmal Rast, um von unserem Proviant zu zehren, aber möglichst so, dass das niemand sah. Bei *Dadow* stießen noch andere Deutsche zu uns, sie wollten auch abhauen, sagten sie.

Abends kamen wir hundemüde in Greifenberg an, und keiner wusste, wohin wir gehen sollten. Wir gingen schließlich zum Rathaus, und da sagte ein Pole: *Do gurre* (nach oben)!" Alle Leute schleppten ihre Habseligkeiten nach oben, und wir machten unser Lager auf dem Dachboden des Rathauses auf. Auf einmal kam ein Russe und zerrte Mama in einen Raum nebenan. Als sie wieder herauskamen, machte sie sich am rechten Strumpf die Strumpfbänder fest.

Ein Deutscher kommt heraufgelaufen und sagt aus der Puste: „Die Polen wollen das Rathaus anzünden, die haben das ganze Haus mit Reisig und Holz umstellt!" Wir schrecken auf und fangen an, unsere Sachen runter zu schleppen.

„Moment", sagt ein älterer Mann, „ich bin gleich wieder da!" Als er wieder raufkommt, bringt er einen Russen mit und sagt: „Der hat die Polen verjagt, wir sollen hierbleiben …" Wir bleiben alle und verbringen eine unruhige Nacht in der Fremde, obwohl wir sehr müde sind. Ich denke an Tante Gretel und Wölfi, die mit einem anderen Treck weggezogen sind.

Am nächsten Morgen ziehen wir weiter. Wieder marschieren deutsche Kriegsgefangene in die gleiche Richtung. Bei den letzten Häusern von Greifenberg befindet sich wieder allerlei Gerümpel am Straßenrand, und da liegt auch er, alle Viere von sich gestreckt, das Gesicht nach oben, nur mit einer verschmutzten Unterhose bekleidet und guckt mich an – „mein" Teddy, etwa 30 Zentimeter groß. Mama runzelt die Stirn und schüttelt den Kopf, ich lege aber eine solche bittende Miene auf, und unsere Begleiter schlagen in meine Kerbe, dass Mama schließlich zustimmt: „Na meinetwegen, du schleppst ihn aber auch." Als ich ihn an mich nehme, knurrt er dankbar.

Als wir alle etwa auf der Höhe von *Batzwitz* sind, murmeln uns erneut einige deutsche Kriegsgefangene zu, als ob sie beten: „Geht zurück! Kehrt um!"

„Ticha!", brüllt ein Russe auf dem Pferd, „jopt tweuer match!"

Da sagt Mama plötzlich mit ungewohnter Entschlossenheit: „Wisst ihr was, ich kehre um!"

„Was? Wieso?", fragen die anderen.

„Ich weiß nicht, aber irgendetwas stimmt hier nicht. Ich gehe zurück."

Wir bleiben auf der Straßenseite, die jetzt unsere linke ist. Einige sagen, sie kommen mit, andere sagen: „Nö, nö, jetzt sind wir schon so weit, wir gehen weiter …"

Jetzt können wir den Kriegsgefangenen in die Augen sehen, sie scheinen zufrieden zu sein mit unserer Umkehr. Die berittenen Kosaken und Russen haben immer noch finstere Gesichter. Mir tun alle diese vielen zerschundenen Soldaten mit ihren abgekämpften Mienen leid, die meisten schleppen sich in eine ungewisse Zukunft. Was ist doch der Krieg für eine böse Erfindung!

Wir schaffen es bis zu einem Gehöft, das heißt *Petershof*, das liegt bei *Klötkow*, da können wir alle im Stall im Stroh schlafen. Die Eigentümer sind auch dageblieben und geben uns ein Stück Brot und warmes Wasser.

Am nächsten Tag sind wir wieder zu Hause, und Omi und Opi sind froh, dass sie uns wiedersehen aber auch erstaunt, und Mama erzählt von den Kriegsgefangenen.

„Petja, sto eto takoje? (Was ist das?)"
„Ja hatschu damoi. (Ich will nach Hause)"
„Karascho." Fjordan ist auch zufrieden.

Auch Gisela und Karin kommen zurück und wollen in der Gärtnerei mithelfen. „Ja, Kinder", sagt Omi, „ihr wisst doch, dass wir hier jede Hand brauchen."

Tante Gretel taucht plötzlich wieder auf, sie ist ganz niedergeschlagen und aufgeregt, denn sie hat Wölfi verloren, und fragt, ob er hier sei. Sie sei vergewaltigt worden, und da hätten sie den Jungen im Treck mitgenommen. Sie bricht wieder auf und nimmt Fotos von Wölfi mit. Sie erfährt, dass der Kleine mit einem Treck nach Osten gezogen ist in Richtung *Belgard*. Hinter der Stadt findet sie ihn wieder und kommt mit ihm nach Hause.

Atropos: Im *Potsdamer Abkommen* vom 2. August 1945 vereinbarten die Siegermächte, dass die deutsche Bevölkerung oder Teile derselben, die in Polen, der Tschechoslowakei und Ungarn zurückgeblieben waren, in ordnungsmäßiger und humaner Weise in Gebiete westlich der Oder-Neiße-Linie angesiedelt werden sollten (circa 12 Millionen). Gleichzeitig setzte eine zunächst sporadische dann systematisierte Besiedlung der ostdeutschen Gebiete mit Polen ein, die zum Teil aus den an die Sowjetunion abgetretenen ostpolnischen Territorien kamen.

Dass Deutsche zu jener Zeit nach Süden oder gar nach Osten „flüchten" wollten, zeugt von völliger Unkenntnis der (geo-) politischen Lage, gleichzeitig aber auch von den Irrungen und Wirrungen jener Zeit kurz nach dem Ende des Krieges. Die Fluchtrichtung für Mitteleuropäer sollte immer Westen sein, das hatten zum Beispiel die Ostpreußen schon im Winter 1945 vorgemacht.

Das verletzte Paradies

Zwischendurch war der elektrische Strom wieder durchgeleitet worden, was bedeutete, dass wir wieder Licht und vor allem Gießwasser für das Gemüse haben konnten. Leider waren aber die Sicherungen am Zähler weg, wahrscheinlich gestohlen worden. Fjordan überbrückte die Kontakte ganz einfach mit Leitungsdraht, und siehe da, es funktionierte, eine prima Lösung, fand ich.

Es war schwer, Heizmaterial zu bekommen. Koks gab es nicht, Steinkohle auch nicht, also wurde Schorsch beauftragt, an Holz heranzukommen. Daraufhin fällten die Russen auf der anderen Seite der Rega Fichten und Kiefern, schnitten die Stämme und dickeren Äste auf etwa einen Meter und schafften die Stücke auf einem LKW aufs Grundstück, wo sie trocknen sollten. Wir stapelten sie alle gegen eine Stallmauer, eine sehr schwere Arbeit, besonders für Kinder.

Gemüse wurde in geringerem Umfang angebaut, weil man körperlich einfach nicht mehr schaffte. Mama war es gelungen, einen Teil der Beete zu pflügen, eine Aufgabe, die früher ihr Bruder Wilfried übernommen hatte. Mama war so stark, dass sie sogar den schweren Fjordan durch das Hochwasser hatte schleppen können, weil nur ein Paar Gummistiefel vorhanden waren.

Im Juli wurden Flachs, die Nachbarn, die fast im gleichen Alter wie Omi und Opi waren, ein für alle Mal aus ihrem Haus geworfen, in das Polen einzogen. Letztere warfen ihnen Möbel aus dem Fenster hinterher, die dann nicht mehr zu gebrauchen waren. Also nahmen wir Flachs endgültig auf. Sie schliefen am Fenster in Omis Bett und Omi und Opi in Opis Bett. Ich schlief weiterhin im Hühnerhaus.

Vermutlich auf Opis Weisung hin – damit ich nicht auf andere Gedanken kommen sollte – kriegte mich Herr Flach dran: Wir stemmten die schweren, nassen Baumstammstücke auf den Sägebock, und dann sägten wir mit einer Trummsäge (Zugsäge), die fast doppelt so lang wie ich groß war, beide mit zusammengebissenen Zähnen, oder bei Herrn Flach, was noch von seinen braunen, tabakgebräunten Zahnstumpen übrig war, Klotz um Klotz ab. Nach jedem Klotz pustete Herr Flach: „Hei lichtedreck, wat gelt die Butter!", womit er sagen wollte, dass wir schon wieder ein Stück bewältigt hatten. Leider konnte er mich damit nicht trösten, denn die Erholungspausen waren zu kurz. Wenn wir außerdem noch zwischen den Stützen des Bocks angelangt waren, klemmte die Säge oft so sehr, dass wir sie kaum wieder herausbekamen. Da ich aber wusste, dass ich zur Belohnung ein ordentliches Stück Mettwurst aus einem Eimer bekam, den Flachs noch hatten hinüberretten können, strengte ich mich an bis zum Umfallen. Sicherlich wuchsen die Muskeln, und ich hätte jeden Russen- und Polenjungen aus dem Anzug gekippt, wenn es nötig gewesen wäre, auf der anderen Seite war ich aber auch nach jeder täglichen Sägeaktion völlig fertig. Aber wen störte das schon? Jeder musste hart arbeiten.

Die Klötze wurden später von Mama, Fjordan oder anderen mit der Axt gespalten und zum Trocknen im Stall gestapelt. Opi meinte, dass das Holz nicht viel bringen würde: „Fichten- und Kiefernholz brennt weg wie Zunder und gibt zu wenig Hitze …" Herr Flach sagte daraufhin: Dein Großvater hat zwar recht, denn zum Beispiel Buche oder Eiche sind viel ergiebiger, aber Fichte und Kiefer sind besser als gar nichts … Außerdem die andern möchte ich nich' mit dir sägen müssen."

Na ja!, dachte ich, aber bei Mehlklieben in Wasser morgens, mittags Brotsuppe oder Salat oder Wrucken oder Mohrrüben vom Vorjahr und abends Stullen mit Kreude, da kriegt man nicht so viel Fleisch auf die Knochen. Fleisch oder Wurst gab es gar nicht, manchmal Omis Quark oder Kochkäse oder zwei Eier. An Zucker war nicht heranzukommen. Sicher, im Sommer und Herbst gab es mehr Gemüse und auch Obst. Fjordan trampelte sogar in einer Holztonne den „kapusta kiesle", das Sauerkraut, dann waren seine Essigfüße immer schön sauber. Mama war jedenfalls der Meinung, dass schlank sein nicht schaden könne, das erhalte uns gesund.

Fjordan hatte noch einen Rappen organisiert, sodass wir

jetzt zwei Pferde hatten und die eine Kuh. Die Kuh stand hinten auf der Wiese, der Braune hatte Hafer gefressen, der jetzt zur Neige ging. Also musste Futter herangeschafft werden. Ich fuhr zweimal in der Woche mit Fjordan zu den Wiesen im Süden von Treptow mit dem Braunen und dem Wagen. Fjordan mähte Klee und Gras mit der Sense, und ich kehrte es mit der Harke zusammen, und wir luden es auf. Einmal schrie am Waldrand eine Frau. Jordan nahm die Puschka und feuerte dorthin. Da war es ruhig.

Im Spätsommer musste Wölfi ganz plötzlich ins Krankenhaus gebracht werden, und es stellte sich heraus, dass er Diphterie hatte. Tante Gretel setzte alle Hebel in Bewegung, auch die russischen Ärzte, Schorsch und der Stadtkommandant, um ein Serum gegen die Krankheit zu bekommen, aber vergebens, dem Kleinen war nicht mehr zu helfen: „Mama, Peter, Moni, Opi, Omi, Tante Magda …" Er zählte alle auf, „noch einmal sehen, dann Wölfi tot." Das waren seine letzten Worte. Da lag der Kleine, etwas über drei Jahre alt, im blumengeschmückten weißen Kindersarg, und wir begruben ihn. Das war nicht nur für Tante Gretel, sondern auch für uns andere ein furchtbarer Schock. Für mich war er wie ein Bruder, und ich dachte, wie schlimm es ist, wie grausam, wenn man einem Kind nicht helfen kann. Sogar Schorsch und Fjordan trugen unsere Trauer mit.

Mitte September wurde Opi bettlägerig, rief den ganzen Tag nach Lina, Lina, Lina, Lina, komm rauf, hol den Sarg! Man konnte es weit draußen hören. Er kratzte dabei mit dem Zeigefinger der linken Hand eine lange Furche in die schräge Plisterdecke über seinem Bett, und der Kalk rieselte. Als er das letzte Mal auf dem Dreibeinschemel saß, um Wasser zu lassen und mich sah, wollte er mir noch eine kleben: „Du Nickel, du!" Kurze Zeit darauf starb er, am 28. September. Omi hängte den Spiegel über dem Vertiko mit einem weißen Laken zu und band Opi ein Küchentuch um Kopf und Kinn, was lustig aussah wegen des Knotens, und als ob er Zahnweh hätte. Wir begruben ihn neben Wölfi.

Das war alles schwer erträglich und zum Krätze kriegen,

die wir Kinder auch tatsächlich bekamen, eine Hautkrankheit, bei der sich die Krätzemilben, wie Omi erklärte, in die Haut eingraben, um dort ihre Eier abzulegen. Das juckt unheimlich, und man kratzt sich, und das führt wieder zu Infektionen. Wir behandelten die Krätze mit einer Salbe, die Sand und Schwefel enthielt.

Das war ein seltsames Weihnachtsfest so ohne Wölfi und Opi, es gab mehr Tränen als Freude, aber Mama meinte, wir müssten das Beste daraus machen. Omi und Tante Gretel hatten bei Mensing ein paar Plätzchen gebacken, aber denen fehlten die Gewürze, die gab es ja nicht.

Am Heiligen Abend waren wir alle unten im großen Zimmer versammelt, Mama spielte Weihnachtslieder, die wir mitsangen, Omi las die Weihnachtsgeschichte. Dann tauschten wir ein paar „Geschenke" aus, etwas Süßes. Schorsch, der mit Fjordan in der Kaserne feierte, hatte uns ein paar Würste und Speck besorgt, die Tante Gretel an uns alle verteilte.

Am ersten Weihnachtstag wurden wir in die Kaserne eingeladen. In der Halle stand ein Weihnachtsbaum, der bestimmt vier Meter hoch war. Er war über und über mit bunten Papierschlangen und goldenem Lametta geschmückt. Die Russen schenkten uns gut schmeckende Kekse. Sylvester wurde nachdenklich gefeiert, das alte Jahr hatte uns Leid und Mühsal beschert, wie würde das neue Jahr 1946 sein?

Ein Tagebuch

Klotho: Wir erinnern uns sicher, dass der Onkel des Jungen, Wilfried Grütt, sich am 4. März 1945 in einem Kahn die Rega hinuntertreiben ließ. An jenem Tag begann er, ein Tagebuch zu schreiben, das er seiner Frau Gretel widmet und das erhalten geblieben ist. Wir wollen uns mit diesem Buch befassen, das sich mit dem Ende des Krieges wiederum aus einer anderen Sicht auseinandersetzt. „Ergreifende und bewegende Seiten" werden uns da geboten, wie Wilfrieds Sohn, Manfred Grütt, der Cousin des Jungen, sich ausdrückt: Eine Irrfahrt des Odysseus Wilfried.

4.III.45-21 Uhr verlasse ich das Haus, Frau, Kind, Eltern, Schwester Neffe und Nichte. Ich überlasse sie den Russen.

5.III.-6 Uhr in Dievenow, ab 10 Uhr Allarmkomp [Alarmkompanie]

7.III. Die Kompanie geht in Stellung

8.III Ich gehe als VB [Verbindungsmann] auf die B. Stelle [Beobachtungsstelle] hier oben ist es Stille, ich beobachte die Bewegungen des Feindes. Mein Blick geht genn Osten, also immer Richtung Heimat. Nun beginnen die schweren Tage. Nun kommt das Erwachen.

Ich finde keine Ruhe, meine Gedanken sind nur Daheim. Ich male mir die schrecklichsten Bilder, ich will sie nicht erklären. Und an allem bin ich selbst Schuld. Hat mich Gott bis heute erhalten, und gesegnet um die Meinen in der Stunde der Gefahr zu verlassen? Habe ich mein Gelöbnis gehalten was ich vor Gott und den Menschen gelobte? Nein! Ich habe mein eigen Fleisch und Blut vor die Feinde geworfen. Habe meine Frau einfach den andern überlassen. Wie wird man mit ihr und meinen Lieben nun umgehen? Wird man ihnen das Nötigste lassen und geben? Was werden sie für Schmach, Schande und Schmerzen erleiden müssen um meinet Willen? Wie mag es meinem Matzen gehen [Söhnchen Wölfi], wird ihm seine Mutti noch Tutu geben können?

Vom 9. bis 13. 3. kommt es zu Kampfhandlungen.

14.III Panzer und PAK [Panzerabwehrkanone] beschiessen uns wieder, Ari [Artillerie] beschiesst den Platz, viele Granaten fliegen an mir vorbei. Gibt's keinen Volltreffer? Nein, noch ist mein Stündlein nicht gekommen. Ich hätte dann auf Erden ausgesühnt, ausgelitten und Ruhe. Wie soll ich aber mit der großen Schuld vor meinem Gott bestehen? Was soll ich sagen wenn er mich fragt, wo hast Du die Deinen? Ach es ist ja alles so furchtbar schwer.

Meinen Trost suche ich nun in meinem Feldgesangbuch, im Gebet und in der Fürbitte. Täglich bitte ich Gott er möge mir meine Sünde vergeben und mich nicht verlassen und wenn mein letztes Stündlein gekommen ist, mich zu sich zu nehmen in sein Himmelreich. Dort wollen wir uns dann alle Wiedersehen wenn es hier auf Erden nicht mehr sein soll.

17.III. Seine Gedanken und Sorgen sind dieselben. Er vergießt jeden Tag Tränen.

Jedes Schützenloch und jeder Bunker den der Feind dort baut, gehen wie Pfeile in mein Herz denn sie bilden Hindernisse auf dem Weg zu Euch. Ich bin ja nur 38 km Luftlinie von Euch entfernt und was für eine gewaltige Mauer ist zwischen uns. Ob die wohl anders als in Gedanken überwunden wird?

Er versteht sich selbst nicht mehr.

*23.*III. Der traurigste Geburtstag seines Lebens [er wird 33 Jahre alt], er weint bitterlich und fragt, ob sie seiner gedenken und ihm vergeben.

Das Dorf F. [?] liegt friedlich da, aber auf der Straße sieht man den Krieg: Über 30 verlassene Treckfahrzeuge, zerstört und geplündert. Das Vieh läuft brüllend herum, findet aber schließlich eine Weide. Er schreibt einen Brief an Hilde, Gretels Schwester, und fragt sich, wie es wohl seinen Schwiegereltern in *Pilzen* gehen mag.

25.III. Palmsonntag. Gutes Wetter. Viel Verkehr auf den Strassen von und nach Ga. [?]. Der Feind macht Sonntag. Meine Gedanken sind zu Hause. Die Vögel singen, die Sonne scheint und mein Herz so bitterlich weint.

27.III. Feind räumt die Treckstr. Fährt die Wagen fort und verbrennt alle herumliegenden Sachen.

30.III. Meine Gedanken gehen nach Golgatha. Jesus starb für die Vergebung unserer Sünden, also wird er sich auch unser erbarmen …

1.IV. Ostersonntag. Wie hab ich das Läuten der Glocken so sehr vermisst … Für mich gibt es keine Freude mehr … Nun suche ich nur bei Gott und seinem Wort Trost. Das reden der Menschen ist ja nur leeres Geschwätz.

7.IV Seine Uhr bleibt stehen und geht wieder, und er fragt sich, ob mit den Seinen etwas ist.

8.IV. Ein sehr stiller Sonntag beim Feind kaum einer zu sehen … Der Feind steht im Westen kurz vor Hannover Erfurt und Würzburg. Wie soll das nun weitergehen?

9.IV. Soeben war ein Major hier, er sagte, das er später noch einen Stosstrupp über Voigshagen nach Treptow unternommen habe. Da hätten noch sehr viele die Stadt verlassen. Ob ihr meine Lieben auch dabei gewesen seid? Ich glaube es nicht.

Wir sollen nun ab und wohl aufgelöst werden.

10.IV. Wir sind abgelöst und wohnen nun in dem kleinen verlassenen Badeort H. [?] Hier sprach ich Uffz. Kettelhut aus Brötz … Man hat ihm gesagt, das Treptow so gut wie geräumt sei. Die seien alle mit den zurückgehenden Div. mitgegangen. Dann seien diese nochmal von Russen überfallen worden und sehr viele ums Leben gekommen. Wo seid ihr nun? … Im Radio wird nun geschrien „wir klagen an" Wer hatte zuerst anzuklagen? … Und nun der Vormarsch im Westen. Ich möchte nur mal wissen was unsere Führung sich denkt. Wo sollen die armen Menschen nur zur Ruhe kommen?

13.IV. Freitag – 4 Uhr wecken, 6 Uhr Abmarsch nach N. [?] Hier Ausmusterung,, Kettelhut geht auch mit fort, er geht zu seiner Einheit zurück. Nun bin ich über 50 km Luftlinie von Euch ihr meine Lieben entfernt. Bin nun dicht an der See … Die Sonne scheint so lieblich und das

Leben in dieser Welt ist doch so furchtbar schwer. Warum hat Gott mich damals als kleines Kind nicht behalten als ich ins Wasser gefallen war?

15.IV Sonntag 12 Uhr Mit 13 Mann gehe ich nun zum 1. Zug nach Sw. [Swinemünde] wo ich nun an der Hauptsraße In einem alten Fischerhaus wohne … Die Soldaten erzählen wieder so viel Gräueltaten über die Vergewaltigung und Misshandlung der Frauen und Mädchen.

20.IV. 0 Uhr werden wir geweckt, 1 Uhr Abmarsch 9 km südlich bis nach Kod. [?] Hier warten wir nun auf das wohin … Der Krieg wird bald aus sein und was wird aus uns, wenn wir ihn überleben?

23.IV. besucht mich Tanneberger von der Landwirtschaftsschule Treptow. Er liegt auch in Kol., seine Frau hat er auch auf der Fahrt verloren und weiss nichts von ihr.

Er beklagt sich darüber, dass die armen kleinen Leute leiden müssen, arbeiten, kämpfen, bluten, sterben und immer still sein sollen.

Vom 24.IV. bis 26.IV. werden sie verlegt, nach 26 km in eine Waldstellung.

27.IV. 2 Uhr wird er geweckt und muss das Bataillon einweisen. Ein russischer Fliegerangriff auf Swinemünde beginnt und dauert 2 Stunden. Viele Bomben fallen auch auf die Straße. Sie erfahren vom Waffenstillstand mit den USA und England. Dann sollen sie wieder 17 km nach Swantuss marschieren, als um 21.15 Uhr ein Angriff auf ihre Marschstraße und den umliegenden Wald beginnt.

Wir liegen 2 Stunden mehr auf dem Bauch als auf den Beinen, kommen aber alle gut durch.

Nun kommen laufend neue Parolen, Russe in Wollgast [an der Peene, gegenüber der Insel Usedom] (wir eingeschlossen) Göbbels sei tot, Hitler abgedankt, Papen Regierung übernommen usw. Was ist daran nun wahr? Wir haben kein Licht und Radio.

Er macht sich wieder Vorwürfe und Sorgen.

30.IV. 21 Uhr schwerer Fliegerangriff auf unseren Raum. Bei uns keine Verluste

1.V. 21 Uhr Fliegerangriff südlich von uns Parole Hitler gefallen, Dönitz Regierung übernommen, Krieg geht weiter. Stimmt das??

2.V. Abmarsch aus Swanthus

3.V. Verladen auf den Dampfer Sant:Mateo (H.27) 6.30 Fahrt aus dem Hafen. Wir bleiben den Tag über vor Swinemünde liegen. 18.30 geht der Geleitzug in See. Auf dem Dampfer ist eine fürchterliche Fülle. 2000 Mann zu viel an Bord. Wo geht es hin? Immer weiter von Daheim

4.V. liegen auf der Reede vor Kopenhagen. Was wird hier?

5.V. 7 Uhr Wir liegen noch vor Kop. Es wird Waffenruhe mit England verlesen, der Kampf gegen Russland geht weiter. Warum? Will Dönitz weiter opfern? Warum kommen die denn nur nicht zur Einsicht?

7.V. Wir liegen noch vor Kop. 16 Uhr einholen der Kriegsflagge, bedingungslose Kapitulation. Hätte ich das nur geahnt, hätte mich keiner von Euch Daheim fortgebracht …

Er fragt sich, wie es daheim wohl gehen mag, er hat zwar den Krieg überlebt, ob er nun in Gefangenschaft geraten wird?

8.V. Sie verlassen Kop. Und fahren nach Sonderburg und sollen dort in englische Gefangenschaft kommen.

10.V. Sie liegen in der Förde vor Kiel, die nahe Zukunft ist ungewiss.

12.V. Flüchtlinge von anderen Schiffen werden an Bord gebracht, Frauen, Kinder und alte Leute. Um 14 Uhr legt das Schiff ab nach Neustadt [Lübecker Bucht]. 23 Uhr stösst das Schiff auf eine Mine, als es vor Anker geht, der Anker reißt ab, sonst passiert nichts. Er findet seine erste Laus.

13.V. 12 Uhr geht das Schiff vor Neustadt vor Anker. Um 14.30 fahren sie in den Hafen von Neustadt.

Das Ausladen beginnt unter englischer Bewachung. 18.40 Ich gehe von Bord und lege meine Waffen nieder. Schneller wie ich je dachte, es ist gut so, sonst hätte man ewig Soldat sein müssen. Nun hoffe ich doch bald zu Euch kommen zu dürfen. Unsere Komp. marschiert nach Norden, etwa 20 km nach Gismarfelde [Grömitz-Cismarfelde], hier liegen wir bei einem Bauern in der Scheune. Ich helfe nun in seinem Feld, mässigen Gemüsebau, leider für nichts, das Essen ist sehr knapp, Brot und Kartoffel fehlen. Hier warten wir nun auf die Entlassung. Gott hilft weiter.

19.V. Sie sind noch dort, und am nächsten Tag ist Pfingsten. Er wäre gern bei seiner Familie und hofft, dass sie gesät und gepflanzt haben. Er ist ziemlich schlapp und möchte wieder zu Kräften kommen.

24.V. Pfingsten ist vorbei, und er war krank, er hatte es am Magen. Er denkt besonders an seine Mutter [Omi].

Heute ist nun der Mutter Geburtstag. Ob sie ihn noch erlebt hat? Und wie mag es ihr ergehen? Sie hat doch wirklich sehr viel in ihrem Leben durchmachen müssen. Ob sie nochmal einen stillen Lebensabend haben wird? Verdient hätte sie ihn ja schon lange. Ihr Leben ging auf in der Arbeit und Sorge um uns. Und was macht Vater heute und Ihr mein liebes Herzenspaar? Erzählt die liebe Mutti dem Wölfi auch noch was von seinem Vati? Gell ja Mutti?!?

27.V. Für ihn ist ein Freudentag, denn er darf den Seinen ein Lebenszeichen senden.

30.V. Er schreibt einen zweiten Brief, der muss offen bleiben. Die am 27.V. geschriebene Post wurde vernichtet.

30.VI. Er ist in Gedanken bei seinen Lieben, es gibt immer noch keine Aussicht sie zu sehen.

9.VII. Heute hat sein Sohn Wolfgang Geburtstag, der vor zwei Jahren geboren wurde. Voriges Jahr brach der Tisch fast vor Geschenken, und es gab noch Kaffee und Kuchen. Er marschiert ins Vorentlassungslager, denn sie werden in der Landwirtschaft eingesetzt.

10.7. Sie marschieren ins Entlassungslager. Er wollte nach Hannover, das war jedoch überfüllt, es geht nach Lüneburg.

11.7. Sie marschieren nach Eutin und werden dort vom Engländer entlassen. Von dort geht es zurück ins Lager 6, dort warten sie auf ihren Arbeitseinsatz. Am liebsten wäre er natürlich zu Hause.

14.7. Sie wollten nach Lüneburg, fahren aber mit Autos über Hamburg, Bremen, Osnabrück, Münster, Wesel, Geldern, Krefeld, Neuss, Köln nach Bonn. Sie fahren täglich sechs Stunden und übernachten in Durchgangslagern.

Wilfried Grütt – ein Heimatloser.

17.7. 12 Uhr Ankunft in Bonn. Vom Arbeitsamt werden wir nach Knapsack [Chemiewerk in Hürth] zu den großen Werken gesandt, da sollten wir Aufräumungsarbeiten machen. Etwa 100 bleiben dort, 200, darunter auch ich gehen zum Arbeitsamt Hermühlheim bei Köln. Die wollen uns los sein und sagen wir sollen uns selbst Arbeit besorgen. Viele haben schon welche gefunden die meisten noch nicht.

19.7. Es laufen noch viele ohne Arbeit herum. Ich gehe morgen nach Widdendorf [Elsdorf] um zu sehen wie es dort aussieht.

22.7. Heute ist Sonntag in W. ist alles heil und gesund. Auf dem Rück-
wege nach hier, Hermühlheim, fragte ich nach einigen Gärtnereien nach
Arbeit. Ich konnte welche haben, es macht nur die Ernährung Schwierig-
keiten. Ich werde nach W. zurückgehen und von da aus weiter sehen.

23.7. Ich bin in W. und fange morgen bei dem kleinen Landwirt Marx
an zu arbeiten. Hier werde ich Post aus Bad Münder abwarten und dann
weiter sehen. Meine Sehnsucht nach Hause war nie so groß als jetzt. Wan
darf ich nun wohl Heim kommen und wie wird's sein?

17.8. Heute war ich in Köln beim Roten Kreuz und lasse Euch und die
Eltern aus Pilzen suchen [Schwiegereltern]. Hoffentlich bekomme ich bald
Nachricht ich bin vor Sehnsucht und Heimweh schon ganz krank. Solange
ich nun schon hier bin, habe ich Magen und Leibschmerzen, wovon? Es
vergeht keine Stunde in der ich nicht Euer gedenke. Die Verse, die Du,
mein Lieb, mir geschrieben hast, darf ich nicht lesen, dann ist's ganz aus!

28.8. Marx's Sohn ist aus russischer Kriegsgefangenschaft zurückgekehrt (Bauchschuss), und Wilfried wird nicht mehr
gebraucht.

3.9. Sein Vater ist heute 77 Jahre alt, und er fragt sich, ob er diesen Geburtstag noch erlebt.

11.9. Er verlässt Widdendorf in Richtung Hannover.

13.9. Er ist bei Frau Lepenies … und schläft wieder in dem Bett,
das erste Mal ohne Gretel. Da kommen alte Erinnerungen hoch
und schmerzen ihn, und er weint. Es sei sehr schwer frei zu sein
und nicht heim zu dürfen.

15.9. Er ist in Verden bei Frau Schmidt. Sie sprechen über die
verlorene Heimat.

17.9. Er besucht Max Schmidt in Bremen, dann will er weiter
nach Lübeck.

19.9. Er ist in Lübeck und hat viele Treptower gesprochen. Frau Dr. von der Anstalt hat Treptow am 29.6. verlassen und berichtet schlimme Dinge, kann aber nichts von seiner Familie sagen.

20.9. In Ratzeburg trifft er Treptower, auch Frau Knuth, die nimmt Post mit für Tante Anna, Omis Schwester in Schmannewitz [Sachsen], wo er seine Familie vermutet.

21.9. Timmendorfer Strand. Hier will er Treptower fragen, findet aber keinen vor. Er vergießt Tränen an seiner heißgeliebten Ostsee. Um 15.15 will er nach Hamburg fahren und dann nach Hannover.

22.9 Ich finde in der Gärtnerei Beye Arbeit in Hannover. Auf dem Bahnhof treffe ich Elpelt, er sagt mir, das W. Arndt [aus Treptow] mit Familie und Schwiegereltern im Kreis Wesermünde sind. Das ging mir wie ein Pfeil ins Herz. Seid ihr nun etwa dort allein geblieben? Wenn ich doch nur einmal was von Euch hören würde. Wann wird das wohl sein und was werde ich dann für eine Nachricht kriegen? Ich habe Angst um Euch.

26.9. Ich arbeite ab heute bei Beye, einem Kam. [Kameraden] meiner alten Komp. [Kompanie], bin hier auch behelfsmäßig untergebracht.

30.9. Heute ist Paul ein Jahr tot [der Vater des Jungen; sein Schwager], er ruht und hat seinen Frieden. Sehr vielem ist er aus dem Weg gegangen, was werden seine Frau und Kinder heute wohl tun und wie wird es ihnen wohl ergehen? Gott stehe ihnen bei und verlasse sie nicht in dieser schweren Zeit.

12.10. Heute vor 5 Jahren haben wir uns verlobt. Seit dem Tage gehören wir nun zusammen was haben wir doch für Leid und Sorgen in diesen Jahren auferlegt bekommen …

28.10. Heute hat Gotthardt Geburtstag, er ist nun fast 4 Jahre tot. Er hat seinen Frieden. Gott gebe ihm die ewige Ruhe.

3.11. Er fährt zu Frau Lepenies und erfährt von Schneiders in Holzhausen, dass sie und Tante Anna leben. Von seiner Familie wissen sie nichts.

16.11. Er erhält einen Brief von Hilde [Gretels Schwester], auch sie lebt, weiß aber nichts von den Treptowern.

29.11. Hilde schreibt, dass Muttel [Gretels Mutter], Annelies [Gretels Schwester], Edith und die Kinder in Heldenbergen sind. Von seiner Familie wissen sie nichts.

5.12. In einem ersten Brief aus Heldenbergen trösten sie ihn.

6.12. Heute kommt der erste Brief von Dir mein Lieb und was steht in ihm so unsagbar Schweres. Wie erträgst Du das mein Lieb ein Leben ohne Sonne? Unser Wölfi war doch Deine Sonne. Es ist auch mir so schwer nie meinen lieben Sohn wiederzusehen, er ist doch unser erstgeborener musste er sterben für die Sünde seiner Väter. Nein das glaube ich nicht. Unser lieber Heiland hat ihn zu lieb gehabt, nur darum hat er ihn zu sich genommen in sein Himmelreich. Kinder die in Unschuld sterben denen ist auf Erden nichts verloren denn sie sind beim Vater droben in dem Himmel aufgehoben, da ihnen hier auf Erden kein Leid geschehen werde. Unser Herr Jesus hat gesagt, lasset die Kindlein zu mir kommen denn solcher ist das Reich Gottes. Also wissen wir nun, wo er ist und wo wir ihn zu suchen haben. Mutti, lass uns auch darnach tun und leben denn diese Erde kann uns nichts mehr geben. Denn durch Trübsal hier führt der Weg zu Dir sagt der Dichter. Ob unser Opi auch im Himmel ist? Sicher doch, er wird unseren Wölfi gerufen haben, weil es dort oben viel schöner ist als auf dieser armen Erde. Ich habe im August Wölfi im Traum gesehen, er hatte ein langes weißes Hemd an, er stand dort und guckte mich mit seinen Augen gross an und sagte kein Wort. Sein blondes Haar fiel ihm lang über die Schultern. Ich wachte auf und konnte lange nicht wieder einschlafen denn ich hatte angst, es sei meinem Kind etwas geschehen. Das erste was ich nun von meinem Lieb höre, ist, dass er nicht mehr bei uns weilt, sondern uns für immer verlassen hat. Ach es ist doch so schwer. Wenn wir nun doch wenigstens zusammen sein dürften. Wie lange soll das wohl noch dauern?

Wie lange sollen wir noch getrennt sein? Gott helfe uns und bringe uns recht bald zusammen.

9.12. Sein 5. Hochzeitstag, er ist in Münder wie vor einem Jahr, als sie beide dort waren.

20.12. Er erhält den ersten Brief von Muttel, die ihn tröstet.

24.12. Für ihn bislang das schwerste Weihnachtsfest mit Wölfi und Opi im Himmel. Er hofft, dass sie mit Gotthardt, Walter [?] und Paul zusammen sind.

31.12. Das schwere Jahr 1945 geht zu Ende. Gott hat ihn behütet und erhalten. Er denkt an das neue Jahr und hofft, dass er es mit der Familie beschließen darf.

(Fortsetzung folgt)

Das zerbröckelnde Paradies

Über den Winter kamen wir ganz gut mit dem Holz, obwohl es im Haus nie so richtig warm wurde. Da wir im Sommer und Herbst Gemüse an die Kaserne abgeben mussten, hatten wir im Winter nicht genug zu essen, denn wir konnten nichts einmieten, zum Beispiel Wrucken, Zuckerrüben, Steckrüben oder Mohrüben. Wir holten deshalb jeden Tag Wassersuppe mit ein paar Graupen drin aus der Kaserne. Fjordan kümmerte sich um die Pferde und die Kuh, für die er irgendwoher Heu besorgte.

Im Frühjahr 1946 nach dem Hochwasser – bei dem Mama wiederum die Russen Huckepack zum Torweg schleppte, weil sie keine Gummistiefel hatten – war es so weit: Die Kuh sollte geschlachtet werden, und das möglichst unauffällig. Aber wie sollte man das anstellen? Fjordan sagte: Ich machen.

Die Kuh wurde festgebunden, und dann feuerte Fjordan einige Schüsse mit der Puschka aus kürzester Entfernung auf den Hals. Es entstand ein Riesenloch, und die Kuh brach sofort zusammen, aber sie konnten noch viel Blut abfangen. Bei den nachfolgenden Vorgängen kannte sich Omi gut aus: Fell abziehen, Fleisch zerschneiden, Knochen sägen, Brühe kochen und so weiter. Alle packten mit an, und sie hatten den ganzen Tag zu tun. Später wurden Schinken gepökelt, um sie zu räuchern. Ich sah zum ersten Mal einen Kuhmagen mit seinen verschiedenen Kammern, ich sah auch, wie eine Kugel sich am Rückgrat plattgedrückt hatte, andere waren gegen Rippen geprallt und hatten sie zerfetzt.

Das Ganze war ohne großes Aufsehen geschehen, und nach drei Tagen war alles weg. Man muss bei alledem auch immer bedenken, dass wir unter dem besonderen Schutz der Russen standen (Schorschs Beziehung zur Kommandantur), deshalb trauten sich weder die Polen noch die wenigen Deutschen, die noch in Treptow waren, an uns heran. Fjordan grinste vor Freude über ein leckeres Stück Fleisch, gute Brühe oder Wurst, die sie richtig im Darm hergestellt hatten. Da es noch kalt war, hielt sich das Meiste ziemlich lange, sodass wir alle etwas zu essen hatten, wobei Omi die Mengen rationierte. Sie hatten es gegeneinander abgewogen: Es gab nun eben keine Milch und auch keine Milchprodukte mehr, dafür Fleisch, aber auch kein Tier mehr, das gefüttert werden musste.

Unser Hund Mohrchen, dessen Fell ganz schwarz war, nur die Brust war in der Mitte weiß, bellte oft Fremde an, vor allen Dingen aber Russen, die er nicht mochte. Sie waren ihm wohl zu laut oder zu bott (grob, derb), schon allein durch ihre Sprache bedingt.

Eines Tages im Mai schlägt er wieder an, ist ganz verrückt. Moni und ich laufen um das Haus herum und sehen, wie er am Regaufer zwei Russen anbellt, die auf einem Kahn daher gefahren kommen. Der eine Russe wird wütend, steht auf, flucht und ruft: Gitlier, Gitlier (Hitler)!, und zieht seine Pistole. Ich schreie: Niet, niet! Doch er schießt, Mohrchen springt hoch, jault, röchelt noch und bleibt zitternd liegen. Die Kugel ist an der Brust eingedrungen und hinten wieder ausgetreten.

Ich war wütend, ich hätte den Russen umbringen können! Ich hätte es mit ziemlicher Sicherheit getan, wenn ich eine Pistole oder ein Gewehr gehabt hätte. So konnten wir nur weinen um unser liebes Mohrchen. Er hatte keinem etwas getan, sondern nur gewacht und gebellt. Wir waren alle sehr traurig, als wir ihn begruben.

Letzte Nacht haben sie unsere Pumpe geklaut!, sagt Omi ganz aufgebracht.

Wer denn?, fragen Herr Flach und ich.

Was weiß ich, die Russen selber, vielleicht sogar Deutsche, die machen doch auch Sabotage, oder Polen …

Wo sind die denn reingekommen?, will ich wissen.

Durch's Kellerfenster. Sie haben die eine Scheibe eingeschlagen und dann das Fenster aufgemacht …

Sabotage ist also, dachte ich, wenn Deutsche Deutsche beklauen oder Russen oder Polen Deutsche.

Lachesis: Das ganze Aggregat war gestohlen worden, also die Kreiselpumpe mit dem dazu passenden angeflanschten Motor. Das war äußerst misslich, ja gefährlich, denn in einer Gärtnerei braucht man viel Wasser. Wie sollten sie jetzt gießen? Die Tonne musste jeden Tag morgens volllaufen, damit abends mit dem angewärmten Wasser gegossen werden konnte, und zwar mit den schweren 10-Liter-Gießkannen aus Zink. Einen Schlauch gab es nicht.

Georg wurde beim Kommandanten vorstellig: Kommandant sagen nix gut, meinte Fjordan, suchen oder andere Pumpe.

Sie brachten eine Kolbenpumpe mit einem viel zu schwachen Motor. Außerdem rutschte der Treibriemen dauernd ab. Da schmierten sie Teer auf das Treibrad, da ging es etwas besser, aber der Motor wurde zu heiß und drohte durchzubrennen. Es soll ja Russen gegeben haben, die einen Wasserhahn in die Wand drehen wollten und meinten, es käme Wasser heraus. Andererseits – so wird berichtet – heizten sie die Stalinallee in

Berlin mit einer Lokomotive, was eine Zeitlang funktionierte. Nun, wie dem auch sei, auch wenn es einen halben Tag dauerte, bis die Wassertonne gefüllt war, das lebenswichtige Wasser stand jedenfalls zur Verfügung.

Als ich Fjordan einmal aufforderte, er solle doch mal ein paar Tauben abschießen, die auf dem Dachfirst des Stalls saßen, grinste er breit und sagte: Niet, babuschka häbäbäbäbäbä ... (Nein, Omi schimpft).

Dann wollte ich unbedingt einmal mit der Puschka schießen. Das erlaubte mir Fjordan jedoch nicht, aber mit der Pistole, ja, einmal, er zeigte es mit dem Daumen der rechten Hand. Er öffnete in seinem Zimmer das Fenster, nahm bis auf eine alle Patronen heraus und zeigte mir, was ich zu tun hatte: Anlegen, zielen und Achtung Rückstoß. Das Ding war schwerer als ich dachte. Ich zielte auf die Wiese, wo sich offensichtlich niemand und auch kein Tier aufhielt, und zog ab. Ein gewaltiger Knall machte mich taub, und es klingelte und sang in den Ohren. Die Pistole hatte keinen Rückstoß, sondern einen Stoß nach oben und zwar so stark, dass sie mir aus der Hand glitt und auf den Boden knallte.

Jopt tweuer match!, rief ich aufgeregt verlegen, aber ich hörte mich kaum.

Pietja, karascho, sagte er, lächelte und gab mir einen Klaps auf die Schulter. Mein Pistolen- oder Schießhunger war völlig gestillt.

Als wir am nächsten Tag wieder Gras und Klee holen fuhren, bekam ich die Zügel. Opi hätte mir das nie erlaubt. Fjordan holte eine rechteckige Tabaksdose aus der linken Brusttasche seiner Uniformjacke und zerknülltes Zeitungspapier aus der rechten, strich es auseinander, riss ein Stück ab und faltete an einer Seite eine Rinne. Er öffnete die Dose und entnahm ihr mit dickem Zeigefinger, Mittelfinger und Daumen Machorka, russischen Tabak, legte den Tabak in die Rinne, rollte das Papier auf, benetzte das Ende mit der Zunge und Speichel und klebte die so entstandene Zigarette zu. Er steckte sie an, rauchte genüsslich und grinste mich von der Seite an. Ich sagte wie selbstverständlich: Pjotr auch.

Pjotr rauchen? Nix gut.

Er zögerte, und ich sagte: Doch! Probieren.

Er bastelte mir auch eine Zigarette und zündete sie mir an, gerade als wir auf die Wiese fuhren.

Du nix hhha!, sagte er und sog die Luft in die Lunge.

Da da, karascho, sagte ich, nahm einen kräftigen Zug und musste derart husten, dass ich die Zügel losließ, vom Kutschbock fiel, direkt zwischen die Hinterbeine des Pferdes.

Jopt tweuer match, hui pierdalla!, fluchte er, hielt das Pferd an, sprang vom Wagen und holte mich heraus. Er stellte mich hin und fragte besorgt: Du kaputt?

Nix kaputt, sagte ich etwas benommen, und mir war etwas schlecht.

Papirosa (Zigarette) kaputt, meinte ich.

Nie tschiwo (egal), sagte er, winkte ab, und wir begannen mit unserer Arbeit. Ich war trotz allem ganz stolz auf meine erste Zigarette, oder vielleicht besser auf meinen ersten Zug an einer Zigarette. Das blieb natürlich unser Geheimnis, wie überhaupt alles, was wir gemeinsam erlebten. Es versteht sich von selbst, dass wir bald wieder eine rauchten, wobei mir noch nicht einmal schlecht wurde, ich wechselte wahrscheinlich höchstens ein wenig die Gesichtsfarbe, was allerdings Fjordans Besorgnis nicht weiter zu erregen schien.

Im Spätsommer hatte Fjordan eine kleine Koppel gebaut, richtig mit Pfählen und Draht, und dahin brachten wir die Pferde morgens, und abends holten wir sie ab, zu Fuß ohne Sattel und Zaumzeug. Und jedes Mal sagte er: Ah, Ferde nix zapzerap.

Du meinst, einer könnte die Pferde klauen?

Gutes Ferd, gut klauen.

Da konnte ja was dran sein, aber die Pferde waren immer da.

Eines Abends setzte er mich auf den Braunen, und er selbst schwang sich auf den Schwarzen, was schwierig war so ohne Steigbügel. Ich jedenfalls hielt mich an der Mähne fest und mit den bloßen Füßen am Bauch des Pferdes. Er machte das Gleiche, was ich sehen konnte, denn ich ritt hinter ihm her.

Wir biegen in den Torweg ein. Das ist mir irgendwie alles zu langsam, ich reiße mir eine Pieke (ein Stöckchen) von der Hecke, haue meinem Braunen eins auf den Hintern, dass er erschrickt und losrast, durchgeht, an Fjordan vorbei auf das Haus zu. Ich sitze nur auf dem Hals, er schleudert mich trotzdem hin und her mit Galopp am Haus vorbei auf die Wiese. Ich klammere mich an der Mähne fest, und er rast weiter über die Wiese, schwenkt um wieder in Richtung Torweg. Ich brülle, soweit das geht, brr, brr in sein Ohr und sehe wie Fjordan angelaufen kommt und auch brüllt:

Brr, stoy, brrrrr, stoy, jopt tweuer match! Da bleibt das Pferd stehen. Während er mich herunternimmt, schimpft er wie ein Rohrspatz: Pjotr, nix gut!

Ich sage kleinlaut: Da da und mache mich dünn, denn ich kann es nicht ertragen, dass er mich so anbrüllt, es ist doch nichts passiert! Das Pferd ist ja nicht in den Stall gelaufen, oder ich bin nicht mit dem Kopf gegen einen Ast der Reineclauden-bäume hinten auf der Wiese geschlagen, also. Obwohl, ich verstehe ihn schon, er hat ja recht.

Sie hatten Marmelade gekocht, Johannisbeeren und Himbeeren, und sie hatten sie zum Abkühlen in die Zinkbadewanne geschüttet, die vor dem Kellerfenster stand, ein Magnet für Wespen.

In der Nacht dringt ein nie gehörter Lärm aus dem Keller nach oben. Fjordan läuft runter und Omi auch. Es folgt ein Gezeter auf Russisch mit Pauken und Trompeten, dann ist es wieder still.

Was war los?, wollen wir wissen.

Omi erzählt: Da war ein Russe, der wollte einbrechen, kriecht durch's Kellerfenster und fällt in die Marmelade. Der sah aus! Und die ‚süßen' Wespen haben ihn wohl auch noch gestochen. Fjordan hat ihn fertiggemacht, der kennt ihn, der muss morgen zum Kommandanten, kriegt wohl ne Strafe.

Könn' wir denn die Marmelade noch essen?, frage ich.

Ja, wieso denn nicht?, fragt Omi zurück, und damit gehen wir wieder alle ins Bett.

Wir müssen im Haus umziehen. Ich schlafe ab jetzt auf zwei zusammengeschobenen Sesseln unten im Wohnzimmer, Flachs und Omi haben sich im ausgebauten Obergeschoss eine Bleibe gesucht. Mama und Moni haben Typhus bekommen, und außer Omi darf keiner nach oben in das Zimmer. Nach drei Tagen sagt eine russische Ärztin, die beiden müssen ins Krankenhaus gebracht werden. Dort besucht sie nur Omi. Moni hat Bauchtyphus, und Mama hat Kopftyphus, sie hört nur immer die Glocken läuten.

Nach drei Wochen kommt Omi traurig aus dem Krankenhaus zurück und sagt, die russischen Ärzte hätten die Kleine aufgegeben, sie würde die Nacht nicht überleben ...

Die goldene Abendsonne steht gerade neben dem Kirchturm der Marienkirche, die zum Abendgebet läutet. Mir wird klar bewusst, dass, wenn Mama auch noch stirbt, ich ganz allein sein werde, verlassen und einsam, und ich beginne zu beten, dass Gott mir die Frauen erhalten möge. Fjordan möchte mich trösten, Georg, Tante Gretel und die anderen, es gelingt ihnen jedoch kaum. Omi ist unermüdlich, sie schleppt heiße Brühe ins Krankenhaus, die sie vor allem Moni einflößt, jeden Tag, mehrmals.

Nach ein paar Tagen werden die beiden Frauen schwach und abgemagert zurückgebracht, sie leben, sie kommen oben ins desinfizierte Zimmer, und Omi peppelt sie wieder auf. Ich vergieße heimlich Tränen des Dankes und der Freude.

Obwohl das Wetter schön war, liebte ich es, unbeobachtet auf dem Oberboden zu spielen, auf den eine Leiter führte. Einmal war ich raufgeklettert, hatte dann doch keine Lust, weil ich doch lieber draußen spielen wollte. Anstatt nun rückwärts runterzuklettern – was normal ist – wollte ich es einmal vorwärts probieren, dabei fiel ich die Leiter runter und landete mit dem Steiß auf der letzten Sprosse. Ich bekam kaum noch Luft, war ganz bleich und konnte nicht sprechen. Ich sorgte mal wieder für Aufregung. Mama und Omi legten mich hin, beruhigten mich und versuchten, mir Tee einzuflößen. „Er hat einen Schock!", flüsterte Omi.

Klotho: Das ist richtig. Es ist sogar schon ein leicht traumatisches Erlebnis, weil ihm die Zeit fehlt, die man braucht, um hinunterzuklettern. Eine leichte Stauchung hat er ebenfalls.

Sie steckten mich in das rechte Ehebett unten im großen Schlafzimmer, zogen die Vorhänge fast ganz zu, damit mich die Sonne nicht blendete, und ich schlief erst einmal.

Später brachten sie mir etwas zu essen ans Bett, eines der größten Privilegien, und es ging mir schon bald besser. Auch am nächsten Tag sollte ich noch im Bett bleiben, was ich auch tat. Zu der Zeit schlief Moni in diesem Bett und Mama daneben. In dem dritten Bett am Fenster, ein Einzelbett, schlief keiner.

Ich wache auf, es ist schon spät, denn es ist dunkel draußen, als Mama ins Bett kommt … Es ist gar nicht Mama, es ist Gisela, eine der jungen Frauen, und mit ihr der russische Offizier Sascha, der öfter zu uns kommt, wenn gefeiert wird, ein gut aussehender Mann, sagen alle.

Neben mir wird die Nachttischlampe angemacht, und ich stelle mich schlafend. Gisela flüstert:

Das geht nicht, wir wecken das Kind auf.

Das Kind schläft.

Du krank?, fragt sie.

Ich nix krank.

Da wird das Licht wieder ausgeschaltet. Ab jetzt fange ich an zu schwitzen, mein Herz schlägt schnell, aber ich atme langsam und leise, ganz normal, denn ich möchte nicht, dass sie mitbekommen, dass ich wach bin. Andererseits möchte ich alles mithören, was sie sagen und machen, am liebsten würde ich das Licht einschalten. Ich habe auch Angst, dass er ihr was tut. Zuerst sind es Geräusche, von denen man nicht genau sagen kann, was es ist. Ich jedenfalls stelle mir vor, dass er ihr das Kleid hochzieht, ihr den Schlüpfer auszieht, sich die Hose und Unterhose auszieht, sich auf sie legt, ihr die Beine breit macht und ihr dann seinen Pieschmöller hineinsteckt.

Au! Ist zu hören, dann noch einmal, es kommt von ihr. Jedenfalls werden die Bewegungen jetzt rhythmisch, das Bett quietscht und knackt etwas. Von ihr hört man nichts mehr, aber er atmet schneller, wohl mit offenem Mund, bis er die Luft anhält und irgendwie grunzt. Und dann ist es einen Moment ruhiger, dann ziemlich still, und dann ziehen sie sich wohl an. Ist das jetzt vergewaltigen?, denke ich. Ich versteh das alles nicht. Sie knipsen die Nachttischlampe an und gleich wieder aus. Sie gehen auf die große Tür zu, gehen hinaus, ohne ein Wort zu sagen. Ich kann lange nicht wieder einschlafen, ich bin zu aufgeregt, weil ich mir überlege, ob sie jetzt auch spült. Ich hatte nämlich gesehen, wie eine Frau spülte: Sie schütten lauwarmes Wasser in einen Einlauf, stecken sich die Tülle vorne rein und spülen. Das soll helfen, dass die Frauen keine Kinder kriegen. Dann dachte ich, vielleicht wollte Gisela das ja auch, dann war das ja gar keine Vergewaltigung wie mit Mama in Greifenberg. Fragen kann ich ja keinen.

Eine bekam ein Kind von einem Russen, sie war noch ein junges Mädchen, sie wohnte nicht bei uns. Sie fragte Omi, ob man das Kind nicht taufen könnte, irgendwie, denn da war ja kein Pastor, und vom katholischen polnischen Priester wollte sie das Kind nicht taufen lassen. Das sei ganz einfach, meinte Omi, und sie machte eine Nottaufe. Auf dem Vertiko in Omis Zimmer (ein Zierschrank mit kleinem Überbau, Aufsatz) stand ein kleines weißes Marmorkreuz, dazu stellte sie das Bild mit Jesus, der die Schafe und Lämmer segnet, das normalerweise an der Wand hing, und zündete eine Kerze an. In die Waschschüssel aus Porzellan wurde lauwarmes Wasser gegossen und gesegnet. Die Patin war Regina, auch eine der jungen Frauen. Sie hielt das Kind, einen Jungen, auf einem Kissen mit Handtuch, und Omi sagte ein paar biblische Sprüche: Der Herr ist mein Hirte, mir wird nichts mangeln, oder segnet alle Völker und taufet sie in meinem Namen; ich vermag alles durch den, der mich mächtig macht, Christus; und dann: Ich taufe dich auf den Namen Kurt, Valentin, im Namen des Vaters und des Sohnes und des Heiligen Geistes. Und drei Mal nahm sie eine Handvoll Wasser und goss es auf das Köpfchen des Kindes. Der Kleine weinte nicht, schrie nicht, babbelte in irgendeiner Kindersprache daher, es schien ihm zu gefallen. Seine Mutter Lena war froh und nahm die Glückwünsche der Umstehenden entgegen und bedankte sich bei der Patin und der Diakonisse Omi, die ganz stolz war. Anschließend schrieb Omi alles auf ein Blatt Papier, unterschrieb es und ließ es von den Taufzeugen abzeichnen.

Auch das Jahr 1946 ging zu Ende, der Rest der Familie war einigermaßen unversehrt geblieben, und wir waren immer noch im Haus Bollenburg 5 und hielten uns über Wasser.

Wilfrieds Tagebuch (Fortsetzung)

22.1,46 Heute früh 7 Uhr hat mir Gott gezeigt, dass man jederzeit zum Sterben bereit sein muß. Ich habe da an einer elektr. Leitung festgesessen; sowas ist ein furchtbares Gefühl. Es hätte können mein Tod sein. Ob ich dann mit Wölfi und Opi vereint wäre? An Wölfi denke ich täglich unter Tränen.

19.II.46 Er denkt an den Geburtstag seiner Frau, die 27 Jahre alt wird. Er erinnert sich daran, wie ihm letztes Jahr an seinem Geburtstag zumute war, als er am liebsten gestorben wäre. Er fragt, ob seine Familie auch bei den 1 500 000 Menschen ist, die vom Polen aus der Heimat vertrieben werden.

13.III. Er hat einen Brief von Tante Elsa erhalten, in dem sie mitteilt, dass sie die Familie besuchen und ihn dann benachrichtigen will.

23.III. Von seinem Geburtstag erfährt niemand etwas.

25.III. Tante Anna und Elsa schreiben, dass es nicht mehr nötig ist nach Treptow zu fahren, da der erste Transport in Sachsen angekommen ist. Sie meinen, dass die Familie auch schon auf der Fahrt ist.

6.IV. Er bekommt eine Karte von Frau Laabs, die schreibt, dass die Familie gesund und noch zu Hause ist. Er hat sich sehr über diese Nachricht gefreut und hofft, dass die Familie nun auch bald kommt.

10.4. Von Frau Piepenburg erhält er erfreulicherweise die Anschrift von seinem Freund Hobel [Haak], den er in russischer Gefangenschaft wähnte.

18.4. Es kam soeben ein Brief von Ursel B. durch Frau Lepenies an mich. Sie fragt nach meiner Adr. Auch sie und die lb. Nachbarn mussten die Heimat verlassen. Hast Du lb. Gretel nichts für mich mitgegeben?

Keinen Brief, keinen Gruß nein, Du hast sicher was mitgegeben, ich werds ja bald wissen. Es würde mir sehr weh tun. Warum musstest Du dort bleiben bist Du persönlich verpflichtet, bist gar die Geliebte derer die mit Dir im Hause wohnen? Warum lässt Du mich nur so lange allein? Muss das sein? Gott weiß es und ich will geduldig warten. Euch behüte er und gebe Euch seinen Segen und Kraft zum ausharren bis wir wieder vereint sind.

28.VI. Endlich bist Du in meiner Nähe und rufst mich. Warum hast Du mich nur so lange allein gelassen. Die letzte Zeit war ich oft sehr böse auf Dich. Deine in liebe geschriebenen Briefe haben mich erfreut und genau so zum Zorn gereizt. Das wirst Mutter und Du ja auch aus meinen Briefen gesehen haben. Ich konnte in dieser Zeit nichts in dieses Büchlein, was nur für Dich bestimmt ist und in dem auch noch kein Mensch ein Wort gelesen hat einschreiben, es wären dann nur harte Worte gefallen.

Du bist nun bald bei mir. Aber um wieviel größer wäre die Freude, wenn Du meinen lieben Wölfi, Deine Sonne mitgebracht hättest. Den süßen Jungen hast Du nun dort lassen müssen. Für mich war er ein Traum, für Dich ein wunderbares erleben. Er ist von uns gegangen um dort hinzugehen wo wir ewig sein möchten. Unser Wölfi ist bestimmt bei Gott, er war zu schade für diese Welt. Du hast nun Abschied genommen von seiner Ruhestätte. Ob Du den Brief noch von mir bekommen hast, in dem ich Dir Schrieb, Du sollst mir die stillen Gräber grüßen. Und was wird Dir der Abschied schwer geworden sein von unserer Heimat und dem kleinen Grab. Nun kommst Du nach hier zu mir, ob wir jemals die Heimat wiedersehen und die Gräber mit Blumen schmücken dürfen? Das alles weiß nur Gott allein.

Hier warten nun andere Aufgaben auf Dich, Arbeit hast Du hier in Fülle, ich denke ja, dass Du hier auch helfen wirst wo Du kannst. Ich habe mir die Liebe all dehrer die mich kennen erworben, es wird auch Dir mein Lieb nicht schwer fallen. Dass wir nun beide arm sind, weißt Du ja und was wir verloren haben weißt Du ja auch. Dem viel gegeben wird, von dem wird auch viel genommen. Wir sind drum beide reich denn wir sind gesund und können arbeiten. Gott der Herr wird unsere Arbeit segnen und uns eine neue Heimat geben. Wir wollen ihm dafür dankbar sein. Diese kleinen Zeilen sollen Dir sagen wie groß meine Sehnsucht nach Euch und nach der Heimat war.

Ich komme nun zu Dir, dieses ist alles was ich Dir geben kann, ich gehöre Dir und keiner andern. Lass uns nun mit Gott von vorn anfangen.

Dein Wilfried

Mama hatte eine Schulfreundin, Elise V., Lilli genannt. Sie wohnte eine halbe Stunde zu Fuß etwas außerhalb der Stadt bei ihrer Schwester, die Schweizerin war. Die schweizer Fahne wehte über dem großen Gutsgebäude, und weil die Schweiz politisch neutral war, durfte von keiner Seite etwas angetastet werden. Lilli hatte ebenfalls zwei Kinder, Inge und Peter, die etwas jünger waren als meine Schwester und ich, ihr Mann war auch im Krieg gefallen. Mama und Lilli hatten Folgendes vereinbart: Bei Lilli sollte mehrmals in der Woche vormittags eine Art Schulunterricht stattfinden, damit wir Kinder „von der Straße kämen". Bei ihnen wohnte ein Dr. Lenau, der sollte das übernehmen. Obwohl ich mich wieder in meine Freiheit eingeschränkt fühlte, meinte ich, dass der Doktor – so nannten wir ihn – das ganz interessant machte, alles etwas zu abstrakt, weil die Schulbücher fehlten, aber immerhin. Wir machten Erdkunde mit dem Atlas, wir schrieben, wir rechneten, alles immer der Altersstufe gemäß.

Natürlich spielten wir auch viel zusammen. Inge und Peter hatten sich aus Lehmsteinen ein richtiges Häuschen gebaut, in dem wir uns viel aufhielten. Dann bauten wir uns aus Holz kleine Schiffe mit Aufbauten, strichen sie an und ließen sie an einer Leine auf der Rega fahren. Peter konnte schon Rad fahren, und ich lernte es: Auf einem Herrenrad ohne Sattel und ohne Bereifung über Sand und Kies, also nur auf den Felgen, mit dem rechten durchgesteckten Bein, wobei der linke Knöchel des rechten Fußes derart von der Pedale in Mitleidenschaft gezogen wurde, dass er blutete. Die Hauptsache war Radfahren, Blut hin, Blut her. Außerdem verkrustet das ja auch mit der Zeit. Zugegeben, es tat auch weh, aber das musste man sich ja nicht unbedingt anmerken lassen. Zuerst war es ja nicht nur der Knöchel, sondern durch unvermeidliche Stürze bedingt die Beine überhaupt, die Ellenbogen, Hände, einmal sogar der Kopf … eine Zirkusnummer also, die Mama jedenfalls die Hände über dem Kopf zusammenschlagen ließ über ihren ramponierten Sohn.

Manchmal kamen Inge und Peter auch zu uns, denn bei uns konnte man auch gut rumströpen und spielen. Dabei spielten wir ab und zu Paare, Peter war der Mann meiner Schwester, und Inge war meine Frau. Wir planten unsere Wohnungen, unseren Haushalt, wie viele Kinder wir haben wollten, und welche Berufe die Kinder haben könnten. Inges und meine Kinder sollten zur See fahren, die Nachbarskinder sollten Ärzte werden. Ein wenig „Liebe" sei schon dabei, wenn wir uns küssten, waren wir überzeugt.

Sonntags nachmittags waren wir meistens bei ihnen, denn sie konnten mit ihrem Super einen westlichen Sender empfangen, den NWDR, den nordwestdeutschen Rundfunk, auf dem man den Kinderfunk hören konnte.

Zu unserem Glück oder zu unserem Unglück war unser Lehrer eines Tages verschwunden, und wir lernten außer Russisch von Fjordan nicht mehr viel, nur das, was wir uns selbst beibringen konnten, weil es uns Spaß machte.

Mama wollte, dass ich mich auf jeden Fall fortbilden sollte, in vaterländischer Geschichte zum Beispiel, vor allem aber in Lesen und Schreiben. Sie hatte einen ehemaligen Pauker aufgegabelt, der diese Aufgabe übernehmen sollte. Der machte das auch recht gut, fand ich, der lobte und tadelte zu recht. Nur an schönen Frühsommertagen im Jahre 1947 machte ich lieber andere oder ungezogene Sachen, sodass ich mir vornahm, den Lehrer, der übrigens mit Naturalien bezahlt wurde, zwar aufzusuchen, indem ich das Haus, in dem er in der Langestraße wohnte, in sicherer Entfernung von dreißig Metern ansah, dann aber umkehrte und entweder in der Stadt umherstromerte oder mich unerkannt nach Hause schmuggelte, versteckte, und dann, wenn die Zeit abgelaufen war, wieder auftauchte, als wäre nichts geschehen. Diese Art des „Unterrichts" hielt jedoch nur so lange an, bis Mama sich hinter meinem Rücken bei dem Lehrer nach meinen „werten" Fortschritten erkundigte.

Ich war wieder in sicherem Abstand zum Haus des Lehrers umgekehrt und hatte den Kopf voller Pläne und trödelte gelassen auf dem Rückweg nach Hause, als ich plötzlich Mama durch eine Querstraße auf der Parallelstraße sah, und wenn mich nicht alles täuschte, hatte sie die rechte Hand deswegen steif neben sich hängen, weil sie den Knauf des Kurbatschs umfasste, den sie vor mir zu verbergen suchte. Ich ging schneller weiter, und da war sie wieder zu sehen durch die nächste Querstraße. Ich drehe um, laufe zum Lehrer, der sich wundert, dass ich zu spät komme und so aus der Puste bin, dass ich nichts sagen kann. Und da ist sie auch schon, die beste Läuferin der Stadt, und hat tatsächlich den Kurbatsch in der Hand … Dass sie aber in Anwesenheit des Lehrers keinen Gebrauch davon macht, versteht sich von selbst, was ich mit Genugtuung feststellen kann. Und nach dem Unterricht, bei dem ich mich besonders anstrengte, war zu Hause alles nicht mehr so schlimm, denn ich versprach niedrig und unheilig mich zu bessern, was zur Folge hatte, dass ich mir diese Art von „Ferien" leider selbst vermasselt hatte. Hätte ich es doch nur ab und zu getan, aber nein, er muss es ja übertreiben. Aber ich glaube ich bin so: Entweder ganz oder gar nicht!

Dann gab es aber doch Vorfälle, die so schwerwiegend waren, dass weder Stuben- noch Hausarrest, sondern zunächst der

Kurbatsch als Folterinstrument und dann die anderen Strafen noch obendrein in Frage kamen.

Der Kurbatsch, [wohl von Karbatsche] auch Siebenstriem genannt, besteht aus dem schon genannten Griff, an dem sieben oder mehr Lederstriemen befestigt sind, die, wenn sie auf die Haut niederprasseln, nicht nur Schmerzen, sondern auch Schwellungen hervorrufen, die wiederum schmerzen, weil man nicht weiß, wie man sein Hinterteil betten soll. Wenn man seinen Allerwertesten schützen will und den unwillkommenen Striemen die Handflächen entgegenhält, so hat man tagelang nicht die Möglichkeit, irgendeine Arbeit mit den Händen zu verrichten, weil sie brennen, als hätte man ein glühendes Hufeisen mit bloßen Händen aus der Esse gezogen.

Normalerweise lohnte es sich schon, allein bei Ansicht dieses Werkzeugs in Bewegung laut loszuschreien war die beste Methode, obwohl noch gar nichts passiert war, denn immer war jemand in der Nähe, der/die Mama in den Arm fallen konnte, um wenigstens ihre anfängliche Schlagwut ein wenig zu dämpfen oder die körperliche Züchtigung ganz zu verhindern, die man ja aus Scham in der Öffentlichkeit nicht gern verrichtet. Man musste auch wissen (aus Erfahrung natürlich), dass besonders die Russen es unter gar keinen Umständen litten, dass Kinder geschlagen wurden, Kinder waren für sie sowas wie Heilige, gleichgültig was sie ausgefressen hatten oder welche Schandtaten sie begangen hatten. Bei den nun folgenden Ereignissen mochten selbst Kinderbeschützer nicht mehr bedingungslos einschreiten:

Ich ließ oben im Mansardenzimmer aus Vergesslichkeit eine elektrische Kochplatte eingeschaltet und ging nach draußen spielen. Da Kochplatten damals noch keinen automatischen Ausschalter hatten, einen Überhitzungsschutz also, wurde sie so heiß, dass sie sich durch den unter ihr befindlichen Stuhl brannte, ihn entzündete, und er wiederum begann, das Haus anzuzünden. Da aber der Qualm irgendwie aus allen nur möglichen Fugen im Dach ins Freie quoll, konnte die Ursache des bevorstehenden Brandes in letzter Sekunde beseitigt werden.

220

Genauso schnell konnte der Verursacher ausgemacht und aus dem Verkehr gezogen werden. Dieses war der erste schwere Streich, der dem Urheber heftige Kurbatschschläge und zusätzlich eine Woche Stubenarrest einbrachte.

Diese Woche konnte jedoch durch eine so genannte Probelampe um zwei Tage verkürzt werden. Eine Probelampe ist ein Strafensparer: Sie ist so einfach, dass sich eine Beschreibung fast erübrigt. Sie besteht aus einer Fassung, einer Glühbirne und zwei Drähten unterschiedlicher Farbe, die an den Enden abisoliert sind. Wenn man nun die Drahtenden in eine Steckdose steckt, kann man nachweisen, dass auf der Steckdose eine elektrische Spannung vorhanden ist oder nicht, so dass ein Strom fließen kann oder nicht, das heißt man probiert das, daher der Name Probelampe. Mama fand diese „Erfindung" so faszinierend, dass sie sie am liebsten als Patent angemeldet hätte, zumindest war sie von der Tatsache begeistert, dass ich schon in so jungen Jahren so etwas konnte und wusste oder mir ausdachte. Für mich war das nicht weiter schwierig, und ich wusste natürlich auch nichts von der Gefährlichkeit eines solchen Unterfangens, denn es gab weder Überstromsicherungen, die vor Kurzschluss schützen, noch FI-Schalter, Fehlerstromschutzschalter, die Personen schützen, noch Schutzkontaktsteckdosen.

Der zweite Streich, er folgt sogleich: Diesen Streich hatte ich allerdings nicht allein zu verantworten, weil meine Schwester Moni mir assistierte. Im Stall waren einige von Tante Gretels Möbel abgestellt, weil sie fand, dass ihr Wohnzimmer zu voll war. Sie sollten später einmal wieder im Haus aufgestellt werden. Der nächste physikalische Versuch bestand nun darin, in eine Kommode kräftig Stroh zu stopfen, dieses anzuzünden und dann schnell die Kommodentür zuzumachen. Denn es ist ja so: Feuer braucht Luft (Sauerstoff), wenn nun die Tür verschlossen ist, kann ja keine Luft in die Kommode gelangen, also kann das Stroh auch nicht brennen. Erstaunlicherweise aber ging der Versuch deswegen schief, weil sich das Feuer durch alle Ritzen von unten Luft ansaugte, weil es durch obere Ritzen heiße Luft abgeben konnte und Qualm über Qualm. Es qualmte so stark, dass man davon ausgehen konnte, dass der Stall, der ja voll Stroh war, jederzeit abbrennen konnte. So war auch die Aufregung groß bei den ersten Rufen „Feuer, Feuer!" Die „Feuerwehr" bestand nun aus Gießkannen, Eimern und vielen Händen und eilenden Füßen. Das Ergebnis war, dass die Kommode total im Eimer war, mein Hintern auch, obgleich man doch sagen muss, dass der Versuch irgendwie außergewöhnlich war, obwohl er nicht richtig funktionierte. Meine Assistentin war froh, dass sie mit einer Strafpredigt davonkam. Eine Woche Freiheitsentzug für mich war angemessen. Diese Strafe konnte jedoch wieder um zwei Tage verkürzt werden, weil die Probelampe auf eine ganz besondere Weise arbeitete, was man deutlich zeigen konnte: Wenn man einen ihrer Drähte in einen Pol einer Steckdose steckte und den anderen an Eisen hielt, das in der Erde vergraben ist (zum Beispiel Blitzableiter), brennt die Lampe. Steckt man den Draht in den anderen Pol, brennt sie nicht. Die Steckdose muss also zwei unterschiedliche Pole haben. Die Ausdrücke Phase und Nullleiter und ihre Funktionen sowie Stromkreis kannte ich damals noch nicht. Aber Mama war begeistert, und ich hatte mein Ziel erreicht. (Auch wenn wir heute geschützt sind, diesen Versuch nicht nachmachen!!!)

Dieses war der zweite Streich, doch der dritte folgt sogleich: Vielleicht erinnern Sie sich, liebe Leserinnen und Leser, Léon hatte mir ja damals zu Weihnachten einen Zug aus Holz gebaut mit zwei Personenwagen, einem geschlossenen und einem offenen Güterwagen. Ein hervorragendes Beispiel kindlichen Spieltriebs hatte nun darin bestanden, auf letzteren alles Mögliche aufzuladen: Steine, Hirse, Graupen, Erbsen und so weiter. Eines Tages nun entdeckte ich in der Schublade des Tisches in Omis kleiner Küche unter anderem Sicherungen, die so etwas wie Fässer sein konnten oder Tonnen, denn es waren schöne dicke Sicherungen, und die passten genau auf den Güterwagen. Prima, dachte ich, stellte dann aber fest, dass sie oben und unten so voller Grünspan waren, dass sie mir nicht mehr gefielen. In Omis und Opis Zimmer waren doch auch Sicherungen, die Hauptsicherungen für das Haus, da wo die Zuleitungen von außen hereinkamen, die Sicherungen waren bestimmt schöner. Ich schlich mich ins Zimmer, es war niemand da, die Pumpe ackerte nicht, also, gedacht, getan. Die ließen sich ja wunderbar aus den Fassungen schrauben. Die erste sah phantastisch aus, genauso groß wie die unansehnlichen, alle glänzten wie Schnee und oben und unten wie Silber. Alle drei kamen raus, und die alten kamen dafür rein. Ich steckte die erste in die Fassung, drehte an, wunderbar, na also. Ich steckte die zweite in die Fassung, drehte an, und es gab einen furchtbaren Knall, Feuerspritzer, Rauch, irgendwas fiel auf Flachs Kopfkissen und sengte es an. Es stank wie die Pest. Irgendjemand musste den Knall gehört haben, eine Flucht wurde vereitelt. Die Tür wurde aufgerissen, und die Striemen sausten jetzt nicht nur auf den Hintern, sondern auch auf den Rücken und auf die Schultern, und Mama ächzte richtig. Ich beschloss in meinem Schmerz, den Kurbatsch, mit dem Mama anscheinend ins Bett ging oder den sie auch tagsüber immer bei sich trug, in die Rega zu werfen oder zu verbrennen, wenn ich seiner habhaft werden konnte. Niemand schützte mich, und ich bekam unbegrenzten Hausarrest. Das Ende vom Heldenlied war: Ein polnischer Elektriker sagte, es würde Tage dauern, bis das repariert sei, denn die ganze Anlage müsste erneuert werden, weil die Zuleitungen durchgeschmolzen waren. Omi schimpfte wie noch nie, wobei sie immer wieder das Wort Sabotage verwandte. Ja klar war ich schuld, aber ich hatte mir doch nichts dabei gedacht! Leider leider konnte ich dieses Mal den Arrest auch nicht durch meinen Strafsparer verkürzen, denn – wir hatten ja keinen Strom.

Eines Tages waren beide Pferde nicht mehr da, und Fjordan meinte, es habe keinen Zweck, die seien eben gestohlen worden. Ein wenig später waren Schorsch und Fjordan auch verschwunden, Fjordan hatte seine schäbige Taschenuhr gegen Opis goldene eingetauscht.

Als Frau Flach starb, machte das ihrem Mann großen Kummer, denn er habe jetzt niemand mehr, sagte er, sie hatten ja keine Kinder.

Ich suchte wie versprochen zweimal in der Woche meinen Lehrer auf und lernte tüchtig. Einmal guckte ein Polenjunge, der jünger war als ich, auf der Bollenburg aus dem Fenster und spuckte mir ein richtig schönes Qualster auf mein rotes kurzärmliges Hemd mit gelben Blumen. Ich schaffte es nicht, ihm die Nase einzuhauen, weil er sich im Haus versteckte, so konnte ich ihm nur unflätige Ausdrücke nachrufen wie polnische Sau, *dupa* oder *maupa*, und er fluchte von innen: *pschakref pierunje, curva niema*. Einen Tag später kamen zwei Russen vom Rathaus, und Mama musste wegen meiner angeblichen Beleidigungen ins Gefängnis unten im Keller des Rathauses. Omi und ich schlichen da rum, und wir raunten „Mama" und „Magda", bis wir sie gefunden hatten. So konnte Omi ihr etwas Essbares durch das vergitterte Fenster zustecken. Ihr ginge es ganz gut, sagte sie, wir sollten uns keine Sorgen machen.

Als ich einmal vom Lehrer wiederkam, sah ich hinter dem Kraftwerk einen Menschenauflauf. Ein Russenjunge war am Gitter angespült worden, ganz weiß und gelb und bläulich, vielleicht zwei Jahre älter als ich. Obwohl er ganz steif war, küssten sie ihn und bliesen ihm Luft in die Lungen. Dann knieten sich Männer abwechselnd auf den Boden über ihm, drückten auf den Brustkorb und ließen wieder los, bis sie ins Schwitzen kamen … Ich begriff den letzten Rest von Hoffnung der weinenden Angehörigen und dann schließlich die Gewissheit, dass nichts mehr zu machen war, sein kurzes Leben war schon früh zu Ende. Mir taten sie leid, und ich weinte auch wie alle Anwesenden. Mama hatte recht, Rega und Mühlengraben sind gefährlich, sogar für gute Schwimmer, wie wir ja wissen.

Die Austreibung

Im August platzte ein Pole mitten in die Arbeit und sagte: Ihr müsst jetzt das Haus verlassen … meine Familie zieht hier ein.

Omi war sichtlich erschrocken, entgegnete jedoch ruhig: Das Haus ist doch groß genug für uns alle.

Nein, nein, sagte der Pole, der gut Deutsch sprach, wenn ihr euch weigert, müssen wir Gewalt anwenden. Ihr könnt ein paar Möbel mitnehmen, eure persönlichen Sachen.

Und wohin sollen wir gehen?, fragte Omi.

Der russische Kommandant sagt, da sind noch Wohnungen frei, zum Beispiel am Schweinemarkt.

Und die anderen?

Müssen sich auch irgendwie Unterkunft suchen, ich sage doch, da sind noch Wohnungen.

Das ist ja eine feine Geschichte, mischte sich Mama ein, wovon sollen wir denn leben?

Ich weiß nicht. Aber wissen Sie, prosche Panni, Sie kommen sowieso bald wieder. Vielleicht erobern Deutsche wieder bald Polen, und dann sind w i r wieder vertrieben.

Was wir alle befürchtet hatten, war also eingetreten: Wir wurden aus dem „Paradies" vertrieben, das allerdings schon eine ganze Zeitlang ziemlich ramponiert war, ein ramponiertes Paradies eben. Wir zogen zum Schweinemarkt, wir, das war der Rest unserer Familie, Mama, Moni, Omi und ich. Tante Gretel hatte schon im Jahr zuvor, 1946 also, eine Ausreisegenehmigung wegen Familienzusammenführung erhalten und war zu Onkel Wilfried nach Hannover gefahren. Die anderen Mitbewohner kamen auch irgendwo in der Stadt unter, wobei Herr Flach besonders unter der zweiten Vertreibung litt, denn er hatte nichts mehr zu tun, sagte er, die Lust zu leben habe ihn verlassen, er habe wie wir auch nicht mehr genug zu essen. Unsere kleine dunkle Wohnung im Parterre bot gerade für uns Platz, zu essen gab es fast nichts, und wir fürchteten den bevorstehenden Winter, weil es fast nichts zum Heizen gab. Im Dezember bekamen wir allerdings dicke Brocken Steinkohle aus Oberschlesien zugeteilt, und meine Aufgabe bestand in der Hauptsache darin, diese Brocken mit einem Hammer klein zu schlagen, damit wir die Kohle verheizen konnten.

Da wir meinen Lehrer nicht mehr „bezahlen" konnten,

erübrigte sich der Unterricht, worüber ich gar nicht mehr so froh war, weil ja auch meine anderen Betätigungsfelder weggefallen waren. Nur bei unseren Freunden Peter und Inge konnten wir uns noch ein wenig austoben.

Omi beurteilte die neue Lage mit einem bewundernswerten Optimismus, geradezu philosophisch, wie Mama meinte: Alles habe, so Omi, mindestens zwei Seiten. Für sie bedeute das: Das Alte sei im Alter oft mühsam – sie war ja immerhin schon 68 – das Neue beflügele den Verstand und die Sinne, sei eine Chance für einen beweglichen Neubeginn. Viele Menschen hätten Angst vor Veränderung – im Denken wie im Handeln – diese Angst aber schmälere den Mut und die Hoffnung. Sie werde jetzt den Haushalt übernehmen, und in ruhigen Stunden mit sich selbst und mit Gott reden.

Mamas Einstellung war nicht weit davon entfernt, sie prägte das Fremdwort pragmatisch, was, wie sie erklärte, so viel heißt wie: Man muss den Tatsachen ins Auge sehen, den praktischen Nutzen daraus ziehen und – das war ihre feste Überzeugung – das Beste aus allem machen.

Gedacht, gesagt, getan: Mama ging zur Kommandantur und fragte nach, ob sie nicht irgendeine Arbeit hätten, sie habe zwei Kinder und ihre alte Mutter zu versorgen, und die möchten gern etwas essen, sie kämen ja aus der Gärtnerei, in die jetzt ein Pole eingezogen sei. Mama war in der Kommandantur keine Unbekannte, und den Leuten gefiel, dass sie sich in ihrer Sprache mit ihr unterhalten konnten. Ob sie denn nähen könne. Natürlich könne sie nähen – welche deutsche Frau kann denn nicht nähen! Also wurde sie in die russische Schneiderei übernommen, wo es viel zu tun gab: Uniformen ausbessern, nähen, ändern, hier besonders bei Beförderungen, Achselklappen ändern, Biesen heraustrennen und neue einnähen und so weiter. Mama war flink, fleißig und lernte schnell. Da waren einige gelernte Schneider: Herr Kasten, Dintner, Schulz, Frau Holz, Herr Köpsel und seine Frau, beide taubstumm, und noch andere ungelernte. Sie nähten auf älteren Maschinen mit Längsschiffchen.

Mama konnte uns auf diese Weise über Wasser halten, denn

wir bekamen Naturalien und auch etwas Geld, polnische Zlotys, leider kaum noch Gemüse, sodass die Ernährung längst nicht mehr so gut war.

Nach einiger Zeit tauchte unsere Katze Lazuscha auf, die wir in der Gärtnerei zurückgelassen hatten. Sie hatte uns gesucht und schließlich auch gefunden. Omi wollte sie jedoch nicht am Schweinemarkt haben, deshalb steckte sie sie in einen Sack, und wir brachten sie nachts zurück.

Nicht weit von unserem neuen Zuhause hatten Polen ein ehemaliges jüdisches Stoffgeschäft aufgemacht, und Mama kaufte ab und zu Stoffe, um uns etwas zu nähen. Einmal war ich mit, um Stoff zu schleppen, und die Polin sagte zu mir, ich solle aufpassen, Mama und sie wollten ins Lager gehen, um Stoff auszusuchen. Wenn etwas wäre, sollte ich rufen.

Ich bin ein paar Minuten allein, als die Ladentür geöffnet wird und zwei Russen hereinkommen. Der eine hält mir seine Pistole an die Schläfe und sagt auf Russisch, was ich jetzt schon gut verstehe: Wenn du dich rührst oder irgendetwas sagst, bist du erledigt.

Ich fühle, wie der kalte Lauf der Pistole sich in die Schläfe bohrt, dass es schmerzt, aber ich wage nicht mich zu rühren. Mein Herz schlägt schnell, und ich muss schneller atmen. Der andere Russe nimmt alles an sich, wessen er habhaft werden kann: Zwei Stoffballen, eine Uhr, eine Schere, ein Maßband und das ganze Geld aus der Kasse. Er verstaut alles im Jeep, der vor der Tür steht. Dann springen beide ins Auto und fahren davon.

Jetzt renne ich nach hinten und rufe: Zwei Russen haben alles geklaut!

Wir laufen in den Laden, und Mama fragt vorwurfsvoll: Warum hast du uns denn nicht gerufen?

Der eine hat mir seine Pistole an die Schläfe gehalten.

Beruhige dich, Magda, sagt die Polin, in der Kasse war nicht so viel Geld. Aber die Stoffe, meine schöne Uhr, sogar das Metermaß haben sie mitgenommen. Ich bin selbst schuld. Ich darf den Laden nicht mehr verlassen, oder ich muss abschließen.

Sie haben uns bestimmt beobachtet, und dann kommen sie im richtigen Augenblick … Dich trifft keine Schuld, sagt sie zu mir gewandt, du hast dich richtig verhalten. Wenn er dich nicht erschossen hätte, hätte er dir eins mit dem Revolver über den Kopf gezogen …

Sie spricht gut Deutsch, wenn auch mit einem polnischen Akzent. Ich wage nicht zu fragen, woher sie das kann, ich bin noch zu aufgeregt.

Mama kauft drei Meter von einem dicken Stoff, sie will Omi einen Rock und eine Jacke nähen, Omi friert immer so, auch weil die Wohnung so feucht ist. Für neues Schuhwerk fehlt das Geld, und Omis Spezialschuhe – sie hat starke Ballen – können nicht mehr repariert werden, weil sie zu kaputt sind, sagt ein polnischer Schuhmacher.

Die Verschleppung

Ende Februar 1948 kommt Mama ganz nervös und beunruhigt nach Hause, so habe ich sie selten erlebt:

Wir müssen mit, sie nehmen uns mit, wir müssen Treptow verlassen, die ganze Schneiderei wird ausgelagert, weil unsere drei Kompanien verlegt werden nach Oppeln in Oberschlesien …

Wo ist denn Oppeln?, fragen Moni und ich.

Oppeln?, mischt sich Omi ein, das liegt auch an der Oder wie Stettin, aber ganz weit im Südosten. Ein bisschen weiter weg von Oppeln haben Oma und Opa auf ihrem Lastkahn, der Hindenburg, Kohle aus Gleiwitz geholt, ganz nah an der polnischen Grenze.

Und was machen wir jetzt?, fragt Mama, die sich immer noch nicht ganz beruhigt hat.

Du hast gesagt, wir müssen mit. Heißt das, sie zwingen uns?, will Omi wissen.

So ist es.

Und was sagen die anderen?

Was sollen sie sagen! Sie müssen auch alle mit. Wir haben keine Chance.

Können wir denn was mitnehmen?, erkundige ich mich.

Ja, das Notwendigste, auch ein paar Möbel.

Ich war fassungslos, versuchte aber, mir nichts anmerken zu lassen, und während die drei Frauen überlegten, was mitgenommen werden sollte – wobei meine Schwester immer wieder sagte, sie wolle ihre Puppe und die kleine Kochmaschine nicht hier lassen – dachte ich nur an eins: Oppeln war anscheinend so weit weg vom Paradies und von Treptow, dass man wohl für immer Abschied nehmen müsste. Ich verstand nichts mehr und hatte ein komisches Gefühl im Magen. An jenem Abend konnte ich schlecht einschlafen, weil ich auch daran dachte, dass wir dann ja auch vielleicht für immer von Oma und Opa, von unseren Freunden, Inge und Peter, von der Ostsee und Deep getrennt sein würden. Was nützt mir die Oder in Schlesien, meine Heimat ist da, wo die See ist. Ich wurde trauriger und trauriger. Pragmatisch? Wie sollte ich das denn machen?

Also gut: Ein Tisch, vier Stühle, vier Bettgestelle und Betten, ein Kleiderschrank und zwei Koffer, in die wurden unsere Kleidungsstücke gepackt. Mama ließ sich von einem Tischler für ihren großen Waschkorb, dessen klappbarer Deckel mit Wachstuch überzogen war und zwei Vorhängeschlösser hatte, Holzräder herstellen und auf zwei Achsen anbringen, sodass er geschoben oder gezogen werden konnte. In diesem Waschkorb packte sie die Papiere, Fotos, sogar das große ovale Bild von uns Kindern hinter Glas mit Goldrahmen, dann etwas Geschirr und Besteck, ein paar Gläser, Monis Puppe und Kochmaschine und meinen Teddy.

Am Tag vor der Abfahrt wurden unsere Möbel mit einem russischen LKW zum Bahnhof gebracht und in einem Güterwagen verstaut. Es herrschte ein reges Treiben, denn die gesamte Schneiderei mit Nähmaschinen, Kisten, Regalen,

Stühlen, Tischen, Plettbrettern, Pletteisen, sogar mit den dicken 1 000-Watt-Birnen wurde verladen und die Möbel, Sack und Pack der anderen Familien. Alle waren da, um zu beobachten, ob auch alles mitgenommen und gut untergebracht wurde.

Unsere Familie übernachtete nicht im Bahnhofsgebäude wie andere, sondern bei Lilli in ihren Betten, wofür Mama sehr dankbar war, denn die Nächte waren noch frisch, und zum Bahnhof waren es nur ein paar Minuten zu Fuß.

Ich konnte nicht gut schlafen, obwohl ich sehr müde war, und als ich mitten in der Nacht plötzlich hellwach wurde, merkte ich, dass ich ins Bett gemacht hatte, was noch nie geschehen war, ausgerechnet jetzt! Ich schämte mich furchtbar, ich wollte aufstehen, aber es war so kalt, und ich dachte, ich bleibe im warmen Bett, das trocknet von allein, und so ging es ganz gut, wenn man sich nicht rührte.

Am Morgen, als wir aufstanden, habe ich niemandem etwas gesagt, obwohl das Bett und ich stark rochen. Ich habe ihnen meine Marke hinterlassen, und ich hoffte, sie würden mir verzeihen, aber ich schämte mich, und mir war es sehr unangenehm.

Ich war überrascht, wir stiegen nicht in einen Personenwagen ein, sondern in einen Viehwagen. Die russischen Soldaten hatten die Personenwagen besetzt und beobachteten uns durch die offenen Fenster. Herr Dintner, der sehr gut Polnisch und Russisch sprechen konnte – er kam aus Schlesien – lief mit einer Liste herum und kontrollierte noch einmal, ob alle Familienmitglieder anwesend waren. Peter, Inge und Lilli winkten, andere Freunde und Angehörige auch, und dann wurde die Tür zugerollt und von außen verriegelt, und wir saßen im Halbdunkel.

Der Viehwagen hatte auf beiden Seiten oben drei kleine Fenster, auf dem Boden lag viel Stroh, da konnte man es sich gemütlich machen. Etwa in der Mitte hatten sie einen Bottich aufgestellt, das war das Klo, und Zeitungen lagen da auch. Wir setzten uns alle irgendwohin, meist an die Wände gelehnt, die Familien zusammen, die Rucksäcke oder Tragetaschen griffbereit. Die Lokomotive pfiff dreimal, Luft presste sich in die Kolben, und die Bremsen lockerten sich. Wir rollten langsam los in eine ungewisse Zukunft, die Oppeln hieß. Ich musste an so vieles denken, an das, was wir zurückließen, was nur noch Erinnerung war, an Deep zum Beispiel. Doch dann machte sich ein Gedanke breit, der mir irgendwo die Brust einklemmte – die von außen geschlossene Tür unseres Wagens. Wenn nun ... nein, nein! Es erwähnt ja keiner der Erwachsenen, deren Murmeln zu hören war, über allen Stimmen die tiefe freundliche Männerstimme Anton Dintners. Also ist es auch nicht so schlimm, sie sind doch klug, sie wissen besser Bescheid. Behalte ja deinen Gedanken für dich. Man sprach auch über die bevorstehende Arbeit, auch über die Stadt Oppeln, die Herr Dintner kannte. Zwischendurch konnte man Frau Dintners Tonfall vernehmen: Mein Gott!, wobei das „mein" dreimal so lang war wie Gott. Ein weiteres Markenzeichen von ihr war ihre „Entwarnungsfrisur", das heißt die Haare waren nach oben gelegt und wurden hinten mit zwei Kämmen festgehalten.

Herr Kasten und Herr Schulz hatten das abgesperrte Klo „erfunden". Wenn einer oder eine musste, sagte sie oder er sich an, ob nun groß oder klein, war egal, dann standen zwei Leute auf, hielten zwei Decken um das Klo, damit man sein Geschäft nicht vor aller Augen erledigte, obwohl man ja nicht viel sehen konnte. Kastens und Köpsels hatten auch alte Taschenlampen mitgebracht, die noch funktionierten, die man aber nur kurzzeitig gebrauchte, um die Batterien zu schonen.

In der Nacht war es sehr dunkel, und es war auch kalt, man musste sich gut mit Stroh bedecken und auch eine dicke Strohschicht unter sich legen. Der Waggon hatte kleine Lüftungsluken, und durch die Fahrt hatten wir Frischluft genug. Manchmal, wenn der Zug durch einen Bahnhof fuhr, sah man helle Lichter vorbeihuschen, sonst nichts. Der Zug hielt zwei Mal, und Herr Schulz meinte, die Lok bekomme Kohle und Wasser.

Ich dachte öfter, ob sie uns auch wirklich nach Oppeln bringen? Ich sprach aber mit niemandem darüber, andere sagten ja auch nichts dazu. Ich sagte mir auch, ich müsste aufhören, mir etwas einzubilden. Wozu nehmen sie sonst die Nähmaschinen mit? Lilli und ihre Schwester werden sicher geschimpft haben, aber vielleicht haben sie auch Verständnis. Peter und Inge waren so gute Freunde. Ob die immer da bleiben? Dann sieht man sich wohl nicht mehr.

Es war früh am Morgen, und der Zug hielt längere Zeit, man hörte polnische und russische Stimmen, und dann wurde die Tür entriegelt und geöffnet. Ein russischer Leutnant fragte, ob alles in Ordnung sei. Anton sagte: Alles in Ordnung ... Können wir uns draußen mal ein bisschen die Beine vertreten? Das könnt ihr machen, aber nicht so lange, wir fahren gleich weiter ... Eine Zigarettenlänge, und er steckte sich eine an. Wir waren irgendwo auf freier Strecke, keiner wusste so genau wo, vielleicht hinter Posen oder vor Breslau, keine Ahnung. Dann ging es wieder weiter: Da damm, da damm, da damm. Der Zug fuhr nicht schnell. Einmal meinte Herr Schulz: Die fahren nicht schnell, dafür ist der Zug viel zu lang. Die Russen und Polen machen die Güterzüge so lang, dass man das Ende gar nicht mehr sehen kann. Manchmal nehmen sie sogar zwei Lokomotiven. Unser Zug hatte nur eine, die war gar nicht groß, die musste bestimmt ganz schön ackern. Wir fuhren einen Tag, dann die ganze Nacht und noch einen halben Tag. Als wir in Oppeln ankamen, reckten und streckten wir uns und blinzelten in die Sonne. Es war kalt, aber es lag kein Schnee.

Einige Russen, unsere Männer und Frauen, auch die älteren Kinder halfen beim Ausladen der Möbel und beim Beladen von zwei größeren LKW's. Wir Personen fuhren auch auf den Wagen mit, wir saßen oder standen da, wo Platz war. Wir sollten aufpassen, meinten die Männer, die Ladung könnte verrutschen. Das sieht ja aus wie das kaputte Stettin, dachte ich. Hier und da wohnten Menschen, wo es möglich war, daneben war kein Dach drauf, alles ausgebombt, verkohlte Balken, da hing eine Treppe im Nirgendwo, überall wuchs Gras auf dem Schutt, die Steine waren grün. Es fuhren Pferdefuhrwerke, LKW's der Marke Ford und Jeeps. Das Kopfsteinpflaster hatte Schlaglöcher, aber es gab auch eine asphaltierte Straße.

Oppeln

Wir sind am Ziel, Ul Uzymska (Uzymska-Straße). Ein großer Eckhäuserblock, der wieder aufgebaut worden ist, daneben links und rechts kaputte Häuser. Im rechten Teil im Erdgeschoss befindet sich ein großer Raum, das wird die Schneiderei, darunter ist das russische Magazin. Schräg gegenüber dem Häuserblock ist eine Kirche, ein Stück weiter rauf die Kaserne. Gegenüber der Kirche ist ein großer Platz mit einem Kriegerdenkmal mit Hakenkreuz, am Ende der Ul ist eine Brücke über die Oder. In unserem Block, im rechten Winkel zur Schneiderei ist im ersten Stock links und rechts eine Flurtür mit einem Eingang auf einen Flur, von dem aus man unsere Zimmer betritt. Unsere Zimmer haben Durchgänge, das heißt man kann in die anderen Zimmer gelangen, ohne den Flur zu benutzen. Vor diese Durchgänge stellen wir unsere Schränke, jeweils mit dem Hinterteil gegen einander. Bis zu vier Personen erhalten einen Raum, ab vier Personen – Kastens sind fünf – gibt es zwei Räume. Die Räume sind ungefähr zwanzig Quadratmeter groß.

Unser Raum hat Holzfußboden, rechts steht ein mit Schamottsteinen gemauerter Herd, dessen Abzugsrohr durch eine herausgenommene Fensterscheibe und ein Halteblech nach draußen führt. Unter das Fenster legen wir meine Matratze, dahinter Monis, der Korb kommt in die Ecke, an der Türseite bringen wir Omis und Mamas Matratzen unter. In der Mitte stehen der Tisch und die Stühle. Die beiden Koffer und die Taschen stapeln wir auf dem Schrank. Das Zimmer wird durch eine Fassung mit Birne beleuchtet.

Es bleibt noch zu erwähnen, dass sich am Ende des Flurs noch ein großer Raum befindet, der als Küche genutzt werden kann. Er hat einen Wasserhahn und ein Spülbecken, einen Gashahn, der aber noch nicht funktioniert. Toiletten oder ein Bad gibt es nicht. Auf der obersten Etage, dem Dachboden, ist alles leer, da guckt ein Abflussrohr heraus, in das schon einige versucht haben sich zu entleeren, was aber offensichtlich nicht gezielt genug geschehen ist. Auch das Zeitungspapier mit den

Bremsspuren liegt daneben. Alles stinkt bis zu den Dachpfannen. An der Giebelwand befinden sich mehrere Kohlezeichnungen mit dem weiblichen Geschlechtsteil, aus dem es tropft.

Bevor die Hygiene und die Abwesenheit von Toiletten für uns zu einem Problem zu werden drohte, baute „Schulli" – so nannten wir Kinder den lustigen Vogel, Herrn Schulz – mit anderen Eltern zusammen im Innenhof ein fürstliches Plumsklo aus Brettern, auf dem man alles gemütlich erledigen konnte und wo man „frei" und ungestört seinen Gedanken und Erinnerungen nachhängen konnte. Ein Schild draußen an der Tür mit „besetzt" oder „frei" auf der Rückseite tat ein Übriges, man sollte nur nicht vergessen, das Schild nach Benutzung auch wieder in die richtige Position zu bringen, um „Zusammenstöße" oder Überraschungen zu vermeiden. Schulli hatte sich dadurch ein besonderes Vorrecht erworben, dass, wenn er auf dem Thron saß – Schild richtig herum oder falsch – seine Stimme schon von weitem zu vernehmen war: Der Wind spielt mit der Lokustür, und eine Stimme ruft Papier!

Abgesehen von der Erleichterung, die uns die „Notdurftanstalt" schenkte, galt die größte Aufmerksamkeit natürlich der Einrichtung und der Organisation der Schneiderei, was nach zwei Tagen mit viel gegenseitiger Hilfe und Anstrengung gelang, sie war gebrauchsfertig, der Betrieb konnte aufgenommen werden. Anton Dintner hatte wegen seiner Russischkenntnisse die Organisation dahingehend übernommen, dass er die Uniformen ordnete und jeweils auf einem Zettel auf Deutsch den Arbeitsauftrag schrieb. Er hatte auf einer Liste auch die Dienstgrade mit den entsprechenden Zeichen notiert. Allgemein geschah die Arbeitsteilung folgendermaßen: Die ganz schwierigen Arbeiten, zum Beispiel Maß nehmen oder Zuschneiden erledigten die gelernten Schneider, die anderen die ungelernten. Angesichts der besonderen Lage, in der man sich befand, hatte man sich geschworen zusammenzuhalten und nicht etwa irgendwelche Konkurrenzdünkel hochkommen zu lassen. Für ihre Arbeit bekamen alle Schneider den gleichen Lohn, je nach Personenzahl der Esser: Grundnahrungsmittel aus dem russischen

Magazin, Mehl, Zucker, Hirse, Graupen und anderes, aber auch Geld, Zlotys, mit dem man sich Milch, Brot, Gemüse und Obst auf dem Markt kaufen konnte (letzteres wenig vorhanden, da schnell verkauft). Fleisch und Fisch gab es nicht. Die meisten Familien hatten eine Person, die den Haushalt versorgte, wir Kinder waren uns selbst überlassen, denn eine Schule gab es für uns nicht. Bei uns war Omi die Hausfrau, und ich hatte neben Besorgungen vor allem für Brennholz zu sorgen und es ofengerecht zuzubereiten.

Ein ziemlicher Berg von Uniformen hatte sich angesammelt, und die Schneider zückten die Rasierklingen zum Auftrennen der Nähte, um den Stoff bearbeiten zu können. Und dann dawei, alle Maschinen volle Kraft voraus …

Stoy! Nichts geht mehr!, riefen die Maschinisten, nichts geht mehr. Aus allen Maschinen waren die Schiffchen entfernt worden, das hieß, ohne Unterfaden konnte nicht genäht werden, die Schiffchen waren geklaut worden.

Schweinerei!, schimpften die Näher. Jopt tweuer match!, fluchte der Major. Das ist Sabotage, sagte Omi, und ich hatte das nächste Beispiel: Sabotage bedeutet Schiffchen aus den Nähmaschinen herausnehmen und damit die Maschinen unbrauchbar machen, und das mit Absicht. Ich fand das insofern seltsam, als man ja nicht dem „Gegner" schadet, sondern den eigenen Leuten. Das war also von dem Saboteur oder der Saboteuse, wie Omi sich ausdrückte, gegen die eigenen Leute gerichtet. Warum macht man sowas? Ich bekam keine befriedigende Antwort. Aus Rache vielleicht?

Klotho: Er hat das schon ganz richtig vermutet. Sabotage ist zunächst einmal ganz allgemein gesprochen die planmäßige Vereitelung eines Zieles anderer. Das Wort leitet sich ab von frz. *Saboter* und das wiederum von dem Wort *le sabot*, und das bedeutet Holzschuh, aber auch Hemmschuh. Der moderne übertragene Gebrauch ist eigentlich: Mit den Holzschuhen treten, trampeln; ohne Sorgfalt arbeiten, flickschustern. Man sagt im

Französischen auch: *Il travaille comme un sabot*, er schludert seine Arbeit hin. Wir kommen zum Ausgangspunkt zurück: Man vereitelt das Ziel eines anderen, das heißt die Uniformen der Russen können nicht bearbeitet werden. Dass in diesem Fall auch die eigenen Leute betroffen werden, ist sozusagen eine Folge der Absicht. Mit einem anderen Beispiel belegt: Wenn Saboteure eine Brücke sprengen, damit der Feind nicht an das jenseitige Flussufer gelangen kann, was ja das Ziel ist, dann nehmen sie damit in Kauf, dass die eigenen Leute es auch nicht können. Es kann sogar sein – das haben wir schon beim Denunziatentum erfahren – dass aus Neid oder Misgunst, aus persönlichen Motiven also, ein Sabotageakt absichtlich eher gegen die eigenen Leute als gegen die anderen gerichtet ist. Hier war es offenbar beides, nur das wussten weder die Russen noch die Deutschen. Deshalb war eine Lösung auch gar nicht so einfach.

Es gibt übrigens auch und gerade politische Formen der Sabotage, die noch durch Gedanken-, Gleichgültig- und Gewissenlosigkeit ergänzt wird: Wenn das Volk unter Steuern, Abgaben, Preiserhöhungen und Inflation ächzt, und Politiker sich die Diäten üppig erhöhen, wo doch das Ziel des Volkes ist, sein Auskommen zu haben. Oder Politikverdrossenheit, die sich zum Beispiel in geringer Wahlbeteiligung widerspiegelt, weil man ja wählen könne, was und wen man wolle, sie machen ja doch, was sie wollen. (Bei der direkten Demokratie ist das etwas anders.) Oder schließlich: Wir wollen eine andere Staats- und Regierungsform, weil erwiesen sei, dass eine Demokratie doch nur wenige Reiche und viele Arme hervorbringe, und die Interessen des Volkes doch nur in geringem Maße vertreten würden, wir hätten also eine Oligarchie (die Herrschaft weniger) oder eine Plutokratie (wo nur Besitz die politische Macht garantiert) statt einer Demokratie, in der das Volk herrschen sollte.

Mama kam nach Hause und berichtete, dass guter Rat teuer sei. Die Konferenz der Schneider und ihrer Arbeitgeber habe das Thema hin und her gewälzt, vor und zurück. Die Russen hätten die tollsten Ideen vorgetragen, nach dem von den Deutschen nur ein Achselzucken eine Antwort auf die Frage war, was denn nun in der Praxis zu tun sei. Wenn also die Russen sagten, sie wollten ganz Polen nach Nähmaschinen durchkämmen, sagten die Deutschen, das sei ein zu großer zeitlicher Aufwand. Wenn die Russen sagten, sie wollten die Alliierten um Nähmaschinen bitten, die mit dem Flugzeug geliefert werden sollten, meinten die Deutschen, das sei ein großer zeitlicher und finanzieller Aufwand.

Da Mama schließlich den Eindruck gehabt habe, die Deutschen wollten die russischen Vorschläge sabotieren, habe sie den gordischen Knoten durchgehauen, indem sie lakonisch erklärte: *Ja snaio* (ich weiß), ich werde die Schiffchen besorgen, ich weiß, wer sie haben könnte, ich werde aber nichts und niemand verraten.

Karascho!, sagte der Major, *Magda, pajechali, dawei!* (Gut, Magda, fahre, beeile dich!)

Er setzte ein Schreiben auf, mit dem Mama als „Ausweis" reisen konnte, sie bekam eine Fahrkarte für den Personenzug, Geld, und ab fuhr die Gesandte der Schneiderei nach Treptow zu ihrem Saboteur (-euse).

Omi war misstrauisch, weil er/sie die Schiffchen schon in die Rega geschmissen haben könnte.

Er hat sie noch, meinte Moni, und weil das so überzeugend klang, übernahmen wir ihre Einstellung. Für alle Beteiligten begann das Warten auf Magda und ihre Schiffchen.

Der von der Schneiderei, unserem Wohnblock und einer weiter entfernten Mauer gebildete rechteckige „Innenhof", wo ja auch der Abort errichtet worden war, war unser vorrangiges Betätigungsfeld, das Terrain für uns Kinder. Das waren in der Hauptsache Dieter Kasten, der so alt war wie ich, ich selbst, manchmal Dieters älterer Bruder Klaus und ab und zu Dieters jüngerer Bruder Peter. Zu bestimmten Anlässen stießen auch meine Schwester und Bärbel Dintner zu uns, die etwas jünger als Moni war. Inge Holz gehörte auch zu jener Gruppe und Carolas Tochter Laura in unserem Alter. Aber, wie schon gesagt,

Dieter und mir gehörte das Hofreich, wo wir taten und ließen, mehr taten, was wir wollten. Hier waren wir auch vor neugierigen oder böswilligen polnischen Blicken geschützt. Das Chaos, das wir hier vorfanden, hatte ungeahnte Reichtümer an Unrat, aber auch an „Spiel"-zeug und sonstigem Verwertbaren. Etwa in der Mitte des Innenhofs war eine langgestreckte, etwa zwei Meter hohe und drei Meter breite Anlage aus Beton mit Satteldach, in welchem sich auf beiden Seiten Zinktüren befanden: Die Müllanlage.

Nun hatten Dieter und ich unter anderem auch irgendwie einen zivilisatorischen Antrieb aufzuräumen oder besser gesagt nach Verwertbarem zu suchen und so nebenbei eine gewisse Ordnung zu schaffen.

Da mussten wir zunächst einmal den toten Hund beseitigen, denn sein Gestank verpestete die ganze Gegend. Die Rasse war nicht mehr auszumachen, vielleicht ein Terrier oder sowas ähnliches, dick aufgebläht und von tausenden von Maden übersät, die sich im Schlaraffenland befanden, sich wandten und drehten. Wir wollten ihn mitsamt den Schmarotzern begraben, doch da wir zu dem Zeitpunkt noch keinerlei Werkzeug hatten, also Spaten und so weiter, beschlossen wir, den Kadaver in die Abfallverwertungsanlage zu bugsieren, was schwierig war, weil er uns fast auseinander gebrochen wäre. Gedanken an ein mögliches Herrchen oder Dämchen (Frauchen) oder auch an die Todesursache wurden verdrängt, er war eben auch ein spätes Kriegsopfer, fertig.

Dosen, Flaschen, Papier, Pappe – Plastik gab es noch nicht – Porzellan, Emailschüsseln, Honigeimer, Säcke, Mauersteine, Fenster, Glasscheiben, Massen an Holz, Bretter, Stühle, Sessel, Tische, sonstige Möbel, Gewehr und MG-Munition. Papier, Pappe und Holz schleppten wir in den Keller zum Trocknen, denn gerade Holz brauchten wir ja. Ohne Werkzeug konnten wir Möbel oder Bretter zunächst nur „steinigen", um sie ofenfertig zu machen. Die Munition versteckten wir besonders gut im „kaputten Haus" nebenan. Alles andere kam in die Anlage, in die wir auch kletterten, um nach Brauchbarem zu suchen.

Wir fanden jedoch nichts wirklich Gescheites und waren froh, wieder draußen zu sein.

Bei unseren Tätigkeiten merkten wir im Laufe der Zeit, dass wir an viele Dinge herankommen konnten, man musste nur wissen, wo etwas war. Das Wort „klauen" kam bei uns nicht vor, wir übernahmen aber gern aus dem Landserjargon (Solsatensprache) das Wort organisieren, was so viel wie besorgen oder heranschaffen heißt.

So langsam gewöhnten wir uns auch an, draußen nur Polnisch zu sprechen, ein besonderes Polnisch, unser Polnisch eben, das zum Teil von Polen gerade noch verstanden wurde, zum Beispiel *hot pa*, *we pa*, hochpolnisch *hotch pan*, *wesch pan*, komm (Mann), du weißt schon.

Ab und an gesellte sich Mietja, der gleichaltrige Sohn des russischen Majors zu uns, und auch er sprach nur Polnisch, wobei er nach jedem Satz spuckte. Er besuchte die russische Schule wie alle Kinder der russischen Soldaten. Mietja hatte natürlich Zugang zu den tollsten Sachen: Er brachte Bonbons mit, einmal sogar Schokolade. Wir konnten uns nicht erinnern, wann wir einmal Schokolade gegessen hatten.

Zu Hause abends sprachen wir nur Deutsch. Omi machte sich über die polnische Sprache lustig: Schien Schon schon schön? Schon schien schon schön. (Schien die Sonne schon schön? Die Sonne schien schon schön.) Das war natürlich kein Polnisch, recht hatte sie aber mit den vielen Sch-Lauten.

Da hatten Pa Trunje (Dieter) und ich einen ganzen Kanister Benzin organisiert. Eine kleine Dose aus der Müllanlage wurde mit der Flüssigkeit gefüllt, da hinein zwei Patronen gelegt, angezündet, schnell darüber einen Honigeimer gestülpt, dem wir an den Seiten und oben Löcher verpasst hatten und auf den Eimer zwei Mauersteine gebettet – und ab in Deckung. Es dauerte nicht lange, es gab zwei starke Explosionen, und Mauersteine, Eimer und Dose flogen durch die Gegend. *Pschakref pierunje, curva niema!* Was war das? Die Patronen, die wir schließlich fanden, waren gar nicht explodiert, sondern die Kugeln. Mein lieber Mann und mit was für einer Gewalt!

Tja!, sagte Einstein von oben herab und genüsslich – so nannten wir Klaus, Dieters Bruder, weil er alles wusste – das sind Dum-Dum-Geschosse aus Dum-Dum in Indien. Das sind Stahlmantelgeschosse, die haben einen Bleikern an der Spitze, das gibt große Verletzungen, die sind schwer heilbar, und der Getroffene muss unter Umständen lange leiden. Solche Geschosse sind eigentlich völkerrechtlich verboten. Aber man sieht ja, was so bestimmte Leute vom Völkerrecht halten. Na ja! Wir waren ziemlich baff, andererseits aber froh, so etwas kennen gelernt zu haben.

Uns war schon am Anfang unserer Eroberung des Geländes ein Haufen aufgefallen, der sich nicht weit von der Eingangstür zur Schneiderei befand. Den wollten wir uns doch mal genauer ansehen. Wir zogen die darüber befindliche Plane ein wenig beiseite und entdeckten eine Schicht Glimmer, wohl zum Schutz gegen Feuchtigkeit, und dann, Panzergranaten? Oh!

Einstein musste kommen und war hocherfreut, meinte dennoch, damit könnten wir zunächst nicht viel anfangen, weil wir keinen Panzer hätten. Wenn wir die Munition mit Benzin übergießen und anzünden würden, müssten wir vorher das ganze Gebäude evakuieren. Angesichts aber der Tatsache, dass unsere Eltern und Ernährer dort schufteten, wenn auch ohne Schiffchen im Schneckentempo, wäre das nicht einzusehen, und die Russen seien ja auch keine richtigen Feinde. Das war schade, dachten wir, und da hatte Einstein eine Idee: Er öffnete ganz vorsichtig ein Geschoss – er hatte entsprechendes Werkzeug – und entnahm der Patrone das schöne gelbe Sprengpulver, das er in eine große trockene Dose schüttete. Er nahm eine Handvoll von dem Pulver, machte eine kleine Spur auf dem Boden und zündete sie an einem Ende an. Die Zündschnur brannte lichterloh. Ich hatte daraufhin eine blendende Idee: Gewehrpatrone aufmachen, Kugel beiseitelegen, Pulver aus der Patrone sammeln und beiseite stellen, den gelben Sprengstoff in die leere Patronenhülse stopfen, die Hülse gut verschließen, zukneifen und – drehen – Einstein hatte eine Kneifzange – und: Halt!, sagte er, bis hierher ist die Idee gut, aber ihr müsst aufpassen, dass beim Zudrehen nicht der kleinste Funke entsteht, sonst fliegt euch das Ding um die Ohren ... Und weiter. Ja, sagte ich, das Ganze in Benzin legen, Benzin über lange Zündspur entzünden und volle Deckung. Ich kniff die Patrone mit hochrotem Kopf zu, bereitete alles vor, und Dieter zündete die Spur an und alle Drei vollste Deckung.

Es gab eine furchtbare Explosion, bei der uns die Fetzen um die Ohren flogen und bei der ein richtiger Krater entstand. Ich stieg gewaltig in Einsteins Achtung, er wartete jedoch mit einer Moralpredigt auf:

Wir hätten gesehen, was für eine Kraft dahinter steckte, und er verbot uns ausdrücklich, jemals etwas in dem Haufen zu berühren, der Haufen sei unser Sprengstoffdepot für viele Experimente, außerdem hätten wir ja noch die Dose voll. Also gut, so wurde denn der Haufen mit aller Liebe, Vorsicht und Sorgfalt wieder zugedeckt.

Nach acht Tagen kam Mama aus Treptow mit den Schiffchen bewaffnet zurück, sie habe das Schwein gefunden. Sie habe ihn unter Druck gesetzt: Wenn er die Schiffchen nicht rausrücke, werde sie ihn bei den Russen denunzieren, und dann wisse er ja, was mit ihm geschehe. Sie habe bei Lilli übernachtet, sie und die Kinder und ihre Schwester ließen herzlich grüßen, sie müssten wahrscheinlich doch bald den Hof verlassen, und dann würden sie wohl nach Kiel gehen, weil Lilli dort „Verwandte" habe und weil sie die Ostsee nicht verlassen möchte. Am Schweinemarkt hätten ehemalige Nachbarn gesagt, Lazuscha sei wieder da gewesen und habe uns gesucht. Seit einiger Zeit sei sie aber nicht mehr da. In unserer Wohnung wohnten schon Polen. Da Mama nichts erwähnte, ging ich davon aus, dass Lilli von meinem Missgeschick nichts erzählt hatte, womit ich gerechnet hatte. Das rechnete ich Lilli hoch an, und ich war dankbar.

Mama wurde natürlich von Deutschen und Russen als Heldin gefeiert, insofern wurde der volle Ablauf des Betriebs noch um einen Tag verschoben, weil der Major zur Feier des Tages Schinken und Wodka ausgab. Das hatte allerdings zur Folge, dass am nächsten Tag einige Schneiderlein mit blassen Gesichtern und hohlen Augen an die Arbeit gingen und somit dem Anlauf den Schwung nahmen.

Ich musste jeden Tag Milch in der Kanne einkaufen: Jeden litre mileka. Wenn ich zurückkam, und die Leute mich mit der Milchkanne sahen, fragten sie: Duscho ludjie? (Viele Leute?) Dann antwortete ich: Tag, duscho ludjie [duscho bedeutet eigentlich groß, hier ist eine große Menge Leute gemeint, viele also, die anstehen.]

Omi und ich gingen über den Markt, denn ich musste schleppen helfen. Ein Verkäufer fragte: Panni kupie wischnie? (kauft die Frau [kaufen Sie, eine Frau] Kirschen? Und dann, um es vorwegzunehmen: Panni kupie wiehnochtskerze (Weihnachtskerzen)? Wenn man ein Wort nicht weiß, werden eben die Sprachen vermischt.

Pa Trunje und ich wollten unseren „Spielen" eine etwas andere Richtung geben, sie wirklichkeitsnäher gestalten. Wir bauten kleine Häuser aus Holz, so fünfzig mal dreißig, mit Dach, Fenster- und Türöffnungen. Wir strichen sie an, die Dächer rot, die Wände gelb. Da hinein kam eine Sprengladung, tja, und das Ergebnis war sehr erfreulich: Die Häuser flogen auseinander, und einzelne Teile verbrannten. Dann wurde alles genau untersucht, um beim nächsten Mal die Bauten noch stabiler fertigen zu können.

Wir hatten uns immer mehr Werkzeug organisiert, das wir auf unseren Erkundungsstreifzügen fanden: Hämmer, Schraubenzieher, einen Fuchsschwanz, dann auch Nägel, Schrauben, einen Spaten und sogar eine Spitzhacke. Wir dehnten unseren Erkundungskreis immer weiter aus, wobei wir allerdings versuchen mussten, nicht in polnisches Hoheitsgebiet einzudringen, denn Privatkriege (meist mit ganzen Rotten) wollten wir vermeiden. Bei einem der Streifzüge fanden wir einen Eimer mit seltsam riechenden Brocken darin. Einstein grinste erheitert: Das ist Karbid, Kalziumcarbid. Da können wir ne tolle Sache mit machen. Also ich brauche eine Flasche mit Korken, ein kleines

Röhrchen aus Metall, vielleicht Kupferrohr, dann eine Dose mit Druckdeckel, so eine Ein-Kilogramm-Dose, keinen Eimer, klar? Wir besorgen das ganze Zeug, und Mietja will unbedingt dabei sein, nachdem wir ihm alles übersetzt haben, denn Einstein spricht weder Russisch noch Polnisch. Erst einmal lobt er uns, denn er weiß, was sich gehört, und dann beginnt er mit der Arbeit. Er durchbohrt den Korken der Wodkaflasche vorsichtig mit einem Schraubenzieher, sägt sich mit seiner Eisensäge ein Stück Röhrchen ab und steckt es durch den Korken. Er fordert uns auf, schon mal im Boden der Dose ein kleines Loch zu machen, genau in der Mitte. Und Vorsicht, fährt er fort, die Dose nicht verbeulen, der Deckel muss astrein drinsitzen. Mietja vergisst sich vor Spaß und Neugier und flucht: Jopt tweuer match! Einstein kommandiert: Holt ne halbe Flasche voll Wasser. Pa Trunje saust nach oben und holt Wasser. Einstein bröselt Karbid in die Flasche mit dem Röhrchen und gießt ein paar Tropfen Wasser rein. Das Karbid fängt an zu zischen. Er steckt den Korken drauf und hält einen brennenden Streichholz an die Röhrchenöffnung, und eine kleine gelbe Flamme erscheint. Das ist unsere Zündflamme, sagt er. Dann schüttet er etwas Karbid in die Dose, gießt ein paar Tropfen Wasser drauf und verschließt die Dose fest. Nach ein paar Sekunden nimmt er die Dose, hält sie so, dass der Deckel schräg nach oben weist und hält das Dosenloch über die Zündflamme. Es gibt einen Knall, und der Deckel fliegt hoch bis fast aufs Dach. Wir sind begeistert und wollen es alle probieren. Passt auf mit dem Deckel!, warnt Einstein, das Geschoss kann euch schwer verletzen, also immer weg von Personen halten und nicht auf Fenster zielen. Nicht so viel Karbid und Wasser in die Dose geben. Peter, die Heulsuse, will auch mal, er darf dieses Mal und ist froh. Normalerweise wollen Pa Trunje und ich ihn nicht bei uns haben, er ist noch zu klein, zu doof und ein Petzer. Dann schütteln wir ihn immer ab, indem wir durch die Keller laufen und uns verstecken, und er rennt heulend zu seiner Mutter, die dann Pa Trunje ausschimpft und ihn auffordert, auch mit seinem Bruder zu spielen.

Is da n' Gas drin?, frage ich Einstein. Er sagt: Du bist ja n'

ganz Schlauer, jawohl, da isn' Gas drin … Karbid und Wasser ergibt in einer chemischen Reaktion das gasförmige Ace-
tylen. Das hat man in einer Druckflasche, in einer zweiten hat
man flüssigen Sauerstoff. Dann lässt man die beiden Gase in
einem Brenner zusammenkommen, zündet sie an und kann mit
der sehr heißen Flamme schweißen, trennen oder zusammen-
schweißen. Man nennt das auch autogenes Schweißen.

Stotakoi?, fragt Mietja. *Guwno* (Scheiße), meint Pa Trunje, und
wir brechen uns einen ab, ihm das zu erklären, es klappt nicht.

Ah, ich weiß!, sage ich, Anton Dintner kann ihm das verständlich machen, Pa Trunje, du bleibst hier, Einstein, Mietja
und ich gehen eben zur Schneiderei.

Ich bitte Herrn Dintner heraus, und er erklärt es ihm mühe-
los und findet, dass wir uns mit interessanten Fragen beschäftigen. Während wir wieder nach unten gehen, sagt Mietja, dass
er ganz stolz ist, es verstanden zu haben und betet ununterbrochen sozusagen einen technischen Rosenkranz auf Russisch,
indem er den Vorgang des autogenen Schweißens wiederholt.
Vielleicht will er ja seinem Lehrer imponieren. Und wir anderen
sind nun auch in der Lage, jemandem den Schweißvorgang auf
Russisch zu verkasematuckeln.

Einstein wusste alles, und wenn er etwas nicht wusste, konnte er es sich denken. Deshalb wollten wir uns auch ein wenig von
ihm befreien, denn er wurde uns schon unheimlich. Außerdem
hatte er sowieso schon viel Arbeit: Er machte aus Reichsmark-
münzen Ringe, natürlich auf Bestellung. Die waren so echt, dass
man keinen Unterschied zu goldenen Ringen sah. Er baute (lö-
tete) aus Blech kleine Lastwagen, Züge, unglaublich geschickt
und einfallsreich war er. Wenn wir ihn brauchten, holten wir
selbstverständlich seinen Rat ein.

Aber das Reck bauten wir selbst, Pa Trunje und ich. Wir besorgten uns aus unserem „kaputten Haus" zwei schöne Balken
und sägten sie auf gleiche Länge, 2,50 Meter. Dann trieben wir
ein Wasserrohr auf, stemmten unter großem Aufwand Löcher
in die Pfähle, schoben die Stange durch und legten an, damit
Löcher in den Boden gegraben werden konnten. Dann wurden

die Pfähle schön parallel ausgerichtet (eine Wasserwaage gab es nicht) und aufgestellt, und zwar so, dass wir eine Reckhöhe von etwa 1,90 Meter erreichten. Die Löcher wurden schließlich mit Schutt und Erde aufgefüllt (an Zement war nicht dranzukommen) und mit einem Balken festgestampft. Unser Reck diente uns und anderen jeden Morgen als Gerät für den Frühsport: Aufschwung aus dem Stand, Klimmzüge, an den Kniekehlen hängen und abspringen. Sogar große, schwere, tapfere Schneiderlein übten daran, und siehe da, unser Reck war für die halbe Ewigkeit.

Sonntags wurde nicht gearbeitet. Manchmal gingen wir morgens in die Kirche zur Messe: *Imien oinza i sinna i druga schwientego, amen.* Einmal gingen Inge Holz und meine Schwester zum Abendmahl, weil sie Lust hatten, da vorn am Altar zu stehen und zu sehen, was da genau vor sich ging. Ich sagte, so spannend sei das doch gar nicht, der Priester trinke ja den Wein selbst, da müssten sie einmal in die protestantische Kirche gehen. Inge sagte, sie hätten gar nichts bekommen, und sie ginge sonst gar nicht in die Kirche, sie sei auch nicht katholisch. Frau Dintner regte sich darüber auf, aber Mama beruhigte sie und meinte, die Mädchen hätten das ja nicht mit Absicht gemacht.

Herr Dintner nahm Monis Geburtstag zum Anlass, das berühmte Gedicht *Belsazar* von Heinrich Heine in schlesischer Mundart und mit schlesischen Inhalt vorzutragen:

Belsazer
Gustlik Belsazer, was war sich Pantoffelheld,
Demm war heute serr das Busen geschwellt.
Denn sonst seine Frau ihm viel hau.
Ich werde ihr haun, bis Schwarte ihr kracht.
Ich bin der Gustlik von Hugoschacht.
Doch kaum ihm der furchtbare Wort entschwand,
Und siech und siech an Fenster von Wand
Erschien eine Fresse, schrie was und schwand.
Und noch in selbiger Nacht
Hat seine Frau aus Gustlik Marmulade gemacht.

Als es wieder Gas gab, wurde ein gebrauchter Gasherd organisiert, und dann wurde in der Küche nach Absprache gekocht, was besonders an warmen Sommertagen eine Erleichterung war, weil man den Herd in den Zimmern nicht anzumachen brauchte. Jetzt konnte auch die Wäsche in der Küche vorgekocht werden. Eine Waschmaschine gab es noch nicht und leider auch keinen Kühlschrank. Gebraten wurde selten, denn offiziell gab es ja weder Fleisch noch Fisch, wie schon erwähnt. Mama bekam ab und zu von Frau K. heimlich ein Stückchen Fleisch für irgendwelche Schneiderdienste. Frau K., eine Deutsche, hatte sich „einpolen" lassen, das heißt die polnische Staatsangehörigkeit angenommen. Wir wurden auch gefragt, wir wollten das aber auf gar keinen Fall.

Eines Tages schleppte Mama leere Zuckersäcke an und setzte uns damit in Erstaunen. Wir verstanden aber schnell, aus welchem Grund sie sie mitgebracht hatte. Die Zuckersäcke enthielten einen durchgehenden Baumwollfaden zur Stabilisierung. Unsere Aufgabe war es nun, diesen Baumwollfaden so geschickt aus einem Sack herauszulösen, dass er nicht zerschnitten zu werden brauchte. Aus diesem Baumwollfaden, den wir zu Knäueln aufwickelten, strickte Omi uns Kindern je eine kurze Hose und je einen Pullover.

Obwohl wir Kinder abends immer müde waren vom Spielen, von unseren Beschäftigungen und unserer Geschäftigkeit, mussten wir jetzt zunehmend Aufgaben für die Schneiderei übernehmen: Wir mussten Nähte an Uniformen auftrennen, und zwar mit der bloßen Rasierklinge. Und wehe, wenn man sich selber schnitt und damit die Uniform verschmutzte oder die Uniform verletzte, dann setzte es was. Man musste eben gut aufpassen, der eine zieht die Naht auseinander, der andere schneidet das Garn (die Naht) durch; eine Arbeit für Blöde. Knöpfe konnten zwar vorsichtig abgeschnitten werden. Achselklappen abtrennen, Biesen heraustrennen, nichts Kreatives sowas, langweilig und frustrierend – aber wir wollten ja Mama auch ein bisschen entlasten.

Wie das so ist, wenn viele Menschen eng zusammenwohnen: Es gab eine erste Abhöraffäre, weil einige besser als andere über andere Bescheid wissen wollten. Das trug sich so zu: Unter den Kleiderschränken war ja naturgemäß ein freier Raum zwischen der Unterkante und dem Fußboden. Über diesen Spalt konnte man durchaus die Stimmen der Nachbarn hören, aber meist nicht verstehen, was sie sagten. Nun kann einem das ja im Grunde egal sein, es geht einen ja auch einen feuchten Kehricht an, was der Nachbar in seinem Zuhause so redet. Nicht jedoch einer Partei, die es unbedingt wissen wollte und nichts Besseres zu tun hatte, als ein Papprohr (auf dem Stoff aufgerollt war) unter den Schränken durchzuschieben und sich auf den Boden zu legen, um die andere Seite abzuhören. Mag es nun Dummheit, Unachtsamkeit, Gleichgültigkeit, Frechheit oder ein Denkfehler gewesen sein, jedenfalls hatte sich das Rohrende auf der anderen Seite so weit vorgewagt, dass es entdeckt werden konnte. Wie man sich vorstellen kann, gibt es nun für die Gegenseite eine ganze Reihe von Abwehrmaßnahmen, unter Umständen sogar mit einer Erziehungsabsicht. Im konkreten Fall ging die andere Seite zu einer unwiderstehlichen Gegenmaßnahme über: Ein kräftiger Fußtritt auf das Rohrende hatte einen weithin hörbaren schmerzlichen Aufschrei zur Folge, und das demolierte Ohr des Mitglieds ward viele Tage nicht gesehen, bis ein umfangreicher Verband das Ohr herunterstufte und aus Ohr-Zahnschmerzen wurden.

Wer noch nie mit einem Ohr mit voller Wucht gegen etwas geprallt ist, dem erzähle ich gern noch einen Vorfall aus eigener Erfahrung, um Ihnen, liebe(r) Leser(in), einige Schauer den Rücken hinunterzujagen: Auf der gegenüberliegenden Straßenseite kommt mir ein entzückendes Mädchen entgegen, und sie lächelt auch noch, und ich lächle zurück, und sie geht weiter, und ich sehe ihr nach, diese herrlichen Beine und diese wippenden Hüften, und meine Phantasie brennt mit mir durch, und mein Kopf hat gerade die richtige Position, denn was ich natürlich nicht sehe, weil ich mädchenblind bin, ist der Laternenmast auf meiner Seite: Bums! Ich sehe nur noch Sterne, und mein

Ohr schmerzt so stark, dass ich in die Knie gehe und heule wie ein Kind, dem eine tröstende Hand entzogen wird. Die Moral von der Geschicht: Hübschen Mädchen schaut man nicht nach, es kommen immer wieder andere, aber bitte auf der gleichen Straßenseite von vorn. Dann muss man sich eben die wohlgestalteten Waden von Überholerinnen ansehen, denn wie man es macht, macht man es richtig.

Bezogen auf die Abhöraffäre gibt es noch ein weiteres, allerdings kollektives Beispiel von Selbsthilfe: Die schon erwähnte Carla erzog ihre Tochter Laura so streng, dass sie meist weder ausgehen, noch draußen spielen durfte. Es war ihr auch nicht erlaubt, das kleinste Fältchen im Bettbezug zu haben, andernfalls gab es schon eine Ohrfeige. Sich schmutzig machen kam überhaupt nicht in Frage, dafür gab es eine Tracht Prügel. Für diejenigen, die schon allein Carlas hohe gestelzte Stimme mit anhören mussten, wenn sie ihre Tochter rief, war der Anstieg des Adrenalinspiegels unvermeidlich. Angesichts der Tatsache nun, dass zu jener Zeit für die Schneider und ihre Angehörigen jede Art von erzieherischer Einrichtung beziehungsweise eine Klapsmühle fehlte, man höchstens den gesunden Menschenverstand einschalten konnte – der in vielen Fällen erzieherischen Organisationen ohnehin überlegen ist – beschloss das Schneiderkollektiv, der Mutter, wohlgemerkt nicht der freundlichen und fleißigen Schneiderkollegin, durch eine gezielte (wenn auch ein wenig schizophrene) Maßnahme im wahrsten Sinne des Wortes den Kopf zu waschen und ein Exempel zu statuieren.

Eines Abends stehen mehrere tapfere Frauen und Männer im unbeleuchteten Treppenhaus (es gab weder Haus- noch Straßenbeleuchtung) vor der Eingangstür zum Flur von Carlas Wohnung. Sie sind bewaffnet mit zwei Eimern Wasser, mit Scheuerlappen und Schrubbern und warten lautlos auf Carla, die jeden Abend um die gleiche Zeit einen kleinen Luftschnappspaziergang macht, wenn sie ihren lupenreinen Haushalt erledigt hat.

Da ist sie. Anton zückt seine Taschenlampe und leuchtet auf den Boden, in dem Augenblick stülpt Scholli seinen Eimer

Wasser über ihren Kopf und spricht in aller Ruhe die einprägsamen Worte: Das verlangt die Erziehung deiner Tochter! Darauf sagt Herr Kasten, indem er ein wenig nach Luft schnappt: Geh in Zukunft gut mit ihr um!, und der zweite Eimer Wasser schwappt über sie. Dann bekommt sie mit Schrubbern und Scheuerlappen Prügel, die von Zurufen wie ‚das hast du verdient‘ oder ‚eine saubere Erziehung ist das!‘ begleitet werden. Donna Quichota ist völlig überrascht ob der geballten Kraft dieses Angriffs, der von einem Teilnehmer voll ausgeleuchtet wird. Sie fängt an zu heulen und zu schreien: Ihr seid gemein, ein gemeines Gesindel seid ihr! Sie läuft nach unten auf die Straße, wo man sie noch fluchen hört.

Die tapferen mitleidlosen Krieger räumen das Schlachtfeld, nachdem sie die Spuren des Gefechts beseitigt haben.

Schon am nächsten Tag taucht Laura für längere Zeit draußen auf, macht ein paar Klimmzüge am Reck, spielt mit Moni und Bärbel, wobei sie sich die Hände schmutzig macht, darf schon ein Widerwort geben, das heißt ‚nein‘ und legt mindestens zwei kleine Bettzipfel in kleine Falten, sagt sie, ohne eine gescheuert zu bekommen. In der Schneiderei hält Carla die Augen gesenkt, erzählt Mama, das eine ist etwas rot und geschwollen, und am linken Wangenknochen ist ein blauer Fleck. Im Ganzen sehe sie etwas zerzauster aus als vorher, sonst sei nichts Bemerkenswertes feststellbar, innere Verletzungen scheine es nicht zu geben.

Ob nun ferngezündet oder sonst irgendwie durch Unachtsamkeit angeschleppt, jedenfalls tauchten in drei Zimmern plötzlich Wanzen auf und gedachten sich in einer neuen Heimat niederzulassen.

Da nach Einsteins Überzeugung die Bettwanze neben ihren Saugwerkzeugen und neben ihrem Instinkt auch noch so etwas wie ein Mikrogehirn zu haben scheint, aus dem eine Art Logos hervorkommt, klettert das Tier nachts die Wände hoch, schleicht sich an der Zimmerdecke entlang und lässt sich unbemerkt auf den ahnungslos schnarchenden Träumer fallen, der gerade seine bestechendsten Tageserlebnisse verarbeitet, die mit diesen Artgenossen nun überhaupt nichts zu tun haben. Wenn dieser Träumer dann aufwacht, die Einstichwunden sieht und sich langsam seiner Lage bewusst wird, gerät er schließlich in eine ähnliche Raserei wie Onkel Fritz beim Anblick der Maikäfer, jedoch mit dem Unterschied, dass sich hier noch Ekel hinzugesellt, denn Maikäfer sind allemal possierlichere Tiere als Bettwanzen, die zudem noch viel kleiner sind. Wenn sich nun dem Hochwachzustand noch das Bewusstsein beimischt, dass ein Einzelkampf schier aussichtslos erscheint, nicht nur, weil man die Blutlachen im Bett vermeiden will, sondern auch weil die üppige Natur auch in diesem Fall massenhaft mit Eiern aufwartet, greift das Opfer in alter Kammerjägermanier zur Waffe der totalen Ausrottung: Die Blutsauger werden eingeschwefelt. Diese Aktion hat natürlich zur Folge, dass die menschlichen Bewohner der Zimmer für zwei Tage evakuiert werden und bei anderen Familien unterkommen müssen, wobei man aus widerwilliger Mitmenschlichkeit in Kauf nimmt, trotz pingeligster Durchsuchung aller Winkel und Ritzen des menschlichen Körpers ‚angesteckt‘ zu werden. Wenn die Bewohner der Zimmer dann in ihre verräucherte Heimat zurückkehren, gibt es trotz stundenlangen Lüftens noch so viele schweflige Rückstände, dass die Heimkehrer den so genannten schwefligen Husten bekommen, mit dem sie wiederum zwei Tage lang zu kämpfen haben.

Pa Trunje und ich arbeiteten fieberhaft an einem Großprojekt, das wir noch vor dem Winter fertigstellen wollten: Ein viersitziges Karussell.

Zwei Balken über Kreuz gelegt, in der Mitte etwas eingesägt, ausgekerbt und fest zusammengenagelt. Genau in der Mitte eine Bohrung (mit Handbohrer) für eine große Steckschraube. Dann auf die Unterseite der Vierung ein quadratisches Stück dickes Blech genagelt, Köpfe gut versenken. Auf die vier Enden der Balken Sitze montieren und einen Griff zum Festhalten. Ein Stück Baumstamm wird nach schon beschriebener Methode so in der Erde befestigt, dass die Füße der Karussellfahrer den Boden nicht berühren können. Auf den Baumstamm wird ebenfalls ein Stück Blech mit Loch genagelt, das weiter in den Baumstamm gebohrt wird. Bevor das Kreuz aufgesetzt wird, werden beide Bleche mit Wagenschmiere eingefettet, dann aufsetzen, große Schraube durchstecken, fertig. Auf dem Karussell sitzen kann man mit Blick auf die Mitte, was den Vorteil hat, dass man nicht so leicht herunterfällt, oder man sitzt mit Blick auf den Kreis, wobei einem aber eher schwindlig wird. Letztere Position war die häufigere, wobei man immer in Fahrtrichtung sitzen sollte, dann kann man auch schon einmal abspringen, muss sich dann aber schnell entfernen, denn der nächste Sitz kommt bestimmt. Auf jeden Fall war unser Karussell eine Attraktion und lief wie geschmiert. Wir achteten darauf, dass möglichst immer gleichgewichtige Kinder Platz nahmen. Die Mädchen kamen, um gefahren zu werden und zu fahren und natürlich zu kreischen, oder sie fuhren uns, oder wir fuhren gemischt. Das Spektakel lockte sogar Schneiderlein an, und siehe da, sogar Erwachsene hatten Spaß.

Einstein beäugte unser Werk zunächst kritisch (Reibung der Bleche, Stellschraube müsste noch stärker sein und so weiter), gab dann aber schließlich seinen Segen dazu, wobei er die Idee und die ganze Konstruktion als gelungen hervorhob. Sozusagen zur Belohnung schob er uns an mit aller Kraft, die er aufwenden konnte, sodass uns so schwindlig wurde, dass wir fast erbrechen mussten und den Mädchen das Schreien verging.

Von weitem guckten die neidischen Polenkinder uns zu, sie trauten sich aber nicht zu kommen, obwohl wir sie heranwinkten und ihnen zuriefen, sie könnten auch gern Karussell fahren. Mietja ging zu ihnen und redete sich den Mund fusselig, aber es half nichts, er meinte, der Umgang mit uns war ihnen wohl verboten worden.

Wir hatten selbstverständlich kein Radio, es gab keine Briefe, von Paketen ganz zu schweigen. Wir wussten nichts von unseren Verwandten, von Oma und Opa, Tante Gretel und Onkel Wilfried. Wir erfuhren auch nichts darüber, was in Deutschland seit dem Ende des Kriegs geschehen war, wir waren nur hier in unserer Oppelner Welt, abgeschnitten und fern der Heimat. Was uns mit ziemlicher Sicherheit bewusst wurde war, dass ‚der Pole‘ sich hier endgültig festsetzen würde. Würde man uns letztendlich zwingen hierzubleiben? Und was geschieht, wenn die russischen Truppen sich wieder fortbewegen, würde man uns mitnehmen? Diese Fragen tauchten auf, aber niemand konnte eine befriedigende Antwort geben.

Im Winter 48/49 gab es viel Schnee, und es war kalt. Moni und Bärbel schritten vor Weihnachten als Engel verkleidet über den Flur, trugen rote Papierrosen mit Kerzen darin vor sich her und sangen eigene Kompositionen zwischen gregorianischem Chorstil und Händelopern (Omis Liebhabereien). Man ließ das über sich ergehen, das Eigenschöpferische ist doch mal was anderes als immer dieselben Weihnachtslieder. (Für die Papierrosen braucht man ein Wasserglas, das man mit ‚Rosenblättern‘ beklebt, die man sich aus Stückchen von rotem Seidenpapier herstellt, die man an jeweils einem Ende auf eine Stricknadel aufrollt, zusammendrückt und dann die Nadel herauszieht und das Papier ein wenig auseinanderzieht. Es sieht hübsch aus, und man befindet sich in einem ‚Rotlichtmilieu‘ anderer Couleur.)

Da der Winter wie gesagt so kalt war, mussten Pa Trunje, Einstein, Peter und ich für alle viel Brennholz machen. Glücklicherweise gab es einmal einen großen Haufen schlesischer Steinkohle, die wir Kinder kloppen mussten. Leider drückte ungünstiger Wind den Qualm durch alle Fensterritzen und durch die Ofentür, sodass wir den so genannten ‚Kohlenhusten‘ bekamen. Ganz wichtig war natürlich, dass nachts das Feuer ganz heruntergebrannt war, damit nicht eine Schneiderfamilie nach der anderen durch Kohlenmonoxyd-Vergiftung dahingerafft wurde.

Wir bauten uns Rutschbretter, und Mietja besorgte sogar einen Schlitten. Er hatte jetzt immer weniger Zeit, weil er für die Schule pauken musste. Einmal brachte er uns ein hübsches russisches Gedicht bei, das hier in lateinischer Schreibweise (Lautschrift) wiedergegeben werden soll:

Dietji, fschkolu sabiraitjes,
Pertuschok prapél dawno.
Prapraworney adiwaitjes,
Smotrit fscholnusko w akno.

Kinder, bereitet euch auf die Schule vor,
Der Hahn hat schon gekräht.
Nun beeilt euch aber wirklich,
Die Sonne scheint schon durch das Fenster.

Und dann tobten wir einen ganzen Nachmittag lang, weil wir in etwa zwei Kilometer Entfernung einen Hügel entdeckt hatten, von dessen Gipfel aus wir uns eine Rutschbahn bauten. Unterhalb des Hügels befand sich eine riesige Schneewehe. Es machte unheimlich Spaß, mit voller Wucht von oben in diese Schneewehe zu fahren – die etwa 1,50 Meter hoch war – und unten als Schneemann oder -frau wieder herauszukrabbeln. Da gab es Geschrei, Gejohle, Freudenrufe in deutscher, russischer und polnischer Sprache. Wir schwitzten, und der Schnee taute in der Sonne, wir hatten nasse Füße, Beine, Arme … Und dann überraschte uns der Sonnenuntergang und die Kälte, bestimmt minus fünfzehn Grad und die Dunkelheit, die aber wegen des Schnees nicht so dunkel war, und weil Mietja seine Taschenlampe mitgenommen hatte für die Spurensuche nach Hause. Auf dem Weg dorthin klapperten nicht nur wir mit den Zähnen, sondern auch unsere steifgefrorenen Hosen … Ich spürte meine Füße und Hände gerade noch, sie fingen an zu schmerzen, den anderen ging es ebenso. *Guwno* (Scheiße)!, sagten wir immer wieder mit weinerlicher Stimme.

Als wir frierend und weinend zu Hause ankamen, jagte uns Omi sofort alle wieder nach draußen: Schuhe ausziehen, in den Schnee gehen, die Hände mit Schnee waschen, immer wieder, dann in kaltes Wasser und dann langsam auftauen mit Schmerzen.

Mein lieber Scholli! Zehen und Finger waren angefroren, das tat weh, und wir jammerten alle. Omis Kommentare interessierten uns nicht, auch nicht Einstein, der meinte, jetzt könne man sich vorstellen, was Scott und seine Leute am Südpol gelitten haben müssen, bevor sie starben, sie hätten keine Chance gehabt wie wir. Blödes Geschwätz!

Zu Weihnachten schenkte uns Mama selbst genähte kurze Hosen und Jacken aus braun-beige kariertem Stoff, das Gleiche auch für meinen Teddy, der niedlich darin aussah. Frau K. hatte uns einen ‚Weihnachtsbraten' zukommen lassen, ein Stück Rindfleisch. Irgendwoher hatten die anderen Schneidersleut sich auch was Fleischliches organisiert: Hühner, Enten und so weiter. In der Großküche und in den Zimmern roch es so gut wie nie zuvor.

Ab und zu kamen die Russen in Kompaniestärke vorbeimarschiert und sangen – so verstanden wir es – : Leberwurscht, Leberwurscht, Dovarisch Leberwurscht! (Dovarisch ist Kamerad, Kumpel, Freund). Wenn wir nun diesen Gesang hörten, der von der Kaserne herüberschallte, sausten wir auf die Straße und marschierten ‚unauffällig' zwischen den Soldaten mit zum Kino. Dort saßen wir mitten unter ihnen und sahen uns Kriegsfilme an mit deutschen Soldaten als Eierköpfe, oder wir sahen Tanzvorführungen mit russischen Artisten auf der Bühne. So etwas hatten wir noch nicht gesehen: Anlauf, doppelter Salto oder Salto auf der Stelle oder Hochspringen, Salto drehen oder Pirouette und so weiter. Wir waren genauso begeistert wie die Soldaten, und wir dachten, russische Artisten sind die besten der Welt. Einstein meinte später, die Artisten des Moskauer Staatszirkus zum Beispiel seien Spitzenkönner, die würde er gern einmal wirklich erleben, er habe nur einige Nummern auf Fotos gesehen.

Pa Trunje und ich brauchten unbedingt Geld, weil wir uns Taschenlampen kaufen wollten, weil es ja keine Straßenbeleuchtung gab, denn wir wollten abends noch ein wenig draußen bleiben. Die schönen breiten Taschenlampen mit einer 4,5 Volt Batterie, sogar mit rotem und grünem Filter, die gab's in einem polnischen Geschäft zu kaufen. Unsere Eltern gaben uns dafür kein Geld, in der Hauptsache aus dem eben geschilderten Grund, den abendlichen Ausgang. Sie waren der Meinung, wenn wir den ganzen Tag auf ‚der Straße lägen', dann brauche das nicht auch noch abends zu sein.

Geld also, woher nehmen und nicht stehlen? Geld wohlgemerkt. Gegenüber der Eingangstür zum russischen Magazin befand sich die Aufgangstreppe zur Schneiderei. Unter der Treppe war ein Hohlraum, der mit Platten zugemauert war. Eine Platte fehlte jedoch, und durch dieses Loch passten wir gerade, wenn wir durchkrochen. Wir hatten ein weiteres wichtiges Lager gefunden.

Wir hatten beobachtet, dass der Major jeden Abend zur gleichen Zeit herunterkam, um die Tür zum Magazin aufzuschließen. Er ging hinein, kam nach ein paar Minuten wieder heraus und ging nach oben. Die Tür blieb offen, und die Beleuchtung eingeschaltet. Der Bursche des Majors kam erst viele Minuten später, um Nahrungsmittel zu holen, die auf einem Zettel standen und die er dann nach oben schleppte, manchmal zweimal, manchmal dreimal, je nachdem, welche und wie viele Teile in seinen Waschkorb passten.

Wir mussten die Zeit zwischen Major und Bursche nutzen: Wir drangen ins Magazin ein, wo viele Esswaren herumstanden, eimerweise Bonbons, Konserven, Schinken … Auch die Regale waren voll. Aber das interessierte uns alles nicht, uns interessierte nur eins: Und da standen sie, nicht in Reih und Glied, sondern einfach nur so dahingestellt: Leere Wodkaflaschen. Wir nahmen so viele wie möglich, aber nicht so viele, dass es gleich auffiel, und verstauten sie in unserem Lager, das ab jetzt Bunker hieß. Und dann hauten wir schnell ab. Manchmal schafften wir es gerade noch, in unseren Bunker zu kriechen, und dann hieß es: Keine Bewegung, mucksmäuschenstill sein, nicht durch die Nase atmen und um Gottes willen nicht die Flaschen berühren.

Bisweilen saßen wir da in der Hocke – am höheren Ende des Bunkers also – bis uns die Beine einschliefen, und dann waren wir froh, wenn alles wieder dunkel wurde. Es fiel anscheinend nicht auf, vielleicht zählten sie die leeren Flaschen gar nicht. Für uns war auf jeden Fall von Vorteil, dass die Russen ordentliche Schluckspechte waren, die ganz schön was wegkümmelten.

Tagsüber holten wir dann die Flaschen aus dem Bunker und schleppten sie getarnt (in Honigeimern) zu einem polnischen Getränkegeschäft und kassierten das Pfand. Im Laufe der Zeit kam auf diese Weise ein hübsches Sümmchen zusammen. Von dieser Aktion wusste selbstverständlich niemand etwas, und sie fiel auch niemandem auf. Als wir dann plötzlich mit ‚überlebenswichtigen‘ Taschenlampen, Ersatzbatterien und -birnchen auftauchten und unsere Mitmenschen in Erstaunen versetzten, sagten wir ihnen, wir hätten auf dem Jahrmarkt das Kinderkarussell angeschoben und dafür Geld bekommen. Das stimmte ja auch, das hatten wir tatsächlich ein paar Mal gemacht. Nur Einstein runzelte die Stirn, augenscheinlich glaubte er uns nicht, aber er hatte ja keine Ahnung, was Taschenlampen kosten.

Wir hatten nun also das erreicht, was unsere Eltern verhindern wollten, nämlich dass wir uns noch abends herumtreiben. Mit unseren Taschenlampen konnte sich die Truppe entfernen, wir konnten im „kaputten Haus" mit unseren Öfen bis auf die oberste Etage klettern, uns wärmen und Pläne schmieden. Unsere Öfen bestanden aus Blecheimern, in deren Boden wir mehrere Löcher geschlagen hatten, aber auch drei kleinere verteilt in den unteren Bereich der Seitenwand. Wir heizten mit Holz, bis sie glühten. Zum Anheizen und zum Aufheizen stellten wir sie auf die Kanten von zwei Mauersteinen, sodass von unten gut Zugluft herankam. Später wurde dann die Zugluft gedrosselt, indem die Mauersteine flach zusammengelegt wurden, sodass kaum noch Luft von unten, sondern nur noch durch die kleineren Seitenlöcher wirksam werden konnte. Die Öfen gaben eine gute Strahlungswärme ab, einen Begriff, den wir auf diese Weise kennenlernten (den Einstein bestätigte), denn die Raumwärme konnten wir unter freiem Himmel ja nicht einfangen.

Manchmal machten wir Holzkohle: Die Holzstücke mussten gut durchgebrannt sein, dann brachten wir je nach Jahreszeit Schnee oder Wasser drauf. Es knackte, zischte, dampfte und gaste. Wenn die Holzkohle dann getrocknet ist, kann man sie zum Heizen verwenden. (Grillen kannten wir damals noch nicht, wozu auch, denn es gab ja so gut wie kein Fleisch. Außerdem ist Grillen so gesund nun auch wieder nicht!). Einstein gab uns neben „Handwerker" auch noch die Berufsbezeichnung „Köhler", Hersteller von Holzkohle. Man braucht sicher nicht viel Phantasie, um sich vorzustellen, dass wir gerade bei den eben beschriebenen Tätigkeiten unser äußeres Erscheinungsbild in Mitleidenschaft zogen, ein Bild, das dem eines Schornsteinfegers nahe kam, übrigens auch, was die Geruchsaura anbelangte. Dass unsere Eltern ob dieser „berufsbedingten" Veranstaltungen schier verzweifelten, tat uns wirklich leid, besonders weil Waschungen großen Stils außer der Reihe notwendig wurden, weil man ja als Köhler nicht einfach so ins Bett gehen konnte.

Ansonsten wurden alle Kinder einmal in der Woche richtig abgeschrubbt, wozu eine kleine Zinkwanne diente, die in den Familien herumgereicht wurde. Meine Schwester schrie jedes Mal so, als steckte sie am Spieß (eine bis heute bei gründlicher psychologischer Betrachtungsweise nicht ganz eindeutige Motivation). Jedenfalls sagten die Leute: Ah, bei denen wird wieder ein Schwein geschlachtet, und alle wussten, worum es ging. Mama war ungehalten, denn die Leute wussten eben nicht, worum es ging, bei uns wird kein Schwein geschlachtet, es werden nur Monis Haare gewaschen. Meine Schwester war offensichtlich der Meinung, dass zwar der Körper nicht aber die Haare gewaschen werden mussten.

Natürlich dienten uns unsere Taschenlampen auch in unserem Bunker, aber nur im äußersten Notfall, denn ein gesehener Lichtstrahl hätte uns verraten.

Komisch, Vladimir, der Bursche des Majors, kam wieder früher herunter, und wir konnten uns gerade noch in unser Versteck retten. Leider kam ich dabei gegen eine Flasche, die gegen eine andere klirrte. *Guwno*, dachte ich und hielt den Atem an. Vladimir schleppte seinen Korb wie gewohnt nach oben und sagte etwas – er sagte oftmals etwas, was wir leider nicht verstehen konnten, er sprach wohl Ukrainisch platt – kam wieder herunter, schaltete das Licht aus, schloss das Magazin ab und ging nach oben. Es blieb ruhig, trotzdem warteten wir noch eine Weile, bis Pa Trunje mir zuraunte: Hotch, we Pa!

Er schob sich vorsichtig durch die Öffnung, und ich robbte hinterher, ohne das geringste Geräusch zu verursachen. Als wir nach draußen kamen, fiel ein Lichtstrahl durch das Fenster der Schneiderei und beleuchtete Pa Trunjes Rücken.

Jopt tweuer match!, brüllt Vladimir wutschnaubend und packt ihn, er reißt sich los, und er schnappt ihn sich wieder und holt aus, um ihm einen Schlag zu versetzen, alles sichtbar durch den Lichtstrahl. In diesem Augenblick kracht dem Russen ein Mauerstein ins Kreuz, den ich auf ihn geschleudert habe. Er lässt von Pa Trunje ab, schreit vor Schmerz, geht in die Knie und verharrt so einen Moment. Ich bin starr vor Schrecken, ich will doch keinen Russen umbringen! Da erhebt er sich langsam, ächzt und spult alle Flüche Russlands ab und zieht sich taumelnd zurück. Wir laufen hinter die Mauer und lauschen mit schnellem Atem. Nichts, es bleibt ruhig.

Dem hast du's aber gegeben, flüstert Pa Trunje selbstzufrieden. – Jawoll, der Heini, japse ich und zittere stolz, wenn der dich angreift? Der hätte dich windelweich geschlagen … Kommt überhaupt nicht in Frage!

Wir wissen, dass die Russen gefährlich sind, wenn man sie angreift, aber Vladimir tat uns nichts, wahrscheinlich hatte er Angst, denn wir waren immerhin zu zweit, und ich hatte den Mut gehabt, ihm eins zu verpassen.

Auch in den folgenden Tagen kam keine Reaktion. Wenn wir ihm begegneten, grüßte er wie immer, hatte aber keine Zeit mehr für ein kurzes Gespräch … Auch wenn noch ein paar Flaschen im Bunker lagen, machten wir um ihn einen großen Bogen. Leider war unsere Geldquelle versiegt, aber wir hatten ja wenigstens unsere Taschenlampen.

Für uns gab es keine strapazierfähigen Schuhe, und in den Geschäften kosteten sie ein Vermögen. Also mussten Schuhe organisiert werden, was uns auch gelang, es waren gebrauchte Soldatenschuhe, etwas zu groß, aber immerhin. Da wir keine Schuhcreme hatten, strichen wir die Schuhe mit Wagenschmiere ein, was den Vorteil hatte, dass das Leder wieder weich wurde, jedoch den Nachteil, dass sie derart stanken, dass sie nicht mit in die Zimmer genommen werden durften.

Als sich das Frühjahr 1949 einstellte, bastelten wir uns Sandalen: Füße auf ein Brett stellen (1,5 bis 2 cm Brettstärke) und grob anzeichnen. Anschließend aussägen und mit Raspel und Feile angleichen. Sodann unter dem Ballen das Vorderteil absägen. Oben mit einem Speitel je 1,5 cm in der Dicke des Stück Leders ausschneiden und das Leder mit acht Schrauben festschrauben. So ist das Vorderteil biegsam, und der Fuß kann abrollen. Die zwei Riemen in einer Breite von drei bis vier Zentimetern in etwas mehr als Ristlänge zurechtschneiden. Bewegliches und festes Teil der Sandale in Riemenbreite auskerben, Riemen hineinstecken und mit je drei Schrauben von unten festmachen (Vorsicht: Schrauben dürfen oben nicht rausgucken, sonst hinterlässt man eine Blutspur!) Dann wird eine Sohle aus Linoleum darunter geklebt und auf die Sohle hinten noch ein Absatz, ebenfalls aus Linoleum. Bei starkem Verschleiß halten die Sandalen immerhin vier bis fünf Wochen, sonst länger. Für Einstein hatten wir es auch noch zu Schuhmachern gebracht.

Handwerker müssen Freizeit haben, und so gab es zwischendurch auch immer wieder mal ein paar Spiele. Eins bestand zum Beispiel darin, Vladimirs Jeep nur mit dem Anlasser (1. Gang vorwärts) in die nächste Straße zu fahren. Vladimirs Blick verdüsterte sich zunächst, weil er glaubte, der Wagen sei gestohlen worden, sein Gesichtsausdruck hellte sich jedoch wieder auf, als er ihn auf einem anderen Parkplatz um die Ecke wiederfand. Er ahnte sicher, dass Max und Moritz dahintersteckten. Für uns war erstaunlich, dass er uns solche Streiche nicht heimzahlte oder uns büßen ließ. Die Folge war schließlich, dass wir aufhörten ihn zu ärgern, denn wir fanden, dass er uns doch gar nichts getan hatte. Aber Auto fahren – hier sogar mit einem kleinen Elektromotor – war möglich und machte eben viel Spaß. Den

Gedanken, dass wir eventuell die Batterie leerfahren könnten, ließen wir außen vor. Andererseits gingen wir sogar so weit zu überlegen, ob wir nicht die Streiche, die wir ihm gespielt hatten, ihm sozusagen wieder gut machen sollten. Da ergab sich ein Sachverhalt, den wir in dem gerade geschilderten Sinne ausnutzen konnten, wobei wir das Nützliche mit dem Angenehmen verbinden wollten.

Vladimir stellte jede Woche Waren aus dem Magazin, die unbrauchbar oder überflüssig geworden waren, an die Straße, wo sie auf einen Lastwagen geladen und irgendwo ‚entsorgt' wurden. Was nun insbesondere den Stapel fauler Eier betraf und auch den Stapel von Sidolflaschen (Küchenreiniger und Politur in kleinen Glasflaschen) so schien uns die übliche Art der Entsorgung zu schade. So schleppten wir die Eier und die Sidolflaschen zu dem schon erwähnten Denkmal und ‚schändeten' es , wobei wir vorab auf das Hakenkreuz zielten. Zuerst waren die Sidolflaschen dran, die das Ganze mit einer weißen Soße benetzten, und die Glasscherben am Fuß ihm einen Hauch von Unnahbarkeit verliehen. Dann machten wir Wurfübungen mit faulen Eiern, die dem restlichen grauen Beton noch zusätzliche gelbliche Farbtupfer aufsetzten.

Der Gestank kam einer Mischung aus Ata und von Maden befallenen toten Hunden gleich. Einstein rümpfte die Nase und meinte, eine solche Maßnahme sei ja nur rein äußerlich, sie treffe ja nicht den Kern der Sache, wir hätten ja nicht nur das Hakenkreuz getroffen. Es war das erste Mal, dass wir ihn nicht verstanden, unsere und seine Vorstellungen deckten sich offenbar nicht. Er war auch nicht in der Lage, uns einem bestimmten Berufszweig zuzuordnen, ‚Entsorger' sei nicht umfassend genug.

Das nächste Projekt nun fand wieder ganz und gar Einsteins Zustimmung, mehr noch, wir wurden von ihm nach Fertigstellung zu Handwerksmeistern befördert. Alle vorausgegangenen Vorhaben (Reck, Karussell, Sandalen) waren ja ohne seine Idee und ohne seine Beratung verwirklicht worden, das muss noch einmal besonders hervorgehoben werden. Auch dieses Produkt nun war solchermaßen gelungen, dass es von unseren Leuten mit Begeisterung aufgenommen wurde. Die Polenkinder hingegen beäugten es mit derartigem Neid, dass wir befürchten mussten, von ihnen dafür erschlagen zu werden: Es waren unsere Roller.

Wir hatten nämlich ein Kugellagerlager entdeckt und uns mit Kugellagern eingedeckt. Sie hatten unterschiedliche Außendurchmesser von fünf bis fünfzehn Zentimeter Durchmesser, wobei letzteres schon ein ziemlich großes Gewicht hatte. Wir verwendeten eins von 8 und eins von 15 cm. Man nehme ein Trittbrett, 1 m lang, 14 cm breit und 2 bis 3 cm dick, je nach Körpergewicht. In das Trittbrett säge man auf einer Seite eine Kerbe, die etwas breiter als das größere Lager und etwas länger als der Radius ist. Dann stecke man ein 14 cm langes Stück Leiste durch das Lager, das etwas breiter als der Durchmesser des Innenlagers sein muss und verkeile es so, dass das Lager frei laufen kann. Gegen das Trittbrett unten bündig und mittig schraube man ein Brett von 10 cm Breite und, je nach Körpergröße, von 80 bis 90 cm Länge. Das Trittbrett schneide man konisch auf dieses Brett zu; wir nennen es Lenkhilfsbrett. Zum besseren Halt befestige man noch je eine starke Leiste außen zwischen den Brettern, sodass der rechte Winkel zwischen Trittbrett und Lenkhilfsbrett erhalten bleibt. (Etwas aufwendiger in der Konstruktion ist natürlich ein Winkel von etwas weniger als 90 °). Nun kommt das Lenkungsbrett an die Reihe: Es ist 8 cm breit und, je nach Körpergröße, circa 1 m hoch (lang). Unten sägt man einen Ausschnitt für das kleine Lager und verkeile es, wie für das Trittbrett beschrieben. Um das Lenkbrett an des Lenkhilfsbrett zu koppeln, hat man sich folgende ‚Halterungen‘ besorgt. Die Verschlussstange bei alten Fenstern fuhr oben und unten in kleine quadratische Ösen. Vier Stück braucht man davon für die Lenkung. Roller auf die Seite legen und die Hilfe des zweiten Rollerbauers in Anspruch nehmen, denn die Kopplung ist eine kritische Stelle. Hinter- und Vorderrad müssen eine gerade Linie bilden, die parallel zum Trittbrett verläuft und sozusagen die Straße darstellt. Dann passt man die Ösen am Lenk- und Lenkhilfsbrett so an, dass die Ösen des Lenkhilfsbretts auf den Lenkösen des Lenkbretts liegen. Hier muss man sehr genau arbeiten, damit ein Teil des Körpergewichts auf beiden Ösen gleichzeitig liegt. Dann zwei dicke Schrauben mit dickem Kopf einstecken. Oben auf das Lenkbrett wird eine Lenkstange geschraubt, die nach Belieben länger oder kürzer sein kann. Fertig ist der Roller.

Die Straße zwischen Kirche und Denkmalsplatz hatte eine Asphaltdecke, die verhältnismäßig gut in Ordnung war, also keine großen Schlaglöcher oder Frostaufbrüche hatte (offenbar eine solide Vorkriegskonstruktion für ein raues Klima), das wurde unsere Rollerstrecke. Wir zischten über den Asphalt mit dumpfem Rollen, konnten gerade so die Kehre hinbekommen und machten Wettrollern. Gebremst wurde mit den Schuhsohlen oder Absätzen. Um die Schuhe zu schonen, könnte man sich auch eine Druckbremse vorstellen, auf die man oben tritt und die hinten gegen das Hinterrad drückt. Die Roller hielten alle Gewichtsklassen aus, sogar zwei Kinder. Die Mädchen waren ebenfalls begeistert, nicht zuletzt Mietja, der die Dinger toll fand und uns dazu gratulierte. Ein besonderes Schauspiel boten einige flitzende tapfere Schneiderlein, die über den Asphalt düsten, als sei ihnen der Teufel im Nacken. Sie meinten, das seien die besten Sportgeräte, um ihre erlahmten Muskeln wieder aufzupeppeln. Einstein, der sich Fahrten nicht nehmen ließ, kommentierte seine Jungfernfahrt so: Das Fahrgeräusch erinnere ihn an Donnergrollen oder hundert Rollschuhläufer. Die schweren Gefährte durften wir mit in die Zimmer nehmen, sie stanken ja nicht. Mama sagte nur: Auch das noch!

Wir stemmten uns mit allem Widerwillen, den wir aufbringen konnten, gegen einen Plan, den unsere Eltern ausgeheckt hatten, denn er zeigte ein völliges Unverständnis, absolute Fehlbarkeit, ein unbeschreibbares erzieherisches Unvermögen, eine Leichtfertigkeit ersten Ranges: Pa Trunje und ich sollten die polnische Schule besuchen mit der Begründung, uns von der Straße zu holen. Wir nörgelten, wir drohten von vornherein Schwänzen an, denn die sogenannte Straße sei unsere Schule, wir lernten durch unsere Arbeit weit mehr, als eine Schule uns bieten könne, außerdem seien wir der polnischen Sprache auch nicht so mächtig. Es half alles nichts, wir wurden gezwungen. Und wie nicht anders zu erwarten war, wir wurden zum Gespött der Schule: *Dujo ludje, pierfsche class* (so große Leute, und dann in der ersten Klasse!)

Die Rache der großen Jungs folgte auf dem Fuß: Wir lasen so gut Polnisch, dass die Lehrerin uns zum Unterrichtsschluss als erste gehen lassen musste. Wir verstanden zwar nur die Hälfte, aber wir lasen gut. *Fschistko jedno!*, pottegal. Bätsch!

Nach etwa drei Wochen – es war Anfang Juni geworden – sagt Mama am Abendbrotstisch: So Kinder, jetzt ist es Zeit, dass ihr es erfahrt: In einer Woche fahren wir mit einem Transport in den Westen.

Ich bin enttäuscht: Wieso denn?

Weil ihr hier auf die Dauer nichts werden könnt. Ich habe es über viele Wege erreicht, dass wir ausreisen können.

Und die anderen?

Die gehen vielleicht mit anderen Transporten in den Westen, oder sie bleiben hier.

Und wo fahrn wir hin?, fragt Moni.

Nach Hannover zu Onkel Wilfried … Posaunt das noch nich so raus! … Ihr könnt nichts mitnehmen … Du deine Puppe und du deinen Teddy, sonst nichts …

Und all die Sachen hier, die Betten, die Möbel?, möchte ich wissen.

Die bekommen Köpsels, wir nehmen nur unseren Korb mit.

Nun seid man nich' traurig, versucht sich Omi tröstend einzumischen, das is schon gut so. Wir wolln uns doch sowieso nich' einpoln lassen, wir sind doch Deutsche, oder etwa nicht?!

Der Exodus

Ich verstand wieder nicht so richtig. Als dann der Lastwagen kam, um uns und unser Gepäck zum Bahnhof zu bringen, war Pa Trunje nicht da, und die anderen waren auch nicht da. Waren wir nun Flüchtlinge oder Vertriebene auf dem Oppelner Bahnhof, Frauen und Kinder, aber auch Männer, ganz alte und jüngere, waren das alles Deutche? Unser Korb wurde in den Güterwagen gehievt, das Handgepäck nahmen wir mit. Ich war erstaunt, das war ja ein richtiger Personenzug mit Fenstern drin. Also konnte man rausgucken und Landschaften sehen und Städte und Dörfer.

Wir fuhren zunächst in die Nähe von Breslau nach Hundsfeld, das stand gerade noch lesbar auf einem verrosteten Schild aus Emaille, sonst Psie Pole auf einem neueren Schild. Wir mussten aussteigen, denn es hieß, wir würden hier in einem großen Gebäude direkt neben dem Bahnhof übernachten und am nächsten Tag weiterfahren, denn wir müssten entlaust werden. Mama erkundigte sich nach unserem Korb, es war alles in Ordnung. In dem Haus entstand ein Knäuel von Menschen, Fragen, Reden, Lärm, Kindergeschrei, dass man sein eigenes Wort nicht verstehen konnte: Man baute sich Schlafstätten, schleppte Matratzen, Decken, Koffer und Taschen herum. Ein Russe wollte Mama den Ringfinger abschneiden, denn sie trug immer beide Eheringe. Omi und andere Leute gingen dazwischen.

Ich nahm dieses ganze Getümmel nur wie durch einen Nebel wahr, oberflächlich, schemenhaft, weil ich ein gleichaltriges Mädchen entdeckt hatte, das auf einer Bettkannte saß. Sie hatte braune Augen, lange blonde Zöpfe und ganz helle Haut, was man an ihren Armen und den Stellen erkennen konnte, die zwischen Strumpfhalter und Strümpfen hervorlugten. Sie sah mich mit ihren großen Augen an, und ich war gebannt, und ich setzte mich ohne auch nur eine Sekunde zu zögern wie mechanisch neben sie, sodass unsere Oberschenkel und Schultern sich berührten. Wir sahen einander noch einmal von der Seite her tief in die Augen, und dann blickten wir beide in das sich tummelnde, unruhige Nichts. Es war das erste Mal, dass wir ein unglaubliches Gekribbel fühlten, das die Funken hinterließen, die übersprühten und unsere Körper und Seelen aufluden. Wir saßen da, völlig unbeweglich, zwei Figuren aus Ton, denen gerade das Leben eingehaucht worden war, und wir sagten nichts, weil wir sprachlos waren. Uns blieb nicht verborgen, dass wir so sterben könnten, mitten im bewegten Leben wieder zu Ton werden könnten, zwei Figuren in ruhender Seligkeit vereint. Wir wurden jäh auseinandergerissen, von so genannten Erwachsenen rücksichtslos und brutal in eine Wirklichkeit getopft, die nicht die unsere war, hineingeworfen in eine Welt, in der man frieren musste, weil sie so kalt war mitten im Sommer, die Sprache der Erwachsenen: Was soll das?! Schluss jetzt! Komm jetzt! Los, los, los! Es ist Zeit! – Beatrice, sofort aufhören! Keine Widerrede! Ich werd dir helfen.

Ich wurde in einen anderen Raum gezerrt, und sie blieb da sitzen mit großen traurigen Augen, und uns blieb nichts anderes übrig, als die Schmerzen der Trennung in einen Regenbogen zu verwandeln, unseren farbigen Bogen der Erinnerung von dir zu mir und von mir zu dir. In jener Nacht dachte ich in meinen Wachträumen nur an dich. Ich habe dich nie wiedergesehen, aber ich vergesse dich nicht, meine Beatrice.

Am nächsten Morgen donnerte eine von einem kräftigen polnischen Frauenarm gehaltene Art Spritzpistole weißes, übel riechendes Pulver ins Haar, ins Hemd, in die Unterhose, ein Entlausungsmittel gegen vielleicht vorhandene Quälgeister. Die Deutschen sollten ‚rein‘ zu Hause ankommen.

Wir nahmen im Waggon die Plätze vom Vortag ein. Einen Trost konnte ich mitnehmen: Beatrice war irgendwo im Zug und sah sicher das Gleiche wie ich: Langsam entfernt sich das Schild Hundsfeld, und sie spürt die gleichen unsichtbaren Schauer wie ich, wenn sie an das Schild denkt.

Djen dobre, ihr Schwärmer, guten Tag, ihr unsere begeisterten Anhänger, hi, hallo, Fans! Wir sind wieder da! Ihr habt bestimmt bemerkt, dass wir uns verkrochen hatten, oder?, fragt Klotho in heiterer Laune, und Lachesis strahlt ebenfalls: Wir waren doch in Urlaub, erinnert ihr euch? Nein? Also gut, Papa wollte doch unbedingt Ferien machen, weil er urlaubsreif war … Jetzt dämmert's? Na prima. Haben wir gemacht, auf dem Olymp, Papa und Mama wie die Turteltauben, als hätten sie sich schon tausend Jahre nicht mehr gesehen, n' richtiger Schmuseurlaub. Atropos gibt ihren Senf dazu: Und wir? Flirturlaub, à la Michel Delpech ‚pour un flirt avec toi', wir haben die schönen Männer von Athen verrückt gemacht. In Saloniki, Patras und Larissa waren wir auch. In Larissa war es heiß, und da war ein Arzt hinter uns her, der war so in uns alle drei verknallt, dass wir ihn nur mit Ambrosiasekt loswerden konnten. Der Typ war total besoffen. Er wollte seine ganze Villa, Frau, Kinder, seine drei Autos, sein Schiff, alle Häuser in der Schweiz, Gold, alles verscherbeln, seine Konten in Zürich und Vaduz plündern und auflösen … Oh, mein Zeus! Es donnert. Tut der uns leid! Aber er meinte, wir fehlten ihm noch in seiner Sammlung.

Klotho: Und hier, alles im Lot? Im grünen Bereich?

Lachesis: Was fragst du denn? Guck dir das doch ma' an, ein ganzes Mittelgebirge von Post auf dem Schreibtisch … Keine Angst, das erledigen wir gleich in ein paar Minuten mit ‚allen antworten'.

Atropos: Was ihn betrifft, hat der kleine Weltverbesserer das alles ganz prima berichtet. Er isn' Armer, kann uns richtig leid tun, träumt von seiner Beatrice, hat heimlich seine Taschenlampe aus Oppeln mitgenommen, möchte damit sein Mädchen im Zug suchen, traut sich aber nicht. Mein Zeus! Es donnert. Is' ganz blass vor Sehnsucht, aber da muss er durch … Bei seiner Erzählung fehlt noch was, um die Sache rund zu machen: Die kamen natürlich nich' so ohne weiteres raus aus Polen und von den Russen weg, obwohl das ja – wie wir das schon erwähnt hatten – Im Podsdamer Abkommen vereinbart worden war. Man musste schon Familienzusammenführung nachweisen, das heißt Mamas Bruder Wilfried und gleichzeitig Omis Sohn musste sie schon sozusagen anfordern. Mama hatte persönlich an Marschall Sokolowski in Berlin geschrieben, ebenso Onkel Erich, der ja über Oma mit ihnen verwandt war, der spätere Bundestagsabgeordnete der SPD von Hagen und Wanne-Eickel, der so genannte Renten-Meyer. Er wollte die Kinder sogar adoptieren. Die vielen Auswanderer im Zug hatten ähnliche Vorstöße unternommen ... So, Schwesterleins, Mädels, kommt, wir müssen noch anderes besorgen ... Oh, was macht er denn? Er schläft und träumt ... Gut, Klotho, dann mach' du das, wir sind dann mal eben weg.

Der Zug war ganz langsam durch Breslau gehoppelt, alles kaputt, damit man die großen Zerstörungen sehen konnte. Diese ewigen Verwüstungen öden ihn an, ermüden ihn, es sind ja nur die sichtbaren, vordergründigen Überreste der Schreie, der Weinkrämpfe, des Stöhnens, der Tränen, der Schmerzen, der Leiden, der Erinnerungen an die verkohlten Kindergesichter und an das Blut, das das Grundwasser rot gefärbt hat.

Der Zug fährt in einem großen Bogen nach Liegnitz. Wieso nach Liegnitz?, fragen einige Leute, und andere sagen, er fährt über Dresden. Über Dresden?, fragt Omi, wir wollten doch nach Berlin, so hat man es uns doch gesagt. Nach Dresden fahren doch gar keine Züge mehr, sagt wieder ein anderer, da läuft doch ein großer Bombenangriff, heute ist doch der berühmte 13. Februar 1945! Vorhin hat Air Chief Marshal Harris den Befehl gegeben, den Curchill bestätigt hat, tausende von Tonnen Bomben sollen die 773 Lancaster auf militärische und industrielle Ziele abwerfen, 650 000 Brandbomben, und nach Hamburger Manier erst die Spreng- und dann die Brandbomben. Die Besatzungen der Maschinen haben Bildungslücken, und es ist ihnen auch verheimlicht worden, dass es da kaum lohnende Ziele gibt, und außerdem ist Dresden das Florenz an der Elbe, eine der schönsten Städte Deutschlands. Na und? Es würde sie auch nicht interessieren, dass August der Starke den Zwinger erbaut hat, was kümmert sie das Schloss und die Hofkirche ... Einen Scheißdreck, es geht um Schutt und Asche, sonst nichts, damit das klar ist! Und die Menschen? Ach du lieber Gott, was ist das denn? Rache um Rache, Stadt um Stadt. Dresden ist voller Flüchtlinge, die sind zum Beispiel aus Breslau vor den Bomben geflüchtet und vor den Russen. Was haben wir denn damit zu tun? Und es ist auch so, das sagt Harris niemandem: Der Krieg ist in ein paar Wochen zu Ende. Was soll er mit den Unmengen Bomben machen? Die werden später verschrottet, das ist doch viel zu schade. Jetzt muss man sie einsetzen, dafür sind sie doch bestimmt! Jetzt können die Deutschen sehen, hören und riechen und es am Leibe und im Kopf verspüren, was allein unser Royal Bomber Command für eine Schlagkraft hat. Und ein paar Stunden später können dann die Amis mit ihren 311 Fliegenden Festungen den Ausputzer spielen, und einen Tag später wollen sie ja dann nochmal mit 210 B-17 ran. Die Deutschen rechnen ja auch nicht damit, sie haben ihre Flak und ihre Jäger gegen die russische Front geworfen. Also, was soll's, ran an den Feind!

In einer Lancaster ist eine 10 Tonnen schwere ‚Grand Slam‘ versteckt, die ist so schwer, dass die Lancaster in England gerade noch am Ende der Rollbahn bei heulenden Motoren und zitterndem Rumpf den Hintern hochgekriegt hat. Wo die Bombe hinfällt, wächst zehn Jahre kein Gras mehr, ein Jahr pro Tonne. Außerdem durchschlägt sie jeden Bunker, besonders, wenn man sie aus großer Höhe abwirft, dann kriegt die fast Schallgeschwindigkeit. Ich bin begeistert. Der Mann kennt sich gut aus, er war früher bei der Luftwaffe, bis er blind wurde, weil seine Kiste, eine ME 262 A-1, ein rasend schneller Düsenjäger, einen vor den Latz kriegte und ausbrannte.

Der Zug verlässt jetzt die Schienen und hebt ab und fährt durch die Luft, immer höher und höher. Niemand sagt etwas, denn es scheint niemand zu stören. Nur der Junge hat Angst, aus einer solchen Höhe, wenn man da runterfällt. Sie fliegen jetzt über den Bombern, die Luft ist ganz dünn geworden, man muss schwer atmen, aber man kann alles sehen, da unten ist die Hölle los, ein Feuersturm, er wärmt bis hier oben. Wo sind wir jetzt?, fragt der Blinde, er kennt Dresden gut. Ein anderer auch, er hat eine Nase wie eine Knolle, er säuft zu viel Wodka, bohrt mit dem Daumen in der Nase, dass die Nasenlöcher aussehen wie ein Doppelauspuff. Der sagt: Wir fliegen gleich über den Schlachthof.

Plötzlich sitzt Bea, das Mädchen aus Hundsfeld, neben dem Jungen, ganz eng und streichelt ihn, und der Junge denkt, jetzt kann der Zug ruhig abstürzen, dann sind wir im Tode vereint. Der Blinde meint: Ich weiß ganz genau, im Schlachthof unten im Stollen sitzen etwa hundert amerikanische Kriegsgefangene, so berichtet es Kurt Vonneguth, er ist doch dabei … Sie freuen sich über den Segen von oben, aber sie haben auch Angst um ihr Leben. Und jetzt sag' ich euch was, fast alle sind Nachfahren von deutschen Vorfahren, die vor vier Generationen ausgewandert sind.

Au ja, sagt der Junge, von mir auch, das ist lange her, aber Verwandte von uns, die Sichlings, sind damals nach Milwakee gegangen und haben da eine Brotfabrik aufgemacht. Omis Cousin, Max Leichsenring, ist auch in Amerika … Von uns auch, die Kissingers, sagt Bea, die sind nach Detroit gegangen und haben Autos gebaut.

Soll ich euch mal was sagen, fügt der Blinde hinzu, wir sind alle irgendwie Vettern oder Verwandte, was weiß ich, und dann bringen wir uns gegenseitig um, der Amerikaner im Bomber opfert sich für seine Brüder, die gefangen sind, und gibt seinen Brüdern und Schwestern, die Deutsche sind, eins aufs Haupt.

Wer ist denn noch da unten im Stollen?, will der Junge wissen. Die Knollennase behauptet: Da ist der kleine und rabiate Autodieb aus Cicero drin, Paul Lazzaro, oder Billy Pilgrim, groß und schwach, sagt Kurt, eine Gestalt wie eine Coca-Cola-Flasche, und Roland Weary, dumm, dick und kleinlich in seiner Zwiebelkleidung, und dann der Hochschullehrer Edgar Derby, und auch noch der Stückeschreiber Tennessie Williams und so weiter. Die sitzen da alle drin und warten auf Godot, und die werden bewacht von Volkssturmwärternachfahren, die sind 16 bis 19, und die alle werden von ihren Groß-groß-groß-Enkeln mit Bomben beschissen.

Da, schreit die Knolle, jetzt haben sie sie fallen gelassen, die große, die fliegt mit unheimlicher Beschleunigung auf den

Stollen zu. Boh! Nein!, schreien alle im Abteil. Manno!, sagt die Knolle, das kann doch nicht wahr sein! Die ist draufgeknallt, aber nicht explodiert. Isn' Blindgänger. Bei denen rieselt jetzt der Kalk, aber mehr nicht, Schwein gehabt.

Alle sind froh, und der Junge tanzt mit Bea, und da kommen sie raus aus ihrer Höhle mit ihren Bewachern, und da sehen sie den Hintern der ‚Grand Slam‘, die ist noch ganz heil.

Aber was ist das? Wieder Sirenen, und da sind sie schon, die Fliegenden Festungen, und alles rennet und rettet sich, und die Mustangs kommen auch, die Jäger, und feuern MG-Salven in die Menge, aber die gefangenen Amis bleiben alle heil, toll!

Nur 25 000 oder wie viele Tote, das geht ja noch.

Der Junge und Bea haben das nicht verstanden, sie verstehen sowieso nicht viel, weil sie glauben, dass die Erwachsenen, vor allen Dingen Männer, nicht ganz richtig ticken, und viele manisch depressiv sind mit ihren ewigen Kriegen und Gräueltaten. Keiner kann den Kindern sagen, warum sie das tun.

Der fliegende Zug setzt vorsichtig auf und rollt wieder auf seinen Schienen, er gehorcht wieder seiner Bestimmung, und die Lok ächzt, denn es geht bergauf, und der Zug ist schwer, er schleppt zu viele bedrückende Gedanken mit sich.

Der Blinde fragt wieder: Was seht ihr jetzt? Und Bea antwortet mit zwitschernder Stimme: Da ziehen Kinder auf der Straße entlang in unserer Richtung, ein Riesenzug, man sieht nicht den Anfang und nicht das Ende, es sind bestimmt hunderttausend. Die haben Transparente, sagt der Junge, da steht drauf: Wir sind kein Kreuzzug, wir sind ein Friedenszug. Auf einem andern steht: Wir haben keine Eltern und Verwandten mehr, wir sind ein Waisenzug. Und da!, meint Bea begeistert, guck ma'! Wir Kinder aus Osteuropa grüßen Westeuropa. Wir haben Hoffnung und Zuversicht mitgebracht, die wollen wir euch schenken … Und dann das: Erwachsene dürfen uns nicht führen, weil sie das nicht können. Und da!, andere Kinder schließen sich an und bringen Nahrung mit … Und guck mal da!, meint der Junge, in ganz großen Buchstaben: Menschen, die kein Erbarmen haben, sind Roboter aus Fleisch und Blut. Und da das: Wir können bezeugen, dass sie alle Judenkinder aus Köln in Minsk erschossen haben.

Das ist also kein Kinderkreuzzug!, sagt der Blinde ... So ist es, meint die Knolle ... Da bin ich aber froh, fährt der Blinde fort, ich hasse Kreuzzüge, Mord im Namen Gottes. Und dann mit solchen Slogans, müsst ihr euch mal vorstellen: Gott will es, meinte Papst Urban der II., woher wollte der das denn wissen? Und Innozenz III., der Unschuldige sozusagen, noch son Wahnsinniger, war überzeugt: Diese Kinder sind wach, während wir schlafen. Die Kirche propagierte Gewalt gegen Andersdenkende und Ungehorsame: Selig sind, die Verfolgung ausüben. Die Päpste waren von allen guten Geistern verlassen, sie hätten sich mal selber mit dem Sultan prügeln sollen, aber nee, Verrückte und Kinder ins so genannte Heilige Land schicken zum Heiligen Gemetzel, mein lieber Mann, was hat die so genannte Kirche da bloß angestellt!

Sag mal, hast du was mit Geschichte zu tun?, will die Knolle wissen.

Das ist richtig, ich war mal Geschichtslehrer, und hab mir mal die Religionen zur Brust genommen, als ich noch sehen konnte, und heute bin ich blind und sehe noch besser, verstehste?

Wo ziehen denn die Kinder hin?, fragt Bea.

Die ziehen nach Westen, weil sie meinen, da könnten sie wie Kinder leben, antwortet die Knolle.

Wie lebt man denn wie Kinder?, fragt der Junge.

Na, Kinder wollen zum Beispiel spielen, lernen, sich frei entwickeln, nicht von Erwachsenen bevormundet werden, Freunde haben, Freunde sein, geborgen sein, die Welt erkunden ... eh, eigene Fähigkeiten entdecken, Liebe erfahren ... eh, ich weiß nicht, mehr fällt mir im Moment nicht ein.

Da kommt noch ein Schild, wirft Bea ein: In unserem Gedächtnis ist das Vermächtnis, dass sie nicht umsonst gestorben sind. Das ist in roter Schrift und direkt dahinter in schwarzer:

Aber die Wahrheit ist, es war umsonst, für nichts, einfach so, es wäre gar nicht nötig gewesen. Was heißt Vermächtnis?

Der Blinde antwortet: Wenn ich dir was vermache, dann hinterlasse ich dir was, ich überlasse es dir als Erbe. Kapiert?

Ah ja.

Die Bremsen quietschen, der Zug hält mit einem Ruck. Ich wache auf und merke, dass ich an Omi angelehnt geschlafen habe, und ich frage verschlafen: Wo sind wir? Omi antwortet: In Guben.

Ist Dresden schon lange vorbei?

Wieso Dresden, da kommen wir doch gar nicht hin.

Wir waren doch über Dresden.

Junge, du hast schlecht geträumt.

Draußen wird Deutsch gesprochen, und da ist tatsächlich ein Schild ‚Guben‘, das von einer Funzel beleuchtet wird. Wir haben länger Aufenthalt, weil die Lok Wasser haben muss, und das muss erst wieder so richtig heiß werden, damit Dampf entstehen kann, denn mit Wasser fährt die Lok nicht. Ich gucke raus und sehe, wie ein Schwenkarm über der Lok hängt und ihr zu trinken gibt, aber richtig viel. Sie qualmt ziemlich, weil der Heizer ihr anständig Kohle zu fressen gegeben hat, und die Luftpumpe zischt, und wenn sie gleich pumpt, dann werden die Bremsklötze von den Rädern weggedrückt, dann kann's wieder weitergehen. Ein Mann in schwarzer Kleidung und Schirmmütze läuft mit einer Ölkanne mit langer Tröte um die Lok herum und ölt hier und da. Die wird richtig gut versorgt, denke ich, wie wichtig doch sone Lok ist. Ich habe das Fenster ganz runtergeschoben und frage, was das für Leute in Uniform sind. Die Frauen wissen es nicht. Sie kontrollieren anscheinend. Omi meint, hier ist die Grenze.

Ein Uniformierter kommt herein und möchte die Papiere sehen. Er gibt Auskunft: Mein Schwager ist hier im Zug Schaffner, der könnte es Ihnen noch besser sagen. Also, Sie sind hier in Guben, an der Grenze zu Polen. Der Zug fährt weiter nach Frankfurt an der Oder, dann nach Berlin, soweit ich weiß, Magdeburg,

Helmstedt, Braunschweig, Hannover. Wenn alles normal geht, sind Sie so morgen Mittag, Nachmittag in Hannover …

Als es hell wird, kann man sehen, dass die Städte in der SBZ (Sowjetische Besatzungszone) auch viel abgekriegt haben, besonders Berlin, meine Güte, ist hier viel kaputt gewesen. Später in Westdeutschland hinter Helmstedt, da ist man kräftig dabei, wieder aufzubauen.

Eine neue Welt

Am Nachmittag fahren wir in Hannover ein. Das erste, was wir sehen, sind Segelschiffe auf einem Wasser, wahrscheinlich ein See. Im Bahnhofsgebäude ist auch viel kaputt, aber da ist kein Schutt.

Achtung, Achtung, Hannover Hauptbahnhof, Hannover Hauptbahnhof! Der auf Bahnsteig 6, Gleis 12 eingefahrene Sonderzug endet hier. Bitte aussteigen und die Türen schließen!

Unterwegs in den großen Städten sind ja schon einige ausgestiegen, aber hier spuckt der Zug noch mal ne Menge Leute aus. Ich sehe mir viele an, Beatrice ist leider nicht darunter, sie ist wohl schon woanders ausgestiegen. Schade, dass ich sie nicht noch einmal gesehen habe … Wir schleppen unser rollendes Hab und Gut und das andere Gepäck die Treppen runter, besonders der Korb macht uns zu schaffen. Um Omi zu entlasten, gehe ich ein paar Mal rauf und runter.

Ich bekomme Herzklopfen, nicht so sehr durch die Anstrengung, sondern vor Aufregung, denn hier beginnt eine neue Welt, und ich kann gar nicht so schnell gucken, was es alles zu sehen gibt. Viel Betrieb, die Leute besser gekleidet, schöne saubere Koffer, teilweise von Gepäckträgern auf Karren transportiert …

Eine Frau in dunkelblauer Uniform fragt uns nach unserem Namen und bittet uns mitzukommen. Wir gehen zu einem

Seiteneingang, über der Tür steht ‚Bahnhofsmission‘, und wir betreten einen großen Raum. Die Frau heißt uns herzlich willkommen in der Bundesrepublik Deutschland und stellt uns zwei Tassen Kaffee und zwei Limonaden auf den Tisch, an dem wir Platz genommen haben. Toll!, schmeckt wunderbar süß, das gelbe sprudelnde Getränk.

Dann geht sie mit uns Kindern und Omi zu einem Lager, in dem viele Kleidungsstücke nach Größe gestapelt sind. Sie schätzt ab, und ich bekomme einen hellblauen Pullover, den sie Nicki nennt, und eine grau gesprenkelte lange Hose. Die Hose ist etwas zu lang, sie wird umgekrempelt, und Omi sagt, Mama würde die schon passend umnähen. Moni erhält auch einen blauen Nicki und ein passendes Röckchen. Wir probieren Schuhe an, Lederschuhe, solche schönen Schuhe haben wir noch nie gehabt. In einer Umkleidekabine ziehen wir die neuen Sachen an, bis auf die Hose passt alles gut, finden wir, und verlieren ein paar Tränen. Frau Sandrock, so heißt die Frau (finde ich lustig), gibt uns auch noch Unterwäsche, die sie in einen Sack packt zusammen mit unserer alten Bekleidung.

Das sind alles schwedische Spenden, sagt sie und sucht auch für Omi ein paar passende Stücke heraus. Dann kriegen wir Kehrpakete [Carepakete]. Da sind Dosen drin, da steht drauf Pine-Apple, keine Ahnung, Mixed Fruit, kenne ich nicht, ist aber ein Bild von Früchten drauf, Apricots, weiß ich nicht, wohl Aprikosen, Peaches, keine Ahnung. Dosen mit Würstchen und Wurst, Gemüse und schließlich Brot.

Habt ihr denn Hunger? Moni und ich schütteln den Kopf.

Vielen Dank, sagt Omi, aber wir hatten Stullen mit.

Bei dem Wort ‚Stullen‘ runzelt die Frau die Stirn, und Omi verbessert: Belegte Schnitten Brot, meine ich.

Ich hab schon verstanden, lächelt Frau Sandrock.

Mama erkennt uns gerade noch wieder und freut sich über die neuen Sachen. Dann ist sie an der Reihe und kommt mit Bluse, Rock und Pullover zurück.

Alles schwedische Spenden, sagt sie, das finde ich ja lieb … Wir sind sehr dankbar.

Mama füllt einen Schein aus, und dann gibt die Frau ihr Geld, D-Mark, das heißt wohl Deutsche Mark, das ist ja fast wie früher, aber da hieß das Reichsmark.

Wir verabschieden uns von Frau Sandrock, die uns alles Gute wünscht, und zuckeln als neue Menschen los, das neue Gepäck auf dem Korb, durch die riesige Bahnhofshalle, treten auf einen großen Platz mit einem Reiterdenkmal: ‚Dem König sein treues Volk‘.

Und dann winkt da einer, und Omi und ihr Sohn liegen sich in den Armen, nach mehr als vier Jahren. Wir begrüßen Onkel Wilfried sehr herzlich und vergießen alle Freudentränen darüber, dass wir uns wiedersehen.

Mensch, Kinder, seid ihr groß geworden!

Und Gretel?, fragt Omi vorsichtig.

Die hat es damals vor zwei Jahren gut geschafft.

Na, dann sind wir ja alle zusammen, ich freue mich so, sagt Mama.

Gretel wartet schon auf euch.

Er hat alles organisiert: Er nimmt mit seinem ‚Dreirad‘ von der Firma Tempo – habe ich ihn gleich ausgequetscht – Omi und unser Gepäck mit, und wir kommen mit der Staßenbahn nach: Ihr geht da die Bahnhofstraße runter, da kommt ihr zum Kröpcke, geht an die Haltestelle links von der Uhr, da steigt ihr in die 18, ihr könnt auch in die 11 einsteigen in Richtung Hildesheim, das is‘ sone rote, und dann steigt ihr am ‚Döhrener Platz‘ aus, so heißt die Haltestelle, der Schaffner sagt das an … Da hol ich euch ab, da müssen die Kinder bloß auf der Pritsche sitzen.

Als ich nachfrage – obwohl ich es mir schon denken kann – erklärt er, dass die Pritsche der Ladekasten ist.

Das macht doch nichts, sagt Mama, das sind die Kinder gewohnt.

Habt ihr Geld, Westgeld meine ich?

Haben wir bekommen, danke.

Okay, dann bis nachher.

Er schmeißt sein Gefährt an und tuckert mit einer Rauchwolke ab.

Ich wundere mich über das Wort ‚okay‘, ist wohl englisch oder amerikanisch … Mein Gott, ist die Stadt groß!, denke ich, das nimmt ja gar kein Ende … Mama sagt, sie sei in Stettin ab und zu mal mit der ‚Elektrischen‘ gefahren. Wir Kinder fahren zum ersten Mal Straßenbahn. ÜSTRA steht da drauf und darunter: Überlandwerke und Straßenbahnen Hannover, das erste Wort verstehe ich nicht, Mama auch nicht. Ich gucke mir die Augen aus dem Kopf: Da ist viel Bewegung, da fahren Autos, am Kröpcke regelt ein Verkehrspolizist den Verkehr auf einer kleinen runden Plattform, er trägt weiße Manschetten – so hat Mama die Dinger benannt – die gehen bis zum Ellenbogen. Außerdem trägt er eine Trillerpfeife, damit macht er wohl Leute aufmerksam, falls die pennen sollten.

Da ist noch einiges kaputt, aber fast der ganze Schutt ist weg, und es wird gebaut – mit Kränen, so heißen die Dinger – und hohen Maschinen, die hauen dicke Eisenträger in den Boden, dass die Erde bebt. Die ganze Stadt hängt voller Plakate: CDU und CSU, Konrad Adenauer; SPD, Kurt Schumacher; DP, Thomas Dehler; FDP, Theodor Heuß. Dann sind da noch andere, zum Beispiel die KPD, die kommunistische Partei Deutschlands oder der BHE, der Bund Heimatvertriebener und Entrechteter … Was das alles zu bedeuten hat, ist mir völlig unklar, aber das ‚P‘ scheint wohl Partei zu bedeuten, was Mama bestätigt, nur was heißt Partei? Mama sagt, hier sind Wahlen: Na ja! Da werden eben bestimmte Leute gewählt, die dann eine Regierung bilden …

Ach so, dann regiert nicht nur einer, sondern mehrere …

So wird's wohl sein.

Auch mit Tante Gretel feiern wir ein herzliches Wiedersehen und tauschen Erfahrungen aus, wie es uns in den letzten Jahren ergangen ist. Wir sind froh, dass wir diese ganze ‚Russenzeit‘ heil und gesund überstanden haben und uns neuen Aufgaben widmen können. Vielleicht ist ja Hannover eine schöne neue Welt, an die man sich gewöhnen kann, so etwas wie eine neue Heimat. Tante Gretel und Onkel Wilfried sind davon überzeugt.

Onkel Wilfried erklärt auf meine Frage: Das sind die ersten Bundestagswahlen nach dem Krieg. Wir haben eine Verfassung, unser Grundgesetz, das ist vom 23. Mai 1949, da sind die Grund- und Menschenrechte drin, oder welche Aufgaben die Staatsorgane haben und so weiter. Wir sind eine parlamentarische Demokratie, das heißt das Volk wählt Abgeordnete, die im Parlament Gesetze beschließen. Die Abgeordneten gehören bestimmten Parteien an mit bestimmten politischen Überzeugungen. Wir werden einen Bundeskanzler haben, der die Richtlinien der Politik bestimmt, der regiert mit seinen Ministern, und wir werden einen Bundespräsidenten haben, der das Volk repräsentiert, vertritt ... Verstanden?, fragt Wilfried und lächelt.

Nein!, antworte ich, da sind zu viele neue Wörter.

Weißt du was? Was andres hätte ich dir auch nicht geglaubt ... Weil du aber interessiert bist, schreibe ich's dir auf, und dann kannst du es lernen, und dann kannst du mich weiter fragen ... Es ist ganz wichtig, wenn man gut Bescheid weiß, damit man seine Stimme den Richtigen gibt.

Wann ist denn die Wahl?

Die is' übernächsten Monat, am 14. August.

Das kann ich mir gut merken, das ist zwei Tage vor Monis Geburtstag, da wird die neun.

Tante Gretel und Onkel Wilfried haben wieder einen kleinen Sohn, der ist zwei Jahre alt, der heißt Manfred. Dann haben wir ja wieder einen Kleinen, mit dem wir spielen können. Er ist süß, wenn er ‚Fup‘ sagt für Schokolade oder ‚Mokolokotive‘ für Lokomotive.

Wir werden in einem kleinen Haus auf engstem Raum aufgenommen. Wilfried hatte sich das Haus auf dem Gärtnereigrundstück seines ehemaligen Vorgesetzten Beye gebaut. Trotz der Enge waren wir eine Familie, wir gehörten zusammen, Flüchtlinge unter sich.

Mama machte zu Anfang viele Behördengänge, uns wurde schließlich der Flüchtlingsausweis A zugeteilt, und sie bekam eine Kriegswitwenrente von 40,- DM.

277

Wir Kinder kamen in die Schule, Moni mit neun in die 1. Klasse und ich mit elfeinhalb in die 3. Klasse der Volksschule der Hauptstadt Hannover auf der Hildesheimer Chaussee. Dorthin konnten wir zu Fuß gehen.

Mein erstes Zeugnis im 1. Halbjahr des Schuljahrs 1949/50 war in allen Fächern gut (2), nur in Zeichnen befriedigend (3). Die einzelnen Fächer waren in der Reihenfolge von 1 bis 12: Betragen, Aufmerksamkeit, Fleiß, Ordnung, Religion, Gesamtunterricht Deutsch: mündlich, schriftlich, dann Handschrift, Heimatkunde, Rechnen, Zeichnen, Musik, Sport. Und Schäfer, unser Klassenlehrer? Streng und manchmal mit eiserner Hand, der ließ sich nicht auf der Nase herumtanzen.

In Herrenhausen besichtigten wir die Gärten auf einem Ausflug und bewunderten die große Fontäne, die das Wasser 70 Meter hoch spritzt. Ich alberte herum, einfach um den anderen zu beweisen, was ich mir gegenüber dem Lehrer herausnehmen konnte. Ich bekam dermaßen eine gescheuert, dass sich alle vier Finger von Schäfers rechter Hand auf meiner linken Wange abbildeten, wie die Klassenkameraden mir berichteten. Und das ohne jede Vorwarnung, ohne dass er ein Wort sagte. Was war das denn? Jemand haut mir eine rein wegen so einer Lappalie? Er kann froh sein, dass ich ihm nicht auch eine reingehauen habe, aber irgendwas hielt mich davon ab.

In unserer Freizeit spielten wir mit Beyes Kindern und mit Manfred. Als die Bickbeeren (Blaubeeren) reif waren, nahmen mich die Nachbarn, Kuhnkes, im Auto mit in den Wald, und wir pflückten den ganzen Tag und machten Picknick. Dabei gab es so tolle Sachen zu essen wie Kartoffelsalat und panierte Koteletts, anschließend Schokoladenpudding mit Vanillesoße. Schon allein deswegen lohnte es sich, sie in den Wald zu begleiten.

Im ‚Europapalast‘ in Döhren war ich mit ein paar Klassenkameraden zum ersten Mal richtig im Kino, anders als in Oppeln. Wir sahen die ‚Fox Tönende Wochenschau‘, dann Werbung, dann einen Vorfilm über Tiere im Wald und dann einen Westernfilm mit ‚Tom Mix‘. Das fanden wir klasse, wie Tom die anderen, die bösen Revolverhelden, fertigmachte.

Onkel Wilfried schimpfte, ich sollte mir lieber was Vernünftiges ansehen. Was das sein sollte, sagte er nicht. Ich sollte auch keine ‚Schundromane' lesen, das waren Groschenhefte, die ich mir für 10 Pfennig gekauft hatte, ich sollte lieber was anderes lesen, was sagte er nicht. Ich fand die Hefte gut, das war alles ganz friedlich, so mit Liebe, ‚Der Förster vom Silberwald' und seine Walli und sowas. Ich fing an daran zu zweifeln, ob er überhaupt schon mal son Heft gelesen hatte. Vielleicht dachte er, darin würde nur geschossen oder gefickt. Das Wort benutzten meine Klassenkameraden häufig, mir war es aber nicht unbekannt.

Als Mama die Behördengänge abgeschlossen hatte, half sie Tante Gretel und Onkel Wilfried in der Gärtnerei.

Omi war nach drei Wochen nach Schmannewitz aufgebrochen, einem kleinen Ort in der Nähe von Dahlen bei Leipzig. Sie wollte ihre blinde Schwester Anna Gutwasser pflegen, die sehr krank geworden war, wie ihr der Oberförster geschrieben hatte. Anna wohnte in dem kleinen Haus in Schmannewitz, in dem der Vater gewohnt hatte, mein Urgroßvater, Friedrich Wilhelm Gutwasser, der schon erwähnte Schuhmachermeister.

Nach dem für mich kurzen ersten Halbjahr in der 3. Klasse, steckten sie mich im zweiten Halbjahr in die 4. Klasse zu Herrn Pillmann, mein lieber Mann. Der war noch strenger, beim kleinsten Mucks kriegtest du schon mit seinem einen halben Meter langen Knüppel, der konisch zulief – also Griff dünner als das Schlagstockende – derart einen über die Schulter gebraten, dass du vor Schmerz und aus Wut heultest und wie der letzte Trichter lerntest: Ise, Lachte, Oertze, Böhme, Wümme, Hamme, Geeste, Oste, Schwinge, Este, Ilmenau und Jeetzel. Was das ist, ob das gut schmeckt, wollt ihr, liebe Leser, wissen? Nee, nee, kann man nicht essen, weil es die Flüsse der Lüneburger Heide sind … Welches sind die Städte des Harzrandes? Wo liegen Vogelsberg und Rhön? Was ist die Hauptstadt von … ? (Nicht nur in Europa!) Karte anfertigen, lernen, fertig, und immer wiederholen! Rechnen, zack, zack! Und immerzu wiederholen, wiederholen, wiederholen, sonst behält man es nicht. Es kommt nicht darauf an, viel zu wissen und es zu vergessen, sondern weniger und es zu behalten: An, auf, hinter, neben, in, über, unter, vor und zwischen sind die Verhältniswörter für den dritten und vierten Fall, nur für den dritten Fall: mit, nebst, nächst, samt, bei, von, zu, zuwider, entgegen, gegenüber: Auswendig lernen, anwenden können, Sätze einüben; und wehe nicht! Also: In den Wald gehen (Frage wohin), in dem (im) Wald spazieren gehen (Frage wo). [Dann ist später die Übertragung ins Lateinische auch ganz leicht: In silvam vadere oder in silva ambulare].

Ostermann, ich habe dir eine Fünf im Diktat gegeben, weil du 20 Fehler gemacht hast. So geht das nicht! Du musst jetzt Deutsch lernen, Russisch und Polnisch kannst du vergessen. Deutsch in Wort und Schrift. Lies, schreibe! Fange sofort damit an!

Ach du Scheiße, ich wollte doch auch noch spielen, ins Kino gehen, Schund lesen … Ging nicht mehr.

Pillmann bestellte Mama in die Schule, wahrscheinlich weil er sie um Erlaubnis bitten wollte, mir vor der Klasse die Hose runterzuziehen, um mir Hiebe auf den blanken Hintern zu verpassen. Na gut, dann muss ich es eben ertragen nach dem schon bekannten Motto ,Schacht vergeht, Arsch besteht'. Oder wenn es ganz schlimm wird, muss ich versuchen, ihm sein Folterinstrument zu entreißen, egal wie …

Herr Pillmann hat gesagt, du hättest das Zeug, eine Höhere Schule zu besuchen, sagte sie ganz stolz, also setz dich auf den Hosenboden. Lerne was, so weißt du was!

Das Schlimmste war, ich wusste wieder nicht genau, was das war, eine Höhere Schule. Was sollte ich denn lernen und wie? Also gut, ich passte in der Schule gut auf, lernte, machte meine Hausaufgaben gründlich und mit Fleiß, na ja! Und ich las: Zeitungen, ich verstand höchstens die Hälfte, aber ich begriff, worauf es ankam, so erweitert man seinen Wortschatz, und gleichzeitig lernt man, wie die Wörter geschrieben werden. Ich las Karl May, ich lernte Texte auswendig und schrieb sie auf. Ich rechnete zusätzliche Aufgaben, ich lernte das Kleine Einmaleins, das musste sitzen, das Große war noch zu schwer, außer 12×12 oder 13×13 und so.

Und dann meldete mich Mama für den Probeunterricht an der Tellkampfschule an, Realgymnasium für Jungen. Warum nicht am KWG, am Kaiser Wilhelm Gymnasium? Weil das KWG ein altsprachliches Gymnasium war, also mit Latein und Griechisch. Pillmann hatte gemeint, ich sollte lieber Englisch und Französisch lernen, weil Mama gesagt hatte, ich sollte mal Exportkaufmann werden. Das wollte ich aber gar nicht, das heißt ich wusste gar nicht so richtig, was das war, nur so ungefähr konnte ich mir das zusammenreimen: Das ist also ein Kaufmann, der Waren aus dem eigenen Land ins Ausland liefert oder ausländische Waren bestellt. Dafür braucht man natürlich lebende Fremdsprachen. Trotzdem war mir das alles sowieso nicht geheuer. Sollte ich mir so etwas zutrauen? War das nicht von Anfang an zum Scheitern verurteilt? Sicher, Mama war auf der Höheren Töchterschule gewesen, aber sie war doch auch ,nur' Krankenschwester geworden. Gut, schließlich gab ich nach, weil alle Erwachsenen mit Überredungskünsten auf mich eindroschen: Das sei doch was ganz Tolles für die Fortbildung eines Menschen, so könne aus mir doch noch etwas werden. Ich dachte, vielleicht haben sie ja recht, ich kann es ja mal versuchen. (Und wie groß war die Freude und Genugtuung allenthalben, als ich im Frühjahr 1950 die Aufnahmeprüfung fürs Gymnasium bestand.)

So langsam gewöhnte ich mich an diese große Stadt, die auch sehr zerbombt worden war (bei Kriegsende 90 % des Zentrums) oder zum Beispiel wegen der drei Reifenwerke der Conti(nental), wegen der Batteriefirma Varta, der Keksfirma Leibniz, der Hanomag (Geschütze, Kettenfahrzeuge), wegen der Raffinerien Deurag und Nerag, der MEHA (Metallwerk) und so weiter, von den vielen tausend Toten und Verletzten auch in dieser Stadt gar nicht zu reden.

Man sah überall noch Spuren der Zerstörung, aber sie hatten die Marktkirche, das Alte Rathaus und andere öffentliche Gebäude wiedererrichtet. Eine Uni gab es damals noch nicht, wohl aber eine Musikhochschule, eine Tierärztliche Hochschule und eine Pädagogische Hochschule. Es gab die Oper, mehrere Theater, Museen und so weiter. Ich dachte, eine große Stadt hat schon Vorteile, man kann in die Stadtbibliothek gehen, ins Amerikahaus. Von der Geschichte der Stadt an der Leine (am hohen Ufer, daraus wurde Hannover) wusste ich damals noch nichts. Andererseits bemerkte ich sehr schnell, dass die Ureinwohner, so ein Ur-Döhrener, anders sprach, als ich es kannte: Sie sprachen ‚Sp‘ wie ‚Sp‘ aus, also Spargel und nicht Schpargel oder Stein und nicht Schtein. Außerdem war das ‚ei‘ kein echtes, es war fast ein ‚a‘ also etwas übertrieben ‚Asschränk‘ für Eisschrank (Kühlschrank).

Nicht nur Stadtgeschichte, sondern die Geschichte Deutschlands überhaupt von 1933 bis 1949 begann mich zu interessieren, was geschah von 1945 bis 1949 in Westdeutschland? Ich konnte mir erst im Laufe der nächsten Jahre die Zeit des Dritten Reichs ganz langsam erarbeiten, denn die Eltern (Mutter), Verwandten, Bekannten schwiegen, als hätte es diese Zeit gar nicht gegeben. Das kam mir verdächtig vor, was hatten sie allesamt zu verbergen? Da stimmt doch etwas nicht. Ja gut, sie hatten etwas anderes zu tun, aufzubauen, die Familien zu ernähren … Aber die Lehrer! Die Lehrer? Genau das Gleiche. Sie waren vielleicht selbst darin verstrickt, und sie hatten offenbar diese Zeit (noch) nicht verdaut, sie war tabu.

Atropos: Der Seher und oberste Baumeister Deutschlands sah in den Bombardements sozusagen eine automatische Abrisspolitik. Hitler meinte, er würde die deutschen Städte schöner aufbauen, als sie vorher waren, eine Gesundung und Neugestaltung in seinem Sinne läge auf der Hand. Sein hochrangiger Architekt Albert Speer, behauptete, die britischen Bomber leisteten wertvolle Vorarbeit zum Zweck der Neugestaltung.

Nach den im Krieg entwickelten Vorstellungen baute Stadtbaurat Professor Hillebrecht Hannover zu einer modernen City um mit breiten Straßen und imposanten Gebäuden. Den Bombenschutt lagerte die Stadt hinter dem Döhrener Turm, um auch mit ihm später das Niedersachsenstadion zu bauen.

Schon im Spätsommer 1949 lernten wir das Strandbad am Maschsee kennen und nutzten es ein paar Mal. Der Strand war flach, und so brauchte ich nicht allzu sehr auf meine Schwester aufzupassen. Sie erinnern sich, liebe Leser, vielleicht an die Segelboote, die ich bei der Einfahrt des Zuges in Hannover als erstes sah, sie fuhren auf dem Maschsee. Das Strandbad erinnerte mich zuerst immer an Deep. Was mochte dort wohl jetzt sein? Gleichzeitig musste ich an Oma und Opa denken. Ob sie noch lebten?

Lachesis: Wie wir gehört haben, will der Junge sich um die jüngere Geschichte kümmern, eine lohnende und lobenswerte Aufgabe, um mit Verständnis der Lage gerecht zu werden, in der er sich jetzt befand. Das wird er jedoch erst im nächsten Jahrzehnt bewerkstelligen können.

Es sollen jedoch schon einmal zwei Parallelen nicht unerwähnt bleiben, weil sie sozusagen ein Licht werfen auf seinen weiteren Lebensweg: Am 8. Mai 1945, als der Krieg mit der bedingungslosen Kapitulation des Deutschen Reichs zu Ende ist, befinden sich Mama und die beiden Stettiner Kinder in Treptow bei ihren Eltern beziehungsweise Großeltern.

Zur selben Zeit sitzt der russische Major Lew Kopelew im Feldgefängnis in Stettin und wartet auf seinen Prozess. Er ist Kommunist, Marxist, aber auch Germanist. Ihm wird zur Last gelegt, moralisch zu sein, ein Gewissen zu haben und dies beim Einmarsch der Roten Armee in Deutschland, in Ostpreußen, gezeigt zu haben. Lew wurde am 5. April verhaftet wegen ,Propagierung des bürgerlichen Humanismus', ,Mitleid mit dem Feind' und ,Untergrabung der politisch-moralischen Haltung der Truppe'. Bei alledem wollte er nur die Ausschreitungen der eigenen Truppen eindämmen bei Plünderungen, Vergewaltigungen und Morden in Ostpreußen.

In seiner Zelle im Stettiner Gefängnis ritzt er ein Trostgedicht in die Innenseite der Zellentür ein:

Lass sie verleumden, verfluchen –
Du bist im Recht,
Der Ehrliche bist Du.
Geh fest und sicher auch den dornigsten Pfad.

Denk dran:
Es gibt kein Gefängnis
Für Gedanken und Träume.

Wir wollen dieses Trostgedicht aufbewahren für alle Zeit, weil es sich uns als Vermächtnis ins Gedächtnis geritzt hat, in das niemand Eingang finden kann und darf außer wir selbst, die Götter und Gott. Wir sind deshalb niemals gläsern, unser Datenschutz sind wir selbst.

‚Aufbewahren für alle Zeit' ist nicht nur der Stempel auf Akten bei sowjetischen ‚Staatsverbrechen' und nicht nur der Titel von Kopelews Autobiographie, sondern es ist die Aufforderung an uns alle, das Trostgedicht ernst zu nehmen, weil es Hoffnung gibt auf moralische Ordnung gegen unmoralisches Chaos, Hoffnung auf Vergebung und Aussöhnung, welcher Überzeugung und welcher Herkunft ein Mensch auch sei, und Hoffnung auf Toleranz und Gerechtigkeit.

Für seine Vergehen für die Menschlichkeit bekommt Lew Kopelew eine gigantische Strafe: Zehn Jahre Gefängnis und Straflager (Ein Jahr nach Stalins Tod, also 1954, kam er frei).

Ähnlich bombastisch ist Waljas Strafe: Sieben Jahre, weil sie zwei Rollen Garn unterschlagen hat, und ein anderer fünf Jahre, weil er ‚die Technik des Feindes gelobt' hat. Heinrich Böll hat recht: Wahnsinn ist immer ‚klassenlos', ob General oder Kuhmagd, Professor oder Fensterputzer, Arzt oder Patient.

Klotho: Der 21. Dezember 2007 ist für zwei Stettiner in zweifacher Hinsicht ein Festtag. Der eine, 35 Jahre alt, freut sich, dass die Grenzkontrollen zwischen der Bundesrepublik und Polen wegfallen, weil sich dadurch die Grenzregion besser entwickeln kann. Der andere teilt die Freude des ersteren, aber bei ihm kommt noch etwas hinzu, er wird an diesem Tag 70 Jahre alt. Den Jüngeren belastet die Vergangenheit nicht, den Älteren belastet sie nicht mehr, weil die Zeit gekommen ist, weil er keine Ressentiments mehr hegt, weil man Grenzen in Europa nicht mehr mutwillig verschiebt, sondern sie öffnet. Es gibt keine polnischen Teilungen mehr, die fünfte war 1945, und es war die letzte. Die erste deutsche war 1945, und sie war 1989 mit der Wiedervereinigung zu Ende. Und siehe, da haben beide Stettiner, der Stettiner des Krieges und der Stettiner des Friedens, eine Idee: Sie kommen in ihrer Geburtsstadt zusammen, sie treffen sich im Stettiner Schloss, um sich die Hand des Friedens und der Versöhnung zu reichen.

Am nächsten Tag steht in der Zeitung:

Stettiner Frieden

Der polnische Stettiner Norbert Obrycky, Germanist und Marschall der Wojewodschaft Westpommern, und der deutsche Stettiner Peter Ostermann, Oberstudienrat a.D. und Schriftsteller, reichen einander die Hand zur endgültigen Versöhnung zwischen den beiden Völkern.

Maikäfer flieg,
Dein Vater war im Krieg,
Deine Mutter war in Pommerland,
Pommerland, verlornes Land,
Maikäfer flieg

Danksagung

Mein besonderer Dank gilt

meiner Frau *Grazyna Ostermann,* die mich immer wohlwollend
unterstützt und mir bereitwillig zugehört hat,

meinem Sohn *Marcus Ostermann,* M.A., Bielefeld, der mir wichtiges Material zur Verfügung stellte,

meiner Schwester *Monika Klett,* Neukirchen-Vluyn, die das ganze Manuskript durcharbeitete und mir zum Teil ihre Sichtweise
darbieten konnte,

und schließlich meinem Cousin *Manfred Grütt,* Hannover, der
mir das Tagebuch seines Vaters, meines Onkels, aushändigte.

Wachtendonk, den 28. April 2014

Quellennachweis und Literaturhinweise

- Althoff, Gerd; ,Selig sind, die Verfolgung ausüben', Darmstadt 2013
- Bonner, Stefan; Weiss, Anne; Generation Doof, Bergisch Gladbach 2008
- Bradbury, Ray: Fahrenheit 451, New York 1991
- Dorsch; Psychologisches Wörterbuch, Stuttgart 1987
- Fromm, Erich; Haben oder Sein, München 1988
- Gerhard, Paul; Mallmann, Klaus-Michael, hrsg.; Die Gestapo – Mythos und Realität, Darmstadt 1995
- Goebbels, Joseph; Die Zeit ohne Beispiel, München 1942
- Ders.; Rede vom 18.2.1943 im Erhard Fiedrich Verlag auf CD, Best. Nr: 92329
- Hillgruber, Andreas; Deutsche Geschichte 1945-1986, Stuttgart 1987
- Hofer, Walter, hrsg.; Der Nationalsozialismus, Frankfurt am Main 1983
- HÖRZU; 8.1.2008, 15.6.2007, 4.12.2007
- Koestler, Arthur; Der Mensch – Irrläufer der Evolution, München 1978
- Kopelew, Lew; Aufbewahren für alle Zeit, München 1979
- Petrich, Eckart; Grimal, Pierre; Götter und Helden, Düsseldorf 2000
- Pielkalkiewitsch, Janusz; Der Zweite Weltkrieg, Augsburg 1992
- Römer, Felix; Kameraden. Die Wehrmacht von innen, in: Denkanstöße 2014
- Schulz-Vanselow; Stadt Treptow an der Rega, Bonn 1979
- SPIEGEL ONLINE Panorama; Kloth, Hans Michael; Britische Gefangenschaft: Das posthume Geständnis der Nazi-Generäle, 2006
- SPIEGEL SPECIAL 1/2003, S.110-114; Schwendemann, Heinrich; Bomben für den Aufbau
- The Old Testament in the Holy Bible, London, New York o.J.

- Vonneguth, Kurt; Slaughterhouse-Five, Bungay 1970
- ZDF, 20.11.2007; Die Wehrmacht – eine Bilanz
- ZEIT ONLINE; 21.6.2011, Rotarmisten als finstere Gegner, Historiker Peter Jahn berichtet